김해
양민학살사건

김해시 희생당한 유족들은
8천만원 보상비를 받았습니다

김해
양민학살사건

강평원 지음

전국보도연맹사건에 희생당한 유족들과
김해시민이 꼭 읽어야할 책

ⓑ 인터북스

목 차

작가의 말

　필자의 약력을 보시면? 문학상에 관한 자료는 없다. 문학상을 보면 대다수가 원로들에게! 상을 주고 있다. 그래서 2013년에 김해 문인협회와 경남문인협회를 탈퇴를 했다. 2021년 경기도 성남시 둔촌 이집문학상에 「콜라텍」과 역사 장편소설 「중국」을 출품을 했다.

　3권씩 응모를 했는데 ♡꽝♡ 운영위원회에 전화를 했더니 여성분이었다. 응모를 하는데 "자비출판 책도 된다."는 것이다 그 분이 이 글을 읽는다면 자기가 출판사 대표라면 완성도가 낮은 책을 기획출판을 하겠는가! 자비 출판이란 완성도가 낮아 출판사에서는 저자에게 출판 비를 받아서 출판을 해 주는 것이다. 나는 기획출판 계약서를 2편 복사를 해서 보냈다. 소식이……. 보낸 책 6권이 아까 웠다. 택배비도 상금 1천만 원이 탐나서가 아니라 선비를 칭한 상이여서! 필자는 30권을 집필을 했지만……. 단 한권도 자비출판을 하지 않았으며 문화예술단체에서 지원금을 받아서 출간을 한 적이 없다. 왜? 받으면 어디서 지원금을 받아 출판을 했다는 글을 상재를 하기 때문이다.

　"……."

　「우주에 통화의 혁명을 이룩한 스티브잡스는 우리는 지구에 흔적을 남기

기 위해 여기 있다. 라고 했다. 지구가 멸망하지 않은 이상 작가들의 작품은
남아 있다는 말이다」

조선일보 조상현 살롱(530)에 보면 상략

『오늘날 소설가는 우리사회에서 대접받는 직업에 속한다. 유명
작가들은 지방자치단체에서 **생사당**生祠堂↔문학관까지 지어주는 상
황이다. 옛날에는 아무리 업적이 있어도 죽은 뒤에 사당을 세웠지
만……. 요즘에는 살아생전에 주변에서 기념관을 지어준다. 살아생
전에 기념관을 지어주는 생사당은 대단한 영광이라 아니할 수 없
다. 중략총리를 해도 기념관이 없고……. 장관을 해도 기념관은커녕 곧바
로 잊어지는 상황에 비교해 보면 소설가는 특출 난 직업이다. 그
대접의 밑바탕에는 조선사회가 지녔던 문文에 대한 존경이 깔려
있다. 과거에는 대제학大提學이 문형文衡을 쥐고 있었지만 이제는
우리 사회에서 소설가가 문형을 잡고 있는 위치가 되었다. **삼정승이**
대제학 한 명만 못하다. 三政丞不如一大提學↔삼정승 불 여 일 대제학이고
했다면……. 이제는 **열 장관이 소설가 한 명만 못하다. 十長官不如一小說**
家↔십 장관 불 여 일 소설가라고 해도 크게 과장된 표현은 아니다.
형衡은 저울대를 뜻한다. 문형文衡이란 "문화의 저울대" 내지 "지성의
저울대"란 뜻 아닌가! 고시에 합격하고 정치권력을 잡고 돈 많이
벌었다고 해도 아무나 문형을 쥐는 것은 아니다.』

2022년 봄에 김해시청 김성호 문화 관광사업 소장과 박춘미 문화
예술과 예술팀장이 만나자는 연락이 와서 시청 문화예술과 에서
만났는데 문학박물관을 세워 그곳 한 코너에 필자의 문학관을 만들
면 어떠냐? 해서 관두라고 했다. 단독 문학관이 아니면……. 지금의

세상이 어떤 세상인데 이름을 상재를 하면서 거짓말을 하겠는가?

경기도 광명시에선 기형도 시인의 문학공원을 만들고 문학관을 지었다. 기형도 시인은 유일한 작품은 시집 1권을 집필하고 29세에 세상을 떠났다. 그런데도 수십억 원에서 수백억 원이 들어가는 공사를……

시집이 안 팔려서 교보문고에서 시집 가판대를 철거를 했다는데도 지금은 시조시인의 문학관을 지었고? 고인이 된 경남 함양군 출신인 이외수소설가를 강원도 화천군에서 데려가 문학관을 지었다. 당시 경남 함양군수는 얼마나 군민에게 시달림을 받았는가! 이 글을 읽은 문인들이여 열심히 집필을 하시길……

강평원麥醉

좌파냐? 우파냐? 이념의 길

끝나지 않은 전쟁 《실화소설》

《노무현 전 대통령영부인이었던 권양숙 아버지 권오석 씨가 빨치산인가?》

이글은 2003년 6월 30일에 도서출판 선영사청탁원고에서 출판한 다큐멘터리실화소설 『지리산 킬링필드』책 출간 전인 2003년 6월 15일자 주간잡지 『뉴스매거진56페이지 수록』에서 르뽀 특집 단독 특종 보도 한 "盧 대통령장인, 좌익 활동 불가능 했다" 시각장애인 권오석 씨 통비通匪는 음해에 불과란 제목으로 표지 하단에 표기하여 나와 서울 소재 뉴스매거진 사진기자와 편집기자 2명이 김해 필자 집으로 내려와 오성환 편집 기자와 인터뷰한 기사를 상재를 했다. 권양숙 아버지의 좌익 활동했다는 재판 기록과 당시의 증언을 해준 말들을 기록한 한 꼭지를 상재한다. 책이 출간 전 특집으로 보도된 책들은 역사소설 "아리랑 시원지"와 "지리산 킬링필드"이다. 이 책은 출간 후 청와대 노무현 대통령과 권양숙 여사에게 보냈다. 책 출간 후 이튼 날 "청와대에서 연락이 왔다"며 김해 경찰서 형사가……

연락을 해와 김해 예총사무실에서 만났는데 "몇 권을 출판 했느냐?"는 질문에 "보통 초판을 1000~2000부를 발행하는데 5,000부를 출판사에서 발행 했다"는 이야기를 해 주었다. 이 책이 출간된 후 보수단체에게서 많은 시달림을 받아 이메일을 없애고 011-863-7575인 손 전화번호도 바꿔야 했다. 당시 이 전화번호는 250만원을 주고받은 번호다.

《아래 글은? 2003년 6월 15일자 주간지 『뉴스매거진』 56페이지에 수록된 인터뷰기사 내용》

본지단독 특집
노무현대통령 장인 좌익 활동 불가능 했다
시각장애인 권오석 씨 통비通匪는 음해에 불과

"장인의 과거 잘못 때문에 그 자손이 왜 피해를 보아야 합니까? 대통령이 되기 위해 아내를 버리란 말입니까?"

이 말은 지난 대선 때 노무현 대통령이 장인을 빨치산으로 몰아 부치며 곤경에 빠트린 야당의 공세에 대해 자신의 괴로운 심경을 호소한 것으로 우리 국민들은 기억하고 있다! 지금까지 그 존재가 애매했던 북파공작원의 리얼리티를 세간에 발표 센세이션을 일으 켰던 김해金海의 재야사학자이며 소설가인 강평원 씨가 이달 중에 끝나지 않은 전쟁 지리산 양민학살의 진실을 파헤친 실화 소설 지리산 킬링필드를 출간했다. 6.25동란 당시 국군의 양민학살 내용과 노대 통령 장인의 좌익 활동 불가설을 마을주민들의 증언을 통해 논리적 으로 서술하고 있다. 이 책은 한국전쟁 당시 지리산에 은거하면서 공비토벌에 나선 국군 유격대에 하달된 작전 명령에 따른 대학살 각본에 의한 좌·우익이 무엇인지 모른 채 지리산 자락에서 조상대대로 거친 땅을 일구며 살아온 무고한 마을주민을 죽이고……. 그들이 사는 주거지마저 불태운 금수 같은 토벌대의 전쟁광기가 낳은 살육 잔치를 그리고 있다. 경남지역과 전라도 일부지역 주민들에 대한 3년간 현지조사를 벌여온 강 씨는 증언자의 말을 빌어 "총을 겨누며 요구에 불응 시 가족들을 죽이겠다고 협박하면 그들의 요구조건을 들어줄 수밖에 없었다."고 전한다. 토벌대는 통비자通匪者 가족을 몰살하였고, 천신만고 끝에 살아남은 가족들을 연좌죄連坐制의 죄목을 뒤집어쓰고 정든 고향을 버리고 호적을 바꾸고 살아가는 경우도 있다는 것. "대통령 영부인 권양숙 여사 부친도 가족을 볼모로 잡고……. 협조하라는 협박에 순순히 따르지 않을 수 없었을 것"이라는 강평원 씨는 "3여 년 동안 가해자와 피해자를 최대한 많이 만나 녹취하여 원고에 옮길 때 많은 생각을 했어요. 그 이유는 가해자나 피해자 모두 어느 한쪽에도 편협 되지 않도록 사실 그대로 집필하기 위해 철저하고 객관인 기술에 비중을 뒀음"을 밝혔다. 이 책은 중요한 시기에 출판된다. 한국 전쟁 당시 명령을 내린 자와 임무를 수행한 그들의 잘못으로 조상대대로 거주해온 지리산 토박이 주민들이 학살된 것이다. 이전의 통치자의 잘못으로 현직 대통령 장인이 억울한 누명을 뒤집어쓰고 그 처가 집 가족들이 연좌제의 꼬리표를 달고 불이익을 당하는 동족상잔의 수많은 불행이 다시는 이 땅에서 생기지 않은 성군통치聖君統治가 펼쳐지길 기대해 본다.

– 편집자 주 –

양민학살 내용을 다룬 '지리산 킬링필드'를 저술하게 된 배경은?

2001년 9월 15일 '제13회 거창 양민학살 희생자 합동 위령제'에 참석하였다. 박산 골 입구에 희생자 묘역이 있는데 묘비가 박정희 군사정권에 의해 파 뒤집혀 있는 모습을 보았다. 억울하게 국군 토벌대에 의해 가족이 도륙당하고, 몇몇 살아남은 가족에 의해 조성된 묘역이 훼손된 모습을 보고 만감이 교차되었다. 알다시피 국가와 국민을 적으로부터 보호하기 위해 최고통치자가 마지막 쓰는 카드는 전쟁이다. 그 임무를 엄격히 수행할 사람들이 국군이다. 그들의 집단에 의해 잘못 해석된 견벽청야堅壁清野 작전명령에 따라 저질러진 사건인데……. 미련한 군대에 의해 저질러진 사건이라는 유족들의 말에 군의 명예를 실추시켰다고 분노한 군사정권은 묘비를 파묻어 버리고 유가족은 연좌 죄란 죄목을 씌어 불이익을 당하게 하였다.

그동안 숨죽여 왔던 유가족들이 모여서 명예회복과 보상을 요구하고 있다. 다행이 문민정부를 거처 국민의 정부에 이르러 특별법이 제정되어 위령탑과 기념관을 만들고 있다. 기성세대의 일부는 이 역사적 오욕사건을 알고 있지만……. 전후세대들은 잘 모르는 일이다. 왜곡된 역사적 사건은 우리세대에 매듭짓고 후손들에게 짐을 지우지 말아야 하며 이를 거울삼아 다시는 이 땅위에서 같은 민족에게 가한 보복의 악순환을 끝내라는 뜻에서 기록을 보존 하고자 집필하였다. 80%정도가 현장 가해자·피해자 증언기록이며 나머지는 그동안 출간된 책이나 보도 자료를 인용하였다.

권양숙 여사의 부친 권오석씨 문제에 관심을 갖게 된 계기는?

집필당시 경남 거창·산청·함양·전북 남원·전남 함평 사건을 다루었는데 그 사건을 다루다보니 제주 4.3사건 태동이 연결되어 여순 반란사건 보도연맹 사건들과 고구마 덩굴같이 연결되어 있었다. 따라서 권오석 씨 사건까지 다룰 수밖에 없었다. 그들 역시 피해자이기 때문이다. 앞서 이야기했지만……. 국가와 국민을 보호하기 위하여 최고의 통치자가 마지막 쓰는 카드가 곧바로 전쟁으로 그 임무를 도덕적으로 엄격히 수행할 사람이 바로 한국전쟁 때 피해자인 권오석 씨 가족으로서 최고의 통치자가 되었기 때문이다.

권오석 씨는 어떤 인물?

책 내용처럼 '일제시대에 면서기 출신의 엘리트로서 멋쟁이 이였다는 증언을 들었다.

권씨는 어떻게 해서 시력을 잃게 됐나?

한국전쟁 발발하기 2년 전 1948년 밭에서 일을 하다가 목이 말라 집으로와 마루에 걸터 안자 막걸리를 먹는데 마루에 소주병이! 있었는데 공업용 알코올을 소주로 잘못알고 막걸리에 타 마셔 그 후유증으로 1급 시각장애인이 되었다.

당시의 시대적 배경은?

해방이 되고 분단된 국가에서 흔히 있는 좌·우익의 대립으로 혼란한 시기다. 알다시피 당시의 시대상황으로는 먹고살기에 급급하던 때다. 좌익이 무엇이고 우익이 무엇인지 모르는 이들이 대부분인 농촌까지 이념대립이 점화되던 시기이기도 한때다. 좌파니 우파니 하는 용어는 1729년 프랑스 국민의회 의장석으로 볼 때 왼쪽은 급진파자코뱅 당 중앙은 중간파 오른쪽은 온건파지롱드 당가 의석을 잡은 데서 유래되었다고 한다. 그 후 제1차 세계대전 중 형성된 사회민주당내의 급진파에 대해서도 사용되었다. 우리나라는 해방 후 이념 논쟁이 당시에 격화되었고 한국전쟁이 벌어져 통비자通匪者↔빨치산과 내통 또는 협조자를 좌익으로 구분하였으며……. 특히 공산주의자를 지칭하는 용어로 좌익이라 하였다. 지리산에서 저질러진 학살사건 당시 어린아이·거동 불편한 노인·부녀자들이 대부분인데 그들은 좌우익을 알지 못하였다는 것이다. 정치적으로 암울했다. 남한에서는 단독정부가 섰고 남한 단독정부를 반대하던 북측에서도 공산당 인민공화국이 성립되어 한마디로 혼란시기라고 보면 된다.

농민학살은 빨치산이 아닌 국군이 행했다는 증언에 대하여……?
　공산당 이념중 하나는 다 같이 잘살자는 것이 아닌가? 못된 공무원과 지배 지주부자를 없애고 공동작업·공동분배로 계급주의를 없애고 사는 지상의 천국을 건설한다고 수복지역에 선무작업을 하였다. 그런데 못사는 농민을 죽일 이유가 없지 않은가? 지리산 자락에서 저질러진 학살사건 희생자 대부분은 농민이다. 그들의 증언을 믿는다.

권여사가 유년기를 보낸 후. 진영으로 이사를 오게 된 이유는?
　엉터리 재판기록을 보면 알 것이다. 그곳에서 실수가 없었을 것이다. 권 여사 일족권 씨 성을 가진 모든 사람이 뿔뿔이 흩어졌다가 근간에 모여서 당시 희생된 가족 유골을 화장하여 유택을 만들었다는 소문을 들었다. 그렇다면 그들도 피해자가 아닌가?

면서기에 인텔리 출신으로 표적이 됐던 권오석 씨가 공산당의 무수한 양민학살 과정에서 살아남았던 것은?

1급 시각장애인이다. 또한 앞이 전혀 보이지 않아 당시 3세 딸인 권양숙 손을 잡고! 겨우 나들이를 했다고 한다. 앞 못 보는 불쌍한 사람까지 죽인다면 공산당 이념과 상반되지 않은가! 병약하고 심약한 시각장애인을 살려둔 들 무슨 일을 하겠는가? 그래서 살려주었을 것이라는 당시의 목격자가 증언했다.

당시 대법원 재판기록에 의하면. 권 씨의 증언관련 희생자 9명은 모두 농민출신으로 밝혀졌다는데 이는 대선 당시 모정당의 주장과 배치된다는 점에 대한 견해는?

노무현 후보를 떨어뜨리기 위하여 야당과 국내 글로벌 언론과 야합하지 않았나 생각 한다. 글을 쓰는 기자가 있는 그대로 보도를 해야 하고 독자의 판단에 맡겨야 하는데 여론을 조장해 가는 글을 쓰는 것은 잘못이다. 재판기록에도 농민으로 나왔으면 권오석이 가해자라는 것은 잘못이 아닌가? 당시의 군사재판을 어찌 믿겠는가?

피해자 쪽과 목격자들의 증언내용을 소개하면?

어느 쪽이 맞는 말인지 답하기 어렵다. 단만 목격자 증언 쪽에 무게를 두고 있다. 그동안 피해자 측 증언내용만 기록된 책에 무게를 두고 있다. 그동안 피해자 측 증언내용만 기록된 책들이 많이 출판되었고……. 대선당시 중앙 유력 신문들이 노 후보를 음해할 목적으로 권오석을 나쁜 쪽으로 보도되었기 때문이다. 언론의 힘이 무섭지 않은가? 탈고 후 대통령의 형이신 노건평 씨에게 책 서문을 복사하여 보게 하였고 김해시내 다방에서 만나 이야기를 나누었다. 자세한 내용을 알고 싶었으나 사돈 간의 일인데 알 수는 없고 아들이 부산에 있으니 만나보라고 하면서 언론의 피해는 지적하였다. 아무튼 고맙다고 하였다. 그 자리에서 동생이 훌륭하게 임무를 끝내 퇴임 후 김해시 연지공원 산책로에서 손자들의 손을 잡고 경호원 없이 거니는 모습을 보고 싶다는 말을 해주고 헤어졌다.

그 당시 좌익출신 B씨가 공출문제로 면서기 권오석 씨와 사이가 나빠져 음해했다는 부분에 대한 증거는?

충분히 있을 수 있는 내용이다. 죽음을 목전에 두고 있는 처지에서 그보다 더한 음해도 할 수 있는 일이 아닌가. 증언자들의 말에 객관성이 있었다.

권 여사 부친의 재판기록을 보면. 전시상황에서 1급 시각장애인이 어떻게 간부직책을 수행할 수 있었는지 의문점이 생기는데……

증언자들이 말하는 것도 타당성이 있지만 1급 맹인 장애인이 중간 간부직책을 수행하기는 어려웠을 것으로 여겨진다. 윗 상관이 있는데 부의장 직책으로 주도적 역할을 했다는 내용은 보도기사가 윤색된 것이 아닌가 생각해 볼 수 있다. 필자는 복지 신문 기자시절 시각장애인과 많은 대화를 하였다. 처음 장애인이 되었을 때는 성격이 삐뚤어 질 수도 있다. 그러나 어느 정도 지나면 자신의 처지를 업보로 받아들이면서 종교를 믿는다고 한다. 전생에 죄를 지어 현세에 벌을 받았다고 죄를 뉘우치면서 산다. 내세에는 천국에 살거나 다른 사람의 몸을 빌려 태어나는 윤회사상을 믿고 있다. 그것을 받아들이며 살기 때문에 시각장애인이 된 권오석 씨가 인민재판 현장에서 주도적인 역할을 하여 불쌍한 농민을 9명이나 죽음에 이르게 하였다는 말은 거짓이라고 본다. 좌익악질 B씨가 죄를 감하려고 그랬고……. 시각장애인 권오석 씨를 강제로 끌고 가서 불리한 서류를 만들어 손도장을 꾹꾹 찍게 하여 죄를 뒤집어 씌웠다는 증언을 하였다. 당시의 주민들이 인민재판장에서 하는 말들은 생사를 가름 하는 말이었기에 조금만 사이가 나빠도 억울한 누명을 쓰고 죽었다는 것이다. 한 증언자 말에 따르면? 공산당 생리로 보아서 공무원인 권오석 씨가 인민재판에서 죽어야 하는데 살아있으니 좌익이어서 살려주었다는 추측이 그런 엄청난 결과를 낳게 되었다고 하였다.

권오석 씨가 옥사하기까지 전향하지 않은 이유는 무엇이라고 보는가?

필자가 권오석이라도 전향하지 않았을 것이다. 그는 좌익도 아니며 죄를 지은 것이 아니다! 그는 인텔리 공무원이기에 사후 일을 알고 있었을 것이다! 가족에게 피해를 주지 않기 위해서였을 것이다. 그러나 냉혹한 현실은 그 가족에게 연좌제라는 굴레를 씌우고 말았지만 말이다.

본 저서가 노대통령에 대한 해명자료인양 오해될 소지도 없지 않은데! 이에 대한 필자의 견해는?

나쁜 쪽으로 보면 그럴 수도 있다. 그러나 이 책은 3년 전부터 집필하였다. 기자가 알다시피 월남 고엽제가 아닌 휴전선 고엽제 살포사실을 첫 번째 저서 "병영일기" 2권 184페이지에 수록하여 무슨 병인지 모른 채 30여 년 동안 고생한 고엽제 환자들의 보상과 치료를 받게 하였고. 일부는 국가유공자가 되었다. 400여 만 명의 시조라고 하는 김해시 김수로왕의 묘가 가묘家廟라 하여 김해 김씨 측에서 위해를 하겠다는 협박에도 "쌍어속의 가야사"역사책을 집필 출판하였으며……. 현재 베스트셀러가 된 "북파공작원" 1~2권을 출판하여 그동안 잘못 알려진 공작원의 신분을 바로잡아 그들의 명예회복과 보상을 받는데 일익을 담당한 책을 집필 하였다. 사실은 권오석 씨 관련 원고가 많았으나 거의 삭제했다. 중요한 곳만 독자들이 읽고 판단할 수 있도록 요약하였다. 원고를 삭제 후 이상한 꿈에 시달렸다. 권오석 씨의 묘가 불타고 그 현장에 권양숙 여사는 흰 한복을 입고 노대통령은 장정 3명과 검정양복을 입고 나타났다. 묘의 봉분이 없고 바닥에는 대나무가지로 만든 빗자루가 손잡이 없이 나뒹굴며……. 요즘 잘 쓰지 않는 잉크를 넣어 쓰는 만년필촉 머리만 남은 것이 하나 있었으며 한발정도의 지름 3센티미터 굵기의 나무작대기 끝이 구부러져 있는 꿈을 세 번이나 꾸었다. 그래서 미신을 믿지 않은 필자가 스님 두 분을 만나 해몽을 부탁하였다. 꿈 해몽 내용은 밝힐 수 없다. 그래서 원고 삭제분량을 살리려 했으나? 기자의 지적처럼 권양숙 여사 가족의 해명자료인양 오해가 있어 삭제권고를 수용키로 했다. 독자들의 판단에 맡길 뿐이다.

권오석 씨 문제는 이달 중 출간예정인 "지리산킬링필드"에서 일부 언급된 것으로 이 책이 출간되면 우선 청와대로 보낼 것이라고 하는데. 대통령과 영부인에게 하고 싶은 말은?

앞서 노건평 씨에게도 말했듯이. 우리나라 역대 대통령들이 퇴임할 즈음 담장을 높이고 집주변 경비를 늘리며 외출 시 경호원을 대동한다. 통치기간 무슨 죄를 많이 지어서…….

후보가 되어 처음 고향을 찾았을 때처럼 경호원 없이 고향에 들려주었으면 한다. 김해 연지공원 벤치에서 필자와 조우하였으면 한다. 그런 소망이 이루어질지 지금의 나라사정으로 보아서 어려울 것 같은 기분이 든다! 우리 사회가 너무한다. 내 가족에 피해가 없다면……. 남이야 죽던 말 던 상관없다. "내 돈 들여 초상칠 일이 없다."는 님비현상이 사회도처에 팽배해지고 있기 때문이다. 어쩌면 두 분 다 피해가족 일수도 있다. 다시는 동족 간에 총칼을 겨누는 전쟁이 일어나지 않게 통치하리라 믿는다.

－오성환 기자－

※ 위의 글은 뉴스매거진에 상재된 글을 토씨하나 틀리지 않게 쓴 글이다.

자료 수집을 위해 창원 진전면을 세 차례 갔다 왔는데……. 필자는 아파트 8층에 살고 있어 엘리베이터에서 내려 현관 문 전자키 숫자를 누르고 있으면 엘리베이터 문이 닫혔다가 다시 열리고 약 10초정도 있다가 문이 닫히는 일이 있어 등골이 오싹 하였다. 나는 절대로 미신을 믿지 않는다. 그것은 북파공작원이 되었을 때부터다. 나는 권오석 씨의 혼령魂靈이 따라왔나 의심도 했다. 이글을 읽는 독자들도 엘리베이터가 그런 식으로 오작동을 한다면 소름이

끼칠 것이다.

※ 뉴스매거진에서 인터뷰 때 말하지 않은 꿈 해몽을 이제는 말 한다.

『꿈의 해몽은……. 묘의 봉분이 없는 것은 노무현대통령 묘 봉분이 없을 것이며 대나무가지로 만든 빗자루는 노대통령이 재직 때 만든 수많은 업적을 쓸어서 없애버린다는 뜻이고 촉만 남은 만년필은 언론을 뜻하고 만년필에 잉크를 넣는 고무주부가 없는 것은 잉크가 없어지도록 나쁜 기사들을 많이 써서 이고 장정 3명은 부인과 아들 그리고 딸인 상주를 뜻 하며 3센티미터 몽둥이는 중앙 유력 3개신문사에 얻어맞아 결국은 죽는다는 해석이며. 권양숙 여사의 흰 한복은 살풀이춤을 출 때 입는 옷이며 한을 표한 것이고. 상을 당한다는 뜻.』이라 했다. 두 분의 스님 신분은 밝히지 않는다. 인터뷰가 실린 뉴스매거진 기사의 원문을 원하면 복사하여 보내주겠다.

※ 묘 봉분이 없다는 글은? 지금 김해 진영 봉하 마을 노무현대통령 묘는 봉분이 없다. 이 책이 지금 출판되었다면 강작가가 거짓 글을 집필을 했다고 하겠지만! 지리산 킬링필드는 2003년 6월에 출간이 되었다.

위의 꿈 이야기가 노무현대통령이 돌아가신 후 쓴 글이라면 소설가적 상상력의 엉터리라 하겠지만! 살아계실 때 뉴스매거진 오성환 기자와의 대담 때 이야기하여 실린 글이다. 그분이 작고하고 없지만 내가 권오석 씨의 고향 창원군 진전면 곳곳을 찾아다니며 자료를 수집할 때에 꾸었던 꿈 해몽과 너무 똑같아 마음이 아프다. 주간

잡지인 뉴스매거진도 청와대에 납품이 되고 있다. 당시에 탄핵 소추에 업무정지를 당해 있는 시기다. 내 책도 그때 보냈다. 그분과 첫 대면은 후보가 되어 고향을 찾아 왔을 때다. 내가 편집위원으로 있는 월간 "동서저널" 편집장과 사진 기자를 대동하고 취재를 하러 갔을 때 만났고 두 번째 대면은 인터뷰 기사처럼 임기를 끝내고 고향에 돌아와 진영 봉화마을에서 살고 있을 때……. 중학교 동창인 이성호 "가야팝스오케스트라" 단장이 김해 칠암 문화센터에서 정기 공연하는 공연장에서다. 권양숙 여사와 같이 공연 공연관람을 왔는데 두 분과 인사를 나누었고…….

"장인 권오석 씨의 사건을 다룬 내가 지리산 킬링필드 저자인데 책을 보냈는데 받아보았습니까?"

질문에 "잘 받아보았다. 감사하다."하였다.

"농촌에 관련 책을 집필 중인데 추천사를 부탁합니다."

"추천사가 무엇입니까?"

"책 완성도 보증서입니다."

"알겠습니다."하여 "탈고되면 찾아뵙겠습니다."는 그 말이 마지막이 될 줄 몰랐다. 공연이 끝에 마지막으로 등장한 내가 작사 하고 이성호 가야 팝스오케스트라 단장이 작곡을 하여 가수 천태문이 부른 대중가요 "김해아리랑 가야 쓰리랑" 열창이 끝나고 사회자가 특별히 작사가인 나를 소개를 하자 그분은 의자에서 일어나 엉거주춤한 자세로 나에게 손짓 인사를 한 후 박수를 쳐주었다. 원고를 거의 끝낼 무렵 그분은 극단적인 행위를…… 추천사를 부탁했던 책 제목 "눈물보다 서럽게 젖은 그리운 얼굴하나"처럼 나에겐 아니? 노무현대통령을 사랑했던 모든 사람에겐 그런 얼굴이 되어버렸다!

이 책은 도서출판 청어에서 2009년 10월 20일에 출간 되었다. 놀랍게도 인터뷰 기사처럼 그는 임기를 끝내고 고향에서 농사를 지으면서 평화롭게 살려 했으나! 이번에는 총칼이 아닌 펜언론에게 몰매를 맞아 죽어야 했다. 주지할 것은 "지리산 킬링필드" 출간 후 노무현 대통령의 형인 노건평 씨가 "김해 상아예식장 1층 커피숍에서 지금 기다리고 있다"며 만나자는 전화연락이 와서 나갔더니? 약속 시간보다 50분이나 늦게 도착하였다. 약속을 먼저 한 그는 늦은 이유를 "30분 일찍 나왔는데 갑자기 누가 만나자하여 만나고 오느라 늦어 미안 하다"하였다. 술에 과하게 취한 얼굴에 손에는 스티로폼상자를 들고 왔는데 선물인 듯싶었다. 이런 저런 이야기를 1시간여 하고 헤어진 3일 후 노무현대통령 말이 "농촌에서 농사꾼에게 청탁을 했다는……. 대한민국 각 언론에 보도되기 시작 된 후? 대우건설 사장이 한강에서 투신을 했다. 당시의 나의 불길한 예감이 맞아!

분단의 비극
국군의 양민학살 다룬 기록물 「지리산 킬링필드」

(서울=연합뉴스) 신지홍기자

지금은 팔순이 된 빨치산 노인을 3차례나 만나 설득했습니다. 결국 노인은 너무 배가고파 '인육과 개고기를 넣어 된장국을 끓여 먹었다'고 털어놓았습니다. 6.25 전쟁당시 국군에 의한 피비린내 나는 양민학살을 다룬 기록물 「지리산 킬링필드」(선영사 刊)가 출간됐다.

「북파공작원」(상·하)을 낸 바 있는 저자 강평원(55)씨는 지난 3년 간 지리산자락의 양민학살현장을 발로 찾아다니며 당시 현장에서 살아남은 희생자 가족과 빨치산 등 20여명을 만나 증언을 채록했다.

충격적인 내용은 1950년 12월 7일 전남 '남산뫼 양민학살사건'당시 여동생을 살리기 위해 공비에 끌려가 빨치산이 됐던 노인(당시 23세)의 증언.

"빨치산이 토벌된 것은 사실 병참인 식량의 보급이 차단됐기 때문인데 워낙 먹을 게 없자 빨치산은 개를 잡아먹었지요. 그때는 먹을 것을 찾아 이리떼처럼 야산을 떠도는 개들이 많았어요. 그런데 개만 잡아먹은 게 아니라 시신도 먹었다는 거예요. 그 노인은 한밤중에 시신 3명을 포를 떠서 껍질을 벗긴 개고기와 함께 된장을 풀어 끓여먹었다고 증언했어요."강 씨는 이 증언을 어렵게 들을 수 있었다며 노인의 신원과 세부내용 등을 공개하기를 꺼렸다.

노무현 대통령의 장인 권오석 씨에 대한 흥미로운 내용도 있다. 지난 대선당시 노 대통령은 장인의 '빨치산 전력 논란'으로 곤혹을 겪었는데, 강 씨는 자료조사 증언을 토대로 "권 씨는 1948년 공업용 알코올을 소주로 알고 막걸리에 타먹었다가 그 후유증으로 시각장애인이 됐다"며 "한마디로 빨치산에서 어떤 역할을 할 입장이 아니었다."고 주장했다.

저자가 검토한 군사정권하 대법원 판결기록 등에 따르면 권 씨는 창원 진전면의 빨치산위원장인데다 인민재판의 주도적 역할을 한 것으로 돼있다. 그러나 강씨는 "일제시대부터 면서기였던 권씨 자신이 당시로서는 인민재판감 이었으며, 그가 주변 악질 좌익분자에 의해 강제로 끌려간 뒤 손도장을 찍고 빨치산 부위원장의 직함을 갖게 됐다는 증언도 있다"고 덧붙였다.

강 씨는 이밖에 2.8산청 양민학살을 목격한 할머니(당시11세)의 증언을 빌어 "(국군 공비토벌대가)집에서 빨리 나오지 않은 거동이 불편한 노인의 머리를 개머리판으로 후려쳐 피범벅을 시킨 뒤에도 질질 끌고 다니면서 집에 불을 질렀다"고 폭로했다. 400쪽 1만 3천원.

연합뉴스 2003년 6월 17일

위의 글은 연합뉴스 특종기사다. 지리산 킬링필드는 2003년 6월 20일에 1쇄 인쇄가 들어가 2003년 6월 30일에 발행을 했다. 그러니까. 책 초판인쇄 들어가기 3일전에 연합뉴스 신지홍 기자가 책에 관한 내용을 전부 알고 미리 기사를 올린 것이다. 6월 17일 아침 7시 3분경 연합뉴스 신지홍 기자라면서 전화가 와서 "인육을 먹은 노인에 관한 신원을 알고 싶다"는 이야기와 "다른 작품을 집필하고 있느냐?"등 여러 가지 이야기를 나누었다.

국내 기자들 일부가 나를 추적하고 있다는 것을 알고 있기에 크게 신경을 쓰지 않았다. 9시쯤 되어 김해경찰서에서 정보과 형사가 만나자는 연락이 와서 김해예총사무실에서 만났는데 "청와대에서 전화가 왔다"면서 "책을 몇 부를 찍었느냐?"는 질문에 "보통 1000~2000부를 찍어 팔리는 것을 보아 더 찍는데……. 출판사에 전화를 하여 초판 5,000부를 찍는다는 출판사 김영길 대표와 전화가 이루어져서……. 형사가 책을 보자고 했으나 아직 나에게 책이 오지를 않았다고 했다. 내 전화번호를 모를 텐데 집으로 전화가 와서 무척이나 궁금했다. 이 책은 1판 1쇄 발행일이 3003년 6월 30일 날인데? 책이 저자에 오기 전에 연합뉴스에서 기사를 내고 청와대에서 김해경찰서에 연락을……

지리산 킬링필드 책 표지 중앙에 녹색으로 "노무현 대통령과 권양숙 여사의 시대적 아픈 상처"라는 부제副題가 기록 되어있으며 당시의 소설로는 드물게 칼라로 제작됐으며 출판사에서 중앙지 두 곳에 가로 37센티 세로 17센티로 크기의 칼라광고를 1년을 했으며 베스트셀러다. 332페이지에 상재된 글엔……

《그리고 무엇보다도 필자는 노무현 대통령께서 퇴임 후 유모차에 어린 손자를 태워 김해시 연지공원 산책로에서 필자와 서로 만났으면 한다. 또한 서울뿐만 아니라 대도시 공원 같은 번잡한 곳에서 경호원 없이 노부부가 다정히 손을 잡고 산책을 다니는 모습을 보았으면 한다. 우리나라 역대 통치자는 통치기간에 무슨 죄를 그리도 많이 지었기로서니 퇴임할 즈음 담장을 높이고 경비를 강화하며 외출 시 경호원과 대동하는가! 통치자는 통치 기간이 끝나면 우리와 같은 평범한 시민이 되어야 하지 않겠는가!》

이 책을 읽고 고향으로 내려 왔는가! 하는 느낌이 들어 가슴이 아프다. 나에겐 "눈물보다 서럽게 젖은 그리운 얼굴이 되었다."나만이 아닌 전 국민이 그런 마음일 것이다! 이 책 출간 후 노무현 대통령이 10월에 제주도로 가서 제주 4.3사건을 용서를 빌었다는 뉴스를 보았다.

※ 2022년 8월 4일에 지리산 킬링필드 책을 읽고 전남 순천시 cbs 유대용 보도제작국 취재팀 기자와 전라북도 전주시 송승민 보도제작국 기자 외. 전남 cbs 소정민pd께서 7월 19일에 만나자는 연락이 와서 8월 4일 김해시청에서 필자와 만나 여순사건과 전북남원국민보도연맹 사건에 관한 인터뷰를 2시간 녹화를 했다. 필자의 책을 보고 유족에게 희생자 유족에게 피해보상을 받게! 하려고……. 김해지역 유족은 8천만원을 받았다고 한다. 2022년 10월에 여순사건 희생자가 3,200여명이라는 뉴스를 보았다. 곧 그들의 유족에게 보상이!!!!

국민보도연맹이란? 대한민국 정부가 들어서고 국방경비대가 해체되면서 1948년 10월 1일 국군이 창설되었다. 국내정세가 혼란하고 38선에선 남과 북의 병사들 간에 서로 총격이 가해지는 등 전쟁발

발조짐이 차츰 고조되고 있음을 알아차린 이승만 대통령은 1949년 10월 "좌익성향이 있는 사람과 좌익에 가담했던 사람들을 모두 모아서 그들을 보호하고 지도할 목적으로 보도연맹을 만들라"고 지시한 것이다. 그때부터 전국 각 경찰서 사찰계(현)정보과는 지역 내 주민들의 성분조사를 하여 비치하고 있던 자료를 가지고 각 마을 좌익협력자들을 대상으로 단체를 만들기 시작한 것이다. 당시 군첩보대와 경찰은 골수좌익분자나 적극협력자들을 체포하기 위해 전력을 다하여 수사하고 있었기 때문에 그들이 마을에 나타난다는 것은 불가능한 일이었다. 따라서 보도연맹에 가입하게 된 대부분의 사람들은 좌익들의 협박에 못 이겨서 양식을 내어 주었거나 짐을 지어다 주는 등 부역附逆이 아닌 노역을 한 사람들이 더 많았다. 국민보도연맹은 군과 면단위까지 지부가 결성되어 경찰서나 지파출소에서 야간경비를 맡는 등 치안에 상당한 협조를 했다. 또 7일내지 10일 간격으로 집단으로 모아 민주주의 등 갖가지 교육을 시키기도 했다. 그리고는 좌익에 몸담았다 해도 국민보도연맹에 가입한 사람에 한해서는 모든 죄를 일체 묻지 않겠다고 했다. 그러나 1950년 한국전쟁6·25의 발발로 국민보도연맹에 가입한 남쪽지역 대부분의 사람들은 손과 발이 묶인 채 으슥한 골짜기로 끌려가 집단적으로 학살을 당하게 됐다. 이것이 바로 「국민보도연맹 양민학살사건」이다. 당시는 전시戰時였고 국가가 존폐存廢의 위기에 놓였기 때문에 그들을 총살시켰겠지만…… 유족들은 정부의 배신으로 인해 가족 등을 잃었다고 주장하고 있다. 한편으로는 좌익에 가담했던 일부의 사람들은 국민보도연맹에 가입하라고 종용해도 가입을 끝까지 하지 않고 버티어 살아남기도 했다. 당시 정부의 입장에 대해서 대부분의 사람들은 다음과 같이 말하고 있다.

"한국전쟁이 나자 급작스럽게 후퇴하기에 바빴던 국군들이 경상남도와 전라남도만 남겨둔 채 서로 간에 대치 할 즈음…… 서울등지의 북쪽지방의 적 점령지역에서 국민보도연맹 가입자들이 우익인사들의 체포를 위해 인민군들의 앞잡이로 선두에 나서서 고발하고 있다는 정보에 따라 아군지역에 있는 연맹가입자들이 내분을 일으킬 것을 우려한 나머지 너무 성급하게 저질러버린 참사다."라는 것이다. 지금은 **연좌제**連坐制↔자손까지 없애는 것에 폐지로 많은 자료가 소멸되고 없지만…… 경상남도 내의 **진주·진양·마산·창원·김해·동래·거창·산청·함양·** 등 많은 지역에서 군인 경찰이 폭도나 사형수에게 가할 수 있는 집단 사살 참극을 벌였다. 정부수립이후 **이데올로기**industrial↔理念에 의해 최악의 사건으로 기록된 국민보도연맹사건…… 특히 경상남도 전 지역과 전라 남·북도 일부지역에서 자행된 이 사건은 수많은 젊은이들을 죽음의 구렁으로 몰고 갔다. 이 사건은 철저하게 비밀에 붙여져 어느 곳에서도 정확한 기록을 찾아 볼 수 없는 게 안타깝다. 당시는 전쟁 중 이었고 비상계엄령이 선포되어 적들이 낙동강까지 밀고와 대구시내에 포탄이 떨어져 대구 함락이 시간을 다투고 있을 급박한때였다. 한편으로는 진주가 함락되고 적이 우리해병대와 마산 진동에서 진을 치고 밀리고 밀리는 대 공방이 전개 되든 때이기도 했다. 전후戰後 세대뿐만 아니라 전전戰前↔전쟁이 나기 전 세대마저도 70대미만의 나이를 가진 사람들은 무슨 사건인지조차 잘 모르고 있다. **붙박이 농경문화권**의 나라로서 역사상 단 한 번도 대량학살이 없었던 한국에서 이런 대학살의 피바람이 불게 된 것은 **공산주의란 악마**惡魔의 이념이 들어와 인간들이 가지고 있는 야수성을 자극하여 증오심을 폭발시켰기 때문임을 의심 없이 보여준 사건이다. 한국정부·우익에 의한 학살은 이런 공격에 대한 방어나 복수심에서 이루어진 것이다. 서울을 점령한 북한의 인민군과 정치공작대가 공무원과 경찰을 비롯한 군인가족을 잡아 죽이고 인민재판을 시작하여 백주白晝에 마을 사람을 많이 모이게 하여 운집한 군중 앞에서 몽둥이로 때려죽이고 있을 때……. 한강 남쪽으로 후퇴하고 피난 간 사람들은 등 뒤에서 들려오는 이런 소식에 민감하게 반응하지 않을 수 없었다. 전향했다는 공산주의자들의 단체인 국민보도연맹 소속 원들이 경찰과 국군에 의에 예방적豫防的으로 재판 없이 처리된 비극은 이런 배경에서 발생했던 것이다. 한국전쟁 전후 좌익이 우익에 대한 인민재판 같은 사건이 전국도처에서 벌어지자 한국전쟁 발발로 우익이 좌익이 했던 거와 비슷한 일을 보복적으로 저지른 것이 바로 국민보도연맹 사건이다.

『지금도 "너 까불다간 골로 간다"라는 말들이 조직 폭력들에 의해 쓰여 지고 있다. 이 말 뜻을 풀이하면 "골짜기로 데려가 아무도 모르게 죽인다"라는 협박어다. 한국전쟁 전후前後에 전국도처에서 저질러진 국민보도연맹원과 통비자빨갱이 협조자를 으슥한 골짜기로 끌고가서 죽인데서 생겨난 말이라고 한다.』

국민보도연맹이란? 대한민국 정부가 들어서고 국방경비대가 해체되면서 1948년 10월 1일 국군이 창설되었다. 국내정세가 혼란하고 38선에선 남과 북의 병사들 간에 서로 총격이 가해지는 등 전쟁발

발조짐이 차츰 고조되고 있음을 알아차린 이승만 대통령은 1949년 10월 "좌익성향이 있는 사람과 좌익에 가담했던 사람들을 모두 모아서 그들을 보호하고 지도할 목적으로 국민보도연맹을 만들라"고 지시한 것이다. 그때부터 전국 각 경찰서 사찰 계현→정보과는 지역 내 주민들의 성분조사를 하여 비치하고 있던 자료를 가지고 각 마을 좌익협력자들을 대상으로 단체를 만들기 시작한 것이다. 당시 군첩보대와 경찰은 골수좌익분자들을 비롯하여 적극협력자들을 체포하기 위해 전력을 다하여 수사하고 있었기 때문에 그들이 마을에 나타난다는 것은 불가능한 일이었다. 따라서 국민보도연맹에 가입하게 된 대부분의 사람들은 좌익들의 폭력적인 협박에 못 이겨서 양식을 내어 주었거나 짐을 지어다 주는 등 부역附逆이 아닌 노역勞役을 한 사람들이 더 많았다. 국민보도연맹은 군과 면단위까지 지부가 결성되어 경찰서나 지파출소에서 야간경비를 맡는 등 치안에 상당한 협조를 했다. 또 7일내지 10일 간격으로 집단으로 모아 민주주의 등 갖가지 교육을 시키기도 했다. 그리고는 좌익에 몸담았다 해도 연맹에 가입한 사람에 한해서는 모든 죄를 일체 묻지 않겠다고 했다. 그러나 1950년 한국전쟁6·25의 발발로 국민보도연맹에 가입한 남쪽지역 대부분의 사람들은 손과 발이 묶인 채 으슥한 골짜기로 끌려가 집단적으로 학살을 당하게 됐다. 이것이 바로 「국민보도연맹학살사건」이다. 당시는 전시戰時였고 국가가 존폐存廢의 위기에 놓였기 때문에 그들을 총살시켰겠지만…… 유족들은 정부의 배신으로 인해 가족 등을 잃었다고 주장하고 있다. 한편으로는 좌익에 가담했던 일부의 사람들은 국민보도연맹에 가입하라고 종용해도 가입을 끝까지 하지 않고 버티어 살아남기도 했다. 당시 정부의 입장에 대해서 대부분의 사람들은 다음과 같이 말하고 있다.

"한국전쟁이 나자 급작스럽게 후퇴하기에 바빴던 국군들이 경상남도와 전라남도만 남겨둔 채 서로 간에 대치 할 즈음……. 서울등지의 북쪽지방의 적 점령지역에서 국민보도연맹 가입자들이 우익인사들의 체포를 위해 인민군들의 앞잡이로 선두에 나서서 고발하고 있다는 정보에 따라 아군지역에 있는 국민보도연맹가입자들이 내분을 일으킬 것을 우려한 나머지 너무 성급하게 저질러버린 참사다."라는 것이다. 지금은 연좌제連坐制 폐지로 많은 자료가 소멸되고 없지만……. 경상남도 내의 진주·진양·마산·창원·김해·동래·등 많은 지역에서 군인 경찰이 폭도나 사형수에게 가할 수 있는 집단사살 참극을 벌였다. 정부수립이후 이데올로기에 의해 최악의 슬픈 사건으로 기록된 국민보도연맹사건. 특히 경상남도 전 지역과 전라남·북도 일부지역에서 자행된 이 사건은 수많은 젊은이들을 죽음의 구릉으로 몰고 갔다. 이 사건은 철저하게 비밀에 붙여져 어느 곳에서도 정확한 기록을 찾아 볼 수 없는 게 안타깝다. 당시는 전쟁 중 이었고 비상계엄령이 선포되어 적들이 낙동강까지 밀고와 대구 시내에 포탄이 떨어져 대구 함락이 시간을 다투고 있을 급박한때였다. 한편으로는 진주가 함락되고……. 적이 우리해병대와 마산 진동에서 진을 치고 밀리고 밀리는 대 공방이 전개 되든 때이기도 했다. 붙박이 농경문화권의 나라로서 역사상 단 한 번도 대량학살이 없었던 한국에서 이런 대학살의 피바람이 불게 된 것은 공산주의란 악마惡魔의 이념이 들어와 인간들이 가지고 있는 야수성을 자극하여 증오심을 폭발시켰기 때문임을 의심 없이 보여준 사건이다. 한국정부·우익에 의한 학살은 이런 공격에 대한 방어나 복수심에서 이루어진 것이다. 서울을 점령한 북한의 인민군과 정치공작대가 공무원과 경찰을 비롯한 군인가족을 잡아 죽이고……. 인민재판을 시작하여 백주白晝에 마을 사람을 많이 모이게 하여 운집한 군중 앞에서 몽둥이로 때려죽이고 있을 때 한강 남쪽으로 후퇴하고 피난 간 사람들은 등 뒤에서 들려오는 이런 소식에 민감하게 반응하지 않을 수 없었다. 전향했다는 공산주의자들의 단체인 국민보도연맹 소속 원들이 경찰과 국군에 의에 예방적豫防的으로 재판 없이 처리 된 비극은 이런 배경에서 발생했던 것이다. 한국전쟁 전후 좌익이 우익에 대한 인민재판 같은 사건이 전국도처에서 벌어지자? 한국 전쟁 발발로 우익이 좌익이 했던 거와 비슷한 일을 보복적으로 저지른 것이 바로 국민보도연맹 사건이다.

이승만·박정희·전두환·노태우 4대 정권은 대다수 국민이 알고 있 듯 총구에서 탄생국민을 죽이고한 정권이다. 지나온 역사는 언제나 승자집권자의의 편에서 기록을 하였다. 그러나 지금의 자유민주주의 국가에선 어림없는 일이다. 일시적인 승자의 편에 편승하려는 작금 의 일부 보수파 정치인의 뜻대로 될 수 있을지는 몰라도……. 후대 의 역사가들은 준엄한 심판을 내릴 것이다. 그 임무를 수행하는 일은 시대의 증인이며 이 땅의 취후의 양심의 보류인 우리 같은 작가에 의해서다. 박근혜 통치 때 이승만의 치적과 박정희 치적을 유신의 딸인 박근혜 대통령의 지시로 국정 교과서를 만들겠다는 계획아래! "청치 권은 아니다"대다수의 역사학계 집필진과 교수들은 "그러려고 한다"연일 공방을 벌였다. 대다수 역사 교과서를 집필을 반대한다는 뉴스와 신문기사가 넘쳐났었다. 이승만·박정희·전두환·노태우 등 4대 정권은 총구에서 탄생한 정권임을 국민들의 대다수가 알고 있는데. 그들의 업적을 미화하려는 파렴치한 행동을 보면 짙은 가래를 끓어 올려 얼굴에 뱉어 버리고 싶었다. 결국은? 퇴임 후 박근혜는 감옥으로…….

김해국민보도연맹 학살사건

한국전쟁 전 후 민간인 학살실태가 정확하게 밝혀지지 않고 있다. 지금이라도 피해자와 가해자가 모여 밝혀야 할 것이다. 우리는 하늘에 묻는 짓은 이젠 그만 두어야하기 때문이다. 이 땅에는 72년 전 좌우익左右翼 이념 대립으로 서로가 많은 인명을 살상을 하였고, 또한 빨갱이를 소탕하는 과정에서 수많은 이웃들은 어느 이름 모를 야산골짝으로 도살당하는 소처럼 끌려가 총살당하여 쓰레기 파묻 듯 한 구덩이에 매장 당하였다. 다른 한편으로는 묻을 장소가 없어 바다로 끌고 가 수장水葬 시켜 버려도 말 못하는 농아 인 같이 침묵으로 일관하였다. 재판도 최소한의 소명의 기회도 없이 죄목도 가해자가 정한대로 현장에서 종결짓고 처형하였다. 당한 가족은 살이 떨리고 뜨거운 피가 역류하였으리라……! 항간에서는 해묵은 사건을 들추어내서 무엇 하겠는가? 라는 비판도 있다. 그러나 폭력적인 살상. 끔찍한 원한과 복수로 얼룩진 지난날의 이 땅에서 저질러졌던 사건의 진상을 모두가 모르고 자란 우리 후세들에게 그러한 비극이 다시는 이 땅에서 일어나지 않도록 교육하자는 것이다. 항간에는 추한 역사를 들춰내고 있느냐? 는 질책도 있지만? 당하지 않은 자의 무책임한 발언 일 수도 있다! 지난 역사 속에 광주 민주화 항쟁 국회 증언 때 임신한 딸이 금수禽獸 같은 계엄군 총에 맞아 뱃속에서 태아가 죽지 않으려고 발버둥치는 것을 목격한 친정어머니의 증언을 들었을 것이다. "더도 말고. 덜도 말고. 가해자도 나 같은 꼴을 당하여 보거라."하고 국회의사당에서 울부짖던 피해자 어머니를 TV화면으로 우리는 지켜보았다. 광주 항쟁 때 가해자 가족들도 그렇게 참혹하게 당해보란 뜻이다. 어머니가 죽자 뱃속의 살아 있는 아기의 몸부림을 생각하면 등에 식은땀이 흐른다. 73년 전 이 땅에 사는 힘없는 양민들에겐 그 장면보다 더 끔직한 사건이 수없이 있었다. 북에서는 변절자로 버림받고 남에서는 '빨갱이'라고 저주받았던 무고한 민간인들에게 이 땅에 살고 있는 누군가는 가해자였고 그것을 보고도 모른 채 '나하고 상관없다'입 다물고 방관하였던 것이다. 다행히도 그때 저질러졌던 억울한 죽음에 대한 진상조사가 이루어지고 있으며……. 2003년 10월 노무현 전 대통령이 제주 4·3민중저항 때 저질러진 사건에 대해 사과했다. 이로 인하여 이제야 우리는 한반도 전쟁 상혼이 곳곳에 존재하는 현장마다 억울하게 죽어간 민간인 희생자들을 조사할 수 있는 '통합 특별법'이 제정되어야 한다고 각 언론에 보도되었다. 올해로 한국 전쟁이 일어 난지도 73년 지났지만 전쟁의 상흔傷痕이 치유되기는커녕……. 고통의 나날 속에 가슴앓이를 하고 있는 유족들의 한을 더 이상 방치할 수는 없는 노릇이다. 반세기를 넘길 동안 철저히 은폐 되어 온 한국전쟁 전후에 저질러진 민간인 학살사건이 알려지기 시작한 것은 AP통신에 노근리 사건이 보도되면서 전 국민이 관심을 가질 수 있었다. 그 보도로 인하여 전국에서 민간인 학살사건 피해자 모임이 결성되면서 하나 둘씩 당시에 희생당한 사건과 이를 뒷받침할 수 있는 구체적 증거들이 속속 발견되고 있다. 이런 상황에서 유야무야 그냥 넘어 갈 수는 없다. 군경의 사기에 악영향을 줄 수 있다는 변명과. 자료가 불충분하다는 핑계들을 대가며 소극적인 자세만을 취할 수는 더욱 없다는 것이다. 모든 일은 지난 과거사라고 치유를 기다리는 '고' 자세는 지향하여야 한다. 피로 물든 역사는 정확한 재정립이 필요하며 과거의 잘못을 반성하고 그것을 교훈 삼아 다시는 이런 참담한 역사를 만들지 말아야 할 것이다. 단 한 번도 왕의 목을 치지 못한⋯⋯. 조선 시대부터 거듭 놓쳐버린 개혁의 기회가 우리사회의 뿌리 깊은 보수성을 낳았다. 그러나 멀리 조선시대까지 올라가지 않더라도 일제 36년 강점기부터 해방 이후 우리현대사는 국민들에게 체념과 침묵만을 강요해왔다. 침묵을 깨고 '앞에 나선'사람들은 자기 목숨까지 내놓아야 했다. 해방 후부터 한국전쟁에 이르는 기간, 국가의 권력에 의해 무참히 학살된 민간인의 숫자가 110만여 명에 이른다는 소장학자들의 주장은 독일 나치의 유태인 학살이나 폴포드 정권하에 저질러진 캄보디아의 킬링필드에 맞먹을 정도로 끔찍하다는 것이다. 현대사는 권력의 야만과 광기狂氣에 의한 학살의 역사요 대한민국 산하는 이들 피살자의 시체로 뒤덮인 거대한 무덤이었고⋯⋯. 살아남은 가족들의 만가輓歌↔상여소리는 하늘을 울렸다. 이런 슬픔과 무시무시한 공포의 세월은 이 땅의 부모들로 하여금 자식에게 기회주의적인 삶을 교육하도록 만들었던 것이다. 그것은 국가의 폭력으로부터 자식을 보호하기위한 본능 이었다.

일제강점기 때는 친일親日 해방직후엔 친미親美 대한민국 정부수립 이후엔 친독재가 한국사회의 주류기득권을 형성하게 된 것은 당연한 일이었다. 숱한 역사의 전한기가 있었지만 이들은 처벌받지 않았다. 친일파와 부왜역적附倭逆賊은 해방직후 재빨리 미국 군정에 빌붙어 극우세력이 됐고……. 이들은 고스란히 이승만의 독재정권의 앞잡이가 됐다. 3·15와 4·19로 잠시 위기를 맞은 이들 극우세력은 1년 만에 총칼과 탱크를 앞세운 5.16쿠데타와 함께 또 다시 화려하게 부활하여 막강하게 되었다. 그 후 박정희 죽음과 정권교체에도 불구하고 한동안……. 이들은 끄떡없이 지배 권력을 유지했었다. 그뿐만 아니라? 일부 언론도 그 틈새에 끼어 기생하고 있었다. 민간인 학살 범죄자는 몇 번의 정권교체가 있음에도 불구하고 지배 권력의 주변에서나 관변단체 간부와 의원직을 변함없이 장악하고……. 기득권을 위해 여전히 특별법 제정에 제동을 가하고 있었다. 단 한 번도 정의正義를 바로세우지 사회. 단 한 번도 역사의 범죄를 단죄해보지 못한 국가에서 부모가 자식에게 정의를 가르치기를 바라는 것은 허황된 욕심일 뿐이었다. 옛 격언에 '미래에 대비하려면 과거를 잊지 말라'라는 문구가 있다. 바꾸어 생각하면 과거를 기억하지 않은 자에겐 미래도 없다는 뜻으로 해석된다. 우리가 과거를 잊지 않으려고 노력하는 것은 과거의 실수를 다시 반복하지 않기 위함인 것이다. 우리가 과거를 기억하고 자신의 잘못을 되새김으로써 똑 같은 실수를 미연에 방지할 뿐만 아니라. 더 발전할 수 있을 것이라고 생각한다. 어쩌면 현시점에서 74년 전의 역사적 사건에 대하여 정의를 내린다는 것은 큰 실수일 수도 있다. 하지만 그렇다고 해서 역사적 사건 자체를 망각해서는 안 될 것이다. 왜냐 하면 이 땅위에 지난날의 비극이 또다시 되풀이 된 다면 우리민족의 미래는 그 누구도 장담할 수 없기 때 문이다.

해방 후 이승만→박정희→전두환→노태우 4대 정권이 이어져 오면서 저질러진 국가폭력의 역사에는 한 가지 묘한 공통점이 존재하고 있다. 바로 하나도 빠짐없이 북한이 관계되어 있다는 점이 그것이다. 국민보도연맹은 알다시피 좌익 사상을 가진 사람들을 교화시키기 위해 조직된 단체란 명분을 가지고 시작했고 조봉암 법살法殺은 그에게 간첩 누명을 씌움으로써 가능했던 사건이다. 인민혁명당 사건역시 애꿎은 사람들에게 '북한의 사주를 받아 국가전복을 꾀하는' 자들로 몰아부쳐 처형시킨 사건이다. 마지막으로 녹화사업 역시 적화사상으로 물든 학생들의 사상을 푸르게 녹화시킨다는 명분하에 시작된 것이었다. 또한 한국전으로 빨치산 소탕과정에서 지리산 일대에서 벌어진 양민 학살사건 역시 통치자 잘못 판단으로 저질러진 사건이다. 전두환과 노태우가 저지른 광주 민주화 학살사건도 북의 사주에 일어난 반란사건으로 몰아 저지른 사건이다. 4대 정권이 유지되면서 내려온 이 공통점은 무엇을 의미 하는가? 바로 남한을 붉은 혁명……. 한국적 매카시즘mccarthyism이 국가폭력이 깊숙한 핵을 이루고 있다는 증거다. 그렇다면 이것이 최종적으로 시 사 하는 의미는 무엇인가? 그것은 남북분단 이후 항상 적화통일을 하려는 북의 야욕이 사실상 남한 극우세력 독재정권의 최대 협력자였다는 것이다. 당시의 정권에 이의를 제기하는 모든 사람을 빨갱이로 몰아세워 죽이는 것을 정당화시키기 위해서 가장 필요한 존재는 바로 눈앞에 당면한 적인 북한이다. 정말 어처구니없다. 못해 희극적이기까지 한 이 현실을 뒤늦게 알아 버린 우리국민은 웃을 수밖에 없었다. 서로를 증오해 마지 못하는 두 국가가 사실은 서로의 가장 강력한 협조자라는 것! 이었다. 국민보도연맹 학살 지는 전국 52곳이며 군경. 우익 자 단체 학살 지는 전국 101개 지역에서 일어났다. 이러한 **제노사이드**특정 민족이나 집단의 절멸을↔切滅, 목적으로 그 구성원을 살해의 충분한 조건은 아니었지만……. 그 당시에 저질러졌던 일들이 일차적으로 필요한 조건임에는 틀림없었다. 국가 간의 전쟁이나 내전이 제노사이드의 온상이 되었다는 사실은 20세기에 발발했던 크고 작은 전쟁들의 목록을 확인해보는 것만으로도 알 수가 있다. 그 이유는…….

첫째. 전쟁은 제노사이드가 발생하기 쉬운 사회적 심리적 조건들을 마련해준다. 장기적으로 수행되는 심리적 불균형을 불러일으킨다.

둘째. 총력전總力戰↔total war이 시작되면 모든 국가는 정부형태에 관계없이 훨씬 더 중앙집권적이고 강력한 국가로 탈바꿈하면서 모든 국민들에게 비밀유지를 제1의 원칙으로 강요한다.

셋째. 전쟁이 시작되면 국가는 '**국민의 이름으로**'군을 임의로 활용할 수 있게 된다. 그것은 국가의 최고의 통치자가 적으로부터 국가와 국민을 보호하는데 마지막 쓰는 카드는 전쟁이기 때문이다. 그 임무를 충실히 수행해야할 집단이 군이다. 그 집단에 의해 저질러진 집단 학살 사건이 제노사이드에 적용됐다는데 잘못이다. 전쟁이란 두 세력 간의 대칭적 갈등竭藤↔symmetrical con-flic인데 반해……. 제노사이드는 조직화된 세력이 그렇지 못한 집단을 일방적으로 살육하는 비대칭성한 것이 특징이다. 다시 말해 제노사이드 희생자들은 대부분의 경우 저항하는데 필요한 무력수단을 전혀! 또는 거의 갖고 있지 않기 때문이다. 오늘날의 전쟁들이 절멸 전쟁으로 발전할 소지를 갖고는 있다. 73년 전 이 땅에 군경에 의해 저질러진 양민학살사건을 일부 학자들은 한국전쟁 전후에 벌어진 학살 자체를 제노사이드와 동일시하고 있다.

제노사이드란 폴란드 출신 유대인 법학자 라파엘 렘킨이 1959년 처음 만든 용어로? 종족학살의 원뜻에서 확대돼 현재는 "국민·인종·민족·종교집단을 파괴하기 위해 살해·강제이주 등 위해를 가하는 것"을 의미한다. 북아메리카 인디언과 태즈메이니아 원주민 학살 등의 '프런티어 제노사이드', 민족과 종교차이가 원인이 된 보스니아·코소보 인종 청소 등 다양한 유형으로 나타난 데 따른 방증이다. 발생국들이 주로 다종족多種族 국가나 식민지 국가였다는 점에서 제노사이드는 언뜻 우리와 다소 먼 얘기처럼 들리기도 한다. 그러나 한국전쟁 전후 전국적으로 일어난 국민보도연맹 학살사건과 이승만 정권시대 때 저질러진 제주 4·3사건을 조명 해보면 제노사이드 안전지대는 없다. 그저 "제도적 억압이 엄청나고 지식인들의 직무 유기가 심각했기 때문에"그 야만의 시대가 망각되었을 뿐이다! 이승만 정권에 의한 제주 4·3사건은 정치적 목적에서 기도된 억압적 성격의 제노사이드이며, 국민보도연맹 원들의 학살사건은 제노사이드 성 집단 학살의 수준을 훨씬 넘어선 국가범죄사건으로 규정할 수 있다. 일부 소장 역사학자들은 광주 민주화 운동 때 벌어진 영남 군인들에 의해 저질러진 전남 도민과 광주시민 학살사건도 제노사이드 성격을 띠고 있으며 사이코패스 집단에 의해 저질러진 사건이라고 주장한다.

1951년 2월 10일부터 3일 동안 하늬바람이 몰아쳤던 그 사흘 동안을 경남 김해군 진영의 80대 이상 토박이 어른들은 길이 잊지 못한다. 금병 산 끝자락에 옹기종기 앉아 있는 마을이 피 비린내 나는 아비규환의 생지옥으로 변해 버렸다. 눈이 포근하게 쌓인 새하얀 분지가 눈 깜짝하는 사이에 시산혈해屍山血海로 짙붉게 물들어 버렸다. 죽음이 산같이 쌓이고 피가 바다처럼 흘렀다. 차마 눈뜨고 바라볼 수 없는 처참한 **국민보도연맹양민학살극**이 바로 이곳에서도 벌어졌던 것이다. 그나마도 국토를 지키고 겨레의 생명을 지키는 것을 사명으로 하는 국군의 총격 앞에 어질 디 어진 양민들이 무참하게 죽어 가야만 했다. 흥행을 목적으로 한 전쟁 영화를 만드는 아무리 유명한 명감독도 연출할 수 없는 인간 도살장이…… 산좋고 물 좋은 명산 진영 금병 산자락과 김해신어 산자락에 살던 김해지역의 그저 순한 사람들이 우리나라 역사상 전무후무前無後無한 살육의 현장의 주인공이 되어 버렸다. 이때 원통하게 숨져가며 눈을 감지조차 못한 원혼은 1,226명인데 3살 이하의 천진무구한 젖먹이를 비롯하여 어린이와 예순에서 아흔 둘에 이르는 노인들과 여성들 젊은 층 남자와 장애자를 포함하여 계산된 숫자이다. 이들에 대한 총살 이유는 공비와 내통했다는 것이었지만 그러고 싶어도 할 수 없는 노약하고 말 모르는 연령층의 죽음이 전체 희생자 가운데 75%에 이르렀다. 참으로 치가 떨리는 극악무도極惡無道한 학살극이었다. 이것이 바로 김해보도연맹양민학살사건이다.

〔경남 산청과 함양에서 희생된 705명 가운데 10세미만의 어린이와 노인과 부녀자가 600여 명이고, 경남 거창에서 학살된 719명 중 14세미만 어린이가

359명이고 60세 이상 노인이 59명 등 희생자 79%가 노약자라는 것이다.]

"어르신 진동 전투 중에 국민보도연맹에 가입한 사람들이나 지방 빨치산들의 암약으로 연합군의 피해는 없었습니까?"

"당시에 마산 진전면이 함락되고 진북면을 거쳐 진동면에서 밀리고 밀리는 대 공방이 이루어 질 때라 지방 빨치산이 있었으면 아마도 협조가 있었겠지!"

"다름이 아니라 노무현 대통령 장인인 권오석 씨가 남로당 간부 이었다는 재판 기록을 보았습니다. 그렇다면 그도 국민보도연맹과 관련이 있어 적군을 도왔을 것 같아서 물어 봅니다."

"그 사람이 봉사장애인→장님 인디 총알이 날아드는 전쟁터에서 뭔 일을 했것어? 생 뚱 거짓말이지!"

"재판 기록에 의하면 창원 군 노동당 부위원장 · 인민위원 부위원장 · 반동조사 위원회 부위원장 · 직책을 역임 하면서 당시 양민 학살 현장에서 주도적인 역할을 했다고 하는 기록들이 있습니다."

"텍도 아닌 소리! 씨부리고 있네! 그 사람이 해방되든 해인 1948년에 밭에서 일을 하다가 목이 말라 새참을 먹으려고 집에 오니 앞마루에 공업용인 메틸알코올무색투명한 휘발성의 가연성 액체로 독성이 있다 병이 있어 그것을 소주로 착각하고 막걸리에 섞어서 먹었는데……. 그 후유증으로 봉사가 됐는 기라. 봉사장님가 무슨 억한 심정으로 총알이 날아다니는 전쟁터에서 그런 여러 가지 높은 감투를 쓰고 사람을 죽인다는 말은 얼간이 들이 하는 소린기라! 그런 말을 씨부리는 년 놈들이 정말 히안 한기라! 아가리입을 째버리고 싶은 기라. 안 그런교?"

"그렇기는 합니다만! 재판기록에 나와 있습니다. 재판 기록에도 맹인이라는 판결 기록을 보았습니다."

"어~주리! 떠주리! 반 피! 팔 피! 같은 놈들이! 이바구 한 거지! 봉사를 강제로 끌고 가서 덤터기를 씌운 것 이것 제! 이승만 독제 정권당시 재판이 제대로 했을 리가 있겠는교? 봉사라 아무것도 볼 수 없으니……. 조작베이! 서류에 지딜 좃 꼴린대로 죄목을 열거 한 문서를 맹글아 갖고 손도장을 찍게 하여 뒤집어씌운 거지! 나가 인민군 간부라 해도 멀쩡한 사람 천지 빽깔인데 전쟁터에서 하필이면 장님을 간부직책을 주어서 일을 더디게 할리 없지. 그런 말을 곧이곧대로 듣는 사람도 얼빵한기라! 강 선생은 용하다! 그때가 언제라고 권양숙 여사 아버지 권오석 씨의 재판기록을 입수 했으니!"

"숨겨진 역사는 시대의 증인이며 이 땅의 최후의 양심에 보류인 작가가 발굴하여 알리는 것도 하나의 보람이기 때문이지만! 어떤 때는 보수진영에 또는 진보진영 패거리들에게서 욕을 먹기도 합니다."

"지금도 진보니 보수니 허구 헌 날 언론에서 씨부렁거리고……. 신문에서는 연일 뭉터기 기사를 쏟아내는데! 권오석 씨의 사건도 그런 차원에서 기록 하겠지만! 보수패거리서 지랄하겠소! 강 선생이 조사를 정확하게 다시 했겠지만……. 봉사 불러다가 불리하게 조사서류 맨드라 가꼬 강제로 손을 붙들고 지장 꾹꾹 찍어 온갖 죄를 맨글아 가꼬 다 뒤집어씌운 기라!"

"어르신! 말에 동감 입니다! 부산 함락이 코앞인데! 1급 시각장애인에게 높은 간부직을 주는 지휘자는 없을 것 입니다!"

"그럼! 바보천치가 아니고서야 그런 얼빵한 간부가 있겠는교? 앞이 안 보인 봉사가 글을 읽을 수 있나! 경찰들이 손을 끌어다가 지장을 찍어도 무슨 짓을 하고 있는지도 도통모를 테고! 봉사가 서류를 볼 수 없으니까. 지들 좆 꼴린데로 조작베이가짜로 서류를 만들어 덤터기 씌었을 텐데! 판결하는 판사가 정부의 압력을 받았거나 아니면 어리바리한 놈이겠지!"

"……."

"당시는 머슴들에게 완장을 차게 해서 지주들을 고발케 했지. 토벌대에게 식량이나 군자금을 제공했냐? 알기위해서 감투敢鬪를 준기라. 그때부터 '무식한 놈이 완장차면 살인하다'는 말이 생겨난 기라. 머슴들이 주인을 고해바쳐 죽임을 당했지. 억울하게 죽은 사람이 억수로 많이 생긴 기라!"

"제가 영호남 지역의 민간인학살사건을 3년여를 조사했는데…….한국전쟁으로 인하여 군경에 의해 전국도처에서 수많은 선량한 양민이 희생되었다는 증언을 들었습니다."

"강 선생! 그 동안 경남지역의 국민보도연맹사건을 조사하고 있어 잘 알았겠지만! 전쟁이 아닌 평화시절에 저질러진 인혁 당人革黨사건에서 저질러진 군사정권의 횡포에 죽임을 당한 사람이 있듯……. 전시에 억울하게 죽은 사람이 얼마나 많이 있겠는교?"

『인혁 당 사건은 1964년 8월 14일에 밝혀진 것으로 김형옥 중앙정보부장 시절이다. 인민혁명당사건人民革命黨事件 또는 가칭 인혁당사건은 중앙정보부의 조작에 의해 유신반대 성향이 있는 도예종都禮鍾 52세 삼화 토건 회장·서도원徐道源 53세 대구매일신문기자

·하재완河在琬·44세 건축업·우홍선禹洪善·46 한국골든스템프사 상무·여정남呂正男·32세 전 경북대 학생회장·송상진宋相振·48세 양봉업·이수병李銖秉·40세 일어학원 강사·김용원金鏞元·41세 경 기여고 교사 등 8명의 인물들이 기소되어 선고 18시간 만에 사형이 진행된 날조사건이다. 또한 많은 사람이 몇 십 년의 형을 받아 수감 생활을 하였다. 그들의 법적용을 보면……. 1964년의 제1차 사건에 서는 반공법. 1974년의 제2차 사건에서는 국가보안법과 대통령 긴 급조치 4호위반등에 따라 기소되었다. 1975년 4월 6일 대법원이 사형을 선고해 18시간 만에 사형이 집행된 것이다. 인혁 당 사건은 국가가 법으로 무고한 국민을 죽인 사법살인 사건이자 박정희 군사 정권 시기에 일어난 인권탄압의 사례로서 알려져 있다. 2005년 12 월 27일 재판부는 인혁 당 사건에 대한 재심소를 받아들였고……. 2007년 1월 23일 서울중앙지법 형사합의 23부는 피고인 8명의 대통 령 긴급조치 위반·국가보안법위반·내란 예비음모·반공법위반혐 의에 대해 무죄를 선고 했다. 같은 해 8월 21일 유족들이 국가를 상대로 제기한 손해배상청구의 소에서 서울지방법원은 국가의 불 법 책임을 인정하고 소멸시효 완성을 배척하면서 시국사건으로는 최대의 배상액수 637억여 원원금 245억여 원+이자 392억 원을 지급하라 고 판결을 했다. 1975년 4월 8일 사형선고를 내린 판사는 민복기閔 復基대법원장·민문기閔文基·임항준任恒準·안병수安秉洙·양병호 梁炳浩·주재황朱宰璜·한환진韓桓鎭·이일규李一珪 등 7명의 대법원 판사들이다. 이중에서 이일규 판사만 소수의 의견을 냈다한다. 당 시 중앙정보부장은 신직수申稙秀 이다.』

"인혁 당 사건처럼 사건의 소멸시효消滅時效를 인정을 하지 않아야 되는데 그 수많은 인원을 조사하고 배상하는 데는 국가가 난색을 하였지만 어쩔 수 없이! 배상을 했지만."

"전시 때나 군사독재 시절에 처해진 사건을 감히 누가 나서서 잘못을 지적하며 해결을 하려 하겠는교? 지금이야 민주주의 시대니 강 선생! 같은 사람들이 있지!"

권오석 씨는 일제 때 공무원 시험에 합격해 당시 창원군 진전면 면서기로 일했을 정도로 인텔리였으며 외모도 준수했다고 한다. 당시 지방 빨치산과 좌익계는 공무원과 지주들을 포함에서 그 가족을 반동분자로 몰아서 인민재판에 회부하여 현장에서 모두 사살하였다. 좌익계 악질이었던 백 씨가 구속된 뒤 자신이 살기위해 권오석 씨에게 불리한 증언을 했다고 한다. 권오석 씨가 면서기로 근무할 당시 공출세금 문제로 사이가 나빴는데……. 시각 장애인인 권오석 씨에게 모든 죄를 씌웠다고 한다. 당시만하여도 말 한번 잘못하여 이웃끼리 약간의 감정만 상해도 좌익이 득세할 땐 우익으로 몰고 우익이 득세할 땐 좌익으로 몰아 버려 좌우 대립으로 민심이 곧 잘 양분兩分되었다고 한다. 당시상황으로 보아선 공무원출신인 권오석 씨는 우익 쪽으로 보아야 하는 게 마땅하다. 그렇다면 공산당 생리로 보아선 숙청감인데! 좌익계인 남노당의 3개의 간부직책을 주었다는 재판 기록이다. 3개의 직책은 소설가 김원일 아버지 김종표에 의해 뒤집어 쓴 감투라고 하였다. 당시 김종표는 경남도당 위원장이여서……. 권오석 씨는 좌익인 남노당간부로 죄가 씌워진 뒤 잡혀 들어가 형기를 마치고 풀려났지만 5.16 박정희군사반란과 더불어 발표된 혁명공약 내용에 들어있는…….

"방공국시를 제일로 삼고 지금까지 형식적이고 구호만 그친 방공태세를 재정비 강화 한다."

혁명공약준수 일환으로 좌익으로 낙인찍힌 사람들 일제히 검거
가 다시 시작되어 1961년 3월 27일 재수감되었다. 박정희 군사독재
정권의 통치 수단의 하나인 "반공국시를 제일로 삼고……."내용대
로 사회 불안 요소를 격리한다는 차원에서 중증결핵으로 병약하여
거동 불편한 1급 시각장애인인 권오석 씨를 10년 넘게 복역시켜
1971년 마산 교도소에서 옥사했다. 대다수 증언에 의하면 대통령
영부인 권양숙 여사 아버지인 권오석 씨도 지식인이었기에 아마도
그렇게 당했을 것이라고 했다.

대검찰청 수사국 작성
『좌익 사건 실록』에 기록된 권오석의 범죄 혐의』

제8 피의자 권오석은…….

1. 1949년 6월 1일 오전 7시경 자택에서 남로당 진전면책 김행돌
金行乭의 권유로서 지정 가입하여, 1950년 1월 10일경까지 맹인盲人
임에도 불구하고 차를 기화로 부락당원에서 군당 선전부장의 중요
한 직에 임명되어 토지 개혁·남녀평등권·정세 보고 등을 남로당
이 목적하는 바의 실행을 선전하고

2. 1949년 12월 14일 오전 9시 및 동일 오전 12시 2회에 걸쳐
창원군 진전면 오서리 거주 권경순權景純 및 권오상權五常으로 부터
현금 5000원씩 계 1만원의 군자금을 조달하여 당에 제공해 간부의
임무를 완수하고

3. 1950년 8월 11일 오후 9시경 창원 군 진전면 일암리 대방 부락에서 창원군 노동당 위원장 옥철주玉哲柱로 부터 동당 부위원장인 간부의 부서에 편입하고

4. 1950년 8월 19일 오후 7시경부터 창원군 진전면 일암리 대방부락 허경순 자택 사랑에서 제1 옥철주玉哲柱·제2 손종길孫鍾吉·제6 김인현金仁鉉 등과 회합하여 인민공화국 기관을 설치하여 공산군 점령지구내에서 후방 보급 사업을 목적으로 창원군 진전면 치안대를 조직하고

5. 1950년 8월 20일 오전 9시부터 창원군 진전면 일암리 대방부락에서 제 2,2,6 피의자 등과 회합하여 반동분자로 지명된 자를 숙청하기 위하여 반동조사위원회를 설치하여 동회 부위원장 겸 조사원을 피임하고

6. 1950년 8월 20일 오전 10시부터 창원군 진전면 일암리 소재 군당 조직본부에서 제2의 피의자와 공모하여: 노동당 진전면당·임시 인민위원회 진전면 위원회·진전면 임시 농민위원회·진전면 임시 여성동맹·진전면 임시 민주청년동맹의 각 기관을 설치하여 인민공화국 형태의 하부 조직을 감행하고

7. 1950년 8월 23일 10시부터 창원군 진전면 일암리 대방 부락에서 제 1,2,6,7 피의자와 공모하여 인민공화국 형태로 확립할 목적으로 창원군 임시 인민위원회·창원군 임시 민주청년동맹·창원군 임시 농민위원회 등의 기관을 조직 설치하고

8. 동일 오후8시경 창원군 진전면 일암리 대방 부락에서 제1,2,6,7 피의자 등과 공모하여 노동당 창원군당을 강화하기 위한 목적으로 동당을 개편하고

9. 1950년 9월 3일 오전 9시경부터 창원군 진전면 일암리 대방 부락 소재당 조직본부에서 반동분자 조사를 강력히 추진시키기 위하여 반동분자조사위원회를 개편하고

10. 1950년 8월 9일부터 20일까지의 사이에 걸쳐, 창원군 진전면 일암리 대방 부락 소재 허경구許景九의 자택 창고를 가假 감금소 및 반동분 자조사위원회 본부로 하여, 면 치안대에서 제1,2,6,10 피의자 등과 공모하여 창원군 진전면 양촌리 거주 전 면장 하백섭 下百燮 외 50여명을 좌익에 대한 반동분자로 지명 하여 불법 체포 감금하고 그 죄상을 조사한 사실이 있고

11. 1950년 8월 말 일시 불상 야간에 창원군 진전면 일암리 대방 부락 허화촌 댁許花村宅 마당에서 제1, 2, 5, 6, 14, 20, 27 및 권경원權景元 등과 공모하여 반동분자 취급 토의 회를 개최하고, 반동분자로 지정하여 불법 체포 감금 중인 하백섭 외 7명에 대하여 경과보고 등과 학살에 대한 음모 계획을 감행 하고

12. 1950년 9월 5일 오전 3시경 고성군 회화면 옥산골 '번듯대고 개'에서 제1의 피의자 외 수명이 공모하여 반동분자로 지명하고, 음모 계획 중이던 양민 하백섭 외 9명을 학살하는 현장 부근에서 학살을 용이하게 감시하고……

13. 1950년 9월 10일 오후 6시경 창원군 진전면 일암리 대방 부락 면 치안대 본부에서 제1, 2, 4, 7, 10 피의자 및 이동수허남홍 등과 공모하여 불법 체포 감금 조사한 반동분자 금옥갑 외 수명에 대하 여 A급(처형자 B급(강제 노무) C급(석방자) 등으로 구분하여 학살 할 음모 계획을 감행 했다. - 하략 -

위에서 보는 봐와 재판기록은 수 곳에서 허점이 있다. 1급 시각장애인이 학살현장虐殺現場에서 학살이 잘되도록 감시를 했다는 등 여러 곳에서 엉터리 판결문이다! 급박한 상황에서 전개되는 전시에 임무를 신속 처리해야하는데도 1급 시각장애인을 간부직책幹部職責을 주어 주도적인 역할을 하게 했다는 것은 각본에 의해 진행된 재판이라고 증언을 해준 사람들의 공통된 시각이었다. 필자역시 취재를 하면서 억울하게 누명을 쓰고……. 현장에서 사살되거나 옥고를 치른 피해자를 수 없이 증언을 통해 들었다. 현재에 와서 한국전쟁 전 후와 박정희군사정권 때 있었던 억울한 누명을 쓰고 희생된 사건들이 잘못되었다고 낱낱이 밝혀지고 있다. 독자들 역시 개개인의 판단에 따라 다를 것이지만……. 나는 불리하게 재판을 받아! 그 가족 모두 피해자라는 생각이 집필 동안 내내 떨칠 수가 없었다. 이러한 일들이 그 시대에 태어난 사람들은 운명運命→殞命↔tate destiny이라고 말해서는 절대로 안 될 일이다. 당한 그들은 너무 억울할 것이다. 국민보도연맹 사건은 대한민국 건국이후 사상과 이념이라는 보이지 않는 덫에 희생된 민간인 최악의 참혹한 학살 사건이라고 정의 하고 싶다. 앞서 기록에 있듯 국민보도연맹이란 광복 후 좌익 활동을 하다가 전향한 사람들로 구성되어 있던 단체이다. 정식 명칭은 "국민보도연맹"이었으나 통상 보도연맹으로만 불리었다. 1949년 6월에 결성되었으며 회원 수는 1950년 초 30만 명이 넘는 것으로 집계되었다. 결성 목적은 1948년 12월 국가보안법이 시행되면서 좌익 활동을 하던 사람들을 전향시켜 보호관리 하려는 것이었다. 이에 따른 활동 목표는…….

① 대한민국 절대지지

② 북한 괴뢰정권의 절대 반대 타도

③ 공산주의 사상의 배격 분쇄

④ 남북 노동당의 멸족 파괴 정책폭로 분쇄

⑤ 민족 세력의 총력 결집 등의 강령으로 요약된다.

당시 한국 정부로서는 4·3제주민중저항 사태와 **여순 민중 항거사건**
여수 순천 반란사건↔지금은 시민 항거사건으로 바뀌었음 등의 수습 처리 과
정에 따른 후속 조치와 아울러⋯⋯. 중국 대륙의 공산화에 따른
조치로서 반공 노선을 확고하게 다지기 위하여 전향자들의 보호를
하고 관리하는 기관이 필요했던 것이다. 그리하여 정부 당국의 주
도 아래 "**민주주의 민족전선**"의 조직 부장이었던 박우천을 초대 간사
장으로 하여 결성되었다. 구성원들은 국가안보 법에 저촉된 인사
가운데 남한의 단독 선거에 반대하였거나⋯⋯. 또는 대한민국 정통
성을 부인한 좌익계 집단 및 결사의 구성원이었다가 전향한 사람들
이었다. 구체적인 대상자로는 남로당원을 비롯하여 노동조합 전국
평의회·인민위원회·민주주의 민족전선·조선민주애국청년동맹
등 남로당 외곽 단체의 구성원들이었다. 이들 외에도 1948년 11월
말 서울시 전향자들의 소속 단체를 미루어보면⋯⋯. 남로당·북로
당·조선민주애국청년동맹·조선부녀총동맹·민주학생연맹·혁명
당·조선보건연맹·인민당·민중동맹·인공당·조선음악가동맹·
조선연극가동맹·조선영화동맹·조선과학자동맹·조선노동조합
전국평의회·조선농민조합총연맹·전국출판노조·근민당·인민위
원회·신민당·민주한독당 등 22개 단체 구성원들이 그 대상자로

되었다. 그 해 11월의 포섭 기간 중 김태선金泰善 서울시 경찰국장이 다음과 같이 표명했다.

「전향 전에 악질 행위자였다면 반드시 가입해야 한다. 이유는 공산당에 가입하여 반국가적 살인 방화를 감행한 자들은 전향을 하였다고 일률적으로 신용할 수 없으니, 전향 후 재출발하여 언동으로나 실천으로 자기가 확실히 충실한 국민이 되었다는 것을 일반 사회나 국가에 알려야 할 것이며 이 기회를 가지려면 보도연맹에 가입해야 한다.」

『조선일보 1948년 11월 22일자 보도 내용』

이러한 말속에 표명된 바와 같이 전향자들은 의무적으로 국민보도연맹에 가입하게 되었다. 그러므로 경우에 따라서는 당사자 자신도 모르는 사이에 가입된 사례도 없지 않았다. 특히 시골에서는 마을 이장들이 할당 된 인원수를 채우기 위하여 친지나 이웃들에게 가입 서류를 들이 밀고 도장을 받았으며……. 특히 머슴들이 많이 가입 됐는데 주인이 시켰거나 또는 글을 몰라 가입서 내용도 모른 채 도장이나 지장을 찍어 억울하게 희생되었던 것이다!

국민보도연맹회원 중에는 조선공산당 장안파 핵심 인물이던 정백鄭栢을 비롯하여 국회 프락치 사건 연루자 원장길元長吉 김영기 의원金英基 시인 정지용鄭芝鎔 김기림金起林 소설가 황순원黃順元 국어학자 양주동梁柱東 문학평론가 백철白鐵 만화가 김용한金龍煥 등도 있었다.

1950년 6월 초에 서울의 경우 이들 국민보도연맹 원 중에서 완전 전향이 인정된 6,000여 명에 대해서는 이 보도연맹에서의 탈퇴가 허용되기도 하였다. 이 국민보도연맹 원들의 활동은 지하에서 활동 중인 좌익분자들의 색출과 자수 권유와 반공대회를 비롯한 문화예술행사 개최 등을 통한 국민 사상 선양 활동 등 사상 전향을 위한 다양한 실천 운동으로 전개하였다. 그것은 일제 36년간의 치하에서 억눌렸던 우리 동포들이 자유를 갈구하는 욕망에 사로잡혀 급기야는 외세의 사상을 그대로 받아드렸기 때문에 잉태한 일종의 좌익단체의 학살사건이다. 굴욕적인 일제치하에서 벗어난 대한민국국민은 좌우익이 무엇인줄 몰랐고 대다수는 자유 민주주의와 공산주의의 이념도 몰랐다!

위의 글처럼 한국전 이전에서부터 시작된 좌우 이념대립理念對立으로 해방 후부터 1949년까지 4년여에 걸쳐 같은 동포끼리의 이러한 사상에 의한 대 학살극이 이어졌다. 그에 따라 민심은 극도로 흉흉해지고 각 지역마다에는 극한 대립으로 좌익과 우익이 서로 대치하였다. 깊은 산속과 치안의 손길이 미치지 않은 곳엔 지방 빨치산들이 판을 쳤고…… 불쌍한 양민들은 "협조하지 않으면 가족모두를 죽인다"는 그들의 협박에 못 이겨 횃불을 들고 그들을 따라다니기도 했고 식량을 제공했다. 어떤 마을엔 포스터를 붙이기도 하며 억지로 끌려 다니던 양민들은 고통 속에서 살아가야만 했다. 빨치산이 되었던 사람들의 증언에 의하면…….

『특권층인 소수 계급의 인간들 때문에 다수의 빈민층이 학대받는 것은 불합리하다는 생각으로 공산주의 운동이론에 빠져들었다."고 하였다』

그들은 게릴라전과 인민재판 등을 하면서 일부는……. "혹독한 살인과 방화와 약탈을 해 보았지만……. 맹목적인 충성으로 얻은 것은 상투적인 계급 이론의 허구성과 획일적인 사고방식이었으므로 시간이 흐를수록 회의를 느끼게 되었다."고 했다. 그들 일부 지식층은 형장에서 사라지기 전 최후 진술에서 "만약 죄를 뉘우친 자신에게 다시 삶의 기회가 주어진다면 새로 발견된 인간성에 대한 애착을 지닌 삶을 살겠다."라고 하였지만……. 그러한 삶이 그들에게 주어지지 못하였다. 관념적觀念的인 이념理念의 허구성虛構性보다 더 고귀한 것은 가족 사랑과 인간애人間愛라는 것이다.

「북한은 1948년 9월 김일성괴뢰정부 수립 후 치밀하게 전쟁 준비를 한 반면 우리나라는 탱크 한대, 전투기 한대 없는 상항에서 북한의 전면전에 맞서야 했다. 1950년 6월 25일 기습남침을 감행한 북한 인민군은 소련제 탱크를 앞세우고 파죽지세로 밀고 내려와 사흘 만에 서울을 점령해버렸다. 유엔의 참전에도 불구하고 한국 전쟁으로인 한 남한의 민간인 24만여 명이 사망하고 12만여 명이 학살됐다. 또한 8만 4,000여 명이 납치되고 30여만 명이 행방불명됐다고 한다. 수많은 유엔군희생도 뒤따랐으며 서울은 폐허가 됐다. 국가 안보를 튼튼히 하지 못해 적군에 점령되면 어떻게 되는지를 똑똑히 보여주는 참혹한 전쟁사의 기록이다.」

일부 국민좌파들 중 한국전쟁625을 한반도 내 좌우 대립으로 일어난 것이라고 지금까지 주장하는데……. 그런 것이 아니라 특정인에 의해 특정 시점에 특정 목적을 갖고 대단히 면밀하게 계획된 국제전이었다. 밝혀진 소련의 기밀문서는 전체주의 국가에서 책임소재를 분명히 하기 위해 방대하면서도 정교하게 작성된 문건이 발견되었는데. 그 문서를 종합하면 김일성이가 제안하고 소련의 스탈린이 승인하는 한편 중국의 **마오쩌동**이 도움을 주면서 주도면밀하게 기획된 사건이었다는 기록이 있었다.

북한군이 호남을 점령하고 대구 쪽으로 진출한 주력 부대가 부산을 점령하려고 총공격을 하지만 낙동강 최후 방어선을 구축한 연합군의 방어선을 뚫지 못하였다. 다른 한편으론 우리 해병대와 미군 주축으로 된 킨Kean↔부대장 성씨가 킨 특수부대의 방어선 진동 전투에서 패했기 때문이었다. 대한민국 임시정부가 있는 부산은 창원에서 도보로 반나절 거리다. 북한군이 부산을 점령하려고 창원 진동고개에서 최후의 발악을 할 때 경남 김해와 진영 일대에서 잔류한 인민군이 그들을 도우려고 노무현대통령 고향 뒷산 봉화산성에 진을 치고 봉화산 끝자락에 있는 본산리 봉화 마을까지 출몰하였다. 당시 국민보도연맹에 가입된 사람들이 도와 줄 것이라는 판단 때문에 마을에 내려와 부역을 강요하였고 식량을 약탈해 갔다. 가족을 볼모로 위협하여 강제로 노무자가 되어 물자운반을 하였으며 일부 공무원들은 인민재판 때 증인으로 나와 그때현장에 있었다는 이유 하나만으로 전쟁이 끝난 뒤 빨치산으로 몰려 총살당하거나 무기수로 수감 중 옥사하기도 하였다. 서 노인은 "국민보도연맹 사건도 간부직엔 지식 기반 층이 많이 가입하였는데…… 이웃들은 많이 배운 사람들이고 친척들이어서 도장 한번 찍어 준 것이 빚을 대신 갚은 것처럼 인정 많고 순박한 사람들이 많이 당하였다."고 했다. 김해의 국민보도연맹 원들이 작게는 3명씩 많게는 10명씩 손목과 발목이 굴비처럼 엮인 채 총에 맞아 죽었다. 사건발생장소는 김해

군내 진영읍과 진례면을 비롯하여 생림면이며…… 창원군 대산면과 동면을 비롯한 진전면 등 여러 지역에서 학살사건이 저질러졌다. 그렇다면 김해지역의 국민보도연맹 원들은 누구인가? 하나같이 무고한 양민들이라고 유족들은 주장하고 있다. 이승만 정부가 보호해 주고 지도해 나가겠다고 창설한 국민보도연맹이 왜 빨갱이들의 집단이 되었는가? 그것은 당시 행정당국이 정권에 잘 보이기 위하여 마구잡이 할당 식割當式으로 가입숫자를 늘렸기 때문이다. 가입하면 양식배급도 주고 매일 경찰서에 나가 방공교육을 받으며 시간만 때우면 된다는 감언이설로 주민을 꼬여냈다. 이러한 상황을 유족들은 당시 공무원이나 구장현재의 통장이나 마을이장에게 가입숫자를 할당한 것이라고 주장하고 있다. 또 어떤 가입자는 자신도 모르게 가입이 되어 있었다고 증언하고 있다. 그럴 것이 당시에 마을 이장에게 도장을 맡겨 두곤 하였는데 본인에게 물어보지 않고 할당된 숫자를 맞추기 위해 도장을 찍어 주었다는 것이다.

"어르신! 김해국민보도연맹원에 가입한 동기가 무엇입니까?"
"가입하기만 하면 특별대우를 해준다하여 마누라에게 어중잽이로 눈총 받는 것보다 나은 기라! 해서 펏득 지장指章을 찍은 긴데……. 지장 한번 잘못 찍어 그때 골로 갈 뻔 한기라!"
송재복 노인은 그때 일이 생각나는지 눈꺼풀이 파르르 떨렸다. 송 씨는 그날부터 매일 김해경찰서에 출근하여 주거지를 이탈하지 않았다는 확인 도장을 찍고 땅거미가 질 무렵 집으로 왔다. 그러던 중 그의 부인 김 씨가 매일 똑같은 시간에 출 퇴근 하는 남편의 행동이 수상쩍어 몰래 뒤를 밟아 경찰서로 가는 것을 안 것이다.

"여보! 경찰서엔 무엇 하러 매일 출근한교? 취직이라도 했는교?"

김 씨는 노름방이나 기웃거리고 사흘이 멀다 않고 술에 만취되어 밤늦게 귀가를 일삼는 남편이 갑자기 술 먹기를 삼가하고 매일 경찰서로 출근을 하여 경찰서에 취직이라도 한 줄 알았던 것이다. 변명할 수가 없는 송 씨는 국민보도연맹에 가입된 그간의 사정을 이야기했다. 그러나 심상치 않다는 예감이 김 씨를 사로잡았다. 그러던 중 한국전쟁이 터졌다. 군인들이 트럭을 타고 전선으로 투입 되고……. 한편으로는 강제로 징집이 이루어져 경찰들은 징집 대상을 찾기에 바빴다. 그래도 송 씨는 개의치 않고 매일 경찰서에 도장을 찍으러 매일 출근을 했다. 전선 상황이 극도로 불리해져 함안군이 인민군들에게 점령되고 마산근교 낙동강 전선에서 대치하게 되는 긴박한 상황인 8월 하순이었다. 이날도 어김없이 친척이며 친구 같은 송세부가 송 씨 집의 대문을 두드리며 "재복아 빨리 가자"고 했다. 그 소리를 듣고 항상 불안한 예감에 사로잡혀있던 송 씨의 아내인 김 씨는 남편의 신발을 부엌 안으로 번개같이 집어던지며 "벌써 전에 경찰서에 갔다"는 거짓말을 했다. 김 씨의 예감이 남편의 목숨을 구한 것이다. 그날 경찰서로 출근한 모든 김해 국민보도연맹원에 가입자들은 삶의 마지막 길을 떠난 것이다. 당시 송 씨는 "마누라가 나의 허락도 없이 함부로 거짓말을 친구에게 하여 많이 화가 났었다."며 그러한 사실을 안 뒤 곧 자신의 바보스러움을 뉘우치고 부인을 사랑하며 말을 잘 듣고 살아오고 있다 했다. 이날 경찰서에 갇힌 일부는 생림면 나막 고개 골짜기에서 처형됐고……. 다음날도 또 그 다음날도 군경에 의한 무자비한 총살을 계속 되었다.

그날 아내 김 씨의 기지로 위기를 모면한 송 씨는 그길로 마을뒷산에서 이틀간 숨어서 동태를 살피다가 위험을 느끼고 부산으로 도망쳐버렸다. 그러나 그의 부인 김 씨는 남편을 숨겼다는 이유로 국민보도연맹원 학살금지령이 내릴 때 까지 죽음보다 못한 험악한 삶을 살아야 했다. 김 씨에게는 두 살 먹은 아들과 네 살 된 딸이 있었다. 남편이 부산으로 도망간 뒤 김해경찰서에서 이틀이 멀다하고 정보계형사들이 찾아왔다. 김 씨는 죽기 전에는 잊을 수 없다며…… 당시 김해경찰서 **사찰 계 형사** 이부업 씨의 악랄한 행동을 고발 한다고 했다. 이 형사는 김해에서 모르는 사람이 없는 김해 백두산 호랑이경남 계엄 사령관 김종원의 별명로 통 했다. 그가 김 씨의 집에 찾아와 남편을 간곳을 가르쳐 달라며 참나무 몽둥이로 때론 마루에 있던 빨래다듬이 방망이로 힘도 없고 연약한 아낙네인 김 씨를 얼마나 모질게 후려 쳤는지 매에 못 견뎌 김 씨는 그 자리에서 몇 번이나 혼절하였다. 이 광경을 구경하던 마을 사람들이 겁이나 모두다 도망을 해버려 마을이 일순간에 텅텅 비기도 했다고 한다. 처음 찾아와 이렇게 행패를 부린 이형사의 폭력적인暴力的↔violent 행동에 질겁한 김 씨는 그의 시집과 친정집을 번갈아가며 잠시 숨겨주기를 애원했다. 그러나 피붙이인 그들도 무엇이 그렇게 무서웠던지 혼자서 해결하라는 양가의 어른들의 말에 김 씨는 아연질색을 하며 두고두고 못 잊을 천추의 한을 가슴속에 깊이 묻었다. 너무나 기가 막혔다. 이때부터 나이어린 아들은 품에 안고 딸애를 등에 업고 갈 곳이 없어 이 마을 저 마을 가가호호家家戶戶 기웃거려야 했다. 김 씨는 그때의 슬픈 감정에 북받쳐 기어코 울음을 터뜨리며…….

"그놈이 부모 자식 간 형제간의 의를 깡그리 없애버렸다!"

울부짖었다. 때로는 남편이 있는 곳을 말을 해 버릴 가도했었다. 다른 한편으론 죽어버릴까 생각도 했다. 그러나 어린자식들을 살려야겠기에 죽을 수도 없었다. 이런 생각 저런 생각에 살 얼음장 같은 하루하루가 지나갔다. 어쩔 수 없어 집으로 돌아온 어느 날 밤이었다. 바깥 인기척에 문을 반쯤 열고 보니 이형사가 동료 3명의 형사를 데리고 집을 찾아왔다. 순간 본능적本能的으로 문을 안으로 걸어 잠갔다. 그렇지 않아도 간이 콩알만해져있는 김 씨에게 이형사가 대뜸 나무로 만든 마루로 뛰어 올라와 발로 쿵쾅거리며 방문을 구두 발로 사정없이 걷어차면서……

"야! 이 개 같은 년아! 퍼뜩 문 열어라!"

고함을 치며 험한 욕설을 퍼 댔다. 그래도 반응을 안 하자. 갑자기 방 문짝 빗살이 부서지고 그 사이로 시커먼 구두 발이 들어오는 것을 본 김 씨는 너무나 놀란 나머지 옷을 입은 채 방뇨放尿를 해버렸다. 허겁지겁 정신을 차리고 일어나 문을 열어 주자?

"이 쌍 개 같은 년이! 빨갱이 새끼가 숨어 있는 곳을 알고 있으면서 모른 채하며 거짓말한다!"

무쇠 가마솥 뚜껑 같은 큰 손바닥으로 얼굴을 사정없이 내려쳤다. 우악스런 이 형사에게 얻어맞고 혼절해 버렸다. 혼절昏絶↔기절해 있는 김 씨를 구두 발로 허리를 계속린치를 린치lynch하여 김 씨가 깨어나자. 아이들을 데리고 경찰서로 가자고 했다. 김 씨는 다그치는 이 형사에게?

"아저씨! 옷에 생 똥을 쌌소! 통시깐변소에 가서 닦고 오겠소."

독기에 차 씩씩거리던 이 형사도 그때서야 고약한 똥냄새가 났던지 그러라고 했다. 부엌으로 바가지에 물을 가지고 가서 항문과 궁둥이를 씻고 속옷을 갈아입은 뒤 아들은 등에 업고 딸은 걸리면 서 캄캄한 어둠속을 향해 끌려갔다. 형사들의 뒤를 따라 가면서 김 씨는 한 가지 묘안을 떠올렸다……. 이미고통 받고 있는 아이an afflicted child에게 궁둥이를 받치고 가던 손으로 궁둥이를 사정없이 꼬집었다. 그러자 아이가 갑자기 자지러지면서 울기 시작했다. 칠 흙 같은 어둠속을 걸어가면서 30여분을 울어 젖히자 이 형사는 안 되겠다. 싶었는지!

"야! 이년아! 듣기 싫으니! 집으로 쳐 돌아가 버려!"

그러나 아이울음소리와 공포에 질린 김 씨는 그 소리를 제대로 듣지 못하고 계속 따라갔다. 그러자 형사들은 죽일 듯이 달려들 며…….

"이 개 같은 년! 집으로 가라는데 귓구멍이 먹었느냐? 귀가 먹은 청각 장애가 있는↔deaf 여편네가 뿔따구 나게 하내!"

주먹으로 따귀를 후려갈기면서 고래고래 소리를 대질렀다. 그때 서야 정신이 번쩍 든 김 씨는 후들후들 떨리는 다리를 이끌고 입에 서 흘러나오는 피를 삼키며 자갈길에서 10번도 더 넘어져 무릎이 깨어지고 도랑에 빠지기도 하면서……. 우선 급해 가까운 친척집으 로 달려가 도와 달라고 사정을 했다. 그러나 형사에게 얻어 터져서 한쪽 뺨이 부어오른 얼굴에 피와 땀으로 범벅이 된 김 씨 몰골을 보고 겁에 질린 친척들은 냉담하기만 했다. 당시에 국민보도연맹 원을 도와주면 연좌제連坐制로 몰았기 때문에 친인척도 도와주기 를 피했다.

"죽으려면 혼자 죽어라!"

친인척의 매정한 말만 들었다. 세상천지에 갈 곳은 없었다. 이젠 죽어도 하는 수 없다 싶어 집으로 돌아왔다. 부모형제 일가친척들과 다정다감했던 이웃들이 한 없이 원망스러웠다. 김 씨는 그때 끌려갔더라면 아마 죽었을 것이라고 울먹였다. 집에 돌아와서 오른손이 아려와 호롱 불 밑에서 아들의 엉덩이를 꼬집었던 손을 보니……. 두터운 보자기를 두른 위로 아들의 엉덩이를 얼마나 힘주어 반복하여 꼬집었던지 손은 퉁퉁 부어오르고 엄지와 중지손가락 손톱이 반쯤 살에서 떨어진 자리엔 피가 계속 흘러나오고 있었다.

"지금도 그때 맞은 자리가 구름이끼고 비가 오려고 하면 온 삭신과 뼈가지가 욱신거리고! 깜짝 놀라면 오줌소태 걸린 것 같이 소피를 찔끔 거린기라!"하며 김 씨는 한숨을 쉬었다.

"용케도 살아났으니! 조상이 도운 것 같군요! 저승사자 같은 악질惡質 이부업의 손아귀에서 어떻게 화를 모면 했습니까?"

"세갈머리 없는 영감탕구 땀시 유달시럽게 살았는데! 조상祖上↔ ancestor이 있다 카면 그런 일은 예시 당초 없어야 하는 게 아닌교?"

"허긴 그렇긴 하지만! 그날 밤 이후 어떻게 됐습니까?"

"선생은 궁금해서 꼬치꼬치 물어보지만! 내가 살아온 이야기the story of my life를 전부 까 디비면……. 너무나도 창피하오! 30년 전쯤인가! 부산에 있는 신문사 이름을 잊어 묵었는디 신문 기자가 왔을 당시에도 말 안한 이야기를 오늘은 전부 이바구말을 해 해드리리다. 그런 일이 있고난 뒤 한 달포는 지났나! 글마들이 또 날 잡으려 온기라. 이 형사 일마 쌍판대가리얼굴를 보니 영 개 도토리 밥맛인기라! 애들은 친척집에 두고 경찰서로 가자하여 여자가 힘이 있나. 그렇게 하고 따라 갔더니……."

김 씨는 말을 잊지 못 하고 눈물을 흘린다. 그 모습을 바라보고

송 노인은 담배를 꺼내 입에 물고 일어서 자리를 피해 준다. 송 노인이 떠나자 눈물을 손등으로 닦고 나서 멈춘 말을 이어 나갔다.

"유치장에 하룻밤을 날밤 하고나니 다른 순사경찰가 문초하러 와서 다행이다 싶었는데! 오메야! 일마! 얼굴을 보니 곱상 하여! 마음을 놓은 긴데……. 이부업이 글마자슥보다 더 패액시럽악질은 순사한테 걸려 문초를 당한기라."

"몽둥이로 또 얻어맞아 습니까?"

"아니라 예! 곤대만대 된! 일마 주둥바리입에서 탁베이막걸리↔술 냄새가 억수로 나는 기라. 죽일라고 작심하고 온긴지! 비틀거리고 오더니 갑작스레 나 멀커데이긴 머리카락를 우악시럽게 잡아 당겨 유치장 바닥에 내 팽게 치려고 하여 나가 넘어지지 않으려고……. 일마! 자석 허리춤을 잡는 바람에 같이 넘어진 기라. 넘어지면서 일마도 다친 기라. 아픈가! 엉금거리며 일어나 허리를 만지작거리며 콧바람을 씩씩 불더니 서답 방망이경찰봉로 인정사정없이 온몸을 때려 그 자리에서 기암기절을 하고 만기라. 깨구락지개구리 같이 네발 뻗고 죽은 기나 같은 거지……. 한식경이나 지났나! 눈을 뜨니 일마자석이 썩은 가자미눈으로 꼬나본 뒤 또 배차 짐치에 탁베이를 먹고 나더니 '이년이 질기기를 독사만큼 질기 구만'하면서 책상에 있는 조서를 사부작거리며 개냉이고양이 눈으로 바라라보며 '이 쌍년! 저승 갈 준비하라' 얼음장을 놔서 인제 내는 죽는구나! 하는 생각이 들드라카이! 내도 악기가 있어 '죽이려면 빨리 죽여라' 하고 얼라아기 낳을 때 내지르며 힘을 쓰던 것처럼 소리대↔大를 지르자! '그래 누가 더 독한가 보자' 하며 나를 끌고 후미진 방 앞으로 끌고 가서 방안으로 밀어 넣고 밖에서 문을 잠근 뒤 어디론가 가서 한식경이나 됐나! 쪼매_{작은}한 삼배자루를 가져왔는데 일마 자슥이 자루 속에서 커다란 능구렁이를 꺼내……."

그때의 생각이 떠오르는지! 김 씨는 하던 말을 멈추고 진저리를 친다.

"큰 왕뱀_{능구렁}이을 구해 왔군요! 뱀을 가지고 어떻게 했는데요? 뱀 한태 물렸습니까?"

말하기를 머뭇거리던 김 씨는 작심 한 듯! 푸~후 하고 한숨을 크게 내쉬고 말을 이었다.

"내사 안주 꺼정 살아오면서 남사스러버서!_{창피해서↔부끄러워서} 경찰서 순사 놈들이! 모두 정신장애가 있는 사람들_{the mentally disabled} 같은 기라! ……그 생각하면 지금도 온 몸에 소름이 돋아나는 기라! 일마가! 뱀이를 꺼내들고선 내 치마를 들치고 꼬장중우_{고쟁이는 여성} _{배꼽에서 뒤 허리춤 까지 따개 져 있어 용변이나 소변을 볼 때 양손으로 벌리고} _{볼일을 볼 수 있다↔팬티} 사이 허북단지 속으로 집어넣으며 얼라아기 아부지! 간곳을 이바구 하라는 기라. 멀컹거리며 차바운 것이 살 갓에 닿자……. 매에는 장사 없다 케도 그동안 잘도 버텨 볼만큼 버텨 봤지만! 뱀이가 사타구니 니노지_{여성성기} 속으로 들어갈라 케 서! 생 똥을 싸고 혼절_{昏絶}을 한 기라."

"……."

"멀끄럼이 보기는……. 그때일 생각하문 상그랍우니_{부끄러워} 그~ 짬합시다!"

연약한 여인에게 뱀을 가지고 성기 속으로 집어넣는다 하니 기절 하지 않았다면 아마도 그 고문을 견디지 못 했을 것이다! 과거를 회상하기에 너무 힘들어 하는 김 씨가 너무 안쓰러워 인터뷰를 끝내야 했다. 김 씨의 강인함↔힘strength이 살쾡이 같은 악질 형사의 손아귀에서 벗어난 것 이다. 이후 곧 학살금지령이 내려 숨어 지내던 송 씨가 돌아와 아무 일도 없었던 것처럼 다소의 안정을 찾기는 했지만……. 가슴속에 맺힌 한은 반세기가 훨씬 지난 지금까지 지워지지 않고 있는 것이다. 김 씨는 형사들의 끊임없는 구타와 고문에도 끝까지 남편이 숨어 있는 곳을 알려주지 않아 목숨을 건져 지금까지 그런 대로 부부간 다독거리며 행복하게 살고 있다했다. 현재 김해지역 국민보도연맹사건은 워낙 넓은 지역에서 일어났기 때문에 시체가 모두 발굴이 되었는지조차 밝혀지지 않고 있다. 이 지역 향토사학자들은 이 모든 사건은 정권찬탈에 두 눈이 어두운 일부 정치인들에 의해 만들어졌다고 정의하고 있다. 일부 무지無知한 농민들은 마을구장들이 배급 쌀을 나누어 주면서 도장을 받아 보도연맹 가입 서류에 도장을 찍어……. 죽음의 길로 인도하기도 했다고 주장하고 있다. 지금도 그렇지만! 당시에 구장里丈↔리장은 덕망이 있거나 유식한 사람이 했다. 그래서 그들의 부탁을 들어 줄 수밖에 없었다. 진례면에서 옹기를 굽고 있던 박도술 씨는 가마에 사용할 나무를 마련하기 위해 산에서 소나무를 불법으로 베어오다 구장에게 들켜서 고발무마조로 도장을 찍어주었다가 살아난 사람이다. 그는 옹기 굽는 일을 하면서 도자기도 간혹 구워서 팔았는데……. 도자기 잿물을 만들기 위해 산에 흙을 구하러 갔다가 독사에 물려서 치료차 부산병원에 입원 하여 일제히 검거 때 빠졌다가. 국민보도연맹 원들 학살 소식을 듣고 처갓집이 있는 산청군으로 도망쳐가 숨어 지내 던 중 그곳에도 이미 국민보도연맹 원들의 학살이 자행되고 있었으며 빨갱이들이 출몰하고 토벌대와 교전을 하는 바람에 살기가 어려워 자원입대하여 국군이 되어 전선에 투입돼 모든 것이 순조롭게 풀려 살아났다 했다. 위의 증언을 보더라도 당시에 해마다 보릿고개가 **연중행사처럼** 이어져 모자란 식량은 미국이 원조해준 식량보급으로 끼니를 때우던 시절 인지라.

『보릿고개? 겨울 내내 농사를 짓지를 못하고 가을에 공출을 하고서 남은곡식으로 가족이 먹고 나면 양식이 떨어져서 5~6월이 되면 산비탈 햇빛이 먼저 비추는 양지쪽에 보리가 먼저 익어 보리 목을 따서 가마솥에 삶아 멍석에 비비면 보리 알갱이가 나온다. 그것을 먹고 살았던 시절을 보릿고개라고 한다. 요즘의 젊은이 들은 무슨 전설의 고향이냐고 할 것이다!』

당시엔 양식배급을 조금이라도 받으려면 구장에게 잘 보여야 했을 것이다! 또한 당시엔 **문맹**文盲↔문교부 혜택을 전혀 받지를 못한 사람, 국민학교를↔지금의 초등학교를 다니지 않은 사람 인들이 많아 구장들이 하라는 대로 서류에 도장을 찍었다가 희생된 사람이 부지기수라는 것이다. 이 모든 진실들은 당시 생존자들에 의해 언젠가 낱낱이 밝혀지겠지만!

"자의가 아니고 타의에 의해 죽음의 길로 간 다수의 한 맺힌 원혼들과 74여 년의 세월을 눈물과 한으로 살아온 유족들과 피해자들은 그 무엇으로 응분의 보상을 받을 수 있겠는가?"

유족들의 절규다. 김해국민보도연맹사건은 당시 지역민들에게 크나큰 충격으로 받아드려졌다. 3·1운동 청년회 등 항일투쟁을 위해 몸과 마음을 던졌던 많은 젊은이들은 집단총살이 감행되었던 당시의 상황을 보고 망연자실茫然自失 고향을 등진 사람도 있었다. 국민보도연맹원도 남로당원도 아닌……. 무고한 형님과 삼촌을 총살 현장에서 잃어버린 유상현 씨는 "적이 점령하지도 않은 지역의 무고한 양민들을 잡아다가 집단학살한 죄는 어떠한 이유로도 용서받을 수 없다."며 그들의 죽음에 대해 "양민학살"이라고 못 박았다. 당시 유 씨는 진영읍에 있는 한얼중학교 2학년에 다니고 있었다. 1950년 8월 중순 어느 날이었다. 유상현 씨가 "학교 갔다 올게."하고 형 성현 씨에게 인사 한 것이 서로 마지막이었다.

"……."

"강 선생은 알고 있겠구만! 소설가 김원일 애비 김종표가 진영에서 빨갱이 댓빵두목 노릇을 한 기라! 전쟁 때 이북으로 도망을 갔다고 하는데……. 그곳에서 후한대접을 받고 죽었다는 말을 들었소. 글마 자슥이! 가당치 않게 악惡 한 일을 많이 한기라!"

"소설가협회 선배라는 것은 알고 있습니다. 모임에 나오질 않아 만나보지는 못 했습니다. 연좌죄連坐罪는 진즉 폐지됐습니다."

"글마! 애비 때문에 진영에서 수많은 사람이 고통을 당하고 억울한 죽임을 당한 가족을 생각하면 그런 소리 함부로 하는 게 아니지. 같은 소설가라고 편애하는 것 아니요! 얼마 전에 전두환 글마! 가족 추징금을 기자들이 묻자. 이순자가 '연좌 죄가 우리나라에 없어지지 않았느냐?'고 기자들에게 돼 묻는 장면을 보았을 것이구만! 자식들이 책임질 일이 아니지 않느냐? 라는 투로 말하는데……. 연좌죄가 없어지기 시작을 한 것은 이승만, 박정희, 전두환, 노태우 4대

정권에 이르러 없어 진기라! 그들이 잡은 정권은 국민을 죽이고 권력을 잡았는데 연좌 죄가 있다면 그놈들 자식이 피해를 보기 때문에 없앤 거라! 그러나 부모형제 일가친척이 국민보도연맹사건 으로 죽임을 당했는데 그런 식으로 매듭지으면 절대로 안 되지!”

"전쟁의 후유증은 죽은 자의 고통으로 끝나지 않습니다. 살아있 는 사람들에게 그 고통은 이어지기 때문이지요! 그래서 이 세상엔 제거되어야할 사람이 있고 그들을 제거하는 사람이 있어야 합니다. 그래야 남아 있는 사람이 평화를 누릴 수가 있는 것이지요.”

"음~맘마! 옳은 말을 하네! 그러나 억울한 누명을 쓰고 죽은 사람은 해당되지! 참! 소설가 김원일 글마! 문학비석을 진영 뒷산 금병공원에 세웠는데……. 강 선생은 모르는 교?”

"…….”

"김해문인들이 얼 빵 한 쪼다들인가! 그런 가족의 내력을 알고 있으면서 문학적 업적인 기념비를 세워도 가만히 있다니!”

"당시엔 김해 문인들은 전혀 몰랐습니다. 비석을 추진한 사람은 부산대학교 임종찬 교수이고 시조를 쓰는 문인인데 당시 송은복 김해시장과 친구여서……. 그를 꼬득여 7~8천여 만 원의 돈을 지원 받아 세웠다는 소문을 후에 들었습니다. 당시엔 김해문인협회 회원 으로 등록하여 활동을 하고 있었지만 모임에 참석이 뜸한 편인데 우리회원들에게 알리지도 않고 진행한 일입니다. 뿐만 아니라? 김 해시민의 종 앞 길 건너에 1971년에 사망을 한 김종출이란 김해농 고 출신인데 살아생전 작품집이 없었는데……. 그 사람의 글을 모 아 2권을 책을 출판을 하여서 시에 돈을 지원받아 문학 비를 세웠 습니다. 제가 집필한 **지리산 킬링필드** 책 집필 소식을 듣고 자기가 평론을 쓰겠다고 하여 원고를 출력하여 주었는데? 갑자기 외국으로 갈 일이 있다면서 못하겠다고 원고를 바로 보내 왔습니다. 아마도 노무현대통령의 장인 권오석 씨의 재판기록에! 지금은 부산에 살고 있습니다.”

"대학 교수란 자가 그런 일을 하다니 나쁜 사람이구만! 당시 진영에서 자기 아버지 때문에 진영에서만 350여명이 억울하게 죽었는데 진영읍 뒷산에다 글마! 문학 비를 세우다니 김해시 정치인과 문인을 비롯하여 각 단체장이 어리바리한 기라! 지역에서 작가의 작품을 읽으면 그러한 사실을 알 것 아닌가! 전쟁이 끝나자 가족이 진영에서 살지 못하고 야밤에 도망치듯 대구로 몰래 이사를 갔는데…… 글마! 자슥이 소설가가 되지 않았다면 우리는 생똥 모르는 일이제! 글마가 지은 '겨울골짜기'란 책을 내가 읽어 보니 거창야민 학살사건 내용을 소설 형식으로 집필을 했는데 자기가족 변명일일 테고! 서문 끝에는 '그 시대를 살아간 모든 사람에게 이 책을 바친다'라고 했드만 희한한 놈이지! 지역 신문보도에 의하면 글마가 지은 책 대다수가 한국전쟁에 관한 빨갱이와 관련된 책이라는데…… 웃기는 놈 아닌가! 아버지의 잘못으로 김해시민이 많이 희생이 되었다는 것을 알고 있다면 자식으로서 책임감責任感↔sense of responsibility을 느껴야지……. 진영에 관한 책도 있다는데 글마! 애비가 한얼 중고등학교를 설립한 강성갑 목사 죽임에 관련 된 기라. 한얼교육재단을 뺐으려고 그랬겠지! 진영에 와서 자기 애비 때문에 억울하게 누명을 쓰고 무참하게 학살당한 수많은 가족들에게 애비를 대신하여 사죄를 하였는가를 조사를 해보라고……. 다행히도 강 선생은 기념비에 대한 일을 알고 있겠구만? 진영에서 글마! 애비 때문에 죄가 덤터기 씌어져 수많은 사람이 죽임을 당했고…. 그 가족후손들이 지금도 고통을 받고 있는 기라! 그러한데도 아들이란 자가 이념 갈등에 대한 글을 많이 쓴다는 게 이해가 안 간단 말이지. "마당 깊은 집"이란 소설 독후감엔 완성도 높은 책이라고 하였지만…. 내가 읽어보니 자기가족 변명 같은 가족사 자서전↔autobiography 기록물에 불가한 작품인 기라! 김종철이란 사람이 임종찬이와 김해농고 출신이란 말을 들었소. 그래서 변변한 작품도 없는데 같은 학교 동기라고 그런 짓을 한기라!"

"솔직히 말해서 김원일 소설가 비석은 시 직원이 알려주어서 진즉 알고 있었습니다만? 비석을 세운다는 것을 알고서 기념식을 하는 날에 참석을 했습니다. 내가 인사를 했는데? 별로 반가와 하지를 안 하더군요! 집필을 하면서 협회 선배였기에 다루기가 거북했습니다. 증언에 의하면? 그의 아버진 남로당 경상남도 위원장이고 부산시 위원장이란 직책을 가지고 감언이설로 수많은 사람을 가입시켰는데…. 전쟁이 벌어지자 가입 했던 사람들은 우리군경에 의해 사살당하는 어이없는 일이 벌어 졌지요. 또한 북한군이 마산진동까지 진격을 해오자. 자신의 일을 방해했던 수많은 사람을 제거케 하였다는 것을 증언을 해 주었습니다. 마산 진동이면 노무현 대통령 장인이 권오석 씨도 관련이 있는데…. 앞서 이야기를 했지만? 경남의 같은 인민군 간부라고 했는데 김종표가 억지 감투를 주었다는 증언을 들었습니다. 김종표는 후퇴하는 북한군을 따라 이북으로 가서 잘 살다가 금강산 요양원에서 죽었다고 합니다. 그리고 김원일 소설가는 당시에 어렸을 때 일입니다! 후대 역사가들이 평가를 할 것입니다!"

"그러한 놈들 때문에 한국전쟁기간 3년여로 인하여 1백여 만 명이 죽었고 1천만 여명의 이산가족이 생겨났으며 민간인만 해도 24만 여명과 12만 여명이 빨치산 협조자들에 의해 학살되었고. 또 한 20만 여명의 미망인과 10만 여명의 고아가 생겨나게 했다. 아이 가! 민족의 철천지원수인……. 김일성이가 벌인 전쟁을 동조同調 한 김원일 애비의 행위는 절대로 용서 할 수 없는 기라! 전남북과 경남지역을 비롯하여 거제 포로수용소와 제주 4.3사건에서 벌어진 양민학살사건을 추적 집필하면서……. 모를 리가 없지! 여하튼 그 문제는 잊어서는 절대로 안 되지. 친일 했다 해서 전국곳곳에서 기념비를 철거를 하였고. 또는 철거를 주장을 하며 기념관을 못 짓게 하는 지역이 수 곳인데……. 강 선생이 예술의 꽃이라 하는 문학 작가이어서 하는 말인데 제 2차 세계대전 중 독일이 유대인 600만 명을 학살한 **홀로 코스트**holocaust↔인종 청소→제2차 세계대전 중 나치 독일이 저지른 유대인 대학살를 세계에 고발하는 데는 영화 소설 다큐멘터리 등 문화예술 작품의 역할에 의해서 알려진 기라. 스티 븐 스필버그 감독의 영화 **쉰들러 리스트**와 로베르토 베니니 감독의 **인생은 아름다워** 등이 나치의 잔혹한 범죄를 인류의 가슴에 남는 메시지로 만드는 데는 강 선생 같은 작가들의 작품에 의해서 이지! 그래서 문화 예술의 씨앗은 문학인 기라!"

"21세기를 문화의 세기라고 합니다. 시나리오와 극본을 비롯한 노랫말 등이……. 문학에서 출발하기 때문입니다."

"그러니 강 선생의 글이 한국전쟁 전 후에 군경과 빨갱이들에 의해 저질러진 사건을 추적하여 다큐실화소설을 집필하기에 김원 일 애비가 저지른 추악한 이야기를 널리 알리라는 것이지. 혹시

협회 선배라고 글마의 애비가 저지른 악행을 과소寡少 평가하는 글은 선비의 양심을 저버리는 일이니 후대에 욕먹는 일은 하지 말소! 강 선생이 집필한 책을 하나도 빠짐없이 구입해 읽어 볼 것이니. 알아서 하소!"

"김원일! 소설가의 아버지의 행적 때문에 기념비의 철거는 지역민이 할 일이고 당시엔 김해문인협회서는 빨갱이 아들인지 전혀 모르고 있습니다. 여하튼 국민 저항운동을 기리는 국가기념일이 지정된 사건들을 살펴보면……. 4·19혁명과 5·18 광주민주화운동을 비롯하여 6·10민주항쟁이 지정되었습니다. 그러자 제주 4·3사건도 국가기념일로 지정해달라는 요구가 있습니다. 그러나 국민의 대다수와……. 특히 보수 쪽에서는 적극반대를 하고 있습니다. 이 사건은 1948년 제헌국회 구성을 위한 5·10총선이 공표되자 북한과 연결된 남로당은 2월 7일 폭동을 일으킨데 이어 4월 3일 제주도내에 있는 경찰관서를 습격하여 총기를 탈취하고 살인을 하는 등 공포를 조성하여 대한민국의 건국을 방해하기 위해 총력전을 폈지요. 그 과정에서 군경이 출동하여 소탕작전이 벌어져 수많은 사람이 죽임을 당하게 한 사건입니다. 국민이 저항하는 데는 그만한 이유가 있어서입니다."

『광주 민주화운동 발생배경은……. 1979년 10월 26일 금요일 오후 7시45분 국민이 궁금해 하는 궁전동안가 술자리에서 김재규 중앙정보부장이 차지철 경호 실장을 권총으로 쏘고 이어 박정희대통령을 쏴서 죽음에 이르게 하는 사건이 발생했다. 대통령이 서거하면서 대한민국 정국이 일대 혼란에 빠져드는 틈을 노려 전두환과 노태우 두 장군을 비롯한 신군부세력이 그해 12월 12일 쿠데타를 감행했다. 박대통령 사 후 한때 팽배 했던 민주화에 대한 기대는 물거품이 되고 사회는 공포와 긴장 속으로 빠져들 때……. 1980년 3월 대학들의 개학과 동시에 전국에서 학생들의 시위가 일기 시작했다. 4월에 각 학교별로 격한 시위가 이어져 5월 초부턴 학생들이 교문을 나서 거리에서 시위까지 확산되어 5월 13일 서울역에서 학생과 시민들을 중심으로 대규모 시위가 일어나 시위는 전국적으로 확산이 되자……. 정부와 신군부는 5월 17일 전국에 계엄령을 선포했다. 광주와 전라도 지역에서도 대학생들의 중심이 되어 시위가 계속되자 정부는 계엄령을 내세워 시위자는 물론 시민들에게까지 강경진압과 잔혹殘酷한 행위를 일삼았다. 그러자 광주 시민은 무기고를 탈취하여 대항을 하였다. 시민들은 공수부대까지 동원한 무자비한 진압에 더욱 격렬하게 맞서자 급기야 진압군과 시민군 간에 총격전이 벌어졌고 거의 내전을 방불케 하는 상항에서 "최미애"씨와 수많은 학생과 시민들이 목숨을 잃었다. 5월 27일까지 계속된 상항으로 사망자 154명 행불자 70여명 부상자 3,193명이고 구속 및 구금 등의 기타 피해자 1,589명에 이르는 엄청난 인명피해와 인신구속이 이루어졌다. 피해자들은 물론 학생과 시민들은 폭도로 내몰렸고 광주에서 벌어졌던 참혹한 학살사건은 불문에 부쳐지면서……. 그 끔찍했던 일들이 한때 구전으로만 전해지기도 했다. 또한 당시에 촬영되었던 영상물과 사진은 공개公開와 유포流布까지 일절 금지되었다. 이 사건은 5공화국이 끝난 이후인 1988년 국회에서 민주화운동으로 인정받게 되면서 명예를 회복할 수 있었다. 1995년에 비로소 "5.18 특별법"이 제정되어 피해자 보상이 이루어지면서 희생되었던 사람들은 광주망월동에 묘역이 생겨 평안히 영면하게 되었다. 당시에 연행자들이 말하는 공수부대의 악행을 조사한 한국인권 의료 복지센터부설 "고문정치폭력피해자를 돕는 모임" 자료엔? 연행 또는 구금됐던 피해자가 1인당 평균 9.5회 고문을 경험했다는 조사결과를 발표했다. 당시 계엄군에 의해 폭행당하고 외부에서 볼 수 없게 포장을 두른 군용트럭에 실려 광주교도소. 상무대에 연행된 광주시민은 끔찍한 고문을 받았다는 것이다. 계엄군은 워커발로 얼굴을 밟아 "문질러버리기" 자기들과 마주보게 하여 눈동자를 움직이면 담뱃불로 얼굴이나 눈알을 지지는 일명 "재떨이 만들기" 발가락사이를 대검으로 찍는 "닭발 요리 만들기" 사람이 가득 찬 포장을 친 트럭 속에 "최루탄 분말뿌리기" 두 사람이 마주보게 하고선 서로 "가슴 때리기" 몇 날을 물 한 모금 먹지 못하여 탈진한 사람에게 "자기 오줌 싸서 먹이기" 화장실까지 포복해가서 "혀끝에 똥 묻혀오기" 송곳으로 "맨살 후벼 파기" 대검으로 자기 맨살 "포 뜨기" 손톱 밑에 "송곳을 밀어 넣기" 등의 차마 입에 올리기조차 끔찍한 고문을 자행했다. 강제로 밥을 먹이고 또는 굶기기와 병 치료 기회 박탈 등 신체적 고문이 62%고 수면박탈과 무조건 복종강요를 비롯한 지각박탈암실에 가두기 등 심리적인 고통이 30%라는 것이다. 연행자들은 영창으로 넘기기 전에 보안대에서 온갖 고문을 당하며 미리 짜여 진 각본에 따라 "내란 음모와 선동"을 했다는 각서를 강요받았다고 했다. 국민을 지킬 군대가 국민을 죽이고 상상하기도 끔찍한 고문을 했다는 것은 역사에 오욕으로 남을 것이다! 전국도처에서 잃어난 시위인데 왜 하필 전라도 지역에서 신군부는 북한에 사주를 받은 폭도로 누명을 씌우고 사건을 저질렀나는 영남과 호남의 감정싸움에서라고 다수의 역사가들의 평이다. 이렇게 역사의 슬픈 비사인 광주 민주화의 운동이 다른 국가의 민주화운동에도 영향을 끼쳤다는 일본의 요미우리신문 "마쓰나 세이타로" 홍콩 특파원은……. 중국의 천안문 민주화운동과 필리핀의 마르코스 정권퇴진 배경에는 5.18 광주 민주화 운동이 있었다."고 평가를 했다.』

『이러한 사건이 나도록 하여 정권을 잡았던 전두환과 노태우는 임기가 끝나고 감옥에서 형식적인 수형 생활을 하고 풀려났다가 고인이 되었다. 전두환 시신은 2022년 6월까지 시신 묻을 장소를 찾지 못해 집에서 보관을 하고 있다는 뉴스다. 둘 다 현충원에 안장을 못했다. 그들의 이승의 삶은 실패다!』

"내가 바라는 것은 김원일의 애비가 김해 수많은 지역민 죽임에 앞장선 것에 대한 연좌 죄를 떠나서 김해 문인 단체에서도 진영에 뒷산에 세워진 글마! 기념비를 철거해야 이 지역의 문인들의 자존심을 회복하는 것이지! 5.18광주 민주항쟁 때 공수부대원에 의해 딸을 잃은 김현녀 씨가 1988년 국회 광주청문회에 나와서 피 맺은 한을 토해내는 장면은 보았겠지!

"임신한 우리 딸이 총에 맞아는디 죽은 사람은 있고 왜 죽인 사람은 없는 것이오? 세상에 나와 보지도 못하고 죽은 내 손자는 어쩔 것이얀 말이오? 세상에 임신한 사람인 줄 뻔히 알면서도 총을 쏘는 그런 짐승 같은 놈들이 어디 있느냔 말이오? 뭔 죄가 있어서 뭔 죄를 지었다고……. 그런 일을 저지른 놈도 덜도 말고 더도 말고 나 같은 일을 똑같이 당해보라."

울부짖던 모습이 지금도 눈앞에 선하게 떠오르지. 김원일 애비가 저지른 일로 인하여 죽임을 당한 수백 명의 유가족에겐 한으로 남아있는 기라! 문학 비 철거는 강 선생의 말처럼 지역 사회단체가 할 일이고 당한 유족들의 몫이기도 하지만……. 대다수 김해시민은 글마의 애비가 빨갱이라는 사실을 모른 기라! 강 선생이나 김해문 인들을 비롯하여 김해시 정치인들은 김해 국민보도연맹 양민 학살 사건은 생각의 방식方式↔den kungst과 관련된다는 것인기라! 생각의 방식을 바꾸지 않고서는 생각을 통하지 않고서는 다른 사람과 함께 살아갈 수 있는 능력을 어디서도 찾을 수 없다고 보는 관점이 여기 에 드러난다는 뜻이지!"

"광주 청문회 국회 증언 장면을 보았습니다. 1980년 5월 20일 세상을 떠난 일명 5월의 신부인 **최미애** 씨당시 23세는 만삭의 몸으로 그날 오후 전남대 부근의 자신의 집에서 나와 고교 교사인 남편의 제자들이 걱정이 되어 휴교령이 내려진 학교에 갔다가 점심때가 넘도록 소식이 없어 마중을 나가보니 전남대 앞에서 시위대와 계엄 군 간에 치열한 공방이 벌어지고 있어 발걸음을 멈추고 구경을 하고 있었는데 시위대가 **짱돌**시냇가에 물결에 의해 다듬어짐 돌을 던지자 군인 하나가 한쪽 다리를 땅에 대고 '앉아 쏴'자세를 취하고 조준 사격을 했지요. 총소리와 함께 최 씨는 힘없이 쓰러졌지요. 당시 하숙집을 운영하던 최 씨의 어머니 **김순녀** 씨는 숨진 딸을 보는 순간 번개같이 달려 가 풀썩 주저앉아 피투성이가 된 딸을 끓어 않고 보니? 총탄을 머리에 관통당하여 죽은 딸 뱃속에서 8개월 된 태아가 거센 발길질을 하는 것을 보았다는 증언하는 모습을 보고 온몸에 소름 이 돋아났습니다. 지금도 임신한 여인에게 조준 사격한 공수부대원을 밝혀내어서 죄를 물어야 8개월 된 아기가 죽지 않으려고 몸부림 치는 형상이 내 기억에서 지워 질것 같습니다. 그 놈은 어디서 살고 있는지……. 당한 쪽의 원한과 슬픔을 알고 있습니다. 저는 다큐멘터리 실화 소설 자료를 모으기 위해 3여년을 피해지역을 찾아다니면서 증언하는 사람들의 참혹慘酷한 이야기를 듣고 혈압이 올라 구토를 하기도 했습니다. 다만 김원일 소설가 아버지가 저지른 악행의 내막도 모르고 거금을 지원해준 김해시의 잘못이고! 공사를 지켜만 보고 있었던 시민단체들의 잘 못이지요! 김해시나 각 단체에서도 모르고 있었기에 그러한 일이 벌어진 것이겠지요!"

"강 선생! 부모형제 일가친척이 글마! 애비의 악행으로 억울한 죽임을 당했다면 모른 채 할 것이요? 친일 했다 해서 그 후손들의 재산을 압류하고 있고 국립묘지에 친일한 놈들의 묘가 있다. 해서 다른 곳으로 이장을 하라고 난리 법석인 것도 알고 있지 않소? 강 선생! 말대로 연좌 죄가 없어졌다하지만 애비가 나쁜 짓을 했다면……. 자손들에게도 피해 있어야 그러한 것을 보고 나쁜 짓을 안 하지! 옛날엔 큰 죄를 지으면 삼족三代을 멸滅하는 벌을 내려 후손後孫을 두지 못하게 씨를 제거 하였지 않았소? 글마가! 쓴 책을 읽고 독후감을 쓴 사람들은 이러한 내막을 모르고 좋은 책이라고 씨부렸던데! 우리 사촌 아지매는 앉은뱅이 구루마를 타고 다녔지요. 지금은 전동 구루마가 있어 편하지만! 당시에는 장애인 권리는 障碍人 權利↔the rights of people with disabilities 미미했고 수술手術↔surgery 도 하지 못하여……. 손 구루마여서 무척이나 괴로워afflicted하는 모습을 보고서 우리 아재가 손 구루마를 밀고 다녔지만 결국은 힘들게 살다가 저승 갔소!"

"자기들 부모형제 일가친척이 억울하게 죽임을 당했다면 그렇게 못할 것입니다! 지금도 국회 청문회를 보면 얼마나 가족들의 신상을 털어 흠이 있으면 절대로 임명동의에 반대를 하여 떨어뜨리는 것을 보았지요? 여당이나 야당이나 자기 당에 불리한 조건이면 자기이득을 위해 무조건 반대를 합니다. 기초의원들도 처음엔 명예직으로 출발을 했는데…… 무리가 많아지자? 시정에 관여를 하여 방해를 놓고. 지금은 높은 봉급을 받고 해마다 자기들 마음대로 봉급을 인상하고! 있습니다. 무리가 지어지면? 시민에 대한 아무 생각 없고mindless 무감각한 로봇soulless automatons 같은 존재 되어 안하무인眼下無人이 되는 것입니다!"

"강 선생은 김해 상고사 역사소설 5권을 집필하여 4권이 베스트셀러가 되었고 2권은 국사편찬위원에서 자료로 사용했다는 약력을 보았소. 김해아리랑을 작사를 하여 2000여 년 전 설화이지만…… 가야국 태동 때 구간들이 수로왕을 맞아들이는 마당에서 구지가를 지어 노래를 부른 것은? 문학적으로 시와 대중가요가 생겨난 것이기에 김해는 당시에 문화 예술이 제일 왕성하게 처음으로 발전한 곳이다. 라고 하면서 김해아리랑을 작사를 해서 공연을 했지?"

"지역을 알리는 것은 지역 이름이 들어간 가요가 제일 입니다. 노래는 슬플 때나 기쁠 때든 또한 우리가 원하든 원하지 안 해도 우리들의 삶의 배경에 흐릅니다. 사진과 그림은 느낌으로 끝나지만…… 음악은 사연 속으로 들어가기도 하고 자신이 주인공이 되기도 합니다. 나는 그간에 대중가요인 김해연가를 작사를 하여 이성호 전 예총회장이 작곡하여 진영단감축제에 가수 김연옥이 불러 음악방송에서 녹화를 하여 한동안 방송을 하여서 금영노래방기기에 등재되었습니다. 등재를 할 때 주민등록 등본을 달라고 하여 주었습니다. 이 노래는 서울 수도어학원 노래교실에서 교육을 했고……. 일본어와 한글자막·중국어와 한글자막·지금은 영어와 한글 자막이 음원에 등록되어 있습니다.

"김해아리랑도 다음사이트에 올려져 있던데."

"백승태교수가 가곡으로 작곡을 하여 김해문화의 전당 마루 홀에서 김해시립합창단과 시립청소년합창단이 공연을 했는데 2절에서 청소년합창단아 무대로 나와 같이 공연을 했습니다. 2019년엔 김해 4개의 각 합창단이 4회를 걸쳐 마루 홀에서 공연을 했습니다. 대중가요는 해병대 군악대·KBS창원방송국 관현악단단장·가야팝스오케스트라단장·전임 김해예총회장을 했던 이성호 회장이 작곡을 하여 천태문가수가 불러 음악방송에서 녹화방송을 수차래 했고, 김해 칠암 문화센터에서 공연을 할 때 노무현대통령과 권양숙 여사가 참을 했습니다. 진영단감축제엔 꼭 천태문이 부릅니다. 가야금병창은 국가무형문화제 제23호 강정숙교수가 작곡을 하여 김해시립가야금 연주단이 창단 20주년 기념연주회를 서울 국립국악원 우면당에서 공연을 하였습니다. 당시 김해시 문화관광 사업소장 김병오 국장과 나는 작사가로 필히 초대되어 관람을 했지요 봉황대 비련 시를 지었는데……. 황새장군과 여의낭자와 유민공주의 슬픈 사랑을 주제로 작사를 하여 백승태교수가 작곡하여 2019년 문화의 전당에서 누리 홀에서 서울 대학생 김민혜 소프라노가 불러 공연을 했습니다. 김해도서관에 내가 집필한 책 30권이 있습니다. 저는 시대의 증인이며 이 땅의 최후의 양심의 보루인 작가여서 김해를 위해 노력을 했습니다. 그러나 나는 김해시로 부터 길 다방 커피400

원 짜리 자판기 커피 한 잔 얻어먹은 적이 없습니다."

"바야흐로 세계는 21세기를 문화의 세기로 규정하고 있기 때문에. 나라의 번영을 기약하는 근원적인 힘은 그 민족의 문화적·예술적 창의력에 달려 있고 하지 않는 교? 그래서 소설가를 자유예술自由藝術人 ↔arte, liberare인 이라고 하지 않는 교?"

"문화적 바탕이 튼튼해야만 정신적인 일체감을 이룰 수 있을 뿐만 아니라 물질적인 발전도 가능하기 때문입니다. 진정 문화의 세기를 맞으려면 문학文學 ↔册을 살려서 준비를 해야 합니다. 문학이 모든 문화예술文化藝術의 핵심이기 때문입니다. 문학이 없이는 아무리 문화 예술을 발전시키려고 해도 발전되지 않는 법입니다. 그것은 문학은 새로운 문화를 창조하고 역사를 앞서 이기 때문입니다. 볼테르나 루소의 작품은 프랑스 대혁명의 도화선이 되었으며 톨스토이나 투르게네프의 소설이 제정 러시아에 커다란 충격을 주고 입센의 인형의 집이 여성운동의 서막이 되고 스토 부인의 엉클 톰스 캐빈이 미국남북전쟁의 한 발화점이 되었으며……. 스타인 백의 분노의 포도가 미국의 대 경제공황을 극복하게 만든 계기가 됐듯이 말입니다!"

"빈부와 귀천으로 그 우열을 논할 수 없는 것은 문장뿐이라고 이미 고려시대 때 이규보가 말하지 않았던가. 옛 부터 폭군은 무신武臣을 가까이 했고 성군은 문신文臣을 가까이 했지. 문학이 그만큼 중요하다는 얘기지! 그래서 선진국과 후진국을 가늠할 때……. 문명文明 ↔civilization과 문맹文盲을 논한다는 것이야. 김해시 정치인들의 말은 문화 예술도시 법정문화도시 김해라는 축하의 말을 많이 사용하지만……. 문화文化란 글 뜻의 그대로 글에서 시작이 된다. 하듯 모든 예술 공연을 비롯하여? 영화 드라마 연속극 뮤지컬 노래 등 문학에서 나오는 것이다란 말이지."

"세월이 말해주듯 시련도 겪었지만the record shows i took the d lows 김해를 위해 나름대로 노력을 했습니다. 허나 정치권에서……."

"김해역사 책과 시를 작사를 했지만. 땡전 한 푼 받지를 안하였다고 하더니 정말이구먼! 그런데 김해시에 단 1원도 세금을 내지도 않았고 김원일 아버지 김종표에 의해 김해시민 1.226명이 희생이 되었는데…….문학 비석을 세우고 참! 진영에 코주부 만화가 김용환과 김원일 문학거리를 만들었다는 찌라시를 보았는데 강선생은 알고 있소?"

"김해시의원인 하성자가 제227회 김해시 임시회 5분 자유발언 때 테마거리 정립 및 권역별 테마거리 조성 제안을 했다고……. 김해시보기사에 위는 생략# 넷째 "진영 폐선철로 일원을 따라 진영 구도심과 진영 신도시를 연결하여 만화가 김용환, 소설가 김원일 등 진영과 관련된 문화예술인들이 철도를 따라 시대를 초월해 현대인과 만나는 철도문화 거리 조성을 제안합니다."발언으로 인하여 만들었다는데 가보지는 않았습니다.

"참! 진짜로 어리바리한 여자군! 그러한 일을 추진할 때는 전문가의. 집단의 평가評價↔peer review 듣거나 자료를 보고 난 뒤에 진정성眞正性↔authenticity이 있어야지 강 선생은 김해문인도·경남문인도 아닌? 우리나라 문인 중 베스트셀러를 가장 많이 집필을 하였고……. 김해역사소설을 현재 5권과 김해역사상 가장 비참한 김해국민보도양민 학살사건을 집필하여 출간을 했고 지역노래를 작사를 했는데 나 같으면 문학관을 지어라고 하겠소!"

"나는 책을 출간 계약서를 작성할 때 저자보존용으로 출판사마다 다르지만 10권에서 30권을 받습니다. 제가 속해있는 중앙단체 3곳에 2권씩 주고나면……. 저는 모두 기획출판을 합니다. 인세에서 공제를 하고 나누어주면 되지 않느냐? 하겠지만 공짜로 책을 주면 잘 읽지를 않습니다. 김해도서관은 책이 출판되면 구입을 하여 전시를 하고 있습니다."

"책을 출간이 되면 김해시보에 출간 소식이 보도가 되는데 시의원이면 알 텐데! 김해 문인협회서 매년 발행하는 문학지에 상재된……. 문인들의 약력을 보면. 많아야 2~4줄인데 강 선생이 2021년에 출간한 책 죄와 벌 1~2권 약력을 보니 3페이지 던데."

"김해역사 책과 지명이 들어간 노래를 작사한 보람도 중요하지만……. 김해국민보도연맹 양민학살사건을 다룬 살인 이유를 집필하여 2019년 김해 문화원에서 69주기 제4회 합동추모식을 했습니다. 우리 각시가 제자와 희생자 추모공연을 했습니다. 바라춤 살풀이춤 극락 춤을 추었습니다. 무당이 아니고 현대무용수입니다. 절에서 49제 천도 제를 지낼 때 초청을 받아 춤을 춥니다. 전국 각지 절에 초청을 받아서 갑니다. 재미있는 이야기를 하겠습니다. 살풀이춤을 출 때 하얀 천을 휘두르는데……. 무대 앞에 그 천을 깔아 놓습니다. 그러면 상주들이 영혼들의 여비노자 돈를 천위에 올려놓습니다. 모두들 만 원 이상 놓습니다. 그런데 김해국민보도연맹민간인 희생자 사무국장이! 그간에 교체된 안병대 회장에게 5만 원 한 장을 주면서 헌금하라는 신호를 주고 갔는데! 왼손에 쥐고서 힘을 주어 감추는 것입니다. 나하고 맨 앞줄에 붙어 앉아 있으니……. 한복을 입어서 주머니가 없어 감추지를 못해! 손에 꼭 쥐고 신사임당이! 기절을……. 참으로 치졸한 인간이었습니다! 부끄럽게 살지 않았어요.I did it my way 할 수 있어야할 자가 김해 양민 학살사건 유족회장으로 희생자들의 추모를 진정성眞正性↔authenticity을 가지고 제를 지내는 지 의심이 들었습니다. 한마디 하고 싶었지만! 밖으로 나와 유가족에게 보상비를 얼마 받았는지 물어보니 직속 유족은 8천만 원이고 직속 유족이 아니 유족은 5천만 원을 받았다는 것입니다. 마아! 더 나올 것으로 알고 있습니다. 살인 이유를 집필 때 증언을 했던 안임진 씨는 뇌경색으로 부산에 있는 자식들에게 갔다는 것입니다.”

“…… .”

당시 김해경찰서와 CIC방첩대 부대의 군인들은 ‘김해국민보도연맹 원들’과 ‘불순 혐의자’들을 두 곳에 수용하고 있었다. 그중 한곳은 김해경찰서 내 7개의 유치장과 경찰들의 무도연습장인 유도장이고 또 한곳은 진영읍에 있는 1백여 평 남짓한 산업조합창고에 가두어 놓고 있었다. 경찰서 유치장에 갇혀있다. 탈출한 정 윤식 씨는 유치장과 유도장 안에는 사람들이 발 디딜 틈이 없을 정도로 가득 채워져 있었는데 김원일 소설가 아버지 김종표에게 속아서 행동을 했는데……. 무고하게 죄목을 씌워 잡혀온 사람들이 대다수였다고 했다. 그는 김해국민보도연맹원 간사를 지내고 있었는데 유치장 안에서 돈을 십시일반 갹출해 막걸리라도 사서 경찰들에게 주면 그날은 경찰서 마당으로 나가 운동을 할 수 있었다고 증언을 했다. 그는 그 틈을 이용해 높은 경찰서 담을 몰래 뛰어넘어 탈출해 산속에서 숨어 지내다. 그해 9월 하순께 집단학살금지령이 공포된 이후 군인들에게 붙잡혔다. 진영산업조합창고에 수용되어있던 김해국민보도연맹원들은 주로 진영읍 진례면 창원군 동면과 대산면 주민들이 거의 대부분 이었다고 당시 살아남은 사람들이 증언하고 있다. 큰 아들이 붙잡혀 있던 산업조합창고에 매일 도시락을 싸들고 면회를 갔던 이 씨의 어머니인 유 할머니는 아들이 집단총살을 당하는 그날까지 한 번도 면회를 해보지 못했다고 울먹였다. 그날로부터 유 할머니는 3년여를 자리에 누워. 거의 식음을 전폐한 채 목숨만 부지하면서 살아왔다는 것이다. 지금도 큰 아들의 이야기에 눈물을 할머니는 "아무 죄도 없는데 아무 잘못도 없었는데!"라는 말만 되풀이 했다. 당시 진영읍지역 생존주민들과 유가족들은 붙잡혀온 사람들이 갑자기 많아지자 경찰은 군용「GMC」트럭을 이용하여 그들을 수송하기 시작했다고 했다. 진영산업조합창고 가까이에 살았다는 김순덕 여인의 증언이다. 매일 사람을 잡아오는 것을 보았는데…… 어느 날 창고 앞에 서서보니 사람을 굴비처럼 5~6명씩 포승줄에 묶여 군용트럭에 태워졌고 그들이 바깥을 보지 못하게 천막으로 화물적재함을 그물로 둘러 씌워있고. 늦더위가 마지막 기승을 부리던 때라 더워서 사람들이 머리를 바깥으로 내놓으려하자…… 차위로 올라탄 군인들이 총 개머리판으로 그대로 머리를 내려치는 장면을 목격 했는데 너무 끔찍terrible해서 고개를 숙이고 난 뒤 차 소리가 요란하여 바라보니 차가 떠난 자리엔 피가 흥건히 고여 있는 것을 보았으며. 트럭은 한꺼번에 3~5대 정도씩 하루에도 수차례 나갔다가 저녁때쯤이나 빈 트럭이 되어 들어왔다고 했다. 죽기 전엔 기억에 남을 만한memorable 장면을 수차례 목격을 했다는 것이다. 그렇게 해서 차에 태워져 끌려간 그들은 그날로 죽음의 길로 간 것이다. 진영읍 주변지역의 학살현장은 그 이후 그 어느 누구의 입에서도 거론조차 되지 않았다. 김순덕 여인은 행패를 부리는 남자를 동내 우물에 처넣고 총을 쏘는 장면을 멀리서 보고 그들이 떠난 후 우물에 가서보니 시체는 물속으로 가라앉고 시뻘건 우물물을 보았다고 했다. 전쟁이 끝난 후 시체를 건져내고 우물은 묻어 버렸다고 하였다.

"모난 돌이 정 맞는다." "앞에 나서지 마라."

『한국의 보편적인 사람들이 어렸을 때부터 부모로부터 가장 많이 듣는 말일 것이다! 그도 그럴 수밖에 없는 것이 철저히 체제순응적順應的 인간만이 살아남을 수 있는 사회가 오랫동안 지속돼왔기 때문이다. 당시의 분위기는 말 한마디 잘못했다가는 빨갱이로 몰아 버리기 일쑤였기 때문에 더하였다. 그러나 사건발생이 난지 꼭 10년 후인 1960년 8월 하순께 김해와 창원군 지역의 유족들은

주민을 학살하여 마을 공동 우물에 시체를 버려 건져내는 모습

당시 정치상황에 따라 김해 창원지구 국민보도연맹피해 양민학살 유족회를 발족하고 시체 발굴 작업을 시작하여 모든 사건의 전모와 학살현장이 백일하에 드러나게 된 것이었다.』

　유족회에서는 각 지역마다 사람들을 보내 수소문하고 트럭 한 대를 빌려 사건 현장을 찾아내기 시작했다. 진영읍과 진례면을 경계로 하는 냉정고개 현장은 당시 무엇이 급했던지 얼키설키 흙으로 덮어버린 이곳은 삽으로 흙을 파기도 전에 인골人骨이 나오기 시작했다. 그리고 엠 원MI↔소총 총 탄피와 카빈CAR↔소총 총 탄피가 무더기로 쏟아져 나왔다. 그러자 이곳저곳에서 유족의 통곡 소리가 터져 나오기 시작했다. 강산도 변한다는 10여년이 지난 시체는 도저히 누가 누구인지 알아볼 길이 없었다. 슬픔과 한의 울분에 찬 유족들은 유골들을 정성스럽게 모아 진영읍 포교당寺↔으로 옮겨 안치시켰다. 또 다시 유족들은 한림면 독점골짜기로 향했다. 이곳을 파보던 유족들은 당시의 상황이 느껴졌던지 또 다시 대성통곡을 했다. 유골이 몇 겹으로 포개어져 있었던 것이다.

　"아매 구덩이 가에 세워 놓고 차례로 총을 쏘아 구덩이 속으로 밀어 넣은 것 같았다!"

　유족들은 주장하고 있다. 이곳에서는 60여구의 유골을 찾아냈다. 다음날 생림면 나막고개와 나막골짜기 등 시체 발굴 작업에 동원된 유족들은 너무나도 기가 막힌 광경을 보고 할 말은 잃었다. 나막골짜기의 학살은 처참하기가 이루 말로 표현할 수 없었다. 이곳은 골짜기 사이로 물이 흐르고 있었는데 습기가 축축한 개울 바닥을 파는 순간 10년이 지난 그때까지 일부 시체는 부패되지 않았으며……. 부패가 된 일부 시체에선 살갗이 너덜너덜 붙은 채 있어 웅덩이에 고여 있던 썩은 피와 살점이 그대로 솟아났던 것이다. 당시 시체 발굴 현장에서 시체를 수습하여 설창고개 아래 합장할 장소를 매입하여 250여구의 시신을 매장 했다는 진례면 시례리 상촌에 사는 안임진김해 창원지구 국민보도연맹 학살사건 진상 유족 발기인 씨의 증언이다.

"생림면 나막고개 비탈진 절개지 아래 시체 발굴 현장은 숨을 쉴 수 없을 정도로 악취가 나서 머리가 아파 장시간 작업을 할 수가 없어 코에다 마늘을 흠집을 내어 넣거나 또는 쑥이나 담배 잎 뜯어 손으로 으깨서 막고 작업을 했는기라."

"그렇다면 그때까지 일부 시체가 썩지 않았다 이 말입니까?"

"하모! 우리 안 씨 집안도 친형안덕진 당시 26세이 희생 됐고 일가들 이 당시에 죽임을 많이 당하여 안 씨 집안 대표로 내가 나가서

시체 발굴에 동참한기라.

"나막고개 골짜기에 구덩이도 파지 않고 절개지에 밀어 넣고! 사살하여 둔덕을 허물어 시체를 엉성하게 덮어 비만 오면 계곡물에 휩쓸려 일부는 떠내려가 골짜기 여기 저기 시체가 흩어져 썩어가고 있고 구디구데기↔蟲 바그바글 하고 곰페이곰팡이가 피어서 눈뜨고 볼 수 없는 참혹한 광경 인기라! 까마귀 들이 시체를 뜯어 먹을라고 아마! 수 백 마리는 될 것이여! 상촌리 사람들은 나막고개서 모두 사살됐는데 생철리 까지 시체가 떠내려가서 많은 유실이 됐을 끼만!"

"시체가 부패 하였거나 훼손 됐다면 확인 작업이 어려웠을 것인데요?"

"확인을 할 수 없어 합장을 한기라. 큰 호리가다를 파서 밀어 넣고 엉성하게 자갈흙으로 덮어서 서로 시체가 엉켜……. 시체가 철사나 노끈으로 손발이 묶인 채었고. 유골을 각에다 넣으면서 보니 머리에다 총구를 대고 확인 사살을 하였는지! 대다수가 두개골이 휑하게 서너 개씩 뚫려 훼손 됐드라! 카이."

"제가 자료사진을 많이 가지고 있는데 당시에 군경이 양민을 구덩이에 몰아넣고 사살 후 다시 머리에다 권총으로 확인 사살하는 장면이 찍힌 사진을 가지고 있습니다."

학살자들이 확인사살을 하기위해 머리에 다시 한 번 총을 쐈다는 것이 발굴된 유골에서 볼 수 있었다는 말이다.

"그 많은 시신을 어떻게 매장을 하였습니까?"

"남아 있는 가족이 십시일반 돈을 각출하여 오동나무 관을 적게 만들어 시체를 3등분 하여 합장을 하고 위령비를 세우기 위해 모금을 하던 중 5.16군사반란이 일어나 정권을 잡은 패거리들이 유족들을 구속 해버려 끝나기라."

당시 유족간부인 김영봉일본 명치대학교 출신이고 당시 진영읍장 씨는 여동생이 오빠를 면회하려 진영지서를 갔는데……. 진영지서장이 미모를 보고 강간을 하자. 너무나도 반항을 하여 후환이 두려워 목을 졸라 죽인다음 혹시나 살아날까봐 두 다리를 도끼로 절단토막 살인하여 꺼적데기쌀을 담는 볏 집으로 만든 가마니에 싸서 야산에 암매장을 했다가 훗날 이 사실이 밝혀져 사형 당했다고 한다. 조사한 바에 의하면 건국 이래 현직 지서장이 사형 당한 것은 김병희가 처음이다. 국회조사기록에서 당시 여동생을 잃었던 김영봉 씨작고 ↔당시 진영유족회고문는 이렇게 증언하였다.

"1심 구형이 전부 사형이었는데……. 지서주임 김병희가 우리나라 건국 이래 현역 지서장으로서 처음 사형 당하고 나머지 사람들

은 10년 징역에서 3000만환을 김종원당시 계엄사 민사 부장에게 뇌물을 갖다 주고 한 달도 못되어서 형집행정지로 풀려난 사람이 있고 그중에서 세 사람이 현재 멀쩡히 살고 있는 기라.”

김영봉 씨는 여동생 영명 씨당시 23세↔진영여중 교사를 잃었지만 스스로도 학살 현장에서 구사일생으로 살아나온 생존자다.

그의 증언은…….

“지서에 가서 보니까 잡혀온 사람이 25명이었는데 해질녘이 되자 진해 해군 G2대장이 진해 본부에 가서 물어볼 말이 있다면서 트럭에 태워서 이동 중 창원군 동면 덕산 고개에서 차를 세우더니 차가 고장 났다면서 밧줄로 두 사람씩 손을 묶어 숲속으로 100미터 정도 끌고 들어가서 총을 쏘기 시작 한기라. 내도 옆구리에 관통상을 입고 기절했는데! 다행히 확인 사살을 안 해 기적적으로 살아남은 기라.”

그는 천운을 타고난 것이다! 당시 타 지역의 학살 현장에서 발굴된 유골은 어김없이 두개골에 구멍이 뚫려 확인 사살을 한 흔적이 있었기 때문이다.

“뒷날 내가 죽지 않고 도망갔다는 걸 안 그들이 가족을 데려다 고문하면 틀림없이 숨어 있는 곳을 말 할 것이다! 해서 여동생을 데려다가 죽인 것이라고 생각합니다!”

당시 진영 유족회장 이었던 김영욱 씨는…….

“김영봉 씨의 여동생 영명 씨가 미모가 뛰어났을 뿐 아니라! 여러 면in manyways에서 인간됨됨이로 주위의 칭찬이 자자했던 촉망 있던 교사였는데……. 지서장 김병희가 그녀의 미모美貌를 탐내 오다가 오빠를 빌미로 잡아가 강제로 성폭행을 하고 난 뒤에 들통이

날까봐 잔혹하게 죽인 다음 시체를 훼손하여 암매장을 해 버린 기라!"

김영욱아버지가 연맹원 씨의 말에 의하면 혁명군이 고급 바둑판을 비롯하여 병풍과 채권 등 값이 나갈만한 물건을 모두 압수 해 갔다는 것이다. 또한 당시 한얼 중고등학교를 세운 강성갑 목사는 소설가 김원일 아버지에 김종표에 의해 한얼학교 재단을 탈취奪取 할 목적으로 누명이 씌어져 죽임을 당하였다 고한다.

"그렇다면 어르신은 어떻게 화를 면했습니까?"

"당시 유족회 간부들이 줄줄이 구속 되는 것을 보고 내는 겁이 나서 군에 자원 하여 군 복무를 마치고나니 깨끗한 기라."

"지역에서 유지들이 잡혀들어 갔는데 그 현장에서 화를 면한 것도 하늘이 어르신을 도왔군요?"

"……."

"잡혀 갔던 유족 간부들은 어떻게 되었습니까?"

"후~재 안 일이지만 5~6개월 징역 살고 풀려났는데……. 그 후로 모임 결성은 못하고 지금은 전부 죽고 자손들만 있어 당시의 억울하게 죽은 넋이라도 달래고 싶어 파 없앤 유골을 찾으려고 수소문하여 연락을 주고받아 유족들 모임을 추진하고 있는 기라."

"정부에서도 과거사 진상을 밝히려고 노력중이니 좋은 결과가 있을 것입니다!"

필자의 말에 고개를 끄덕 거렸다. 안임진 씨는 젊은 나이에 그 많은 시신을 손수 관에 넣어 매장한 일에 대하여 보람을 느낀다고 했다. 이젠 악랄한 군사정권지시 하에 합장묘를 파서 어디엔가 버린 유골의 행방을 찾아 구천에 떠도는 원혼을 달래주고 싶다했다.

안임진 씨의 증언에서 확인 한바와 같이 생림면 생철리 주민들에 따르면 나막골짜기에는 한 번에 트럭 두 대가 들어와 사람들을 포승줄에 5~6명씩 묶은 채 끌고 들어갔다고 한다. 그 후 1시간쯤 지나자 계곡에서 콩을 볶는 것 같이 총소리가 요란하게 들렸다고 했다. 한참 후 같이 간 민간인은 보이지 않고 군인들만 트럭을 타고 떠나고 떠났다는 것이다. 그러나 나막고개는 이틀이 멀다하고 군인 트럭이 들어와 사람들을 총살시켰다고 증언하고 있다. 결국 나막고개는 차량이 다니기가 용이하다보니⋯⋯. 수시로 끌고 와서 총살시킨 것이다. 김해피해자 양민유족회는 대동면 주동리 독지골 주동광산과 장유면 대청리 반용산 골짜기 등지에서 4백 20여구의 유골을 찾아냈다. 당시 대동면 주동리에서 군용트럭에 국민보도연맹 원들이 끌려와 해방 전에 폐광이 되어버린 독지골 주동광산에서의 집단학살이 수차례 이어졌다. 그곳에서 살았던 주민에 의하면 항상 해가질 때 쯤 이면 하루에 한번 혹은 이틀에 한 번씩 군용트럭 수대가 올라갔다고 한다. 그리곤 1~2시간 후면 독지골에서 총소리가 계속해서 들리고 트럭이 내려 올 땐 군인과 경찰들만이 차에 타고 있었다고 증언하고 있다. 또 한곳의 대량학살이 이루어진 장유면 대청리 반용산 골짜기다. 이곳 또한 도로변에서 지척 간에 있어 수송이 용이한 탓에 같은 장소에서 수차례에 걸쳐 집단학살 사건이 저질러진 곳으로 유명하다. 당시에 그 사건을 목격한 몇몇의 향토사학자는 국민보도연맹사건은 일제강점기 36년간의 강압에서 해방 후 무정부 상태와⋯⋯. 미군정정책의 실패로 인해 일어난 사건이라고 못 박았다. 다음으로 지방치안대를 조직하여 임시 지서장과 면장을 임명하고 건국 인민위원회 등이 연이어 창설조직 되었다. 농촌지역에서는 거의가 농사만 짓고 살았다. 따라서 농민조합에 거의 가입되어 있었다. 이것이 후에 左翼분자로 몰렸던 근거였다고······. 사학자들은 주장하고 있다. 4개 지역에서 나온 유골이 4백 36구였다. 그러나 당시의 김해 읍 주변 지역을 제외하고 찾아낸 지역 중 아직까지 시신이 그대로 묻혀 있는 곳이 있다. 1950년 양민 대 학살극이 일어 난지 꼭 10년 후인 1960년 4·19이후 들어선 민주당정권이 8월 하순께 전국각 지역의 한국전쟁 당시 군의 잘못으로 저질러진 순수 민간인 희생자의 실태조사를 암암리에 했다고 한다. 이 때 김해와 창원에는 『김해국민보도연맹 양민학살유족회』와 『김해 창원金海↔, 昌元 국민보도연맹 양민학살유족회』가 만들어졌다.

각 지역의 희생자 유족회원 30여명이 모여 김해 생림면 나막고개 2개소 진례면 냉정고개와 한림면 독점골짜기 등지에서 유골 3백 36구를 찾아냈다. 그 외에도 학살현장을 찾지 못해 발굴치 못한 곳이 3.4곳은 될 것이라는 게 생존 주민들의 주장이다. 김해 창원 국민보도연맹양민학살 유족회는 3백 36구의 유골을 깨끗이 씻어서 머리는 유골함에 넣고 나머지는 진영화장장에서 화장했다. 또 유족회 측은 진영역 광장 앞에서 성대한 장례식을 거행했다. 당시 국회의원선거를 1개월여 남겨놓고 있던 터라 각계각층에서 성금과 성품이 줄을 이어 희생자들을 애도했다고 한다. 지금은 당시의 유족현황자료도 희생자 명단도 불살라져버리고 없지만······. 수많은 국민들의 애도 속에 장례식이 거행 되었다고 한다. 각계에서 답지한 성금으로 진영읍 설창리 국도변에다 밭 500여 평을 구입하여 3백 36구의 유골을 한꺼번에 합장 안치시켰다. 봉분은 일반 묘보다 5배가 넘게 크게 만들었다. 그러나 누가 예측이나 했던가. 1961년 5·16

군사 혁명이 일어났다. 유족회에서는 묘비를 세우기 위해 동분서주하고 있을 때였다. 국민보도연맹사건 희생자들의 유골 발굴 작업이 시작 된지 꼭 1년만이었다. 김해 창원 국민보도연맹희생자살유족회 회원들의 체포명령이 떨어졌다. 그와 함께 어느 날인가. 앞서 안임진 씨의 증언에서 알았듯이……. 설창리에 만들어진 묘소는 쥐도 새도 모르게 어느 날 밤중에 파헤쳐져 유골상자를 고스란히 깔아 뭉개버린 것은 두말할 필요조차 없었다. 이렇게 해서 김해 창원 보도연맹양민학살 유족회는 풍비박산이 나버리고 유족들은 뿔뿔이 흩어져 한을 가슴에 묻은 채 살아가고 있다.

장유 지역에서 국민보도연맹에 가입 했다가 살아남은 송술복 씨는…….

"장유지서에서 호출이 있으면 지서로 가서 도장을 찍기도 하고 어쩌다가 반공 교육을 받았다. 내가 그때 느낀 것은 국민보도연맹원들은 주로 남의 집 머슴살이 하는 사람이 주인 대신 나온 사람도 있고 또는 노름을 하다가 잡힌 사람들이 대다수였다. 좌익과는 전혀 무관한 사람들이었다."

그때의 사회분위기를 설명했다. 지금도 민방위훈련장에 가족이 대리로 나오는 일이 있는데……. 그때는 더 허술했을 것이다! 부유했던 송 씨는 자신은 돈을 경찰들에게 가져다주어 다소 편안하게 지냈지만! 가난한 사람들의 고통은 말로 표현할 수 없었다고 했다. 김해 장유면 내에는 1백 30여명의 국민보도연맹원이 있었는데 가입자들에게 200환씩 회비를 납부시키라고 했다. 당시 돈으로 200환이면 보릿고개 시절인……. 때라 농촌에서는 상당히 큰돈이었다.

그 액수의 돈을 내지 못해 이리저리 빌리러 다니는 사람들이 부지 기수였다고 한다. 그러던 중 50년 8월 중순께 논에 김매기가 한창이 었을 때였다. 갑작스런 장유 지서에의 호출로 지서에 갔더니 그대로 가두어 버렸다. 곧이어 김해경찰서로 끌려가 마당에 꿇어 앉혀 졌다. 송 씨는 장유면 국민보도연맹원들 틈에 끼어있었다. 한 경찰관이 앞으로 나오더니 "여러분 중에 7일 이상 구류를 산적이 적이 있는 사람은 손을 번쩍 들고 앞으로 나오세요"라고 하자. 무지無智하고 착한 그들은 너도나도 양심적으로 손을 들고 그 경찰관 앞으로 나와 줄을 섰다. 분위기는 조용했다. 당시엔 공무원들은 다수가 지역출신들이었다. 경찰관이 경어敬語를 써가며 신사적으로 말을 하는 바람에 안심하고 나간 것이다. 앞으로 나간 국민보도연맹회원들은 곧바로 유치장으로 수감되었다. 그곳으로 들어간 그들을 송 씨는 다시는 보지 못했다고 한다. 바로 총살형의 재판이 순간적으로 이루어진 것이다. 손을 들지 않은 사람은 김해경찰서 내에 있는 유도장으로 끌려가 수용됐다. 그곳에서 공포의 나날을 며칠을 지낸 후 송 씨는 잠시 풀려날 수 있었다. 경찰서에서 내보내면서 집에 가서 한발자국도 바깥으로 나가서는 안 된다는 명령을 받고 이를 어길 때는 어떠한 처벌도 감수 하겠다는 각서를 쓰고 나온 것이다. 그러나 송 씨는 집으로 가지 않고 그길로 거제도로 도망을 쳐버렸다. 그는 지금도 곧바로 도망치지 않았으면 또다시 끌려가 죽었을 것이라고 말하고 있다. 정부에서 주도한 국민보도연맹이 지금은 빨갱이 집단처럼 곡해되어 있지만……. 창설당시에는 지서 면사무소등지에 많은 노력봉사를 하는 등 회비까지 각출하여 국가안보에 이바지했다는 것은 당시의 생존주민들의 증언으로 낱낱이 밝혀졌다. 단지 유족들이 억울해 하는 것은 무고한 양민들이 대다수인데 정당한 재판과 최소한의 소명의 절차도 없이……. 민간인을 무리로 지어 총살시킨 것이 너무나 원통하다는 것이다. 또 살아남은 유족들에게 연좌제連坐制를 씌워 지금까지 주위의 눈총을 받으며 살아가게 한 것은 그 무엇으로 보상하더라도 영원히 치유될 수 없는 천추의 한을 가슴속 깊이 심었던 것이다. 김해와 창원지역 국민보도연맹사건의 유족들은 파헤쳐진 무덤도 자신들의 억울한 옥살이도 당 시대의 정치적인 상황으로 돌릴 수 있다지만 죄목도 최소한 변론辯論의 기회도 주어지지 않고 억울하게 죽어간 희생자들과 73년간 한 맺힌 응어리를 가슴에 부여안고 살아온 자신들에게 왜곡되어버린 역사를 이 정부가 바로잡아 주길 원하고 있다. 현재 유족 대표 안임진 씨는 김해와 창원지역 국민보도연맹희생자들은 무학자無學者가 80%였고 공산당이 무엇인지도 모르는 순수한 양민이었다고 주장했다.

……신어 산이 병풍처럼 둘러싼 이 고요한 김해군은 피비린내 나는 아비규환의 생지옥으로 변해 버렸다. 눈이 포근하게 쌓인 새하얀 분지가 눈 깜짝하는 사이에 시산혈해屍山血海로 짙붉게 물들어 버렸다. 죽음이 산같이 쌓이고 피가 바다처럼 흘렀다. 너무 끔찍해terrible 차마 눈뜨고 바라볼 수 없는 처참한 양민학살극이 바로 이곳에서 벌어졌던 것이다. 그나마도 국토를 지키고 겨레의 생명을 지키는 것을 사명으로 하는 국군의 총격 앞에 어질 디 어진……. 양민들이 무참하게 죽어 가야만 했다. 흥행을 목적으로 한 전쟁영화를 만드는 아무리 유명한 명감독도 연출할 수 없는 인간 도살장이 산 좋고 물 좋은 명산 신어 산자락에 그저 순한 사람들이

우리나라 역사상 전무후무한前無後無 살육의 현장의 주인공이 되어 버렸다. 이때 원통하게 숨져가며 눈을 감지조차 못한 원혼은 1,226명. 3살 이하의 천진무구한 젖먹이가 1백 30명 14살까지의 어린이는 2백 59명 예순에서 아흔 둘에 이르는 노인들만도 70명이나 된다. 이들에 대한 총살 이유는 공비와 내통했다는 것이었지만……. 그러고 싶어도 할 수 없는 노약하고 말 모르는 연령층의 죽음이 전체 희생자 가운데 75%에 이르렀다는 것이다. 참으로 치가 떨리는 극악무도한 학살극이었다. 이것이 바로 김해군 국민보도연맹양민학살사건이다.

"……."

"와이카는 교? 대장님! 죽어도 말 한마디하고 죽읍시데이 국민 없는 나라가 어디 있다캅디꺼?"

수용소 진영 국민학교지금의 초등학교에서 처형장이 된 생림면 나막고개로 끌려온 한 주민이 빙 둘러쳐진 총부리 앞에서 마지막으로 외친 절규였다.

그러나 이미 마산에서 살육 잔치를 끝내고 들이닥친 미친개가 되어 버린 토벌대의 답은 M1총 개머리판으로 항변하는 주민의 턱을 돌려 쳐 말 대신 아니 비명대신 입에서 피를 쏟게 하였고……. 군화발로 허벅지를 차서 안 넘어지면 총 개머리판을 높이 들어 위에서 아래로 찍었다고 한다. 그러면 늙은이들은 개구리처럼 땅바닥에 넘어져 거북이처럼 기어갔다고 한다. 양민 학살 현장에선 구덩이를 빨리 파는 사람에게는 쌀 한말씩 준다는 거짓말을 하여 그 구덩이에 몰아넣고 총상을 한 것이다. 김해만 그런 것이 아니라 전국 각 지역에서 벌어진 일이다. 쌀을 받으려고 힘들게 파 놓은 구덩이에 들어가서 총살을 당했으니 옛날 말에 **자기무덤을 자기가판** 다라는 속담이 이때 나온 것이다!

"아무리 국군이 그랬을까요? 노인들한테요!"

사살하기 직전의 모습

구덩이에 넣고 사살하는 장면

사살 후 모습

사살 후 화이바를 안 쓴 미군 감시 하에 확인 작업

한꺼번에 묻어 버림

"글마들 하는 짓거리가 정신장애가 있는 사람들the mentally disabled 같은 기라! 잘 알지도 못하면서! 선생님이 글마들 편을 드는 듯 말 할라카든 내사 입 닫겠소!"

"어르신! 하도 기가 막혀서 한소리 해본 것이니 노여워 마십시오!"

"노인들이 기어간 뒤에 토벌대들에 의해 강제로 세워서 줄을 서 세워 놓은 모습을 바라보니 풀꼬마리팔꿈치에서 선지피가 옷소매에 베어 나와 붉게 물들여 있는 모습을 이 눈으로 봤다카이!"

그러니까 양민들은 죽기 전 인간으로서 감내하기 힘든 고문까지 당한 셈이다. 그리고 M1총의 표적지가 되어 갈기갈기 육신이 찢긴 채 죽어가 구천에 떠도는 원혼이 되었다. 동족을 적으로 둔 이유 때문에 사상도 모르고 이념도 없는 양민들이 무참히 죽어간 마을에

는 폐허로 변하였고 마을 주 변 산에 공동묘지로 변하였 다. 사람은 죄를 지으면 하늘 을 두려워한다. 그러나 토벌 대는 양심이 없었다.

진영 설창고개 기슭의 합동 분묘에는 반세기 가까운 세 월에도 눈감을 수 없는 주검 들이 구천을 떠돌면서 호곡 하고 있다. 지금까지 마냥 김 해사건이라 불리었던 이 사 건……. 그러나 유족들은 외

로이 김해 국민보도연맹양민학살사건이라 강변해왔다. 그 아름다운 생림면고개 끝자락에는 시신이 널렸었다. 54년 7월 합동분묘가 생길 때까지 3년 동안 시신이 방치되어 비가내리면 흘러내린 시즙 屍汁이 생림면 산자락을 적셨다.

"외로운 혼들이여! 꽃피는 봄과 녹음의 여름이 가고 가을바람 낙엽은 지고 또다시 봄. 그러는 사이에 지축은 돌고 돌아 세월이 가면 새로운 역사가 창조될 때 그대들의 흘린 피가 이 나라 민주주의의 발전에 시련으로서 길이 남을지니……. 조상 원혼들이여! 고이 잠드소서! 오늘에 모인 가족친지들은 비분에 눈물을 머금고 그대들의 명복을 비오니 이승에서 억울한 죽음은 후세에 길이길이 위로를 받으소서!"
유족들의 한스런 제사 축문이다.

인천상륙작전 성공으로 서울을 수복하고 그 여세를 몰아 적도敵都 평양을 10월 19일에 탈환함으로서 한만국경선韓滿國境線까지 진격하였다. 그러나 1951년 2월 중공군의 한국전쟁 개입에 따른 1.4후퇴로 정부의 두 번째 부산 피난 그리고 국군과 유엔군의 전면전 반격 개시라는 전황의 와중에서 지리산자락과 백운산 등 산악지대의 공비에 대해 토벌작전이 한창일 무렵 때……. 토벌대는 400백여 명의 주민 가운데서 군인 가족과 경찰가족과 공무원 가족들을 가려 내고 남은 320명을 대동면 독지 골로 군용차에 태워가 3일간 기관총과 개인화기로 무차별 난사하여 어린이에서 노약자와 부녀자 심지어 임신한 임산부 갓 결혼하여 첫날밤도 치르지 않은 신혼부부까지 학살하였다. 증거를 없애기 위해 시체를 휘발유를 뿌려 불을 질러 태운 다음 산에 시체를 얼기설키 묻었다.

"죽은 사람들의 성별을 보아 거동도 불편한 노인들과 여자를 비롯하여 어린아이도 많다는 사실은 빨치산으로 볼 수 없다는 명백한 증거인 것이다!"라고 주장하였지만……. 경찰이나 군에서 벌인 양민 학살을 정부에서 인정할리가 없었다. 1950년 11월에 접어들면서 전황은 중공군中共軍의 참전으로 전선이 흔들렸다. 이해 11월 25일 국군은 청천강 유역에서 중공군의 강습을 받아 밀리기 시작했다. 12월 2일에는 인천상륙작전으로 어렵게 뺏은 평양을 내놓고 후퇴를 거듭했다. 전선이 이렇게 걷잡을 수 없이 흔들리자 지리산을 주 무대로 활동하던 남부군들도 본격적인 교란작전을 벌이기 시작했다. 마산에 아지트를 두고 있던 공비의 활동도 이때 시작됐다. 이 공비부대는 여순麗順 민중항거사건당시는 여순 반란사건 뒤 주모자인 김지회가 이끄는 남녀혼성부대로 약 7백 명이 흩어져 경남지역을 돌며 악행을 저질렀다. 경남지역 적은 50명으로 남녀 혼성부대였다. 북과 꽹과리를 치고 간헐적으로 총을 쏘며 3중 포위망을 형성한 채 서서히 공격해 진영을 접수하고 김해군으로 왔다. 적들은 우리의 인원 무기 등 상황을 알고 있어 쉽게 함락시킬 수 있었다. 경찰과 의용대원으로는 50명의 공격에 단 몇 시간도 버틸 수 없는 급박한 상황이었다. 밤샘 술을 먹고 농악놀이로 새운 후 공비들은 포위망을 형성한 채……. 돼지 등을 잡아 국을 끓이고 밥을 해 먹어가며 쉬엄쉬엄 공격을 해댔다. 이들은 전투의욕을 고취시키기 위해 작은 목표물 김해지서를 앞에 놓고 출정 잔치를 벌이고 있는 듯했다! 5일 밤이 되자 배를 채운 공비들이 북소리를 요란히 울리며 최종 공격을 해왔다. 소낙비같이 퍼붓는 그들의 집중사격에 경찰 3명이 순식간에 순직했다. 의용대원 김상연 씨 김상기 씨도 흉탄에 전사했다.

적은 지서 주변의 유리한 지역을 선점하고 있었고 수적으로도 20배가 넘어 더 이상 버티기는 불가능했다. 허윤성 지서주임은 어둠을 이용해서 각자 요령 것 도망가도록 지시했다. 그러나 포위망에 걸려 오도 가도 못하는 독 안에 든 쥐의 형국이 돼 버렸다. 그런데 한밤중 갑자기 이들의 공격이 조용해졌다. 이미 우리는 **향토방위대장** 최두섭 씨가 수류탄 공격에 사망하는 등 전투력을 상실하고 있을 때였다. 공비들은 군민에게 퇴로를 열어주고 철수 할 기회를 준 듯했다. 살아남은 경찰 5명과 나머지 대원들은 지서에서 10여 리 떨어진 김해 임호산으로 정신없이 달려 나갔다. 점호를 해보니 10명밖에 없었다. 경찰은 이때부터 토벌대가 진주할 때까지 2개월 동안 인공기人共旗가 걸리고 공비세력권 안에 놓이게 됐다. 당시 전국 각 지역 토벌대에 내린 명령은 **견벽청야**堅壁淸野이었다.

손자병법孫子兵法에 나오는 말이다. 풀이하면? 확보해야할 거점은 벽을 쌓듯이 견고히 확보하고 포기해야 할 곳은 인원과 물자를 철수시켜 적이 이용할 수 있는 여지를 깨끗하게 없애라는 뜻이다. 나무랄 데 없는 명령이다! 그러나 이 명령이 사단에서 연대로 연대에서 대대로 하달되는 과정에서 해석이 잘못되어 문제를 일으켰고 비극을 부른 것이다. 이 작전명령에 대해 당시 현지 군인들은 명령을 거부하거나 정보 물자노역을 공비에게 제공하는 사람은 현장에서 총살하라는 것으로 해석……. 이 같은 일을 저질렀을 것이라고 했다. 사실이 그렇다면 애매한 한자문장漢字文狀의 작전명령이 얼마나 큰 비극을 불러 왔는지 소름이 끼친다. 더구나 학살당한 3살짜리 이하 젖먹이 1백 19명을 포함해서 14살 이하 어린이 2백 59명 예순 살에서 아흔 두 살까지의 노인 70명이 모두 공비에게 정보물 자 노역을 제공할 수 있다는 해석에 경악驚愕을 금치 못한다.

"부모형제를 총을 겨누어 위협하며 도와 달라고 하는데 어느 강심장이가 거절하겠는 교?"

당시에 살아남은 사람의 증언이다. 5일 밤 공비들이 진영지서를 공격할 때 그들은 분명히 퇴로를 열어 주고 철수할 기회를 주었다. 사실 경찰 병력이 치안이나 담당하였고 전투장비 역시 공비들의 무기체계와는 아주 많은 열세였다. 말 못하는 짐승도 질서가 있다. 하물며 이성이 있는 인간인데 김해 토벌대는 짐승보다 더했다. 대 항하는 경찰도 퇴로를 개방해 두고 시간을 주었는데 국군토벌대는 민간인이고 대항 능력도 없고 심지어 거동 불편한 노인과 눈이 먼 맹인盲人↔blind과 귀가 먹은 청각聽覺↔deaf 장애인을 비롯하여 젖먹이 어린 아기까지 사살하였다니……. 인간으로 할 짓인가? 진 영 한얼교회 기도실에서 하룻밤을 지낸 다음날인 11일 김해 대동면 독지골로 끌려가 집단으로 총살됐다. 박희구씨는 기적의 생존자다.

당시 생후 4개월인 박 씨는 어머니 허미경 씨의 품에 안겨 기도 실에 있었다. 어머니 품에 안겨있던 박 씨가 밤새껏 울자 보다 못한 경비병이 애나 달래고 오라며 밖으로 내 보냈다. 박 씨 아기를 안고 친정인 창녕부곡으로 달아나 두 목숨을 건졌다. 그러나 박 씨의 아버지와 형제들은 끝내 변을 당했다.

51년 2월 6일은 설날이었다. 주민들은 제사상을 마련했고 일가친 척이 종가宗家↔큰형의 집에 모이기도 했다. 경찰대와 방위 병력만 남겨두고 마산으로 철수를 했지만……. 토벌대는 마을을 휩쓸고 다니면서 온갖 횡포를 부렸다. 제삿술을 뺏어 먹고 취해서 잠든 사이에 공비들의 기습을 받아 11명이 사망했다. 뿐만 아니라 경찰 지서와 면사무소도 소실됐다.

"그 팔피 같은 토벌대가 한강서 얻어터지고 남산에 가서 눈 흘긴 기라!"

"공비들에게 당한 것을 마을주민들에게 화풀이를 했단 말입니까?"

"하모! 아침나절부터 초상집에 와서 해거름까지 탁베이막걸리 진탕 묵고 네발 뻗고 잠을 잔기라. 잔칫날을 알고 있는 공비들도 음식을 얻으러 온기라! 잔칫날은 마당에 체활포장을 치고 하니 산 위에서 내려다보면 멀리서도 보인다 아이가! 글마! 자슥들이 탁베이 진국을 먹었으니 꼭지가 돌아 빠져서 정신 머리가리가 저승으로 간기라!"

공비가 와서 기습 공격하니 당할 수밖에 없었다고 한다.

"말도 마시소! 그 일로 인하여 죄 없는 동네사람한테 패액시럽게 행동한거라요!"

술 취해 잠들어 있을 때 통비분자가 연락을 공비에게 하여 11명이 죽었다고 억지를 부린 것이다. 이 같은 사태가 벌어지자 연대본부에서 불호령이 떨어졌고 때를 같이해 견벽청야堅壁淸野라는 작전명령이 하달된 것이었다. 이 명령을 수행하기 위해 마산에 다시 주둔한 것이 비극의 씨앗이 잉태 됐다. 군인들이 전 주민들을 한얼중학교에 모이라고 했다. 노인들은 집에 남아있는 경우도 있었다. 이를·본 군인들은 보는 대로 총을 쏘았다. 한얼중학교 2개 교실에 수용된 사람들은 꼼짝도 할 수 없었다. 군인들은 소를 멋대로 잡아먹었고 교실 안의 책걸상을 끄집어내 부수어 운동장에서 불을 지폈다.

더구나 반반한 부녀자를 골라내어 자식들이 보는 앞에서 빠구리 성폭행를 하여 욕심을 채웠다고 유족들은 증언을 했다. 이명자 할머니는······.

"어린것들은 춥다고 집에 가자 조르고 배가 고프다며 울며 보채는데 군인들은 온통 운동장에서 장작불을 지펴놓고 소를 잡고 보따리 속에서 꺼낸 귀금속 등 금붙이와 골동품들을 골라 짐꾼에 지워 어디론가 가져가 버렸다."

"간신 했시몬 총 맞을 뻔 한기라요! 죽을 각오로 작심하고단단히 결심하고↔determined 장교한테 항의하였더니? 총을 겨누면서 노리쇠를 당겼다가 철커덕 소리 나게 총알을 장전하데요. 토벌대 장교들 모두가 성격이 괴팍스럽데요! 똑똑히 기억되는데 굴래씨염수염나 있는 장교는 대위였는데 눈알이 개냉이고양이 눈 같이 고약하여 쳐다만 보아도 깔딱수기절 하것습디다!"

이 할아버지는 먼 산을 쳐다보며 한숨을 쉬었다.

"상관에게 까디비다간고해바침 들컸을 때는 그 자리에서 총을 쏴 죽여 버렸다"고 했다.

어차피 죽은 목숨이지만! 그들은 전투 중 말을 듣지 않는 부하를 즉결처분하듯 사살했다. 진영읍의 정경식 할아버지는 '베 40필 명주 20필을 군장에까지 지게로 져다줬더니 곧 팔아먹더라'고도 했다.

2월 11일 운명의 날 아침이 되자 김해경찰서 사찰 계 형사들과 군 장교 면장 등이 참석한 가운데 성분분석을 했다. 성분분석이래야 경찰과 군인을 비롯하여 공무원가족을 골라내는 일뿐이었다.

500백여 명중 2백 30명을 2km남짓한 장유로 끌고 가서 정보장교지 휘아래 총살해 버렸고……. 장작더미를 덮은 후 불을 질러 버렸다. 설을 쇠러 왔다가 죽은 인근마을주민 33명도 끼여 있었다. 시체는 방치되어 3년 동안 부패했고 핏물이 흐르는 장유계곡 폭포수에 가재들이 수도 없이 번식했으며 시체 위에 모여든 까마귀들은 원인도 모르게 죽기도 했다. 현재 진영설창고개 옆 도로변에 야산에 안장돼 있는 450여구의 합동묘소가 있다. 진영국민학교에 수용됐던 사망자들이 네 번 죽임을 당했다고 이야기한다.

첫째 : 죽음이 집단 학살이고.
두 번째 : 장작더미로 덮은 생화장이란 것.
세 번째 : 설창고개 유골을 모아 주민들이 새로 화장하고 현재의 묘역으로 옮겨 안치한 것이다.

그 해 박정희 대통령 때. 파 뒤집은 묘를 유골은 많이 유실이 됐지만……. 남아있는 유족이 시신을 수습했다. 유족들은 서로 울지 말자고 굳게 약속을 했지만 저절로 흘러내리는 눈물을 주체하지 못했다. 어떤 아주머니는 같이 죽겠다고 불 속에 뛰어들어 만류하는 사람을 더 울리기도 했다.
"……."
"강 선생! 3년을 피해지역을 다니면서 녹음을 하여 책을 집필하는데 힘이 들것인데! 이미 양민 학살사건에 관한 책 2권을 집필하여 출판을 하였는데……. 김해지역 상고사와 현대사를 또 집필을 하는 것을 보니……. 참! 김해지역 국민보도연맹양민 학살사건을 집필을 하면서 껄끄러운 장면을 상재를 하지 않았다고 했지요?"

"북파공작원 출간을 할 때 군사기밀이라고 해서 중요한 3꼭지를 누락을 시켰는데 2015년에 출간한 살인 이유 책에 2꼭지를 상재를 했습니다. 출판이란 불교적인 비판을 하거나 기독교적인 비판을 너무 많이 하면 그와 관련이 있는 출판사 대표가 출판을……. 2021년 12월에 출간된 책 죄와 벌 1~2권을 주식회사 현문에서 출판을 하겠다는 약정을 회장님과 만나 언약을 했는데? 음란한 장면이 너무 많아서……. 결국은 학고방 자회사인 인터북스에서 출판을 했습니다. 뒤에 알고 보니? 고인이 된 마광수 작가의 책을 출판을 하였는데 너무 음란한 장면이 많아 시중에 내지 못하고 폐기처분을 했다고……."

"사실 토벌대 일마들이 집단으로 강간을 하고 니노지여자 성기를

하의가 벗어 진 여인들의 사진

칼로 도려내고 유방을 절단 낸 것을 본 기라. 토벌대 가들이 호로 자석들 인기라!"

"지리산 킬링필드 책을 집필하려고 자료를 모으려 전북, 전남, 거창, 산청, 함양, 제주 등을 찾아서 증언을 들었는데 집단으로 강간을 하고 음부를 절단했다는 말은 도처에서 들었습니다만……. 제가 그러한 장면의 사진을 가지고 있습니다. 이곳 김해도 예외는 아니었군요?"

"하모요! 왜놈들이 대동아 전쟁 때 강제로 처녀공출처녀↔위안부 해 갈 때 아기미젖먹이가 있는 여자 있는 여자는 뽑지 않았는데 토벌대는 치마 입은 여자나 옹구바지 입은 젊은 부녀자들을 교대로 성폭행을 하고 죽여 버렸다 카이 그런 법이 어디 있겠는 교? 허기야 중국 난징 대학살 사건 때 1주일간 5만에서 8만여 명의 여성이 강간을 당했다고는 했지만 그것은 일본과 중국은 당시에 적이었기에 그랬을 것인데!"

"지금 중국난징에 학살 장소를 그대로 복원되어 있습니다."

"우리나라도 일제 강점기에 남북 합쳐 500여 명의 위안부가 차출되어 갔다는 뉴스야."

"……"

"선생은 어떨는지 모르나! 광주 민주화 운동 한 사람들은 총을 뺏어 군인들에게 대항하였지만……. 6.25때 협박 때문에 한두 명이 공비를 도와주었다고 마을 전체를 도리깨로 콩 타작하듯이 하여 몰살을 시키고 마을을 불태워 버린기라. 일부 살아남은 사람들이 토벌대가 떠난 후 마을로 왔지만 거처 할 집이 없으니? 집 없는 사람들homeless people은 얼마나 억울한 교?"

"어르신! 그동안 올바른 지도자가 없었기 때문입니다! 근래에 와서 정치권이나 언론에서 관심을 가지고 있고 특별법이 통과되었으니 늦은 감이 있으나! 피해 유가족에게 보상이 있을 것입니다."

"선생! 공정하게 잘 써 주이소! 그리고 민주화 보상도 해주어야 되지만 6.25때 피해당한 사람들 거의 다 죽어 가고 얼마 안 되니 보상도 우선순위가 있다고 해주소?"

"알겠습니다!"

한 낮의 인민재판

8월의 찌는 듯한 무더위는 숨이 막힐 지경 이었다. 넓은 운동장에는 각 마을에서 모인 사람들로 꽉 차 있었다. 학교 교단위에는 흰 저고리에 검정치마를 입은 여인 4명이 앉아 있고 교단 아래쪽에는 붉은 줄이 들어있는 팔에 완장을 두른 젊은 청년 5명이 손에 몽둥이를 들고 서있었다. 드넓은 운동장에는 면내 각 마을에서 구장들이 모와 온 사람들로 꽉 차 있건만 그렇게 조용할 수가 없었다. 장시간 침묵이 흘렀다. 그러자 이곳저곳에서 술렁이기 시작하자 몽둥이를 들고서있던 청년이 종이를 대각으로 말아 접은 확성기를 입에 대고 누군가를 호명하였다. 한번, 두 번, 세 번……. 그렇게 호명당한 사람이 관중을 헤치고 교단 위로 올라갔다. 청년이 확성기를 입에 대고 '이 사람들을 죽여야 옳소? 살려야 옳소?'하고 묻는다. 넓은 운동장에는 사람들로 가득하건만 죽은 듯이 고요하고 8월의 염천 뜨거운 태양은 작열하건만…. 이곳에는 시베리아 혹독한 한파가 몰아닥친 듯 누구 하나 살려야 옳다고 하는 사람의 대답이 없다. 아……. 그동안 말로만 들어 왔던 인민재판이 시작된 것이다.

호명되어 간 사람들을 교단위에 무릎 꿇리고 난 뒤 죄목을 차례로 열거한 다음 차례대로 몽둥이로 사정없이 내려치기 시작했다. 그러자 매를 맞은 사람들의 금속성 같은 왜마디 소리와 함께 몸 곳곳에서 선혈이 낭자하게 옷 위로 베어 나왔다. 참혹한 현장, 교수형이나 총살형도 끔찍한 일인데 백주에 몽둥이로 사람을 패 죽이는 장면을 하고 있는 것이었다. 개 중에는 토하는 사람도 있었고 손으로 눈을 가리고 털썩 주저앉은 사람도 있었다. 나는 몸서리가 처져 내 친구 손을 잡고 있었건만 사시나무 떨듯이 떨었다. 이 끔찍한 현장을 피하여 도망이라도 하였으면 좋으련만 그럴 수도 없었다. 운동장 주위에는 언제 왔는지 인민군이 총을 들고 보초를 서 있었기 때문이다. 이와 같은 방법으로 집단 살육은 계속되고 그렇게 하여 죽은 사람들은 바로 몇 번이고 차서 교단 밑으로 떨어지게 했다. 간혹 죽지 않고 꿈틀거리는 사람도 있었는데 그럴 때 마다 단상에 앉아 이것을 지켜보고 있던 무명 치마저고리의 여자하나가 쏜살같이 내려와 머리채를 휘어잡고 표독스런 얼굴로 욕설을 퍼부으며 청년에게서 몽둥이를 낚아채서 때려죽이는 장면을 보고, 나는 할 말을 잃었고 온몸으로 휘감겨 들어오는 공포에 떨어야만 했다. 그 처절한 광경을 보고 지레 겁을 먹고 도망가다 잡혀온 사람들도 있었는데. 그 사람들은 포승줄로 결박하여 교단아래 무릎을 꿇려 놓았다. 그 사람들은 재판과정을 지켜보지 않고 도망갔다는 죄(?)로 그날 저녁 시냇가 모래 둔덕에 생매장되었다고 하였다. 이 얼마나 잔인무도한 일인가! 얼마나 시간이 흘렀을까⋯⋯. 8월의 긴긴 낮 시간이 야속하기만 했다. 학살극은 계속 이어졌고, 나는 친구의 손을 잡고 그저 떨고만 있었다. 요의를 느꼈지만 도망가다 잡혀와 포승줄에 결박당해 있는 사람들을 보고 꾹 참고 있었다. 그때였다. 우리 옆집에 사는 구장 어른이 호명된 것이다. 그 어른이 교단위에 무릎을 꿇고 앉았다. 먼저와 똑같은 방법으로 몽둥이세례가 가해졌다. 허리 쪽을 내려치자 순간 연세가 높으신 구장 어른이 물구나무서듯 거꾸러지면서 호주머니에서 옥수수가 쏟아져 나온 것이다. 서커스를 보면서 간식으로 드시려고 삶은 옥수수를 몇 개를 호주머니에 넣고 오신 것이다. 아-이럴 수가……. 양쪽 어깨에 몽둥이로 나타당한 구장은 외마디 소리와 함께 꿈틀거리며 몽둥이를 든 청년의 다리를 붙잡고 살려달라고 애원하였다. 그러나 피에 굶주린 야수가 된 그들이 살려줄 사람인가? 광기로 가득 찬 그자는 욕설과 함께 발길질을 더욱 거세게 하며 다시 몽둥이로 사정없이 교대로 린치를 가하여 죽였다. 이 참혹한 현장에는 그 가족들도 모두 참석해 있었다. 이 광경을 직접 목격한 구장의 가족들은 어떠한 심정이었을? 뒤에 안 일인데 이모임은 인민들에게 무료공연 서커스를 한다하여 거짓으로 면민을 모이게 한 것이지만 좌익들이 인민재판을 하기위한 그들의 상투적 거짓 수단의 청중 모임이었다. 인민재판은 계속되었고 8월의 긴긴 해도 서산을 넘을 무렵 그 끔찍한 인민재판도 끝을 내었다. 27명의 죽은 사람을 일렬로 운동장에 뉘어놓은 다음 맨 우측 줄부터 일렬로 죽은 사람을 밟고 가도록 하였다. 물론 몽둥이를 들고 직접 사람을 죽인 장본인이 대열을 지켜보는 가운데서 한사람이라도 밟지 않고 건너뛰면 죽일 것 같은 눈빛으로 감시를 하였다. 나도 순서가 되어 죽은 사람을 밟고 지나가는데 몸은 사시나무 떨 듯 떨리고 명치 부위는 더욱 더 아파 왔다. 엉겁결에 한 사람을 건너뛰어 다음 사람의 정강이 부위를 밟으려는 순간 흰 저고리에 검정치마를 입은 여자가 큰 소리를 쳤다. 순간 금세라도 몽둥이가 뒤통수로 날아드는 느낌이 들어 나는 깜짝 놀라 오줌을 바지에 흘렸으며, 그 자리에 주저앉을 뻔했다. 너무도 무서웠고 하루 종일 변소도 못가고 인민재판을 보고 떨고만 있었기 때문이다. 집으로 돌아오는 길은 들판을 지나 작은 고개를 넘어 10여 리 길을 걸어오는 동안 방금 전에 벌어진 끔찍한 일들을 생각하면서 오느라 어떻게 집에 왔는지 모를 정도였다.

『위의 글은 당시 초등학교 3년생이 인민재판을 목격한 것을 증언 한 것이다』

『한국전쟁 전후 좌익이 우익에 대한 인민재판 같은 사건이 전국 도처에서 벌어지자. 한국전쟁 발발로 우익이 좌익이 했던 거와 비슷한 일을 저지른 것이 바로 현대사의 가장 슬픈 김해국민보도연맹 사건이다』

가는 곳마다 피해자들의 진술을 하면서 피해자들마다. "선생님! 왜 세상엔 아직도 전쟁이 존재하는 걸까요?why is there still war in this world"그러한 말은 전쟁이 벌어지면 어느 나라도 그러한 참혹한 일들이 있을 것이라는 말이다. 일본 위안부. 월남전. 지금의 우크라이나 전쟁. 등에서 벌어진 참혹한 여성들의 일과…… 한국전쟁 전후의 피해자들이 증언하였으니 이것은 분명한 사실이다. 젖 티유방 칼로 잘려 피와 젖이 섞이어 있는데 들개들이 무리지어 먹고 있는 것을 목격한 사람도 있었다고 했다. 그들이 지나간 뒤는 온갖 소문과 비어悲語↔卑語 들이 입에서 입으로 옮겨져서 가족을 몽땅 잃은 유족을 더 슬프게 하였다고 했다. 대강 시체를 수습하고 고향을 떠나오지 않는 사람도 많은 것이다! 그때 일어난 현대사의 비극

가운데 자국의 군대에게 당한 양민들의 슬픈 사연을 영원히 묻으려 했다. 총에 죽고 칼에 난도질당하여 숨이 끊어지지 않은 양민들에게 나무로 덮고 기름을 끼얹어 화장을 한 그 날의 가해자는 우리 모두일 수도 있다.

「진짜 좌익은 별도로 사살했다고 들었다. 중국 춘추시대 때 오나라 오자서가 아버지와 형의 원수를 갚기 위하여 초나라를 정복한 다음 왕의 무덤을 파내어 유골에 매질을 한 것에 대하여 후대 사학자들은 평하기를 오자서가 비록 충신이고 영웅이지만 시신을 욕보인 것은 지탄의 대상이라고 했다. 우리나라도 연산군이 생모의 원한을 갚기 위하여 김종직 선생의 무덤을 파 **부관참시**剖棺斬屍↔죽은 뒤에 큰 죄가 들어났을 때 관을 쪼개고 유골의 목을 베어 극형을 행하던 일를 하였다는 것을 알고 있지만……. 고금을 통해 보더라도 개인의 원한을 제외하고 국가차원에서 묻혀있는 유골을 발굴 집단으로 훼손毁損한 것은 없는 줄 알고 있다. 그런데 박정희 군사정권은 천인공노天人共怒 할 일을 저지른 것이다」

"우리 유족들은 국가의 공권력에 의해 진영 설창리 고개에서 파 없앤 수 백 명의 유골을 어떠한 식으로 훼손하여 버렸는지 당시에 위령 비를 세우기 위하여 모금했던 많은 돈과 희생자 명부 그리고 유족들이 사서 사용한 묘지 땅의 처리 등을 알고 싶고. 어떤 단체에 의하여 자행 되었는지 밝혀지기를 바라고 있지 지금 친일파 가족들의 재산몰수도 하고 있는데……."

끝으로 그는 "유족들이 바라는 것은 국가 차원에서 사건진상을 소상이 밝혀주고 억울하게 희생된 영령들의 넋을 위로 하는 뜻에서 위령 비라도 세워주길 원한다. 경남거창에서도 750여명이 우리지역과 같은 꼴을 당하였는데 거창 군수를 지냈고 경남도지사를 김태호 지사께서 힘을 썼는지! 김태호 도지사시절 수천 평에 추념 사당과 기념관 짓고 묘역을 조성하였고 산청과 함양지역은 운명이란 책을 집필한 정재원 유족회장과 군청에서 지원을 하여 초모공원을 만들고 제주 4.3사건 추모공원도 만들었는데……. 김해지역은 위령 비하나 세우지 않고 있으니 참으로 그때 억울하게 죽어간 영령들에게 미안하다."고 했다.

"가~악 중에 글마들이 우리 어무이한테 총을 쏜 기라요. 빨갱이 소탕하여 편하게 살게 해 줄 토벌대가 왔다고 우리 어무이는 숨카논 양석으로 음석을 해 주었는데……. 탁베이막걸리 처묵고 곤대만대가 된 채 마을 사람들에게 총을 쏜 것을 보고 메라캔 것 가지고 총을 쏜기라. 말 못하는 짐승도 먹이를 준 사람의 손은 물지 않는다. 카든데. 우리 어무이 생목숨 죽여 놓고 느까 잘못했다 카면 무슨 소용이 있는교? 후재 까지 에민 소리만 하고……. 또 글마 새끼들이 9살 된 여동생 상단 머리를 움켜잡고 뒤엄 밭으로 끌고 가서 총을 쾅 하고 쏘아 내 여동생을 죽인기라. 어무이를 죽이자 욕을 했다고! 아이고! 그 생각하문 억장이 무너질라 안 카나. 내는 마. 떼뜸 질 당하기죽어서 땅에 묻히는 것 전에 잊을 수가 없는 기라."

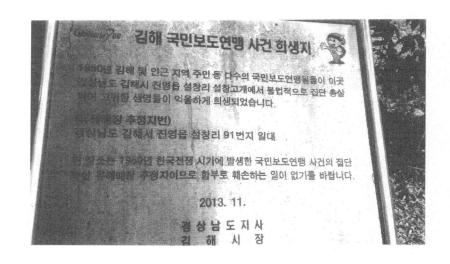

2017년 6월 22일 목요일 조선일보 제29998호 a면 기사다.

제주 4.3사건 등 '과거사 배상'국정과제 포함키로

노근리·거창사건도 들어갈 듯…….

「문재인 정부가 제주 4.3사건과 한국전쟁 당시 미군에 의한 노근리 사건. 국군에 의한 거창사건 등 '과거사 배상'문제를 100대 국정 과제에 포함시킬 것으로 알려졌다. 원희룡 제주지사는 이날 제주도청에서 회견을 갖고 "지난 20일 국정기획위에서 김진표 위원장 등 책임자들을 만나서 국가공권력에 의해 억울하게 희생된 불법적인 민간인 희생에 대해 새 정부가 포괄적으로 해결한다는데 합의했다"고 밝혔다.

원 지사는 "과거사포괄적인 해결 속에서 4.3이 가장 큰 비중을 갖는 모양과 논리로 국정 과제에 포함하는 것으로 했다"며그 연장선 상에서 "한국전쟁당시 노근리 학살과 거창 양민 학살까지도 국정과제에 들어가게 된다.”고 했다. 이와 관련 국정기획위 관계자는 “현대사의 어두운 면을 양지로 내놓는 차원에서 제주 4.3 사건과 관련해 유해를 추가 발굴과 유족에 대한 국가차원의 보상. 4.3평화공원 지원 여부 등을 협의했다.

과거사의 보상·보상범위 및 방식과 관련해 지사는 “노근리 등까지 포함해배상↔보상 인원이 2만 5,000명 정도로 추계되고. 그중에서 1만 5000~2만 명으로 최대가 된다”며 “구체적으로 확정된 부분이 없지만 큰 틀에서는 희생자와 유족에 대한 개별 배상·보상을 적극적으로 추진한다는 것”이라고 했다 앞서 문재인 대통령은 “못 다한 과거사 진실 규명을 완수하겠다.”며 민간인 집단 희생 사건 등의 완전한 진실규명과 국가 잘못으로 인한 희생에 대한 배상 검토 등을 공약했다」

― 신정민 기자 ―

경남일보 2017년 3월 31일 금요일
거창사건 66주기 추모식 거행

『현대사의 최대비극 ‘거창사건희생자 제66주기 추모식’이 30일 거창군 신원면 거창사건 추모공원에서 지역 국회의원을 비롯한 정부관계자 및 군 의원, 관내 기관단체장, 주민 등 1,000여명이 참석한 가운데 엄숙하게 열렸다 이날 추모식에 강석진 국회의원은 “거창사건은 한국전쟁 중에 전쟁과는 상관없는 719분의 국민들이 희생된 원통하고 안타까운 사건이라며 희생된 영령과 유족들의 명예회복을 위해 특별법을 반드시 처리되도록 최선의 노력을 다하겠다."고 밝혔다. 양동인 거창군수는 하태봉 부군수가 대독한 추모사에서 "추모공원 역사 교육관을 시대적 흐름에 맞게 보강해서 거창사건 진실뿐 아니라 평화통일과 인권교육의 산 교육장으로 새롭게 활용할 수 있도록 정부의 예산지원을 협의 하겠다"고 했다.

홍윤식 행정자치부장관은 구만섭 과거사지원단장이 대독한 추모사에서 "거창사건은 6.25전쟁 중에 발생한 불행한 사건으로서 아직까지도 아픈 상흔이 생생하게 남아있는 비극적인 역사였다"며 "불행했던 과거의 어두운 상처를 치유하고 잘못된 역사를 바로잡는 것이 우리시대의 소명"이라고 강조했다.

홍준표 도지사는 조규일 서부부지사가 대독한 추모사를 통해 "무고한 희생자들에 대한 명예회복과 고통 속에서 인고의 세월을 살아온 유족들의 아픔을 조금이나마 덜어줄 배상에 관한 특별조치법이 재정되지 못하고 있어 국회의 조속한 처리"를 촉구했다. 유족회 이성열 부회장은 경과보고서에서 "정부와 국회가 인정해 특별법이 두 번씩이나 국회를 통과하고도 지금까지 방치하는 것은 직무유기 아니냐."며 "정부와 국회는 특별법을 꼭 통과시켜줄 것 을 촉구했다."이어 김길영 유족회장은 인사말에 "타사건의 유족들 「산청↔함양」은 거창사건 특별법 국회통과에 발목잡지 말고 제발 당신들대로 가시기 바란다."며 "우리거창사건 유족들은 우리의 신념이 관철될 때까지 끝까지 싸울 것"이라고 다짐했다』

－이용구 기자－

아래기사는? 소설가 김원일 문학관을 지영 한빛도서관 공터에 세운다는 김해시보를 보고. 허영호 김해고등학교 총동창회장을 김해 예총사무실에서 만나자고 하여…… 2015년 9월 17일 도서출판 학고방에서 출판한 【살인 이유】 책 234페이지에서 270페이지 까지40페이지 분량 상재된 김해와 창원 국민보도연맹양민학살사건을 당시 허성곤 김해시장에게 드리라고 했다. 그리고 김해시 문화관광사업 소장인 김미경 소장을 만나 이유를 묻자 장유 독서클럽에서 건의가 들어와 그렇게 되었다는 것이다. 사실 2019년 현충일에 식을 끝내고 광장으로 내려왔는데? 김해시의장과 민홍철 국회의원이 광장에서 시민들에게 인사를 하다가 필자가 광장 문을 나서는 순간. 민홍철 국회의원이 나에게 달려와 손을 잡고 "선생님! 문학관을 이광희 시의원에게 말 하시오."하는 것이다. 이광희 시 의원은 필자가 살고 있는 지역 의원이 아닌데도. 그 후 이광희 시의원에게 그 말을 전하고. 5개월! 후 의원사무실에서 이야기를 나누었지만 아직까지 시장에게 말을 하지 않았다는 것이다. 참! 인간성이…….

필자는 1948년 11월 6일 생인데 1966년 11월 20일! 만으로 16세에 마을 형 2명의 군대입영 환송식에 참석을 하여 논산훈련소까지 동행을 하여? 덜컥 자원입대를 한 것이다. 논산 28연대 연대장님과 면담을 했는데? 너무 어리니 3년 더 젖을 먹고 오라고 했는데…… 군번이 찍혀 나왔다는11678685 내무반장의 말을 듣고 "그러면 훈련을 받으려 갈 때 총은 내무반장이 가지고가서 주면 훈련을 받으면 된다."라는 명령에 내무반장 도움으로 훈련을 끝내고 760행정병참 주특기여서 병참교육을 받고 3군단 병참기지창에 근무 중 선임 병이 여군 군복여군군복바지 궁둥이 커다란 원형을 천을 붙인 것, 최전방 gp에 1개 분대 여군이 파견 되어 대북방송을 함을 팔아먹는 바람에 졸병이 내가 죄를 뒤집어 쓰고 최전방 휴전선 경계부대 중대본부에서 근무 중…… 1965년부터 미군과 우리 군이 월남전에 파병되어 전쟁을 하였다. 전쟁 작전이 시작되면 적의 저격수가 분대 지휘자인 분대장을 사살을 해버린다. 분대 지휘자가 없으면 그 분대 원들 목숨은……. 미군소대장은 작전이 시작되면 16분을 못 견디었다는 미군의 보고서였다고 한다. 휴전선을 지켜야할 분대장들이 일부는 강제로 월남에 차출되어 정작 휴전선을 지킬 분대장이 없자? 최종철 1군사령관이 "고재이상 학력자는 무조건 원주시에 있는 1군하사관지금의 부사관 학교에 입학하라"는 명령에 강제로 차출되어 4개월의 교육을 받고 학교 창설이례 제일 어린나이로 졸업을 하였다. 1군 하사관 학교는 장기복무자7년을 의무적으로 근무 후 전역이나 아니면 정년퇴직을 함 학교였지만……. 나는 일반하사군번 80074223로 3년 근무 후 전역을 했다. 차출된 부대가 아니고 타 부대인 휴전선 경계부대 소대 분대장으로 근무 중 1968년 1월 21일 김신조 북한 테러부대 31명이 박정희 대통령을 암살하려 서울 한 복판까지 침투를 했는데 ……. 우리 군경에 발각되어 김신조만 남고 모두사살1명은 다시월북!되었다. 대통령은 북한과 전쟁을 하려했으나 미국의 반대로 못했다. 미 정보 함 푸에블로호가 북한 대동강으로 납치되어 제 7함대의 구축함 2척을 우리나라 동해로 출동시켜 응징하려 했다. 또한 비무장 헬기가 북한군에 격추되어 30명의 미군이 죽었지만……. 미국이 2개의 전쟁을 못한다고 한 것이다. 지금도 전시 작전권이 미국에 있다. 당시 나는 정기휴가를 갔었는데 소대장의 귀대전보를 받고 휴가 반도 사용을 못하고……. 휴전선에 투입되었다. 2월 6일 소대장이상열↔rotc 학사장교 4기생 훗날 서울 mbc보도본부장. 알오티시 학사장교 3기생은 소위 계급으로 전역을 했으나 4기생은 근무기간이 길어져서 중위 계급을 달고 전역을 했다. 일반병도 근무기간이 길어져서 36개월을 하고 전역하였고. 국가 방위를 위해 예비군이 창설되었다 기관총 토치카로 오라고 하여 모였는데……. 일본에 주둔하고 있는 미군 전투기 2개편대가 와서 김일성고지와 스탈린 고지를 폭격을 하면 강 하사는 화기중대에서 중기관총 2개조가 파견을 오니……. 그들을 데리고 김일성고지를 탈환하고 스탈린고지로 오라는 명령과 직결 처분권이 내려왔다는 것이다. 이 명령은 작전을 할 때 부하가 말을 듣지 않으면 부하 3명을 사살하는 권한이다. 어깨에 푸른 견장을 달고 있는 지휘자에게 내리는 무시무시한 권한이다. 그래서 군에서 하극상이 제일 중죄다. 부하가 지휘자를 폭행을 하면 바로 사살을 해버린다. 소대장은 1분대, 2분대, 화기분대, 선임하사까지 데리고29명 스탈린 고지를 탈환하려 가는데? 나는 꼴 랑 8명의 부하와 화기중대 파견 나온 중기관총 2대 조4명를 데리고 김일성고지를……. 결국은 미국의 반대로 솔직히 말하지만 북한은 따발총과 기관총인데 우리는 90%가 단발총인m1↔엠원이다. 당시는 북한이 우리보다 더 잘살았다. 우리는 흑백 사진삐라를 보냈지만 그들의 삐라는 칼라사진이었다. 결국 미국의 반대로 전쟁은……. 화가 난 대통령을 1969년까지 155마일 휴전선에 토끼도 넘어가지 못할 정도의 철조망을 만들고 김신조가 속한 부대처럼 테러부대를 만들어 김일성이 머리를 잘라서 가지고 오라는 특별명령을 내렸다. 당시엔 휴전선엔 철조망이 없었고? 각 경계부대 내무반소대나 중대본부 울타리를 만들었는데……. 나무로x형식으로 만든 울타리다. 대통령의 명령에 시멘트로 밑 받침대를 만들고 3미터정도 파이프를 세우고 위 상단에 와이자y 형식으로 만들어서 그 사이에 원형철조망을 올리고 밑은 그물 형 철조망을 치는 것이다. 그 철조망 앞북쪽으로 50미터를 사막화 시키는 작업視界不良制擧作戰↔야간 근무 때 앞이 잘 보이게 하고 고엽제를 살포을 하면서 고엽제를 뿌린 것이다. 휴전선엔 나무와 잡초가 많아 나무 잎과 풀이 썩어 풀이 잘 자란다. 나무를 톱으로 절단미군이 사용하는 톱↔흥부와 놀부전을 할 때 박을 탈 때 사용하는 톱보다 더 큰 톱을 하여 티엔티나tnt 다이너마이트dynamite 바위나 나무 뿌리를 폭파를 하여 제거를 시키고·철조망 앞 5미터! 정도에 나무 말목을 촘촘히 밖아 가시 형 철조망을 엮은 다음……. 원형철조망을 2개를 깔고 그 위에 하나를 깐다. 그리고 밤에 침투하는 적을 잘 보이게 백색시멘트가루를 뿌린다.

내가 처음 집필한 책 애기하사 꼬마하사 병영일기 1~2권에 고엽제 살포사실을 상재를 했는데……. 중앙일보 김상진 기자가 책을 읽고 1999년 11월 19일 조간신문에 특종을 하기위해 18일 6시에 인터넷에 홀딩을 했는데 타 언론사 기자들의 보고 6시 20분경에! 집으로 찾아가겠다는 연락을 받고 허락을 했는데……. 방송사 2곳의 tv보도본부 촬영 팀과 각 신문사 기자들이 모여들어 49평 아파트 거실이 비좁아 화장실에서 사진을 인화하여 전송하는 기자도 있었다. 2000년 월간중앙 1월호에 서울에서 기자 2명이 내려와 8페이지분량으로 특집을 냈다. 우리나라 국방부와 미국국방부에선 휴전선엔 고엽제를 뿌린 적이 없다고 하였지만 책을 보낸 후 3일 만에 시인을 한 것이다. 1969년에 철조망 작업은 완성이 되었다.

나는 북파공작원일명 멧돼지부대 창설부대에 강제로 차출되어 인간병기가 되는 교육을 5개월 훈련을 받고 팀장조장이라고도 함이 되어 8명을 데리고 북한 개성 지나 평산까지 갔으나……. 전시 작전권이 있는 미군이 알고! 철수를 하라는 난 수표비밀 암호↔am 방송은

안 되고 FM방송 듣고 철수를 하면서 적 휴전선 경계내무반을 완적 괴멸시키고 원대복귀를 했다.

지금도 후회를 하는 것은? 난수표를 못들은 척하고 작전을 했으면 **핵폭탄 서울불바다**. 지랄병 하는 김정은은 태어나질 않았을 텐데…….

남북 문제가 경색되어 온 국민의 관심이 북한 문제에 휩쓸려 정치 현안이 소멸하는 현상이다. 이런 일은 위정자들이 자신의 정치적 난국을 해결하기 위해 모두 조작한 사건이다! 문재인 정권도 북과 밀접한 관계가 있다! 문재인 정권이 끝날 무렵? 북한이 유래 없는 미사일 발사를 하여 새 정권을 잡은 윤석열 정권을 혼란스럽게! 문재인 북한과 친밀한 관계를 유지한 덕분에! 김정은이는 핵폭탄을 만들고 있었다.

필자가 테러부대 차출 전 김신조가 강원도 양구군 대우산대우 op↔포대경으로 적진을 살피는 곳, hid특수부대가 무선 발송과 감청을 하는 곳 휴전선 경계부대에 콘센트 막사 안에서 강의를 하는데? 앉아서 어깨총을 하고 강의를 들으면서 병사들이 총 방아쇠 당기는 소리에 겁을 먹고 강의를 못하자. 총을 막사밖에 사 총을 사총을 시키고 강의를 들었다. 국방부 홍보영화 휴전선은 말한다. 1부에서 같이 출연하여 2번을 만났다. 지금은 교회 목사가 되었다는 것이다.

당시 작전 구상을 박정희 대통령에게 보고한 말이 2015년에 출간한 살인 이유 15페이지부터 읽어보면 2꼭지가 상재되었다.

한 번 침투로 끝나지만 나보다 6개월 앞서 입대한? 형님강장원이 김신조 같은 남침하는 북한 테러부대와 작전 중 기관총 토치카에 숨어있던 적이 갑자기 나와서 따발총을 쏴 오른쪽 팔에 5발을 맞아 광주광역시 77병원에서 공상국가 유공자로 전역을 하였다. 남파 무장간첩이 이승복이에게 "공산당이 좋으냐? 나쁘냐?"묻자. "공산당이 밉다"는 말에 칼로 입을 찢어 죽인 방공소년인 이승복사건과 우리 뒤 팀이 실패를 하여 부하 4명이 희생이 되었는데……. 그들의 복수를 위해 자원하여 13명의 부하를 데리고 침투하여 적 중대본부와 경계내무반을 초토화시키고 원대 복귀를 했다. 서울 mbc라디오 초대석에서 숭실대학교 국문학박사이신 장원재 교수와 30분간 방송을 하면서 작전을 할 때 직감으로 할 것인가 본능으로 할 것인가를 놓고 나는 작전을 하는데……. 나는 짐승처럼 본능으로 작전을 하여 성공을 하여 원대 복귀를 했다고 방송을 하였다. 방송을 하고 밖으로 나오자? 담당 강동석 pd가 온 몸에 소름이 돋았다고 했다. 당시에 북에 가했던 테러로 인하여? 신경안정제 아티반 2개와 수면제 4알을 먹고 잠을 자고 있다. 이 글을 읽은 독자들은? 거짓말리라고 생각을 할 것이다!

『2013년 kbs 1tv에서 특집 다큐멘터리 4부작 dmz에 1부 금지된 땅과 2부 끝나지 않은 전쟁에 출연하였다. 1부는 휴전선에 고엽제를 뿌린 증언이고 2부는 북파공작원 팀장으로 북한에 침투하여 작전을 했던 증언이다.

2013년 7월 27일 9시 40분에 1부를 방송을 했고 28일 9시 40분에 2부를 방송했다』

　아마도 실미도 사건을 생각을 하고! 내 군번이 11678685 군번은
1966년 11월 논산 훈련소 군번이고 당시 아리바시 군번, 일본 말↔젓가락
의 뜻 비유 말에 1967년 강원도 원주시 1군 하사관학교 군번 80074223
→45기생 9중대 3소대 교육생이다. 이 작품을 녹화를 하기위해 1년
전에 연락이 와서 서울로 와서 녹화를 하게 해달라는 것이다. 서울
에서 찾아서 해라고 하였지만…… 녹화 제작팀이 6명 김해로 내려
와 김해시청 본관 2층 소회의실에서 녹화를 했다. 김해시에서 알고
서 공보 과 김 계장이 점심식사를 시에서 제공을 하였다.

　국방부 홍보원에서 기획 제작한 마지막 냉전 산물인 3부작 휴전선은
말한다. 는 연락도 없이 8명의 녹화 인원이 내려와 시청민원 대기실
지금은 커피숍에서 녹화를 했다. 이 프로는 군인이면 다 보았을 것이
다! 155마일 휴전선 탄생과 변천 과정인 비무장지대의 사계절이다.
l부에 155마일 진실 프로에 남파공작원 김신조와 출연했다. sbs에서
방송을 하여 시청자들의 호평을 받았다고 한다. 수입사인 일본 jvd
에서는 휴전선이라는 용어에 익숙지 않은 일본인을 위해 38도선이
라는 제목으로 변경을 해서 비디오테이프와 dvd로 만들어 2003년
7월에 일본 야마타에서 열린 국제 다큐멘터리 영화에 출품이 되었
다. mbc라디오 초대석 프로에는 내가 서울로 올라가서 숭실대학교
국문학박사이신 장원재 교수와 30분간 방송을 했다. 방송자료인
녹음테이프·비디오필름·cd·1세트씩 보내와 보관하고 있다. 군에서
광주에 있는 3사관학교에 입학하라는 상부의 지시였지만 나는 전
역을 하였다. 우리나라 창군 이래 직결 처분권을 3번을 받은 지휘자

는 필자뿐이다! 김신조 테러부대 때 1번 북파공작원 때 2번을 받았다.

앞서 간략하게 이야기를 했지만? 현대사 한국전쟁 전후 군경에 의해 학살당한 제주 4.3사건을 비롯하여 경남·거제도 포로수용소·전북·전남·경남·보도연맹 학살사건을 다룬 실화소설 "살인이유"를 집필하여서 정치인에게 보낸 후 정부에서 4조 8천억을 희생자 유가족에게 지원한다는 발표가 있었다. 집필 때 3년간 희생자 가족의 증언을 받고 집필한 책인데……. 이 책 234~270페이지에 김해 창원 양민 학살사건이 상재되어 있다. 특히 창원 김해 지역에서 소설가 김원일 아버지 김종표에 의해 내 책에는 800여명이 희생되었다고 상재를 하였으나. 책이 출간 후 들은 이야기는 1,226여명이 희생되었다는 것이다. 당시 증언을 했던 사람들이 살인 이유를 읽고 잘 못 기록을 했다고 욕을……. 이 책을 집필을 했다.

김종표는 진영에 있으면서 남로당 경남도 책임지도원으로 진영읍에서만 350여 명이 그자의 꼬임에 희생이 되었다. 노무현 전 대통령 장인 권오석 씨도 그의 꼬임에 잡혀 들어가 옥살이를 했다는 증언을 들었다. 그는 좌익 사상에 빠져 부산에서 노동자조직 활동에 종사하다가 사상범으로 체포되어 부산교도소에 투옥되어 있던 중 해방을 맞이하였는데 교도소 생활이 억울함 때문인지……. 뉘우치지 못하고 조선민주애국청년동맹 민 애총 서울 본부 부위원장으로 활동 중 또다시 서대문형무소에서 투옥되어 있다가 한국전쟁으로 인하여……. 서울을 점령한 북한군에 의해 풀려나 서울시당 재정경리부 부부장으로 활동했으며 유엔군 인천상륙 작전 때는 서울 구로구지역 방위선 전투지휘 후방부서의 부 책임자로 활동했는데……. 서울 수복 때 격렬하게 저항하다가 퇴각하는 인민군을 따라 1950년 9월경 월북하여 북에서 후한 대접받고 살다가 1976년 금강산 요양원에서 사망을 했다는 것이다. 이러한 사실을 모르는 일부 어리바리한 사람들이 진영에 관한 책 "마당 깊은 집"책을 보고 문학관을 세우자는 것이다. 그들에게 묻겠다. 한국전쟁6.25으로으로 인하여 1천여 만 명의 이산가족이 생겼으며 2백여 만 명이 죽음을 당했고 2십여 만 명의 미망인에 10만여 만 명의 고아가 생기게 한 민족의 원수인 김일성이 통치한 북한이 좋아……. 그러한 행동을 한 김종표의 아들 김원일 치적을 세운다. 자신의 부모형제 일가친척이 김종표에 의해 희생을 당했다면! 김해 하성자 시의원이나 겸경희 수필가나 김해시 장유독서클럽이나 이들은 언제나 자기 자신과 일치해서 생각하려는 것Jederzeitmit sich selbst einstimmig denken은 아주 잘못된 생각이다! 어떤 역사는 우리 의식 속에 잠들어 있다. 잠들어 있다는 것은 언젠가는 누군가에 의해 깨어난다는 뜻이다. 그 일을 하는 것은 시대時代의 증인證人이며 이 땅의 최후最後의 양심良心의 보류保留인 문인文人↔작가들에 의해서이다.

아래 글은 김해문인협회가 2019년도에 발간한 책에 "진영이라면 지긋지긋 하여 회상하기도 싫었다."고 김원일을 인터뷰한 기사를 읽었다.

김해문학 특별기획
김원일 작가를 만나다.

상략: 김해문학 32페이지 맨 끝 꼭지에 상재된 글이다.

q : 끝으로 고향 김해에서 문학을 하는 후배들에게 전하고 싶은 말씀은?

a : 그런 질문을 많이 들었다. 대구에도 시인은 많지만. 소설가는 없다.

진영의 조그마한 곳에서 최초의 현대 무용가 박외선, 코주부 김용환, 김영삼 부인, 노무현 대통령, 우리 아버지가 나오고……. 노무현대통령이 변호사 시절에 진영에 연락이 왔었다. 진영에 오면 한번 만나자고 진영이 지긋지긋하여 진영은 회상하기도 싫었다.

「이런 자가 진영 뒷산 금병 산에 자신의 문학 비를 세우니 참석을 하였다. 참으로 인간성이 나쁘다!」

단 한 번이라도 진영에 와서 자기 아버지에 의해 수많은 김해시민1,226명이 학살이 되었는데 사죄를 했는가? 또한 노무현대통령 영부인 아버지 권오석 씨도 김종표의 계략에 폐결핵이 걸렸는데도……. 10여 년을 억울하게 누명을 쓰고서 교도소에 옥살이로 죽었다. 노태우 대통령 아들 노재현은 아버지의 잘못으로 죄책감罪責感↔guilty이 드는지!

앞서도 광주 사건을 이야기를 했지만……. 노태우 아들 노재현은 위의 기록과 같은 광주 청문회를 보았던지! 5.18광주 회생 자들 묘지에 가서 아버지인 노태우 씨 잘 못을 몇 번이나 빌었다. 그런데? 진영이라면 지긋지긋하다는 정신건강mental health에 이상이! 있는 놈에게 분단작가라고 문화의 거리를 만들었다. 문학관은 내가 집필한 살인 이유를 전임 김해시 허성곤 시장에게 보내 조용하다. 김해문학에 인터뷰기사를 읽고 김해문인협회 김경희 수필가에게 전화를 하여 김해도서관에 살인 이유 책이 있으니 읽어 보라고 하였다. 하성자 시의원에게는 살인이유 책을 빠른 등기로 보냈다. 잘 받았다는 연락도 없다. 인성교육이 안 된 사람이다! 즉? 밥상머리교육을 받지를 않았다는……. 노숙인도거지 어린아이도 물건을 받으면 감사합니다! 고맙습니다! 하고 인사를 한다. 필자는 책 출간에 따른 계약서에 저자보존용으로 출판사마다 다르지만? 10~30권을 받는다. 김해시 등단 문인이 100여 명이지만 필자에게서 책을 받는 문인은 2~4명이다. 그래서 책을 보낼 때는 필히 속달등기로 보낸다. 혹시나 분실을 할까봐! 하성자는 김해시 시의원이고 시집 1권과 독서에세이집! 1권을 출간을 한 문인이다. 김경희 수필가는 동료 2명을 데리고 돈을 들여서 서울까지 3명이 가서 인터뷰를 했으니……. 김경희 수필가는 우리는 시대를 떠나 문학적 관점에서 김원일 작가를 조명하고 지역의 문학인에게 회자하길 바라는 마음이다. 끝맺음을 하였다.

강평원이가 집필한 이글을 읽은 김해문인들은 어떠한 생각을……. 혹시? 김해 김 씨라고! 김경희 수필가에게 묻겠다. 자기 부모 일가척이 김해 국민보도연맹양민학살사건으로 희생이 되었다면……. 하성자 시의원은 진영 폐선철로 일원을 따라 구도심과 진영 신도시를 연결하여 만화가 김용환과 소설가 김원일 등 진영과 관련된 문화예술인이 철도를 따라 시대를 초월해 현대인과 만나는 "철도문화거리"조성을 제안 했다는 것이다. 이 여성의원이 시의원 출마 당시 필자의 아파트 앞에서 정면으로 20미터! 지점 구산목욕탕 1층에 최헌 헤어월드 미장원에서 2명의 직원에게 필자의 문학관을 세우려면 백억에서 이백 억이 들것이라고 했는데……. 김해시민 1,226명의 죽음과 관련된 김종표 아들 김원일 소설가 문화의 거리를 만들자고 의회서 발언을 하여 만든 것이다! 살인이유 책에 상재를 하지 않았지만? 노무현 대통령 장인 권오석 씨의 죽음도 관련이 있는 데도……. 2003년에 출간된 지리산 킬링필드 책에 고인이 된 **이도영 박사님**이 미국 국립문서보관소에서 30여년 만에 비밀해제 요청을 하여 당시 학살사건 현장사진을 **월간 말 잡지**와 내 책 **지리산 킬링필드**에 사용하라는 허락을 받아 사용을 했는데? 살인이유 책이 너무 페이지가 많아 상재를 못하였는데? 살인 이유 책을 읽은 독자들이 부탁을 하여 재판을 하라는 연락을 받아서 김해현대사의 가장 아픈 상처와 화려 華麗한 고대사를 교정하여……. 이 책을 집필을 했다.

나는 **공상군경 국가유공자**다. 이러한 내가 김종표의 아들 김원일의 문학관을 세운다는데 허락 하겠는가? **북파공작원 책과 살인이유 책**을 내가 서울로 가서 시나리오 작가에게 책과 자료를 주고 왔으며 부산 영상진흥원에도 책이 들어가 있다. 영화를 만들기 위해서다. 내가 대중가요 작사가이기에 영화 OST를 만들었다. 북파공작원은 출간 후 영화가 계약되었으나 중간 계약자 잘못으로……. 다시 2018년에 서울 시나리오 작가협회에 필자가 가서 자료를 주었고 부산 영화의 전당 제작지원 팀장을 만나서 자료를 주었는데? 그 말 많은 미국 대통령 트럼프와 김정은과 문재인이 사이가 좋아! 영화감독이 기다려보자고 해서…….

『설창고개에 김해희생자의 묘지가 있다. 앞서 출간된 책이 김해

도서관에 있다. 그 책에는 김해 창원과 부산 등 8백여 명이지만 ……. 책을 읽은 독자가 "김해에서 1226명이 희생 됐다"고 하여 이 책을 집필을 한 것이다. 김해 현대사의 제일 큰 사건은 노무현 대통령의 슬픈 일이고! 김해 보도연맹사건이다』

전국 국민보도연맹학살 사건을 3년여 년 동안 찾아다니며……. 가해자와 피해자를 설득하여 녹음 취재를 하여 집필 한 것이다. "끝나지 않은 전쟁 지리산 양민 학살의 진실 다큐멘터리"자료를 찾기 위해 피해 지역을 다니면서 가해자와 피해자의 진술을 삼성전자 digital recorder 녹음기에 녹음을 하면서 양민들에게 가혹한 짓을 저지른 국군토벌대의 만행을 들으면서 구토를 하기도 했다. 당시엔 김해 창원 부산 등을 책 페이지가 많아서 상재를 못하였는데? 김해지역 증언자들이 상재를 하지 않았다고 너무나 험한! 욕을 하여 "살인이유"책을 출간 했는데? 페이지수가 너무 많아 학살현장 사진 40여장을 수록 못하였는데 이젠 수록을 하여 재판再版을 한 것이다. 지리산 킬링필드 책을 보시고 제주 4.3사건 유족에게 노무현 대통령께서 2003년 10월에 사과를 했다는 기사를 보았다. 앞 전 통치자들은 사과를 하지 않았다. 자신이 통치를 할 때 일어난 사건이 아닌데도……. 책이 출간 된 2개월 후 집 전화로 전화가 와서 받았는데 청와대라는 것이다. 장난 전화인줄 알고 끊었다. 또 와서 끊었다. 5분이 지나자 또 와서 욕을 해주려고 받으니 "작가님! 저 노무현입니다. 비례대표로 하여 정치에 입문을 하라"는 것이다. 당시 나는 방송과 중앙지 특종 비롯하여 월간지 특집 등으로……. 그런데 우리각시가 극구 말려서……. "옛 부터 글 쓰는 사람은 선비라고

하는데 정치를 해서 무엇 하느냐?" 말에 그만 둔 것이다. 김원일 문학관
과 문화의 거리가 조성되면 현 김해 청치 인들의 업적을 최악으로
기록 될 것이다! 나는 충청도에서 문학관을 짓겠다는 것을……
제 27회 김해예술제에서 허한주 예술회장님과 김해서예가협회 이
성곤회장님이 필자의 글 "남이 나를 볼 때 고운 눈으로 보는 사람이
되라" 글을 쓰는 장소에서 관람객이 알고서 이야기를 하자? 허한주
회장님이 "지금 까지 집필한 책 모두가 김해서 집필 했는데 가면
안 된다."하여 그만 둔 것이다. 이 말이 거짓이면 지금 것 집필
한 책 30권을 모두 수거하여 불 태워 버릴 것이다. 각설却說하
고……. 김해 상고사 책을 집필하였고 언젠가 김해의 현대사를 집
필하려고 자료를 모아둔 것이다. 김해 정치인들의 각 예술관련 된

대나무가 간판을 가린 사진

축하 글을 보면 문화 예술가야왕도에 관한 글이다. 문화文化란 글에서 시작이 된다. 2022년 6월 김해시청 문화예술과 박춘미 예술팀장과 문화관광 김성호 사업소장께서 시청에서 만나자고하여 사무소를 찾아가서 이야기를 나누었는데 "문학박물관을 세워 한 코너에 선생님 문학 자료실을 만들자"하여 "독립 문학관이 아니면 그만둔다."고 했다.

아래사진은 시에서 "김원일 문학관을 진영 한빛 도서관 옆 공터에 세운다."는 신문기사를 읽고 20여 년 전에 가서보았던 묘지를 찾아가서 보니 스텐 안내간판이 관리를 하지 않아 간판 앞에 엄청나게 큰 대나무가 자라서 그 대나무에 의해 간판이 뒤로 반쯤 넘어진 상태였고 묘지봉분도 없어져버렸다. 당시는 묘비가 사각으로 된 나무기둥에 김해보도연맹 희생자 묘비라고 검정 페인트로 쓰였는데…… 그래서 사진을 찍어 와서 김해시청에 주었는데. 김해시청 행정자치국 총무과 정용환 시정팀장이 여성 직원과 연락이 와서 김해보도연맹희생자협회회장 안병대 씨와 사무국장이 운영하는 복덕방에서 만나 사진을 보여주었더니 묘지가 억 망 진창 인지를 모르고 있었다. 이름만 회장인 듯! 필자가 책을 집필 땐 회장이 안임진 씨였는데 이분은 심근경색으로 부산 자식들에게 갔다는 것이다. 경남신문 기자들과 갔을 땐 간판을 가린 대나무만 절단을 했을 뿐 간판은 청소를 하지 않은 상태였다.

경남신문기자 2명이 필자를 찾아 김해로 와서 김해양민들의 학살묘지를 알려달라고 하여 같이 동행을 하여 보도를 한 특집기사다

경남신문 2017년 8월 29일 화요일 사회면기사다.

28일 오후 김해시 진영읍 설창리 일대에 김해 국민보도연맹 사건 희생자 유해 매장지 안내판이 쓰러진 채 방치돼 있다.

- 성승건 사진 기자 -

뒤로 넘어진 안내판…… . 무성한 잡초…… .

김해 보도연맹사건 유해 매장지 방치

김해시. 진영읍 설창리·대동면 주동리 등 매장지 3곳 안내판 설치 후 관리 안 해 "예산 지원 근거 없어....... 확인 후 조치"

『문재인 정부 출범 이후 과거사 진실 규명 노력이 활발하게 이루어지고 있는 가운데 '김해국민보도연맹사건' 희생자의 유해 매장 추정지가 사실상 방치되고 있는 것으로 확인됐다. 행정안전부 과거사관련업무지원단이 지난 2009년 작성한 보고서에 따르면 '김해국민보도연맹사건'의 희생자는 750명 이상으로 추정되고 있다. 이 가운데 진실화해위원회가 신원을 확인한 희생자 수는 272명에 이른다. 김해지역 국민보도연맹 원들은 해방 직후 개인의 의사와 무관하게 국민보도연맹에 가입됐다. 희생자 대부분은 농업에 종사했고 희생 당시 이적활동이나 적대·교전행위를 하지 않았던 비무장 민간인이었다. 이들의 희생된 장소는 과거 김해군 생림면 나전리 나밭고개·상동고개·대동면 주동리 주동광산·숯굴·진례면 산본리 냉정고개·한림면 안하 가자·진영읍 뒷산 등지였다. 시는 이들이 희생된 장소로 추정되는 진영읍 설창리와 동면 주동리 3곳에 유해 매장지임을 알리는 안내판을 지난 2008년과 2013년에 설치 했을 뿐. 이후에는 사실상 손을 놓고 있다.

취재진이 찾은 매장지에는 희생 지임을 알리는 철재 안내판이 설치되 있었지만 지지대가 약해 뒤로 넘어가 있었다. 안내판 주변에는 잡풀과 대나무가 무성하게. 자라 있었고 관리 흔적은 찾아볼 수 없었다. 유해 매장지를 찾아가는 것도 쉽지 않았다. 국도 14호선에서 매장지까지는 200여m밖에 떨어져 있지 않지만 매장지를 안내하는 표지판은 없었다. 시는 유해 매장지 관리가 미흡했다는 것을 인정하면서도 그간 예산 지원 근거가 없어 관리에 어려움을 겪어 왔다고 밝혔다. 시 총무과 관계자는 "지난 2013년 안내 표지판 예산을 도에 신청해 안내판을 설치했지만 이후 예산지원 근거가 없어 정비가 미흡했다"면서 "안내간판이 설치된 3곳을 확인해 조치하겠다."고 말했다.

김해시의회 김명식·송유인·의원은 김해지역 국민보도민간인 희생자 유족에 대한 지원 근거를 마련하기 위해 지난해 '김해시 6.25전쟁 민간인 희생자 위령사업 지원 조례를 발의했고 이 조례에는 6.25전쟁 중 김해시에 거주한 민간인으로 진상조사 결과나 사법부의 판단에 따라 무고하게 희생된 것으로 인정된 사람에 대해 위령사업 등을 행정·재정적으로 지원한다는 내용이 포함돼 있다. 시는 조례에 근거해 '민간인 학살 김해시 희생자 유족회의 요구에 따라 내년 민간인 희생자 위령제 예산 700만원을 확보해 놓은 상태다. 시는 유족회와 논의해 민간인 희생자들을 위한 위령탑 건립을 추진 중에 있다. 유족회는 위령제 행사와 위령탑 건립도 중요하지만 유해 매장지 보존과 희생자에 대한 철저한 조사가 함께 진행되어야 한다는 입장이다. 유족회 관계자는 "매장지 유골이 거의 수습됐다하더라도 역사적 아픔이 있는 곳이기에 잘 보존돼야 한다."며

"유족회는 희생자를 1000여 명 정도로 추정하지만 행정구역 재편 등으로 확인이 안 된 희생자가 많다 유족들이 고령이 돼 가는 만큼 진상조사도 함께 진행돼야 한다."고 밝혔다』

- 박기원 기자 -

    보도연맹 학살사건이 전국 52개의 광범위한 지역에서 저질러졌다. 한국전당시 북한군은 낙동강 최후 방어선인 왜관 다부 동에서 밀어 붙이고 호남 지역과 경남 서부지역을 점령한 뒤 부산을 점령하려고 고성에다 적 사단 본부를 설치하고 치열한 전투를 전개할 때 우리 해병은 동정고개395고지에서 우로는 함안을 거쳐 군복을 지나 백야 산에서 진지를 구축한 뒤 오봉산에서 방어선을 구축하고 있는 적을 공격하고 좌로 야반 산에 방어 진지를 구축한 적을 섬멸하기 위한 미 육군과 양면작전을 전개하였다. 그야말로 부산 함락은 풍전등화였다. 중앙으로 나선 김성은 부대는 배틀 산과 야반산 수리봉 전면에 방어 진지를 구축하고 대항하는 북한군 6사단과 전면전을 벌여 괴멸시키자 일부 살아남은 잔당이 함안을 거쳐 지리산으로 숨어들어 빨치산과 합세하여 지리산 공화국이 된 것이다. 8월 7일부터 미 육군 특수부대인 킨Kean→당시에는 부대장 성씨를 부대이름으로 사용 부대와 연합작전을 벌이고 있었을 때……. 진주고개로 대규모 적들이 밀고 오자 대규모 반격작전8월 7일~13일을 합동 전개하는 동안 우리 해병대는 진동리→마산간의 보급로를 타개하고 야반산·수리봉·서북산·일대의 적을 완전히 격퇴한 후 함안 군북면 쪽으로 우회 기동하여 오봉산 필봉의 적을 섬멸하는 등 종횡무진 진동리 지구 방어를 위해 용전분투함으로써 적 6사단의 필사적인 공세를 분쇄하였으며 전략적 요충지 마산과 진해를 지키고 낙동 강 방어선을 튼튼히 구축하는데 기여하였다. 이곳에서 전공을 세운 해병대는 인민군이 충무로 들어 왔다는 전문을 받고 거제 대교 옆 장평에 상륙하여 어문 고개를 차단하고 작전을 펴서 적을 일일 만에 완전 소탕한 뒤 충무에 있는 해군 백부대부대장이 백씨에 인계 하였다. 그때 일부 살아남은 인민군 잔당은 고성 쪽으로 도망가서 산으로 숨어들었다. 이 소식을 접한 미군 25사단 킨 특수부대가 출동하였다는 전문을 받은 인민군 잔당은 풀풀 갈라져 도망가 진해 굴암산662m에 재집결하여 결사항전을 벌였다. 50년 9월말 단풍이 지고 곧 낙엽이 떨어지면 은신하기 어려움을 간파하고 지리산 빨치 산 본부로 합류하라는 명령을 받고 산악지대를 야밤을 통해 이동하 기 시작했다. 야간에는 평야를 주간에는 산을 이용하여 불모산802m 을 거쳐 김해 진례면 뒷산 용지봉과 태종산 일대에서 암약하다가 일부는 내룡을 거쳐 비음산과 진영읍 금병산272m에 숨어들었다. 진영은 소규모 산지들이 많으며 읍의 북쪽에서 동류하는 낙동강과 그 소류지들이 이루어져 있어 은신하기 좋은 곳이다. 한국 전쟁이 끝나고 김일성이 전쟁 패인을 분석한 결과?

『남쪽으로 향하여 전쟁을 할 때는 여름에 하는 것이 잘못이고 부산을 직선으로 가서 공격하지 않고 호남을 점령한 뒤 부산을 점령하려고 한 작전이 잘못이고 수도 서울을 점령하고 일주일가량 지체한 것이 전쟁패인의 결과란 결론을 내렸다』

호남을 점령하고 대구 쪽으로 진출한 주력 부대와 부산을 공격하려하였지만……. 낙동강 최후 방어선을 구축한 연합군의 방어선을 뚫지 못하고 또한 우리 해병대와 미군 주축으로 된 킨 특수부대의 방어선 진동 전투 실패 때문이었다. 경남 김해와 진영 일대에서 잔류한 인민군이 노무현대통령 고향 뒷산 봉화산성에 진을 치고 봉화산 끝자락 본산리 봉화 마을까지 출몰하였다. 당시 보도연맹에 가입된 사람들이 도와 줄 것이라는 판단 때문에 마을에 내려와 부역을 강요하였고 식량을 약탈해 갔다. 가족을 볼모로 위협하여 강제로 노무자물자운반 노릇을 하였으며 일부 공무원들은 인민재판 때 증인으로 나와 그때현장에 있었다는 이유로 전쟁이 끝난 뒤 빨치산으로 몰려 총살당하거나 무기수로 수감 중 옥사하기도 하였다. 그 주도적이 역할을 "김원일 소설가 아버지가 가당치 않은 짓을 하여 김해에서 1226명의 희생자가 발생했다"고 증언證言하는 사람들이 많았다.

우리에게 최악의 고통最惡, 苦痛↔worst pain possible을 주고서 남북한으로 나뉘어버린 우리민족의 갈등은 한반도를 지구상 최후의 분단 국가로 만들어 버렸다. 한국전쟁은 우리에게 어떤 의미로 각인되어 있는가?

아무도 모르게 슬그머니 우리관심사 밖으로 밀려나버린 한국전쟁의 역사적 의미에 대해선 늦었지만……. 우리는 진지하게 생각해 보아야 할 것이다. 분단과 함께 서로 간에 등을 돌려버린 남과 북은 불과 반세기 전 이 땅에서 벌어졌던 골육상쟁骨肉相爭의 비극을 모두 망각忘却 하고 있는 것은 아닐까! 아니 너무나 가슴 아픈 상처이기에 잊으려고 노력하고 있는가! 반 만 년 역사를 통하여 가장 참담慘憺한 동족상잔同族相殘의 비극인 한국전쟁은 제2차 세계대전

후 냉전 체제하에서 북한의 김일성은 대한민국을 적화할 목적으로 소련과 중국의 지원 아래 휴전선 전역에 걸쳐 기습 남침을 감행하였다. 소련의 항공기 및 탱크와 각종 중장비로 무장한 북한군은 압도적인 군사력의 우세 하에 막강한 병력과 화력으로 개전 초기부터 승세를 바탕으로 남침 개시 3일 만인 6월 28일 수도 서울을 함락하고 그 여세를 몰아 낙동강 전선까지 남아하였다. 8월 북한군은 대구를 점령을 목표로 낙동강 전선에 전투력을 증강하여 총공격을 개시하였다. 대구 시내 중심가에 포탄이 떨어지고 영천이 함락되는 등 전황이 극도로 불리해졌다. 정부를 비롯하여 미8군 사령부까지 부산으로 이동하여 70만 대구 시민은 공포에 사로잡혔다. 그 유명한 경북 왜관 다부동 전투의 필사적인 사명on a mission을 띠고서 이루어낸 결전으로 낙동강 방어선을 지킨 한국 제1사단과 제8사단 10연대를 비롯하여 미군 제1기병사단과 제25사단 27연대를 비롯한 제2사단 23연대 병력과……. 북한군은 제3사단 제13사단 제5사단 제15사단과 제105전차사단의 병력이 피아彼我 공방으로 서로 간에 밀리고 밀리는 전투를 벌였다. 다부동과 마산진동 전투에서 낙동강 최후의 방어선이 무너지면 부산함락은 불 보듯 한 때인 9월 15일 **맥아더장군**제2차 세계대전 연합군 점령기에 전후의 일본을 통치를 했으며. 6.25전쟁 초기 유엔군 최고 사령관직을 맡아 인천상륙작전을 지휘를 했다 지휘아래 인천항구의 협소한 수로와 심한 간만의 차이를 무릅쓰고 261척의 함선으로 인천상륙작전을 감행하여 인천 교두보를 확보한 유엔군이 서울로 진격함으로써 북한군의 후방을 차단하여 포위하는 한편……. 총반격 작전의 계기를 마련하였다. 한국군과 유엔군은 행주·마포·신사리에서 한강을 도하한 후 연희 고지와 망우리 지역과 구의동 일대의 북한군의 저지선을 돌파하여 시가전을 벌인 끝에 11일 만에 북한군을 격퇴하였다. 이를 계기로 1950년 9월 27일 오전 6시에 국군 해병대가 중앙청에 태극기를 게양하였다. 북한군에 피탈된 지 90일 만인 9월 28일에 수도 서울이 수복된 것이다. 낙동강 전선에서 퇴로가 차단되자 물자 공급이 전면 중단된 북한군은 싸울 능력이 없게 되어 산악지대를 이용하여 총퇴각하게 되었던 것이다. 마침내 국군 제1사단과 7사단 8연대와 유엔군을 비롯해 미군 제1기병단과 합세해 노도같이 북으로 진격하여 평양을 방어하고 있던 혼성부대 8,000여명의 병력을 포위 공격하여 이들을 모두 격퇴하여……. 적도敵都 평양을 1950년 10월 9일에 탈환했다. 이로써 한~만 국경선까지 진격하여 전쟁을 완전히 종결終結 짓는 공세 작전을 벌여 국군 제6사단이 초산을 점령하였고 제3사단이 혜산진을 점령을 하여 태극기를 게양함으로써 국군과 유엔군이 낙동강 방어 전선에서 북으로 반격을 개시한 지 41일 만에 국경선에 도달하는 쾌거를 올려 전 국민에게 통일의 희망을 주었다. 그때가 1950년 11월 24일이다. 6사단은 개천→회천→초산에 주둔하였고 미 7사단은 풍산→갑산→혜산진까지 출병을 했으며 1사단은 백암과 혜산진에 남고 일부는 길주→부령→청진까지 가서 주둔을 하였다. 이로써 완전한 민족통일을 성립하였다고 방심한 순간……. 아니 미군의 오판이 지금의 분단국가를 만들고 만 것이다. 수많은 젊은 피의 수혈의 대가를 헛되게 만든 강대국이라는 미국의 오판으로 결국 남과 북으로 한민족을 갈라 버렸던 것이다. 1949년 10월 1일 공산정권을 수립한 중공은 북한 공산정권을 계속 유지시킴으로써 한~만 국경선으로부터 위협을 제거하여 자국의 안전보장을 유지하는 한편…….

북한을 지원하여 소련으로부터 경제 및 군사원조를 획득하고 동북 아시아에서 정치적 주도권을 장악할 목적으로 김일성의 요청을 받아 소련과 협의 하에 한국전에 참전한 것이다. 1950년 10월 한만 국경선인 압록강변의 초산까지 진격한 한국군과 유엔군은 뜻하지 않은 중공군의 침공으로 통일 일보 직전에서 장진호 및 흥남부두 등의 철수작전을 전개하였다. 중공군 개입은 당시 인해전술人海戰術로 하였기에……. 유엔군은 어쩔 수 없어 후퇴하게 된 동기가 된 것이다. 한편 평양을 포기하고 임진강→화천→양양을 연결하는 새로운 방어선에서 적을 저지하였으나 중공군의 신정설날 총공세로 또다시 서울로 철수하여 일명 1·4후퇴라는 오명을 남기게 된 것이다. 한만국경선 철수 후 끝없이 밀리던 유엔군과 국군은 수도 서울까지 작전상 철수해야만 했다. 국군과 유엔군은 평택→단양→삼척을 연결하는 방어선에서 중공군의 동계 공세를 저지하고 전선을 재정비한 후 다시 총반격작전을 전개하여 국군과 유엔군은 1951년 3월 15일 서울을 재탈환한 후 38도선 일대까지 전선을 회복하였다. 그러나 서로 간에 너무 많은 희생이 많이 따르자……. 1951년 7월 10일에 휴전 회담을 시작한 유엔과 공산측은 1953년 7월 27일에 휴전 협정을 체결하였던 것이다. 이 휴전 협정은 유엔군 총사령관인 클라크Clark 대장과 북한 측 김일성과 중공군의 팽덕희彭德懷 명의로 조인되었다. 특히 우리정부는 통일 조국의 실현을 고수하며 휴전회담장에 참가하지 않았다. 조인식에 정작 주인은 빠진 꼴이 되어 버린 것이다. 이로써 3년여에 걸쳐 수많은 인명과 재산피해를 내면서 계속되었던 한국전쟁은 끝나지 않은 휴전休戰으로 들어감으로 남북통일을 염원念願하던 우리 민족에게는 커다란 실망과 좌절을 안겨준 슬픈 역사가 되어 버린 것이다. 한민족의 운명을 완전히 뒤바꾸어 버린 이 날의 역사적 의미는 역사상 결코 가벼이 간과할 수 없는 사건으로 남아버렸다.

『북한이 핵폭탄을 만드는 이유는……? 프란시스코 피사로가 이끄는 기병과 200명이 총으로 무장한 스페인 원정대가 칼과 창으로 무장한 8만 명이 넘는 잉카 제국 군대를 이기고 제국을 멸망 시켰다. 인구도 압도적으로 많았고 또한 찬란한 문명을 자랑했던 잉카 제국이 단 200명의 스페인 군대에 의해 멸망한 이유를 흔히들 스페인들이 잉카제국 수도인 쿠스코로 쳐들어가면서 각지에 퍼진 천연두와 흑사병 같은 질병에 의해서 멸망했다고 하지만……. 스페인 군의 압도적인 화력과 잔인한 살상에 항복하였다는 것이다. 창과 화살로는 총과는 상대하기 어려웠을 것이다』

이러한 세계전사世界戰死를 알고 있는 집단이 북한이 핵무장을 집착 안 할 수가 없는 것이다. 우리나라는 이북보다 경제는 몇 십 배나 우위이고 재래식 화력이 북한 보다 몇 배나 월등하다. 그러나 핵폭탄 서너 방이면……. 그래서 세계에서 고립되어가고 있는데도 핵무장을 고집을 하는 것이다. 나는 소설가가 되지 않았다면 안면생체顔面生體↔살아있는 얼굴 인식 폭탄을 만들었을 것이다. 제거할 사람의 사진을 지피엑스를 장착한 폭탄 꼭지에 삽입시켜 살아있는 생명체를 끝까지 찾아가 폭발하는 미사일을 만들어 툭 하면 서울을 불바다를 만들어 버리겠다는 김정은의 사진과 북한군 지도자들의 사진을 삽입한 미사일 수 십 기를 만들어 사진이 아니고 살아있는 생명체命體를 아가서 폭발하면…….

북한 핵 무력 정책은 핵무기의 사용 원칙에 따르면…….

1. 안전엄중 위협하는 외부의 침략과 공격에 대처해 최후의 수단
으로 사용을 한다.

2. 비핵국가들이 다른 핵무기 보유국과 야합해 북에 반대하는
침략이나 공격 행위에 가담하지 않은 한 이 나라들을 상대로 핵무
기로 위협하거나 핵무기를 사용하지 않는다. 원칙이라는 것이다.

북한 핵보유 법제화…… 김정은 "비핵화도협상도 없다"고 했다.
북한. 최고인민회의서 "핵 무력 정책"법령 제정 법령에서 "핵
무력은 국무위원장의 유일적 지휘에 복종"이라며 김정은은 공격받
으면 적대적 세력에 자동으로 핵 타격이라며…… 한국과 국제사회
에 대한 협박을 했다! "핵 무력 법제화는 역사적 대업이니 흥정을
못한다."는 것이다. "핵 무력정책을 법화 해놓음으로써 핵보유국으
로서의 우리 국가의 지위가 불가역적인 것으로 되었다"는 것이다.
절대로 먼저 핵 포기란 없으며…… 그를 위한 그 어떤 협상도.
그 공정에서 서로 맞바꿀 흥정 물도 없다. 미국의 궁극적 목적은
우리 정권 붕괴를 노리기 때문에 핵 포기는 못해 미국이 노리는
목적은 궁극적으로는 핵을 내려놓게 하고 자위권 행 사력 까지
포기…… 또는 열세하게 만들어 북한 정권을 어느 때든 붕괴시켜
버리자는 것을 알고 있는 것이다. "미국. 제재로 핵 포기시도 백년
을 해봐도 오판"이라며 김정은은 국방 분야에 "전술 핵 운용 공간
확장하라"며 "전술 핵 적용수단 다양화를 실현과 대남 핵 타격

공식화하라"는 말에 우리 정부는 "북한 핵 무력 법제화에 비핵화를 계속 추진하겠다."는 것이다.

어리바리한! 우리나라 정치인들 "비핵화 추진" 김정은이 들으면 엿 먹어라 할 것이다!

2022년 9월 18일 문재인 전 대통령은 퇴임 후 처음으로 현안과 관련한 메시지를 내놓아 그 배경이 주목받았다. "지금의 정치상황 우려 많다"는 것이다. 그는 퇴임 후 "잊혀 진 사람"으로 돌아가겠다고 했는데……. 윤석열 정부에 대한 걱정을 표하는 방식으로 입을 열었다! 사실 장외 정치를 시작을 했다고 볼 수 있다. 18일 청와대 출신 의원들이 주축이 되어 개최하는 "9.19군사합의 기념 토론회"를 하루 앞두고 배포한 서면 축사에서 한반도 평화의 중요성을 언급했다. 그는 "한반도 평화와 비핵화는 한순간도 포기할 수 없는 겨레의 숙원"이라고 밝혔다. 이어 "7.4 공동성명, 남북기본합의서, 6.15 선언, 10·4 선언, 판문점 섬언 평양공동 서언 등은 모두 어려운 여건에서 만들어낸 역사적 합의"라며 "정부가 바뀌어도 마땅히 존중하고 이행 할 약속"이라고 강조를 했다는 것이다. 이 말은 보수와 진보 정부를 통틀어 결실을 본 남북 간 합의를 존중하고 이를 이행해야 한다는 점을 역설하며 우회적으로 윤석열 정부를 비판한 것으로 보이는 말이다! 홍익표 의원은 "최근 정치상황에 대통령의 우려와 당부의 말이었다."며 "특히 한반도 상황과 국제정세에 여러 말을 했다."는 것이다. 독자 여러분? 잠시 읽기를 중단하고 위의 읽었으니 생각을 해보세요! 문재인이 이룩한 남북 간에 좋은 약조를 했다는데……. 지금의 김정은은 핵을 무장하고 여차하면 우리에게 핵을 사용한다는 법을 만들었으니. 핵 한방이면 300여 만 명의 인구가 전멸을 한다는데 수 십 기를 만들고 있고 계속 만들고 있습니다. 북한 영변원자로를 파괴를 할 때 우리 국민은 박수를 쳤지만 그들은 핵폭탄을 만들고 있었으니……

하늘에 묻는 짓 그만 두어라. 전쟁의 피해자는 늘 무고한 사람들이다. 행위는 항상 결과를 동반한다. 전쟁은 선善과 악惡의 대결이다. 허나 결국은 선으로 하였던 전쟁도 악의 편으로 돌아선다. 바로 그것이 전쟁광기戰爭狂氣의 이다. 흔히들 우리나라 역사를 수난과 시련의 역사라고 한다. 어떠한 역사는 잠들어 있다. 잠들었다는 것은 언젠가 깨어난다는 뜻이다. 누가 깨울까? 그것은 시대의 증인이며 이 땅의 양심의 최후의 보루인 작가들의 몫이다.

− 강평원 −

김해 고대사

2017년 6월 5일 월요일 조선일보 a2면 핫이슈 글이다
남원~김해~동래……. 가야史가 지역통합 열쇠?

文대통령 가야사 복원 이유는

"지금 국면하고는 뜬금없는 이야기일수도 있지만……"

문재인 대통령이 지난 1일 청와대 수석보좌관 회의에서 '가야사 연구 복원'을 국정 과제에 포함시키라고 지시하면서 그 배경과 내용에 관심이 고조되고 있다. 청와대 관계자들은 문재인 대통령의 가야사 언급은 즉흥적인 것이 아니라 오랜 관심에서 나왔다고 설명한다. 영·호남 통합을 고민해온 문 대통령으로선 영·호남에 걸쳐 있었던 가야사연구가 통합의 바탕이 될 것으로 보고 있다는 것이다. 가야는 보통 경상도 지역에 있었던 것으로 알고 있지만 전라도의 동부 지역도 상당 기간 장악했다. 기원전 1세기 문화적 기반이 조성되고 2세기 무렵 김해금관 가야가 이끄는 12개의 소국小國 들이 연맹체를 형성해 '전기前期 가야加耶를 이뤘을 무렵 그 영역은 낙동강 주변과 서부 경상도 지역이었다. 하지만 서기 40년 고구려 광개토대왕의 공격으로 큰 타격을 받은 후 낙동강 동쪽 지역은

신라에 흡수 됐다. 5세기 중반 이후 '후기後期 가야'의 새로운 중심 세력으로 떠오른 고령의 대가야는 소백산맥을 넘어 영역을 확장하면서 진안·장수·임실·남원 등 섬진강 유역으로 진출했다. 이들 전라도 동부지역에서는 가야 계통의 고분·토기·제철·유적 등이 잇따라 발견되고 있다.

문 대통령은 지난 대선 때 영·호남 화합차원에서 가야사 연구의 언급 할 생각이었다고 한다. 영·호남 통합 선대위를 만들고 그 발족식을 영·호남 화합의 상질인 화개장터에서 하면서 가야사를 강조할 계획이었다는 것이다. 그러나 이 계획은 실현되지 못했고 가야사에 대한 문대통령 구상도 밝히지 못했다. 청와대 관계자는 "당선 직후 가야사를 말씀하신 것을 보면 가야사에 대한 애착이 얼마나 큰지 알 수 있다"고 말했다.

노무현 전 대통령의 봉하 마을이 있는 김해가 가야의 전기 중심 지이며 가야사 연구에 대한 수요가 많다는 점도 주목된다. 민주당 민홍철경남 김해 갑 의원은 "대선당시 문재인 대통령후보에게 영·호남의 가야 문화권을 묶어 신라·백제 문화권처럼 만들면 역사문화 창달은 물론 관광 진흥 지역개발. 지역 갈등 해소까지 다목적 사업이 가능하다고 건의 했다"고 했다. 경상남도와 경상북도. 김해시·함안군과 고령군은 김해 대성동 고분군 함안 말이산 고분군 고령 지산동 고분군 등 대표적 가야고분의 유네스코 세계문화유산 등재를 추진하고 있다. 가야사 복원은 김대중 정부당시 1290억을 들여 대대적으로 이뤄졌다. 김수로왕이 하늘에서 내려왔다는 구지봉과 김해대성동 고분군 등을 정비했다. 학계에서는 문 대통령의 '가야사 복원'지시에 대해 반응이 엇갈린다. 한국고대사를 전공하는 한 중견 학자는 "영·호남에서는 정부 예산이 배정되고 관련 연구와 사업이 활성화될 것으로 환영하지만 서울은 상당수가 "대통령이 나서면 국정교과서처럼 정치적으로 이용될 수 있으며 중한 입장"이라고 말했다. 박근혜 정부의 "신라 왕경王京 복원 사업"을 의식한 정권 프로젝트라는 비판도 나온다. 지방자치체들은 정부의 지원을 기대하며 벌써부터 지역연구자들에게 "무엇을 할 수 있느냐?"고 문의 하고 있다. 한편 한국고대사학회 회장 하일식 연세대 교수는 4일 학회 홈페이지에 올린 글에서 "대통령이 역사의 특정 시기나 분야 연구나 복원을 지시하는 것 자체가 적절치 않다"며 "가야사를 연구 원하는 것이 영·호남 벽을 허물 수 있는 좋은 사업이라는 이야기는 역사를 도구화하는 발상이라는 적을 피하기 어렵다"가야사 복원을 위해서는 우리 역사에서 가야사의 위상부터 바로잡아한다는 주장도 제기된다. 대표적인 가야사 연구자인 김태식 홍익대 교수는 "가야는 지속기간이나 영역·발전 단계에서 백제·신라에 크게 뒤지지 않았는데도 신라 중심사관觀이 지배하면서 역사적 실상에 맞는 대우를 받지 못하고 있다"며 '삼국 시대'를 '사국四國 시대'로 바꾸자고 제안한다.

– 이선민 선임기자·정상우 기자 –

※ 김대중 전임 대통령이 후보시절 선거운동을 하려 김해에 와서 자기도 김해 김 씨라고 하자? 김해 김 씨들이 아니라고 달걀을 수 십 개를 던지는 것을 필자가 보았다. 영·호남 지역감정은 특히 김해가 더한다. 2022년 선거를 보아도! 그러나 노무현 대통령 때는 호남이 적극적으로 밀어주어 당선을 시켰다. 김대중 후보가 대통령이 된 후 김해에 왔는데? 1290억을 지원했다는 것이다. 사진을 보면 알겠지만! 젊은 청년인 김해 허 씨 허영호 씨와 김병수 참봉과 같이 옷을 입혀드리고 있다. 허영호 씨는 『불편한 진실』책을 집필 출간을 했다. 그 책에 실린 사진이다. 김해 김 씨,

김해 허 씨, 인천 이 씨 같은 혈족이다. 불편한 진실 책 자료를 필자가 2013년에 집필하여 도서출판 학고방에서 출간한 『아리랑은』역사 장편소설을 참고자료로 사용했다.

김대중

조선일보 2017년 10월 16일 a27면 문화
'가야 연맹체론' 놓고 찬반 격론

고대사학회 가야사 학술의 변한과 가야 연속성 여부도
대립 가야 영역 확대엔 신중론 제기

　가야伽倻는 과연 연맹체였나. 가야의 전신前身인 변한과 가야의 관계는 어떻게 보아야 하나. '가야복원'이 문재인 정부의 주요 국전 과제에 선정되면서 가야사에 대한 관심이 높아진 가운데 전국의 관련 연구자들이 한자리에 모여 난상 토론을 벌였다. 한국고대사학회는회장 하일식 14일 경상남도 창녕군 석리 성 씨 고가에서 '가야사 연구의 기본 문제'란 주제로 학술회의를 열었다. 한국고대사 학술회는 지난해부터 주식회사 ymsa회장 성학후원으로 가야사 집중 연구를 5년 사업으로 진행하고 있다. 가장 쟁점은 '가야연맹론論이었다. 가야 지역 나라들이 전기에는 가락국금관가야·김해 후기에는 가락국대가야·고령을 중심으로 연맹체를 형성하고 있다는 학설은 **이병도** 교수가 제기한 이래 통설이 됐고 교과서에도 수록됐다. 하지만 **이영식 인제대 교수**는 "가야연맹체 론은 천하의 보도寶刀처럼 휘둘러졌지만 사회 발전 단계론 인지 가야 제국諸國관계인지 성격이 불분명하고 '연맹'의 개념 정의도 없었다."며 "가야사는 연맹체가 아니라 가락국과 가라국이 중심이 돼 주변 나라들을 통합해 간 과정으로 이해해야 한다."고 주장했다. **김세기 대구한의대 명예교수**는 "가야사도 정복과 관제 정비를 거치며 고대국가를 만들어간 것"이라며 "금관가야는 제 역할을 못했고 대가야와 아라가야함안는 어느 정도 이런 목표를 달성했다."고 주장했다. 이에 대해 '가야 연맹체 론'을 대표하는 학자인 **김태식 홍익대 교수**는 "가야의 여러 나라는 대외 관계에서 공동체를 형성했고 가락국중심의 전기는 경제 공동체. 가락국 중심의 후기는 정치·군사 공동체 색체가 강했다."고 주장했다.

또 한 쟁점은 같은 지역에 시기를 달리해서 있었던 변한弁韓과 가야의 관계였다. 이에 대해서는 변한이 가야의 전기前期라는 주장이 대립했다. **문창로 국민대 교수**는 "변한과 가야는 죽순과 대나무처럼 연속선상에 있고 문화 담당자나 내용에서 획기적 교체를 확인하기 어렵기 때문에 연장선에서 접근하는 것이 좋다."고 주장했다. 반면 **주보돈 경북대 교수**는 "금관가야 중심으로 보면 저기론論도 가능하지만 변한 전체로 보면 가야연맹이 출범하기 이전의 전사로

봐야한다."고 주장했다. 최근 가야의 영역을 호남 동부까지 확대해서 보려는 시각에 대한 우려도 제기됐다. 김태식 교수는 "장수가야라는 명칭까지 나온 전라북도 장수는 남쪽에 대가야 유물이 많지만 북쪽은 백제 유물이 절반이상이고 진안은 백제 유물이 70%가 넘는다."며 "전성기의 대가야 영토가 확대된 것은 맞지만 그 영역에 대해서는 좀 더 신중할 필요가 있다."고 말했다.

- 창녕: 이선민 선임기자 -

역사歷史는 과거過去와 현재現在의 대화對話다

인류란? 인류가 어디서 생성되어 사랑과 먹을 것을 찾아 이동하고 정착하면서 소멸 해 가는 인간의 일들을 기록한 것을 역사라 한다. 한편으론 역사는 과거에 있었던 일들을 말하는 게 아니란 뜻도 된다. 어제가 없었으면 어떻게 오늘이 있고 어제와 오늘이 없었다면 어떻게 내일이 있겠는가. 나는 역주에 수많은 어려움이 있어도 잘못 기록된 역사를 재정립하려고 우리의 고대사에 흥미를 갖고 역사의 진실이 뭔지 유추類推하고 캐어내려 노력한 끝에 김해시의 역전사업인 가야국 김수로왕의 부인 허황옥 가계의 이동경로를 찾을 수가 있었다. 역사란 과학적인 학문이다. 사실史實이 아니면? 그만이다는 소설가의 상상의 자유로운 예술적 공간이라고 역사는 함부로 잘못 기록에 남길 일이 아니다! 중국 대 성인 공자가 춘추시대의 역사서인 춘추春秋를 기록하고 나서 "후대에 나를 칭찬할 것도 춘추일 것이고 비난 할 것도 춘추일 것이다"라며 훗날에……. 어느 누구도 한 글자 한 획도 더 보태고 빼지도 못하리라. 했다는 기록이다. 그만큼 역사기술이 객관적이고 정확해야 하며 또 한편으로 거짓으로 번역해서는 안 된다는 말이다. 그래서 역사서 기록할 때나 번역 시 "만약……."이란 용어는 통하지 않는 것이다. 이러한 이유 때문에 나는 수많은 자료를 구하여 전후를 연결해보고 틀리면 가차 없이 삭제를 하였다. 우리나라 상고사를 살펴보면 거의 멸실 되어버렸 다. 그 동안 사학계와 또는 재야 사학계 등에서 나름대로 짜깁기한 책들이 일부 출간되어 나왔지만 혼란만 더욱 가중 시켰다! 한시대 의 사학자는 그 시대의 거울이다.

한반도엔 가야국성립 된 적이 없었다. 중국대륙에 성립된 가야국 김수로왕 후손들이 전쟁으로 가야국이 패망하자 멸족을 면하기 위하여 경남 김해까지 피난을 와서 부모님들은 김해에 정착 후後, 금관에→가야국을 세우고 장손들 일부는 산간으로 들어가 숨어 살 고고령 대가야 젊은이들은 배타고 일본으로 건너가 선주민先主民↔귀 저 기를 차고 다니는 민족을 통치하고 부모님이 계신 경남김해를 잊지 못하여 임나가야로任那加耶↔어머니와 아버지가 더불어 계신 나라로 불렀 다. 김수로왕이 158세를 살았다는 기록은 잘못된 역사해석이다. 인간이 158세를 살수 없기 때문이다. 대륙의 지배집단가야국 왕의 후손들이 피난을 와서 김해 선주민先住民의 우두머리가 되어 158년 동안 가칭後 가야국을 세워 통치하던 중? 전쟁이나 역병으로 씨족 이 멸족되어 기록이 없어 졌을 것이다! 그 소용돌이 속에서 일부 살아남은 후손들이 다시 모여 정착하여 살면서 1대 왕의 묘를 가묘 家廟→선조의 묘↔시체가 없는 묘, 일명? 무구 장를 관리 했을 것이라는 나 의 생각이다. 그 이유는 1대 왕과 왕비 묘는 잘 보존하여 관리해 왔지만……. 후대 왕들과 왕비의 묘가 없기 때문이다. 어느 씨족이 던 간에 5대조이상의 묘는 잘 관리를 하지 않기 때문이다. 그래서 경남 김해 수로왕 묘는 후後 가야국에서 선대왕의 묘를 조성하여 관리 한 것이라고……. 이해하는 것이 옳을 것이다. 수로왕이 158년 동안 살았다함은 삼국사기를 편찬한 김부식이 의도적으로 자기 조상을 미화시키려 한 것으로 보아야 한다. 158년 동안 후 가야국을 세우고 통치하고 하였다고 해야 이치에 타당하다. 수로왕이 20세에 결혼하여 아들을 봤다면 아버지가 죽어야 왕권을 받을 수 있기 때문에 아들은 138세가 된다. 조선왕조가 500여 년 동안 27명의 왕이 통치하였는데 가야는 10명의 왕이 491년을 통치하였다는 것은 말이 안 된다. 아버지가 죽어야 왕의 자리를 계승을 하는데……. 예를 들어 아버지가 결혼하여 20세에 아들을 두었다면? 아버지가 40년을 통치하고 60세에 죽는다면 아들이 40세에 왕의 자리에 오르게 된다. 아들이 60세를 살고 또 아들에게 왕의를 물려준다면 부자간의 통치기간은 평균 20년이다. 491년을 통치를 했다면……. 가야국 왕들의 평균 통치 년대는 49년이 된다. 그래서 통치 년대도 맞지 않는다. 당시의 나라 통치는 건국에서 패망하면 그 국호는 없어진다. 그러한데도 어느 어리바리한 홍익대 김태식 교수는 가야국이 700년을 존속했다는 책을 출간 했다. 1대당 평균 70년의 통치다. 우리가 유치원이나 초등학교에 들어가면 하나·둘·셋·넷·하며 숫자 개념을 배우는데 말이다. 참으로 한심한 자者다! 여기서 한 가지 덧붙이고 싶은 말은 삼국사기는 사대주의 모화사상가인 자칭 신라의 후예 인 김부식은 유학자였으며 존화尊華 사대주의자였기 때문에 고구려·신라·백제의 역사를……. 지금은 모두 사라져버린 『구 삼국사』나 『고기』같은 삼국시대의 집필과 중국의 사서를 참고 하여 편찬하면서 중국 대국의 비위를 건드리지 않으려 하다 보니!

정작 자기조상의 가야국 역사는 실종된 것이다. 한편으로 후대 사학자의 잘못 기록이나 번역을 잘못한 것이 아닌가한다! 그 동안 잘못된 역사인식과 역사의식을 바로 잡지 못한 국내 사학자들의 잘못도 크다. 나는 야사인 삼국유사三國遺事↔소설를 잘못 번역된 것이 수정되지 않고 수많은 작가들이 그대로 윤색潤色하는 바람에 가야사가 왜곡 된 것이 아닌가 한다! 그 한 예를 들자면 구약성서의 시·기도 등이 처음 시작한 때는 기원전 1,000년이었는데……. 그 방대한 기록이 계속 쌓여서 기원전 100년경에 마지막 권이 쓰여졌고 세계 2천개 이상의 언어로 번역되었으며 지금도 번역 중이라고 한다. 19세기까지 성경은 기독교의 역사책이기도 하지만 과학 책으로 여겨지기도 했는데……. 창조 속의 성경이야기를 『세상과 세상의 모든 것을 하나님이 엿새 만에 창조하셨다 "영국성공회 신부 80%는 믿지 않는다."고 했다』믿고 있었는데……. 찰스 다원의 진화론 모든 생물은 환경에 적응하면서 서서히 변해 왔다는과 학설과 그 증거를 들고 나오자? 종교계에서 큰 소동이 난 것이다. 성경학자들이 반박 성명을 냈고·많은 작가들을 동원하여 책을 써서 신의 창조를 거듭 주장하였고·성경을 변역하기에 열을 올렸다. 세계도처에서 성경이 마구 번역되면서 번역이 잘못되어 많은 실수를 저지르기도 했다. 그 한 예로? 킹 제임스 영역성서King James Version : 영국제임스 1세의 명령을 받아 편집 발행한 영역 성경의 1612년 판에서는 시편 119장 161절의 권세가Princes들이 나를 까닭 없이 박해하오나 로 잘못 번역하여……. 인쇄하는 엄청난 실수를 저질렀고 1631년 판에서는 십계명에서not이란 단어를 빠뜨리는 바람에 일 곱 번째 계명이 "너희는 간음해야 한다.Thous Haltcommit Adultery로 바뀌었으며 1966년 판에서도 시편 122장 6절 "예루살렘에 평화가 깃들도록 기도Pray 하라"는 내용에서 이 빠지는 바람에 예루살렘에 평화가 깃들도록 대가Pay를 치러야 한다는 뜻으로 번역되기도 하였다. 이렇듯 왕의 명령을 받고 편찬한 작가라도 실수를 하기마련이다. 한문 번역은 더 어렵다. 해박한 지식이 없이 번역을 했다간? 한때 TV서 **노자도덕경**老子道德經을 명 강의로 이름을 날리던 모 대학 김용옥金容沃 교수가 강의하는 것을 시청을 했던 경남 창원시 가정주부가 "엉터리로 번역하여 강의를 한다."면서……. 자신이 도덕경을 번역하여 출간하였다. 그책이 베스트셀러가 되었다. 김 교수는 "깨갱"꼬리를 내리고 TV화면 밖으로 어느 날 사라졌다. 원래 도덕경은 오천글자五千字로 상·하권이다. **십계경**十戒經과 **차설십사지신지품**次設十四指身之品을 합하여 3권으로 이루어져 있다. 노자도덕경이 발견된 것은 당나라唐·AD. 618~684년 때 돈황燉煌에서 발견되어 당나라가 국보로 지정해 내려오다가……. **장개석**蔣介石이 **모택동**毛澤東에 의해 대만으로 쫓겨갈 때 국보급 사서史書를 모두 가지고 갔는데……. 노자의 친필인親筆 진본眞本이 1985년에 발견되어 영인본으로 세상에 빛을 보게 되었던 것이다. 내가 집필한 책도 몇 십 년씩 교정에 종사한 편집부 직원도 실수를 하여 애를 먹은 적이 있다. "아리랑 시원 지를 찾아서"집필 때 내가 속해 있는 한국 상고사학회 이중재 회장의 "가야사와 삼국열전"책에서 아리랑 1절의 원문일부를 차용하면서 본문에 차용사유를 밝히고 집필 했는데……. 출판사의 교정 실수로 빼먹어 많은 질책을 받았다. 원래 책 뒤쪽에 참고 문헌과 자료출처를 상재하는데? 본문 안에 출처기록이 실수였다! 디스켓으로 인쇄가 들어가면 실수가 없을 것인데! 지금도 컴퓨터에서 프로필 디스켓을 사용하고 있다. 당시엔 편지지에 육필 작업을 하여 컴퓨터 작업은 남에게 맡겨서 출판사에 원고를 출력하여 보냈다. 집필자의 마지막교정 후 OK하면 매킨토시전자타자기 작업의 실수에 의해 벌어진다고 했다. 2003년 5월에 노무현 대통령 장인 권오석 씨가 빨치산이아니라 것을 추적하여……. 집필한 실화 다큐소설『지리산 킬링필드』책 표지 영문자「KILLING FIELDS」를「KILLING FILEDS」로 잘못되고 서문에 집필자의 이름도 강평원을 강편원으로 잘못 기록된 것이다. 책이 출판 계약이 되면 작가의 말을 집필하여 팩스로 보내는데 편집 담당이 상재를 하면서 잘못 하여 오타가 나온 것이다. 책 재킷을 담당자에게서 사과는 받았지만……. 이미 초판 5,000부가 나간 뒤에 알았다. 노무현 전 대통령과 권양숙 영부인께도 보냈던 책이다. 아무리 유명한 교수라도 한문번역을 잘못하면 그런 창피猖披를 당한다. 이 책은 2003년 6월 30일에 출간 되었는데? 6월 17일 날 연합뉴스 신지홍 기자가 아침 7시경에 전화가 와서 인터뷰를 했다. 한 동안 다음에 들어가 "연합뉴스 신지홍 기자 지리산킬링필드"를 검색을 하면 자세히 상재 되었다. 지리산 양민학살 사건을 비롯하여 제주 4.3사건 등과 식량이 떨어져 인육을 먹은 내용·노무현대통령 장인 권오석 씨 재판기록사건 등이 상재되었으며……. 책 표지에「노무현 대통령과 권양숙 여사의 시대적 아픈 상처」라는 글이 상재된 것이다. 또한 경남과 전북 경남지역의 국민보도연맹 학살사건을 비롯하여 제주 4.3사건과 거제포로수용소와 여순사건 등을 다룬 책이다. 그 보도 후 아침 8시경에 김해경찰서 형사과에서 청와대에서 연락이 왔다면서 김해 예총사무실에서 만나자하여 "몇 권을 출판을 했느냐?"질문에 "초판 5000부를 출판을 했다"

는 출판사사장과 전화가 이루어졌다. 문제는? 나에게 책이 오기 전에 청와대에 먼저 들어갔다는 것이다! 출판사에서 3곳의 중앙지 신문에 가로 5단 칼라 전면광고를 몇 개월을 하였다. 이 책 출간 후 10월에 노무현 대통령이 제주 4.3사건에 관한 용서를 빌었다는 기사를 보았다. 이 책 332페이지에 노무현대통령 퇴임 후 내가 바라는 이야기가 상재 되어 있으며……. 노무현 대통령 장인 권오석 씨의 재판기록도 상재되어있다. 이 글을 읽고 고향에 내려온 것 같다! 그 책의 편집은 출판사의 실수도 독자는 저자의 잘못으로 생각한다. 출판 계약서에 꼭 있는 약정은 "글의 내용은 저자의 책임이다"라고 기록된다. 법적 책임은 "출판사의 책임이 없다"란 말이다. 21세기 첨단 기계 컴퓨터도 사용자 잘못으로 기록되는데……. 고대에는 뜻글자 한문에서 소리글 한글 번역은 수 없는 오역을 했을 것이다.

옛날 단군조선에서는 신지고글神誌高契이 편수한 배달유기 제3세 가륵 3년 신축가倍達留記↔배달유기 있었다는 것이 단군세기에 기록되어 있고 고구려에서는 유기留記 백 권이 있었고……. 그 후 신라에는 신라본기新羅本記 백제에 백제본기百濟本記 등이 있었다는 것이 일본의 정사인 일본서기日本書紀와 우리의 여러 고문헌에 기록이 되어있다. 우리나라 국조國祖도 번역에도 실수를 저질렀다. 상고 때에 우리민족의 생활을 지배하던 기본적인 내용은 원시 신앙이었다. 태초에 인간의 생활은 동물과 크게 다를 바 없었으나! 신석기 시대에 접어 들 무렵에는 신앙적 요소가 그들의 생활에 짙게 깔려 있었다. 신앙의 대상은 다신 적인 "자연신" 즉 만물이 영혼을 가진다는 애니미즘Animism이었고 그 외에도 주술Magic 금기Taboo 토테미즘 Totemism 등이다. 우리의 건국신화인 단군신화 곰熊 토테미즘 신앙 이다. 단군신화檀君神話와 밀접한 관련이 있는 곰 토템에 관해서는 이설異說이 있기는 하지만……. 그 당시 북방씨족의 토템 동물 중에 곰 숭배가 가장 넓게 행해지고 있었다. 신석기 시대의 시베리아 종족의 곰 숭배 사상으로 미루어 단군 고조선도 예와가 될 수는 없다. 원시 시대의 천신 숭배와 만물 정령관은 선한신과 악한신의 관념을 낳게 했고 마침내 신의新祇 의식을 가지게 하였다. 제정일치 祭政一致 시대에는 정치적 지도자가 의식儀式의 장으로 행동함으로 써 그 권위가 더욱 가중되었다. 제정일치 시대에서는 제사장도무당 과 점쟁이 통치자가 되었다. 지금의 성직자와! 같은 급이다. 우리나 라 국조 단군檀君 이전의 단군壇君이 단군 1기이다. 이들의 통치기 간이 1908년 동안 통치하였다. 단壇 제단단자에 군君 임금군자를 쓴 단군 제사장들의 통치기간당시 군주들이 제사를 주관하였다 합계가 1908년인데 한문 역주를 하였던 어리바리한 역사학자들은 단군 나이라고 잘못 번역한 것이다. 어찌 사람이 1908년을 살 수 있겠는 가? 또한 곰과 호랑이한테 마늘과 쑥을 주어 견디어낸 곰하고 결혼 하였다고 하였으나. 곰이 사람이 될 수 없는 것이다. 곰을 믿는 부족국가 여자와 결혼하여 탄생한 남자아이가 박달나무 단檀자를 쓴 단군 2기다. 바로 단군 2기가 고조선의 최초시조인 것이다. 단군 은 천군天君으로서 신정사회神政事會에서는 신사神事→현시대로 말하 면 성직자들의 설교를 믿는 주술사의 권능도 가졌다. 단군은 군주로서 의 고유 직분뿐만 아니라 평범한 인간의 선을 넘어 샤머니즘의 shamanism 직분까지 주재主宰한 것이다. 단군은 천군天君으로서 우리

민족은 광명을 높이 숭상하여 제정일치 시대의 천군 또는 제사장으로 하늘에 제사하는 신앙을 가지고 있었다. 당시의 각 씨족 사회는 상이한 토테미즘 신앙이었다. 이상한 이질적 요소 때문에 씨족간은 단절된 사회가 되었고 다툼이 일어나 전쟁이 벌어지기 시작한 근원이 된 것이다. 우리는 단군의 자손 배달의 민족이다. 우리 국조 단군왕검檀君王儉은 건국이념을 **홍익인간**弘益人間↔Maximum Serviee To Humaity 이념의 바탕으로 건국하였다. 홍익인간 이란 "널리 인간을 **이롭게 하라**"는 의미로 직역되지만 흔히는 인본주의人本主義 · 인간 존중人間尊重 · 복지福祉 · 민주주의民主主義 · 사랑思朗 · 박애博愛 · 봉사奉事 공동체정신共同體淨神 **인류애**人類愛 같은 인류사회가 염원하는 "보편적"인 생각을 열거해 놓은 것입니다. 왜 우리는 배달의 자손인가……. 이 말은 우리의 **정체성**正體性을 말하는 것이다. 정체성은 한국인의 본바탕이 무엇이냐고 묻는 경우와 같은 뜻이다. 여기서 본바탕은 뿌리로 주로 한국인의 정신적 근본과 기준이 무엇인가를 말하는 것이다. 말하자면 정신적 현주소가 아니라 정신적 뿌리를 묻는 것이 정체성이다. 너도 배달의 자손이고 나도 한민족 배달인 이라고 할 때 나하고 너 사이에 공통점이라는 것이 곧 **한민족**韓民族 배달의 자손이라는 것을 말하는 것이다. 너하고 내가 한민족이므로 너하고 나는 곧 우리라는 뜻이다. 서로 정신적으로 **근본**根本이 같으며 기준이 같다는 **공감대**共感帶 안에서 사는 곳을 일러 고향故鄕이니 조국祖國이니 같은 민족이니 하면서 너와 나는 우리가 되어 공동운명체로서 이 땅에서 산다는 진정성眞正性↔authenticity 도우면서 살아간다는 뜻이고……. 이 땅은 한국으로 우리나라이며 우리 서로 동고동락同苦同樂하면서 우리 후손들까지 연결해 가는 한민족

간의 고리라 할 수 있다. 홍익인간弘益人間이란 주지하다시피 넓을 홍洪자 더할 익益 자로 널리 두루 두루 더 이롭게 한다는 말이다. 하지만? 우리 사회 구석구석에는 님비推非↔nimby : not in My Back Yard 현상이 만연하게 퍼져 있다. 그것이 어느 나라 간에 사회적 병폐다. 내 주변 사람에겐 좋은 일만 생기고 남에겐 나쁜 일이 생겨도 나하곤 상관없다. 내 호주머니에서 돈 꺼내 초상칠 일 없다. 라고 생각하는 것이다. 이 세상엔 세가지류 인간이 살고 있다.

첫째: 거미 같은 인간이지 거미는 움침 한곳에 줄을 쳐놓고 숨어 있다가 먹이가 줄에 걸려들면 잡아먹는다. 인간도 약한 자를 등쳐 먹는 자가 거미 같으며!

둘째: 개미 같은 인간이 있다. 개미는 열심히 일을 하지만……. 자기만 알지 남의 일은 모른다. 돈을 많이 갖은자들 대다수는 세금이나 포탈하고 나쁜 짓을 많이 하고 다닌다! 대다수의 부자들의 돈이란 남을 괴롭히고 번 돈이지! 정당하게 일했다면 그렇게 많은 돈을 모을 수는 없다는 것이다.

셋째: 꿀벌 같은 인간이 있다. 꿀벌은 이 꽃에서 저 꽃으로 날아다니면서 열매를 맺게 도와주고 꿀을 모와 주인에게 이익을 남게 하여 서로 상생하며 살아간다. 우리주변에도 열심히 일하여 번 돈을 사회단체나 불우이웃을 돌보기도 한다. 무릇 사람을 꿀벌 같은 사람이 많아야 할 것이다.

그렇다면? 인간의 모임체인 사회社會↔Society는 처음 어떻게 만들어 졌느냐? 이다. 사람들이 처음 만났을 때 무엇을 연결고리로 해서 서로 어울리고 서로 뭉치게 되었을까? 이의 설명에는 **유물론자**와 **유심론자**간에 큰 차이가 있다. 유물론자는 **생산 활동**이 사람들을 조직화시켜서 사회를 만들었다고 말하고 유심론자는 공유가치가……. 사람들은? 사람은 천하없어도 먹지 않고는 못산다. 먹으려면 일을 해야 한다. 먹을 것만 생산하는 게 아니라 입을 것도 주거할 것도 다함께 생산해야한다. 이것이 곧 생산 활동이다. 사람은 혼자서 생산 활동을 하기보다는 여럿이 모여서 공동체로 하여 생산하는 것이 훨씬 효과적으로 많이 생산할 수 있다. 혼자서 일을 하면 능률이 뒤떨어지지만! 다섯이나 여섯 명이 모여서 단체로 한다면……. 10명 몫이나 20여명이 일하는 효과가 있기에 그만큼 생산을 많이 할 수 있는 것이다. 이렇게 모여서하는 생산 활동이 조직화되어서 조직사회라는 것을 만들어냈다. 고 유물론자들의 생각입니다. 그러나 유심론자들은? 사람이 모여서 일하는 데는 그 이전에 먼저 충족되어야 하는 것이 있다.고 보고 있는 것이다.

기독교에선 **창조론**創論論↔creationism을 이야기를 한다. 이 용어는 세 가지 의미를 지녔다.

첫째 : 가장 추상적인 의미로 이신론적 혹은 유신론적 신앙을 지칭하는데……. 하나님이 자연세계 모두를 창조하셨고 자연세계는 스스로 발생되지 않았다고 믿는 것이 기독교다.

둘째 : 바티칸이vatican 오늘날도 여전히 지지하는 고대의 기독교

신앙을 지칭하는데 하나님이 각 사람의 영혼을 출생이나 수정 시에 새롭게 창조하신다고 믿고 있다.

셋째 : 자연의 선택은 생명의 기원이나 새로운 종의 기원을 설명할 수 있다는 주장을 부인하면서 다윈주의 진화론을 부정하는 사상을 지금도 믿고 있다는 것이다. 이해가 잘 안갈 것이다! 인간은 동물과 달리 감정이 있고 마음이 있고 의지가 있다. 이성이 있다는 뜻이다. 즉? 깨달음이 있는 것이다. 사람은 감정이 먼저 통하고 마음이 먼저 맞고 의지가 먼저 합쳐져야만 같이 일할 수 있는 존재지…… 아무리 생산 활동이 긴요해도 감정 마음 의지가 서로 어긋나면 일시적으로 같이 일할 수 있을 뿐 끝내 헤어지고 말 것이다! 따라서 사람이 일시적으로 같이 모여서 생산 활동을 펴는 데는 **반드시** 이 감정과 마음과 뜻이 하나가 되는 **공유가치**의 형성이 선행되어야하고 그렇게 해서 사회도 비로소 만들어졌다고 생각하고 있다. 유물론자가 맞느냐? 유심론자가 맞느냐? 말은 닭이 먼저냐? 달걀이 먼저냐? 논쟁처럼 무의미한 말이다. 하지만 주목할 것은 유심론자들이 말하는 공유가치다. 공유가치는 그 사회 내에 함께 사는 대다수 사람들이 함께 가지고 있는 가치인데……. 가치는 선과 악의 불의의 미추美醜 대한 사람들의 믿음이지. 우리가 흔히 말하는 38선 이남은 선善 38선 북쪽은 악惡이라는 말처럼 사람들이 가지는 가치는 보편성도 크지만……. 지역과 인종의 차이에 따른 특수성도 많이 부분적partially으로 가지고 있다. 설혹 그렇다 해도 함께 모여 사는 자기들끼리는 가치가 대개 하나로 일치되는 공유가치라는 것이다. 이 **공유가치**는 어느 사회 없이 도덕성을 띄고 있고

해야 할 일과해서는 안 될 일이 엄격히 구분되어 있는 것이다. 그래서 인간 사회는 본질적으로 **도덕사회**道德社會여야 한다. 어떠한 인간 사회이든 **도덕성**道德性을 지향해야만 성립될 수 있고 도덕성을 증대해가야만 유지 될 수 있는 것이다. 도덕이 무너지면 극단의 경우 소돔과 고모라 성처럼 되는 것이 인간사회가 되는 것이다. 그런데 이같이 중요한 도덕성이 어느 사회 없이 사람들이 바라는 수준만큼 높지 않은 것이 인간 사회 특징이 것이다. 어느 시대 어느 사회 없이 부서지고 있다고 늘 개탄하는 것이 이 도덕성이다! 그래서 어느 사회 없이 이를 증대시키려 끊임없이 노력하지만…….

김해시 구지봉 김수로왕 천강天降 신화神話 이해와 민속신앙民俗信仰과의 비교

가락국기에 따르면 김수로왕은 서기 42년 김해에 가락국은 세웠고 199년 158세의 나이로 세상을 떠나 이곳에 묻혔다 한다.

이런 기록을 보고 "사람이 어떻게 158년을 살 수 있나?"하는 의문이 생길 테지만 일연 승려가 쓴 삼국유사에 보이는 수로왕의 이야기는 건국 신화라는 특별한 형식에 담겨 있는 내용임은 알고 이해를 해야 한다. 매년 음력 3월 15일과 9월 15일에는 수로왕의 신위를 모신 숭선전에서 김해 김 씨 김해 허 씨 인천 이 씨 등 전국에서 수많은 후손들이 모여들어 큰 제사를 지내고 있으며 이 숭선전 제례는 지방 무형 문화 제11호로 지정 되어 있다.

김해는 낙동강 1300여 리 물줄기들이 운반해 온 황톳물의 앙금이 퇴적 되어 이루어진 평야다. 풍부한 물과 사토질의 기름진 땅은 서 낙동강을 중심으로 양쪽으로 나뉘어 광활한 평야를 이룬 곡창지대였다. 행정구역 개편으로 서 낙동강 동편은 부산시 강서구로 편입되었고……. 서쪽은 현재의 김해시로 승격되어 전국에서 중소기업이 두 번째로 많은 성장 도시로 탈바꿈하였다.

농경사회에서 산업사회로 바뀐 신흥도시이다. 김해는 기원 전후부터 532년까지 경상남도 김해를 중심으로 존속하였던 6가야의 하나인 금관가야라는 이름으로 삼국유사에 기록되어 있다. 건국 신화에 의하면 김수로왕金首露王은 금관가야金官伽倻의 시조이다. 삼국유사 2권 가락국기의 기록은 나라를 세운 수로왕의 탄생과 혼사 그리고 즉위에서 죽음에 이르기까지의 내력을 줄거리로 삼고 있다. 이 점에서 김수로왕의 신화는 우리나라 건국 신화인 단군 신화나 신라의 혁거세 신화·고구려의 시조인 동명왕의 산화와 그 맥락을 같이하고 있다. 대개의 건국 신화가 왕국에 신성함은 부여하고 아울러 왕권 자체를 신성화하고 있다. 하늘에서 내려와 하늘의 뜻대로 지상을 다스리는 첫 군왕이 곧 김수로왕이고. 그러한 땅을 받들고 있는 거룩한 왕국이 곧 금관가야라는 이념이 다른 건국 신화와 마찬가지로 강하게 투영되고 있다. 금관가야는 기원 전후부터 532년까지 경상남도 김해를 중심으로 존속하였다. 금관가야라는 이름은 삼국유사 오가야조吾伽倻條에 인용된 고려시대를 통하여 알려졌고 가락국伽洛國↔駕洛國이라고도 하였다.

초기에는 여러 가야 중에 맹주국의 위치에 있었기 때문에 남가야라고도 하였다. 3세기 후엽에 쓰여 진 삼국지 위서魏書·동한전東夷傳·한조漢條에는 구야국狗倻國이라고 하였으며 왜인 조에는 구야한국이라고 하였다. 구야는 가야에 대한 한자 표기다. 왜인 조에는 위魏나라의 사신이 대방군을 떠나 왜국에 이르는 항로를 기록하였는데……. 한반도의 서해안을 남하하여 남해안의 대마국對馬國에 다다른 경로로 보아 구야한국이 지금의 김해지역이었음은 알 수 있다. 사실 금관가야라는 이름이 언제부터 쓰였는지는 분명하지 않다. 삼국사기 지리지에 따르면 김해소경에 "제10대 구해왕仇亥王에 이르러 신라에 항복하였으므로 그 땅을 금관군金官郡으로 삼았다"고 하였다. 금관가야라는 이름은 뒤에 6가야의 하나로 이름지어진 것이 아닌가 생각된다. 금관가야는 본래는 구야, 가락, 가야라고 불렀던 것이다. 삼국유사에는 가락국기駕洛國記가 인용되어 김해 김 씨 시조 수로왕의 탄생 설화와 왕력王曆이 실려 있다. 이 설화에서 나라 이름을 "대가락"이라고 하였다. 이는 금관가야가 초기에 6가야 맹주 국이었다는 것을 시 사 하는 것이라 보겠다. 후기에는 지금의 고령을 중심으로 한 가야가 대가야가 되었다. 그것은 삼국사기의 기사에서 기록을 보면 알 수 있다. 금관가야는 낙동강 하류의 델타지역에 위치하여 농업이 발달하고 또 남쪽으로는 바다에 근접하여 낙동강과 아울러 수운의 편리함을 이용하여 경제적·문화적 발전에 유리하였던 것이다. 그러므로 금관가야초기에는 여러 가야 맹주 국이 되어 대가야라고 불렀던 것이다. 라고 하지만……. 지금의 낙동강 본류는 지금의 부산 김해 경계지역 서 낙동강이다. 김해평야를 만들기 위하여 대동수문을 일제 강점시기에 만들고 제방을 쌓아 지금의 부산 사하구로 물을 흐르게 한 것이 반세기전에 이루어졌다. 그러므로 지금의 김해시는 2000여 년 전인 상고 때는 바다였다는 것을 말해주고 있다. 숭선전지나 가락국기에는 제2대 거등왕居登王 이하 10대 구형왕仇衡王까지 역대 임금들의 이름이 열거되어 있으나 그 밖의 금관가야의 역사에 대한 기록은 없다. 가야의 역사는 다른 고대국가들에 비해 역사 기록이 제대로 많이 있지 않다. 그렇기 때문에 역사의 실체는 대부분 발굴조사 등의 고고학적 방법으로 찾아진 유적과 유물을 통하여 복원해야 하는 어려움이 있는 것이다. 현존하는 기록은 모두 잘못된 기록들이다. 유물을 보고 정립한 역사는 역사적 가치가 매우 낮은 것이다. 삼국사기 신라본기에 의하면 법흥왕 19년532에 마지막 왕인 구해는 신라에 나라를 바친 뒤 높은 벼슬을 받고 본국으로 식읍으로 하였다고 한다. 후에 구해왕의 아들 무력은 신라와 백제와의 싸움에서 큰 공을 세웠으며……. 그 후 신주도新主道 행군총관行軍總官이 되었는데 무력은 이러한 공로로 각간까지 이르게 된다. 무력은 김유신金庾信의 할아버지다. 금관가야는 532년에 시라에 합병되었다고 하나. 그 멸망 연대는 532년보다 약간 앞선 때의 일이었던 듯하다. 구해왕이 나라를 신라에 바친 것으로 되어 있는 삼국사기의 기록을 보면 알 수 있듯 시 건국에서 멸망까지 본다면. 금관가야 건국 시조인 수로왕의 신화는 몇 가지 점에서 특성을 지니고 있음을 짚어보아야 할 것이다.

첫째: 여러 씨족이 연합되어 이룩된 통합적인 왕국의 창건에 관한 시화라는 점에서 각별한 성격을 드러내고 있는 것이다. 즉? 개벽을 한 뒤로 국호도 없이 아도간我刀干 여도간汝刀干 등 아홉 사람의 추장이 백성을 통솔하고 있는 땅에 김수로왕은 하늘의 신으로 강림하였다. 주인공인 수로왕이 이같이 씨족연합사회의 통합된 군장으로 하강했다는 점에서는 혁거세 신화와 공통성을 지니고 있다.

둘째 : 신화의 내용이 직접 신에게서 주어졌다는 점에서 특이한 것이다. 3월 계육 일에 즈음하여 구지봉에 1백~3백인의 무리를 거느리고 모인 구간은

『신귀간神鬼干 · 신천간神天 · 피도간彼刀干 · 여도간汝刀干 · 오도간五刀干 · 아도간我刀干 · 유수간留水干 · 유천간留天干 · 오천간五天干』

구간이 있었다.

이와 같은 내용은 중국의《상서》와 《한서》에도 순임금 통치 때 국정을 맡은 9간이 나오는데 공공共工 · 납언納言 · 사공司空 · 사土 · 우虞 · 사도司徒 · 전악典樂 · 질종秩宗 · 후직后稷 · 가야국태동의 구간이 중국 상서와 한서 내용을 표절!

천지가 개벽한 후 이 땅에는 아직 나라 이름이 없고. 또한 임금과 신하도 없었다. 직접 하늘에서 들여오는 신의 목소리에 응답하였고 그 결과 신의 내림을 받았다. 그 목소리는 "황천皇天이 나로 하여금 이곳을 다스려 새로이 나라를 세우고 임금이 되라고 하기에 내 여기에 내리고자 하노니"라고 하면서 구간들에게 춤을 추고 노래하며 그를 맞이하기로 요구를 했고 하늘의 신이 시키는 대로 실행하여 신을 맞이한 부분이 김수로왕의 신화에서 가장 중요한 부분이지만⋯⋯. 차별화 두기 위하여서다. 고대의 우리 단군 신화에서 보면 하늘에서 3천 무리를 이끌고 태백산 꼭대기의 신단수 아래로 내려온 장면이나 구지봉에서 2백~3백 무리가 하늘에서 들려오는 신의 목소리를 듣고 수로왕을 모신 내용이 단군 신화나 김수로왕의 신화 내용이 엇비슷하다. 그것은 삼국유사에 나오는 단군신화나

가야국 신화 역시 일연 승려가 편찬한 것이기 때문에 약간씩 차이를 두었다.

고대신화나 기독교·불교·민속 신화나 무속 같은 것 역시 인간이 범접하지 못하는 곳에서 뿌리가 시작되기 때문에 엉터리라고 할 수 있지만……. 그냥 믿으면서 지낸다. 산꼭대기 아니면 바다 속이나 땅속을 토대한 고전 자료로 활용해 버렸다. 구간들이 신의 목소리에 응답하였다함은? 하늘의 왕의 목소리를 들었다는 것은 신이 직접 인간에게 한 말을 신탁神의 부탁이라고 하는데 한국의 무속신앙에서는 그것을 '공수'라고 부른다. 김수로왕의 신화는 공수와 공수의 내용대로 사람이 실천할 행동을 중핵으로 구성되어 있다. 이 신화의 신화다움은 신 자신에 의해 결정되어 인간에게 주어진 것이다. 신이 직접 이야기한 신 자신에 관한 이야기가 곧 신 황화의 핵이다. 인간은 그것을 받아서 옮긴 것뿐이다. 신화의 공수다움은 우리의신화가 공통으로 지니고 있는 속성이나 그것을 문헌에서 분명하게 전해주고 있는 유일한 경우는 김수로왕 신화다. 그런 뜻엔 이 신화는 한국 신화가 지닌 기본적인 성격을 성문화成文化 해서 전해 주고 있는 셈이다.

셋째: 이야기 들어가기 전에 혁거세 신화를 알아보자. 삼국유사에 기록된 신라 시조 혁거세赫居世王 왕 신화는 짐승으로 신화를 다루고 있다. 이것은 말의 토템totem 인데 인간과 대화를 할 수 없기 때문에 인용한 모양이다! 모든 신화에는 꼭 짐승이 들어간다. 전한 지절 원년 임자 3월 초하루에 육부의 조상들이 제각기 자제들을 거느리고 알천 언덕 위 알천안산閼川岸山에 모여서 의논하되 "우리

나라는 백성을 다스릴 임금이 없으므로 백성들이 모두 방자하여 제 마음대로 하니 어찌 덕德 있는 사람을 찾아 임금으로 삼아 나라를 세우고 도읍을 정하지 아니하랴"하고 이에 높은 곳에 올라 남쪽을 바라보니 양산楊山 밑 나정蘿井 곁에 이상스런 기운이 번개 빛처럼 땅에 비치는데 거기에 백마白馬 한 마리가 끓어 앉아 절을 하는 형상을 하고 있었다. 그곳을 찾아가 살펴보니 붉은 알혹은 푸른 큰 알 하나가 있었는데……. 말은 사람을 보고 놀래 서 길게 울다가 하늘로 올라가 버렸다. 그 알을 깨어보니 모양이 단정하고 아름다운 동자童子가 나왔다. 놀랍고 이상이 여겨 그 아이를 동천東川에서 목욕을 시키니 몸에서 광체가 나고 새와 짐승들이 모여들어 따라다니며 춤을 추자 천지天地가 진동을 하고 해와 달이 청명해지므로 그 일로 인하여 그를 혁거세 왕이라고 이름 하였다. 혹은 불구내왕佛矩內王이라고 하니 밝은 세상을 다스린다는 광명이세光明理世라는 뜻이다. 위호를 거서한居西邯이라고 하니 이는 그가 처음 입을 열었을 때 스스로 말하기를 알지거서간關智居西干이 한번 일어났다고 했으므로……. 그 말로 인해서 부른 것인데. 이때부터 왕자王者의 존칭이 되었다. 그때 사람들이 서로 다투어 치하하기를 이제 천자天子↔하늘의 아들가 이미 내려왔으니 마땅히 덕 있는 여군女君을 찾아서 짝을 지어야 할 것이라고 한다. 이날에 사량리沙梁里 아리영정俄利英井이라고도 한다. 계룡鷄龍이 나타나 왼쪽 갈비 밑에서 계집애를 낳았는데혹은 용이 나타나서 죽였는데 그 배를 갈라 계집애를 얻었다고도 한다. 자태와 얼굴은 유달리 고왔으나 입술이 닭의 부리와 같았다. 월성 북천北川에 가서 목욕을 시켰더니 그 부리가 빠졌다. 그 때문에 북천을 발천撥川이라고 한다. 남산 서쪽에 있는 산기슭에 궁실을 짓고 두 성스러운 아이를 받들어 길렀다. 사내아이는 알에서 나왔는데 알은 박과 같다. 향인鄕人들은 박은 둥글러서 박朴 박이라는 까닭으로 인하여 그 성씨를 박 이라 하였고 계집아이는 오봉五鳳 원년 갑자bc 57년에 남자는 왕이 되어 그 여자를 왕후로 삼고 국호를 서라벌徐羅伐 또는 서벌이라고 하고 또는 사라斯羅 혹은 사로斯盧라고도 했다. 나라를 다스린 지 61년 만에 왕은 하늘로 올라가고 왕후도 따라서 하늘로 돌아갔다고 한다. 언뜻 추리를 해보면 예수 탄생과 부활과 엇비슷한 내용이다. 필자는 다음과 같이 추리를 해본다. 그 당시에는 문맹인文盲人이 많았을 것이다! 역사를 기록한 학자들의 잘못 기록이다. 라고 생각한다. 왜냐하면? 하늘의 신이 누구라고 꼭 꼬집어 신을 내세우지 않고 하늘의 왕 내지는 하늘의 신으로 표현하였고 오늘날의 과학적인 문명도 기껏해야 달에 착륙과 화성에 가는 정도인데……. 그 당시 사람의 힘으로 하늘을 어찌할 수 없는 시대였기 때문이다. 그래서 씨족사회나 부족사회에서 우두머리탄생과 죽음을 기록할 때는 기록자와 그 우두머리만 알고 있을 뿐이지 문명文明↔civilization이 발전 되지를 않아서 일반 평민은 글자 자체를 모르기 때문에 기록을 볼 수 없었을 것이다! 이러한 기록들이 현대에 이르러서 번역가의 실수도 있었을 것이다. 불교계의 탄생 신화에서 천상천하 유하독존天上天下 唯我獨尊이라는 첫 말이나 기독교계의 예수 탄생은 신부나 목사의 6%도 믿지 않는 것을 성직자 설문 조사 결과를 보더라도 신화이야기가 그 시대 작가들의 벽역 실수일 수도 있는 것이다. 예수나 석가 탄생은 다만 신화는 신화일 뿐이다. 혁거세 신화에 비해 수로왕 신화가 다른 건국 신화보다 특성이 있는 것은 삼국유사의 경우

몽고족의 침입으로 고려가 시달리던 시기에 집필했기 때문에 기록자의 잘못도 있을 것이고! 수많은 번역가들에 의해 번역되었으니 작가의 실력에 따라 엉터리 부분이 많을 것이다! 주지하다시피 수로왕 신화의 또 다른 특성은 **가야 건국 신화가 '신맞이'신하라는** 것이다. 신 내림을 받드는 신맞이 신화라는 성격은 혁거세 신화도 마찬가지이다. 이때 공수다움과 신맞이라는 두 요소가 한태 어울림으로써 한국 신화의 기본적인 유형을 얻게 된다. 공수를 받들어 그것을 실천함으로써 사람들이 신 내림을 받는 얘기라는 한국 신화의 기본 골격이 갖추어진 것이다. 신맞이 신화는 굿과 겹쳐져 있다. 실제로 김수로왕 신화는 신이 하늘에서 소리하면서 부터 지상에 출현하기까지의 전 과정을 보여주고 있다. 그 과정이란 사람들이 공수를 받들어 노래하고 춤춘 부분이자 육체로 연행練行되니 신화란 점에서 이 신화는 굿과 짝지어져 있다. 신화가 말로서 하는 풀이라면……. 그 풀이가 사실은 말에 담겨 표현되기 이전에 행동에 담겨 표현되어 있었다. 김수로왕 신화가 지닌 주술적인 서사행진은 먼저 의거해 있었다. 이런 사실은 우리나라 신화의 기원에 관한 좋은 단서를 제공해 주고 있다. 이른바 제의학파적祭儀學派的인 신화의 기원이 적용될 수 있는 좋은 자료가 이 신화 속에 간직되어 있는 것이다. 김수로왕신화가 곧 굿이었다는 명제는 오늘날까지 남겨져 있는 굿을 신화와 연관 지어서 바라볼 단서를 제공하게 된다. 실제로 이 신화의 줄거리. 특히 신맞이 부분은 오늘날의 별신굿의 신맞이 절차를 연상시키기에 알맞다. 그런 뜻에서 고구려의 수신제隧神祭의 기로과 함께 김수로왕 신화는 한국민속종교를 통시적으로 부감할 수 있는 시발점으로 강조해도 좋을 것이다. 별신

別神굿이란 무당이 제사하는 큰 규모의 마을 굿으로 동해안지역에 서는? 벨신·벨순·배생이·별손·뱃선·등으로 불리고 있다. 은산별신 굿·중하당굿→충남 부여군 은산면 은산리에서 하는 굿으로서 대 두 말쌀 위한 말들이 말 위에 쌀을 가득히에 밥그릇을 놓고 쌀을 고봉高峰 으로 채운 뒤 촛불을 네 개를 켜서 각각의 상에 두고 신 내림을 한다. 남해안 별신굿 중 용왕굿은 경남 거제 군에서 하는 굿으로 7~8개의 제사상을 준비를 하는데 제물로 상을 차린다. 동해안 별신 굿 중에 화해 굿은 경남 양산시 일광면 학리에서 하는 굿인데 신당 에 제단을 만들어 굿을 한다. 또한 동해안 별신굿 중 뱃노래 굿강원 도 고성군 현내면 대전리 지방은 신당 앞에 신표를 쓴 금줄에 걸어 놓고 한다. 여타지역은? 은산·경주·충주·마산·김천·자인 등에 있었으나 가장 융성한 지역은 동해안 일대이다. 별신굿은 강원도의 강릉 단 오 굿, 황해도의 대동 굿과도 비교될 수 있다. 별신굿의 역사적 유래는 확실하지 않다. 그러나 부락별로 섬기는 신의 내력을 밝히 는 신화가 있어서 이해에 다소 도움이 된다. 우리들이 어렸을 때 시골 할머니들은 아이들이 아프면 나름대로 귀신을 쫓아내는 무속 신앙을 가지고 있었다. 짐작컨대? 같은 별신굿이라도 지방마다 다 른 것을 보면 무속신앙인이 창작한 것이 아니가! 하는 생각이다. 예컨대 대관령 국사 성 신화. 울릉도 대하동 성당전설. 온산 별신 제 신화 등이 적절한 사례이다. 별신굿을 하는 때는 각 부락 별로 진행하기 때문에 같을 수가 없다. 연중행사로 하기도 하고 해 걸이 한해 건너뛰기·또는 3년. 5년. 심지어 10년에 한 번씩로 지내기도 한다. 별신 굿을 하는 장소가 농촌인가 어촌인가에 따라서 많은 차이가 나기도 한다. 풍농제와 풍어제로 구분을 짓는 것이 예사이다. 또한 지역시장 경제의 활성화를 위해서 지역별 시장 중심으로 펼쳐지면 난장 : 亂場·굿이 되는 것이다. 별신굿이 시장 굿으로 육성되는 것은 현지의 노무의 : 老巫·말을 참고해 보면 당연하게 받아들여지고 있다고 한다. 난장 굿은 새로 시장을 설립했을 때나 몇 년이 걸어도 시장의 경기 부양책으로……. 여러 면in manyways에서 씨름·그네·도박판·색주가·굿판 등을 7일 또는 15일씩 벌인다. 현시대의 서커스공연의 일종이다. 군중을 모으고 난장을 터서 경기를 활성화 한다. 실은 난장 굿과 풍어제가 구분되어 있으나 현대의 별신굿은 그 범위가 확대되었다. 별신굿은 복합적인 부락제이다. 먼저 유교식으로 제관이 축문을 읽고 조용히 끝내면 이어 사제가 무당으로 교체되어 굿 형식으로 흥겹게 진행이 된다. 경우에 따라서 마을의 농악대가 참석해서 농악 굿도 벌인다. 이렇게 별신굿은 두 가지 방식으로 진행되기도 하고 세 가지 방식으로도 진행되므로 이를 두고 학계의 견해가 구분된다. 오늘날 남겨진 별신굿과 도당 굿은 가락 국기의 신맞이 부분과 수신 재를 재현하고 있다. 별신굿은 상고대 신화가 오늘에 남겨진 모습이다. 이처럼 오늘날의 별신굿의 원류로서 부각되는 김수로왕 신화는 한국인의 신명 내지 신바람의 원형에 대해 회고하고 있다. 신명이 신이 지펴서 나타나는 양분상태와 도취상태라고 한다면 그것은 무당 개인의 종교적 체험일 뿐만 아닐 한국인들이 별신굿이나 도당 굿에서 집단적으로 겪는 종교적 체험이기도 하다. 별신굿의 신 내림은 원칙적으로 무당을 통해서 이루어진다. 그러나 별신굿이 진행되면서 무당이 겪은 신 지핌이 상태는 마을 안에 번져간다. 접신 상태의 집단적 감염 현상이 일어나고 거기에 춤과 노래와 더불어 흥이 더하여지면 별 신 굿판의 신명은 아주 결정적인 것이 된다. 김수로왕 신화는 춤과 노래로 받든 신내림부분을 통해 가장 오래된…… 신바람의 현장을 오늘에 전해주고 있다. 김수로왕 신화는 결국 건국 시조 신화라는 골격 속에서 다른 신화들에서 볼 수 없거나 볼 수 있다 해도 단편적으로밖에 볼 수 없는 한국의 종교사적인 신화의 독특한 개성이라고 생각이 든다. 우리의 조상祖上↔ancestor 단군 신화나 해모수 신화와 동명왕 신화 등을 살펴보면 신을 맞이하는 줄거리가 없다. 그래서 김수로왕신화는 천신天神이 지상의 인간에게 인간들이 하늘에서 신이 하는 말강림↔降臨을 듣고 기다렸다는 것이 다른 신화와 차별이 된다. 천황天皇↔하늘의 왕이 인간을 다스리도록 보내어 내가 구지봉에 내려간다는 말을 대화로 하였다는 인간과 신의 만남의 장에서 굿과 연결됨이 특이한 것이다. 그렇다면 우리의 건국 신화인 단군왕검 신화를 알아 둘 필요가 있다. 옛날 환인에게 서자 환웅이 있었는데 서자 환웅庶子桓雄의 서庶는 '말하자면'의 뜻. 즉? 제서諸庶의 의미로 보아 환인과 환웅을 동심이체東心異體로 보는 해석도 있다. "맏아들을 적자嫡子라 함에 대하여 둘째 아들을 뭇. 서자라 하니 곧 몇째 아들의 뜻으로 설명할 수도 있고 어머니가 다른 자식은 서자로 불리기도 했다."천하天下에 자주 뜻을 두도 인간세상을 탐하여 구했다. 환인 아버지는 아들 환웅의 뜻을 아록 세 봉우리의 태백산을 내려다보니 홍익이간 할 만한지라. 우리는 단군의 자손 배달의 민족이다. 우리 국조國祖인 **단군왕검**檀君王儉은 건국이념을 홍익인간 弘益人間↔Maximum Serviee To Humaity 이념의 바탕으로 건국하였다. 홍익인간 이란 "널리 인간을 이롭게 하라"는 의미로 직역되지만 흔히는 인본주의人本主義 인간존중人間尊重 복지福祉 민주주의民主主義 사랑思朗 박애博愛 봉사奉事 공동체정신共同體淨神 인류애人類愛 같은 인류사회가 염원하는 "보편적"인 생각을 열거해 놓은 것이다. 왜 우리는 배달의 자손인가?

이 말은 우리의 정체성正體性을 말하는 것이다.

정체성은 한국인의 본바탕이 무엇이냐고 묻는 경우와 같은 뜻이다. 여기서 본바탕은 뿌리로 주로 한국인의 정신적 근본과 기준이 무엇인가를 말하는 것이다. 말하자면 정신적 현주소가 아니라 정신적 뿌리를 묻는 것이 정체성이다. 너도 배달의 자손이고 나도 한민족 배달인 이라고 할 때 나하고 너 사이에 공통점이라는 것이 곧 한민족韓民族 배달의 자손이라는 것을 말하는 거다. 너하고 내가 한민족이므로 너하고 나는 곧 우리라는 뜻이다. 서로 정신적으로 근본이 같으며 기준이 같다는 공감대共感帶 안에서 사는 곳을 일러 고향故鄕이니 조국祖國이니 같은 민족이니 하면서 너와 나는 우리가 되어 공동운명체로서 이 땅에서 산다는 진정성眞正性↔authenticity을 도우면서 살아간다는 뜻이고……. 이 땅은 한국으로 우리나라이며 우리 서로 동고동락同苦同樂하면서 우리 후손들까지 연결해 가는 한민족간의 고리라 할 수 있지. 홍익인간弘益人間이란 주지하다시피 넓을 홍洪자 더할 익益자로 널리 두루 두루 더 이롭게 한다는 말이다.

허지만? 우리 사회 구석구석에는 님비推非↔nlmby : not in My Back Yard 현상이 만연하게 퍼져 있다. 그것이 어느 나라 간에 사회적 병폐인 것이다. 내 주변 사람에겐 좋은 일만 생기고 남에겐 나쁜 일이 생겨도 나하곤 상관없다. 내 호주머니에서 돈 꺼내 초상칠 일 없다. 라고 생각한다는 것이다.

……그러니까? 환인은 환웅에게 천부인天符印 세 개를 주어 다스리게 했다. 환웅은 그 무리 삼천을 거느리고 태백산 꼭대기 신단수神檀樹 밑에 내려와서 이곳을 신시新市라고 불렀다. 이분을 환웅천왕桓雄天王이라고 한다. 이렇듯 단군 신화는 하늘에서 신이 직접 탄강하였으나. 김수로왕 신화는 구지봉龜旨峰에서 무엇을 부르는 수상한 소리가 나서 마을 사람 2~3백인이 모였는데……, 사람의 소리가 나는 듯해. 그 형상은 보이지 않고 보라색 끈에 금합金盒이 매어져 내려오기에 금합을 열어 보니 황금빛 알 6개가 있는데 둥글기가 해 바퀴 같아 아도我刀 집에 가져가 두었더니 하루 만에 구간들. 아도·피도·유수·유천·신천·오천·신귀·오도·여도·등이 보는 앞에서 금합을 열어 보니 알 6개가 껍질을 벗고 여섯 동자童子가 되어 나오는 것이다. 나이는 15세쯤! 되고 용모가 매우 잘 생겼으며 기풍이 당당하여 모두 절을 하고 하례賀禮를 하였다.

동자들은 날마다 자라 신장이 9척이 되어 여럿이 한 사람을 받들어 왕을 삼으니 그가 곧 김수로왕이다. 금합 속에서 태어난 것으로 인하여 김 씨로 성을 짓고 나라 이름을 가야라 하니 그때가 신라 유리왕 18년이었다. 나머지 다섯 사람도 가각 임금이 되었는데 다섯 가야 임금이다. 동은 황산강지금의 낙동강이요 서남은 바다. 서북은 지리산. 동북은 고령가야 경계다 되었다. 수로왕 재위 158년에 죽으니 거등·마품·거즐미·이시품·좌지·취희·질지·구해·까지 통치를 하다가 신라에 항복하여 가야국이 멸망하니 491년을 통치를 했다는 것이다. 앞서 기록을 했지만…… 하늘의 계시를 받고 알로 내려온 신을 받들어 탄생케 하여 모신 것이 단군신화와 다른 점이다. 하늘에게서 내려온 3천 무리도 신인 것인데 스스로 왕이 되었어도 또한 풍백風伯 우사雨師·운사雲師를 거느리고 곡식·질병·형벌·선악·등을 주관하고 인간의 3백 60여 가지 일을 맡아서 인간 세상에 있으면서 교화하였다. 단군 신화를 인정하지 않는 기독교 측에서 3백 60여 가지 일을 맡아서 다스린 내용을 건국 신화의 맹점으로 지적을 하지만……. 모든 건국 신화는 신화일 뿐이지 그것을 믿는 사람이 누가 있겠는가! 필자역시 기독교에서 말하는 하나님의 6일 창조. 에덴동산. 예수의 탄생과 죽음. 부활 동정녀인 마리아가 하느님하고 잠자리를 하여 수태임신 출산를 안 믿는 것처럼 말이다. 그러나 세계 각지의 나라들은 나름대로 건국 신화가 있다. 남이야 믿건 안 믿건 이러한 일들은 종교도 마찬가지 아닌가! 아무튼 인간은 어디서 왔으며 어디로 가는 가 그것을 모르기 때문에 탄생의 비밀을 제겨 두고 종교적 의미로 해석한 모양이다. 환웅이 땅에 올 때 부인을 데리고 오지 않은 모양이다! 삼국유사를 쓴 일연이나 제왕운기를 쓴 이승휴 역시 같은 내용이다. 다만 홍익인간 네 글자를 기록에 남겨준 것은 매우 다행스러운 일이 아닐 수 없다. 우리나라의 건국신화가 만약 홍익인간 이념에 대해선 전하지를 않고 환인→환웅→단군이라는 영웅의 탄생 과정과 활약상만을 적는데 그쳤더라면 우리의 건국신화가 가지는 의의는 훨씬 작아졌을 것이다! 홍익인간 이념은 신화의 문면 상으로는 하느님인 환인과 그 아들인 환웅이 가졌던 의지로 되어 있지만……. 그러나 사실은 사회와 국가 그리고 인생에 대하여 우리 상고인들이 갖고 있던 요구와 바람을 표현한 것일 것이다. 말하자면 국가와 사회는 인간→백성의 복지를 위하여 봉사해야 하고 개인의 삶 역시 인간 세상에 이로움을 주는 것이야 한다고 보았던 우리 고대인들의 관념을 반영한 용어였던 것이다. 우리나라에서 지금 단군교→대종교라는 단군을 국조國祖로 숭앙하는 종교단체가 창립되었고 북한에서도 단군을 민족주의의 종교가 아닌 국조로 받아들어 능을 건립하고 숭배하고 있다. 홍익인간 이념이 우리 인간이 살아가는데 지키고 가꾸고 누리고 나눔과 실천을 하여 우리랑 한 울타리 공생 공존하는 것에 뜻을 두었다면…… 김수로왕 건국 신화에서 신맞이 장면은 상고대 신화가 오늘날에 남겨진 모습처럼 한국 민속종교를 통시적으로 부감 할 수 있는 시발점이란 것이 다르다. 별신굿의 민족문화적 측면에서 의의는 종교의 신앙적인 의의다! 동제의 복합적 현상을 말해주는 별신굿은 무속의 역사를 보여주는 사례. 그리고 무속신앙에 기대고자 하는 민중의 심성心性도 엿볼 수 있다. 별신굿은 생산적 의의다. 난장 굿을 통해서 확인 됐듯 시장 부흥 책으로도 벌렸던 별신굿은 경제적인 가치도 있다. 풍어제는 생산적 의미이고 시장경제 활성화로 펼쳐지는 난장 굿이 어찌 보면 경기부양책으로 펼쳐진 굿이기 때문이다. 실제로 생산과 소비를 자극할 뿐만 아니라 별신굿의 축제로 정신적 생산능력도 기르게 된 것이다. 또한 사회적 통합의 기능도 한다. 별신굿을 통해서 정신적 일체감을 확인하고 단합 성을 학보 한다. 그 외 예술적 가치이다.

종합예술인 별신굿에는 가. 무. 악歌→舞→樂에서 뿐만 아니라 국악의 보고로서도 높이 평가할 수 있다. 오늘날 진정한 축제가 없는 시점에서 별신굿의 중요성이 부각이 된다. 김수로왕 건국 신화에 별신굿을 결부시킨 것은 농경시대에 많이 생산하여 경제를 일으키고 부富를 나누며 즐기는 것으로 인류문명이 바라고 또한 실천하려고 아였던. 복지국가를 갈망 했던 것이 함축되어 있는 건국 신화의 요체이다.

 "……."

 2021년 6월에 인터북스에서 출간된 【중국】 역사소설에 가야국은 대한
민국에서 태동이 된 것이 아니라 중국에서 태동이 되었다는 것을
필자가 중국의 고전을 찾아 집필을 하였다. 김수로왕 신화는 결국
건국 시조 신화라는 골격 속에서 다른 신화들에서 볼 수 없거나
볼 수 있다고 해도 단편적으로 밖에 볼 수 없는 한국의 종교사적인
신화의 독특한 개성이라고 생각이 든다. 단군 신화나 해모수 신화
와 동명왕 신화 등을 살펴보면……. 신을 맞이하는 줄거리가 없다.
그래서 김수로왕신화는 천신天神이 지상의 인간에게 인간들이 하
늘에서 신이 하는 말강림↔降臨을 듣고 기다렸다는 것이 다른 신화
와 차별이 된다. 천황天皇↔하늘의 왕이 인간을 다스리도록 보내어
내가 구지봉에 내려간다는 말을 대화로 하였다는 인간과 신의 만남
의 장에서 굿과 연결됨이 특이한 것이다. 그렇다면 우리의 건국
신화인 단군왕검 신화를 알아 들 필요가 있다. 옛날 환인에게 서자
환웅이 있었는데 서자 환웅庶子桓雄의 서庶는 '말하자면'의 뜻. 즉?
제서諸庶의 의미로 보아 환인과 환웅을 동심이체東心異體로 보는
해석도 있다. "맏아들을 적자嫡子라 함에 대하여 둘째 아들을 뭇.
서자라 하니 곧 몇째 아들의 뜻으로 설명할 수도 있고. 어머니가
다른 자식은 서자로 불리기도 했다."천하天下에 자주 뜻을 두도
인간세상을 탐하여 구했다. 환인 아버지는 아들 환웅의 뜻을 아록
세 봉우리의 태백산을 내려다보니 홍익이간 할 만한지라. 우리는

단군의 자손 배달의 민족이다. 앞서 이야기를 다루었지만……. 우리 국조國祖인 단군왕검檀君王儉은 건국이념을 홍익인간弘益人間↔ Maximum Serviee To Humaity 이념의 바탕으로 건국하였다. 홍익인간이란 "널리 인간을 이롭게 하라"는 의미로 직역되지만 흔히는 인본주의人本主義 인간존중人間尊重 복지福祉 민주주의民主主義 사랑思朗 박애博愛 봉사奉事 공동체정신共同體淨神 인류애人類愛 같은 인류사회가 염원하는 "보편적"인 생각을 열거해 놓은 것이다. 왜 우리는 배달의 자손인가? 이 말은 우리의 정체성正體性을 말하는 것이다. 정체성은 한국인의 본바탕이 무엇이냐고 묻는 경우와 같은 뜻이다. 여기서 본바탕은 뿌리로 주로 한국인의 정신적 근본과 기준이 무엇인가를 말하는 것이다. 말하자면 정신적 현주소가 아니라 정신적 뿌리를 묻는 것이 정체성이다. 너도 배달의 자손이고 나도 한민족 배달인 이라고 할 때 나하고 너 사이에 공통점이라는 것이 곧 한민족韓民族 배달의 자손이라는 것을 말하는 거다. 너하고 내가 한민족이므로 너하고 나는 곧 우리라는 뜻이다. 서로 정신적으로 근본이 같으며 기준이 같다는 공감대共感帶 안에서 사는 곳을 일러 고향故鄕이니 조국祖國이니 같은 민족이니 하면서 너와 나는 우리가 되어 공동운명체로서 이 땅에서 산다는 진정성眞正性↔authenticity 도우면서 살아간다는 뜻이고……. 이 땅은 한국으로 우리나라이며 우리 서로 동고동락同苦同樂하면서 우리 후손들까지 연결해 가는 한민족간의 고리라 할 수 있지. 홍익인간弘益人間이란 주지하다시피 넓을 홍洪자 더할 익益 자로 널리 두루 두루 더 이롭게 한다는 말이다. 허지만? 우리 사회 구석구석에는 넘비抵非↔nlmby : not in My Back Yard 현상이 만연하게 퍼져 있다. 그것이 어느 나라 간에 사회적 병폐인

것이다. 내 주변 사람에겐 좋은 일만 생기고 남에겐 나쁜 일이 생겨
도 나하곤 상관없다. 내 호주머니에서 돈 꺼내 초상칠 일 없다.
라고 생각한다는 것이다.

……그러니까? 환인은 환웅에게 천부인天符印 세 개를 주어 다스
리게 했다. 환웅은 그 무리 삼천을 거느리고 태백산 꼭대기 신단수
神檀樹 밑에 내려와서 이곳을 신시新市라고 불렀다. 이분을 환웅천
왕桓雄天王이라고 한다. 이렇듯 단군 신화는 하늘에서 신이 직접
탄강하였으나 김수로왕 신화는 구지봉龜旨峰에서 무었을 부르는
수상한 소리가 나서 마을 사람 2~3백인이 모였는데……. 사람의
소리가 나는 듯해. 그 형상은 보이지 않고 보라색 끈에 금합金盒이
매어져 내려오기에 금합을 열어 보니 황금빛 알 6개가 있는데 둥글
기가 해 바퀴 같아 아도我刀 집에 가져가 두었더니 하루 만에 구간
들. 아도 · 피도 · 유수 · 유천 · 신천 · 오천 · 신귀 · 등이 보는 앞에서 금합을
열어 보니 알 6개가 껍질을 벗고 여섯 동자童子가 되어 나오는 것이
다. 나이는 15세쯤! 되고 용모가 매우 잘 생겼으며 기풍이 당당하여
모두 절을 하고 하례賀禮를 하였다.

동자들은 날마다 자라 신장이 9척이 되어 여럿이 한 사람을 받들
어 왕을 삼으니 그가 곧 김수로왕이다. 금합 속에서 태어난 것으로
인하여 김 씨로 성을 짓고 나라 이름을 가야라 하니 그때가 신라
유리왕 18년이었다. 나머지 다섯 사람도 가각 임금이 되었는데 다
섯 가야 임금이다. 동은 황산강지금의 낙동강이요 서남은 바다. 서북
은 지리산. 동북은 고령가야 경계다 되었다. 수로왕 재위 158년에
죽으니 거둥 · 마품 · 거즐미 · 이시품 · 좌지 · 취희 · 질지 · 구해까지 통치를
하다가 신라에 항복하여 가야국이 멸망하니 491년을 통치를 했다

는 것이다. 앞서 기록을 했지만…… 하늘의 계시를 받고 알로 내려
온 신을 받들어 탄생케 하여 모신 것이 단군신화와 다른 점이다.
하늘에게서 내려온 3천 무리도 신인 것인데 스스로 왕이 되었어도
또한 풍백風伯·우사雨師·운사雲師를 거느리고 곡식·질병·형벌·선악
등을 주관하고 인간의 3백 60여 가지 일을 맡아서 인간 세상에
있으면서 교화하였다. 단군 신화를 인정하지 않는 기독교 측에서
3백 60여 가지 일을 맡아서 다스린 내용을 건국 신화의 맹점으로
지적을 하지만……. 모든 건국 신화는 신화일 뿐이지 그것을 믿는
사람이 누가 있겠는가! 필자역시 기독교에서 말하는 하나님의 6일
창조. 에덴동산. 예수의 탄생과 죽음. 부활 동정녀숫처녀인 마리아가
하나님하고 잠자리를 하여 수태임신 출산를 안 믿는 것처럼 말이다.
그러나 세계 각지의 나라들은 나름대로 건국 신화가 있다. 남이야
믿건 안 믿건 이러한 일들은 종교도 마찬가지 아닌가! 아무튼 인간
은 어디서 왔으며 어디로 가는 가 그것을 모르기 때문에 탄생의
비밀을 제겨 두고 종교적 의미로 해석한 모양이다. 환웅이 땅에
올 때 부인을 데리고 오지 않은 모양이다! 삼국유사를 쓴 일연이나
제왕운기를 쓴 이승휴 역시 같은 내용이다. 다만 홍익인간 네 글자
를 기록에 남겨준 것은 매우 다행스러운 일이 아닐 수 없다. 우리나
라의 건국신화가 만약 홍익인간 이념에 대해선 전하지를 않고 환인
→환웅→단군이라는 영웅의 탄생 과정과 활약상만을 적는데 그쳤더
라면……. 우리의 건국신화가 가지는 의의는 훨씬 작아졌을 것이
다! 홍익인간 이념은 신화의 문면 상으로는 하느님인 환인과 그
아들인 환웅이 가졌던 의지로 되어 있지만 그러나 사실은 사회와
국가 그리고 인생에 대하여 우리 상고인들이 갖고 있던 요구와

바람을 표현한 것일 것이다. 말하자면 국가와 사회는 인간→백성의 복지를 위하여 봉사해야 하고 개인 의 삶 역시 인간 세상에 이로움을 주는 것이야 한다고 보았던 우리 고대인들의 관념을 반영한 용어였던 것이다. 우리나라에서 지금 단군교→대종교라는 단군을 국조國祖로 숭앙하는 종교단체가 창립되었고 북한에서도 단군을 민족주의의 종교가 아닌 국조로 받아들여 능을 건립하고 숭배하고 있다. 홍익인간 이념이 우리 인간이 살아가는데 지키고 가꾸고 누리고 나눔과 실천을 하여 우리랑 한 울타리 공생 공존하는 것에 뜻을 두었다면……. 김수로왕 건국 신화에서 신맞이 장면은 상고대 신화가 오늘날에 남겨진 모습처럼 한국 민속종교를 통시적으로 부감 할 수 있는 시발점이란 것이 다르다. 별신굿의 민족 문화적 측면에서 의의는 종교의 신앙적인 의의다! 동제의 복합적 현상을 말해주는 별신굿은 무속의 역사를 보여주는 사례다. 그리고 무속신앙에 기대고자 하는 민중의 심성도 엿볼 수 있다. 별신굿은 생산적 의의다. 난장 굿을 통해서 확인 됐듯 시장 부흥 책으로도 벌렸던 별신굿은 경제적인 가치도 있다. 풍어제는 생산적 의미이고 시장경제 활성화로 펼쳐지는 난장 굿이 어찌 보면 경기부양책으로 펼쳐진 굿이기 때문이다. 실제로 생산과 소비를 자극할 뿐만 아니라 별신굿의 축제로 정신적 생산능력도 기르게 된 것이다. 또한 사회적 통합의 기능도 한다. 별신굿을 통해서 정신적 일체감을 확인하고 단합성을 확보한다. 그 외 예술적 가치이다.

"……."

잠깐 이야기가 딴 방향으로 흐른 것은? 단군 신화의 인본주의와 김수로왕 신화의 인본주의인간이 살아가는 법를 비교해 보고 우리나라의 여러 건국 신화들을 비교해 보아야 장단점을 알 수 있기 때문이다. 김수로왕이 왕후를 맞아드리는 장면을 알아보자. 건무 24년 무신戊申년 7월 27일 서기 48년이다. 구간들아마도 당시의 부락 촌장!이 이장정도로 추측된다. 필자견해는? 현대에 이르러서는 큰 지역. 전국 14위도시지만 2000여 년 전에는 조그마한 면 단위 정도로 보고 있다. 혼인을 권하였으나 수로왕은 "군왕이 된 것도 천명이요. 내 배필이 후后가 되는 것 또한 천명天命↔하늘의 명령이니 그대들은 염려하지 말라"고 한다. 왕은 신하들구간들에게 이르기를 "유천간은 경주輕舟와 준마駿馬 거느리고 망산도望山島에서 대기할 것과 신귀간神鬼干은 승점乘岾으로 가서 대기하라"는 명령을 하여 대기하던 중 바다 서남쪽에서 붉은 돛과 기를 휘날리며 북쪽으로 오는 배가 나타나. 유천 등이 망산도 위에서 횃불을 드니 앞을 다투어 하륙下陸 하려 하자 신료가 대궐로 아뢰니 왕이 기뻐한다. 왕의 명령에 따라 구간 등이 좋은 기와 돛대를 갖추어 왕후를 대궐로 모시려하자 왕후가 말하기를 "나와 너희들은 알지 못하는 터인데 어찌 경솔하게 따라 가겠는가."하므로 유천 등이 돌아와 아뢰니 "왕이 대궐 아래 서남쪽 60보쯤 되는 산자락에 임시 장막을 만들고 기다린다."는 연락을 했다. 이윽고 벌포진두別浦津頭에서 배를 매고 육지에 오른다. 높은 언덕에서 쉬며 입었던 비단바지를 벗어 산신령에게 선물한다. "패물도 헤아릴 수 없을 도로 많이 가지고 왔다. 성은 허 씨요. 이름은 황옥黃玉이고 16세이며 아유타국阿踰陀國의 공주다. 가락국까지 오게 된 이유는 금년 5월 아버지 꿈에 상제上帝가 말씀하시기를 가락국수로는 천명하늘의 명령으로 등극한 사람으로 아직 배필을 정하지 못했으니 공주를 보내어 짝을 짓게 하라는 점지占指

를 받은 부모님의 명령에 의하여 부모를 하직하고 바다에 떠서 찐 대추를 구하고 가서 반도를 얻어 진수로 하여 왔다"고 한다.

※ 위와 같이 가야사를 유네스코 인류 세계유산으로 등재를 하겠다는 정치인을 만들게 하는 문재인 국정과제로 하여 각 신문에 가야사를 알고 있다는 자들의 허황된 이야기를 상재를 하였다. 이런 꼴통들이 인터뷰한 기사를 상재를 했다. 신문기사 등 자료를 상재를 하면서 문자표 토씨하나 틀리지 않게 상재를 하느라 필자의 집필 방식으로 하지를 못했다.

조선일보 2017년 6월 6일 문화 바둑 a17면 기사
"대통령이 특정 歷史연구 지시하는 나라가 어딨나"
論爭 : 가야사 복원 ①한국고대사학회장 하일식 교수

지난 1일 문재인 대통령의 '가야사 복원'지시가 학계의 논쟁으로 번지고 있다. 가야사 문제를 둘러싼 다양한 목소리를 릴레이형식으로 들어 본다.

"대통령이 역사의 특정 시기나 분야 연구나 복원을 지시하는 것 자체가 적절치 않다."
한국고대사 연구자들의 대표 격인 한국고대사학회 회장 하일식 56세 연세대 교수는 일요일인 지난 4일 저녁 학회 홈페이지에 올린 글에서 최근 문대통령이 '가야사 연구와 복원'을 국정 과제에 포함시키라고 했던 지시에 대해 전면으로 반박하는 글을 올렸다.(본지 5일자 a2면)하 교수와 전화 통화를 한 것은 이날 밤 10시가 넘은

시간이었다.

• 대통령이 그런 발언이 왜 부적절한가?

"대통령이란 위치에서 학문 문제에 대해 지시에 가까운 언급을 했으니 그렇다. 많은 연구자는 김대중 정부 때 금관가야를 중심으로 가야사를 복원한다고 국가 예산을 엄청나게 많이(1290억)쓴 것에 대해 부정적인 기억을 갖고 있다. 그런데 지금에 와서 또 이런 얘기가 나오니 적절하지 못하다는 공감대가 생긴 것이다. 대통령이 학계에 '특정시기 연구에 집중하라'고 하는 것은 외국에도 예가 없을 것이다. 미국이 그렇겠나. 유럽이 그렇겠나?"

• 왜 대통령이 그런 말을 했을까?

"대통령이 언급한 맥락으로 추측 건데. 이미 후보 시절에 지방 공약과 관련해서 지자체들이나 일부 연구자로부터 브리핑을 받은 것으로 보인다. 그런데 문화관광 벨트를 만든다는 것은 학무노가는 다른 차원의 일이다. 거기서 일부 예산을 떼어서 연구비를 준다는 얘긴데. 가야사가 타 분야에 비해 부진한 것은 문헌 기록이 소략하고 연구자가 적은 것 등 다른 이유가 있다. 가야사를 진흥하려 한다면 대통령이 이 문제에 대해 언급할 게 아니라 전문가 그룹의 자문을 구해서 학문 후속 세대 양성을 포함한 장기 대책을 세워야한다. 공약 실천하듯이 해서는 안 된다."

• 연구 활성화 효과는 있지 않을까?

"예산이 정해지면 실제 연구에 들어가는 비용은 10%도 안 되고 대부분 토목공사나 이벤트로 쓰일 것이다. 이미 그런 비슷한 일들을 봐 왔다. 물론 지자체는 쌍수 들고 환영할 것이다."

• '혼이 비정상'이라며 국정교과서를 추진한 전 정부와 비교하는 말도 했는데.

"정부가 역사에 개입하는 행위를 한다면 국정교과서 추진이야 다를 바 없다고 생각한다. 막강한 권력을 가진 대통령이 이런 곳에 일일이 나선다는 게 적절하지 않다는 것이다. 나는 '악한 정권은 하면 안 되고 선한 정권은 해도 된다'는 생각에 반대한다. 세상에 선한 정권이 어디 있겠나."

• 영호남 화합을 위한 명분을 내세웠다.

"과연 가야사를 강조한다고 영호남이 화합하고 지역감정이 허물어지겠는가? 실현 가능성도 없을 뿐더러 불합리하다. 역사를 도구화한다는 지적을 면하기 어렵다. 우스개 소리지만 지자체장들끼리 친해질 수는 있을 것이다."

• 이 글을 한국고대사학회 홈페이지에 쓴 이유는 무엇인가.

"최근 가야사 문제를 비롯해서 임원들이 공개적으로 의견을 밝히자는 말이 많은데 그럴 시점이 아니라고 생각했다. 그래서 회장인 내 개인적인 생각을 일단 띄운 뒤 의견을 수렴하고 여론을 환기하기 위해서였다. 아직 공식 입장은 아니다. 많은 회원은 가야사 문제엔 '우려스럽다'는 생각을 갖고 있고(문체부 장관 후보자인)도종환 의원에 대해서는 격앙스러운 반응을 보이고 있다."

• 문체부 장관 후보자인 도종환 의원의 역사관에 대해서도 문제를 삼았다(하 교수는 홈페이지에 올린 글에서 '상고사 정립'을 내세운 재야사학자들을 옹호하는 것에 대해 우려스럽다고 썼다)

"문제는 이런 생각을 가진 사람이 문체부장관이 되면 엉뚱한 쪽으로 예산을 돌릴 수 있는 여지가 교육부장관보다 훨씬 많다는데 있다. 문체부에서 예산을 대는 문화 강좌와 지역 축제가 생각보다 많다. 도 후보자는 유명 재야 사학자를 스승처럼 여기고 있다는 말도 들었다. 유사역사학에 경도된 사람들의 문제는 한 번 그렇게 사고하면 사이비 종교에 빠진 듯 대화나 토론이 안 된다는 것이다. 우리는 도 후보자에 대해선 일단 지켜보는 중이다.

－유석재 기자－

조선일보 2017년 6월 7일 문화 a23면

"'700년 가야' 홀대한 건 사실......
삼국이 아닌 四國時代가 맞아"

論爭 : 가야사복원
② 김태식 홍익대 교수

"가야사를 재조명하면 복원 사업 못지않게 연구와 발굴에 비중을 두어야 합니다. 김해의 금관가야뿐 아니라 고령의 대가야 등 가야연맹의 다른 지역도 관심을 가져야 하고요"

국내의 가야사 연구를 대표하는 김태식(61)홍익대 교수는 문재인 대통령의 '가야사 연구·복원지시'에 조심스러운 기대를 나타내며 몇 가지를 주문했다. 김교수는 대학원생 때부터 미개척지였던 가야사연구에 뛰어 들어 '김 가야'라는 별명을 얻었고 '미완의 문명 700년 가야사 (전 3권) 등 50여 편의 저서와 논문으로 가야사 연구를 선도해 왔다. 경상도에 있었다고 생각되던 가야의 영역이 전라도 동부까지 이르렀다는 사실을 밝혀낸 것도 그였다.

●'가야사 연구와 복원을 국정 과제에 포함시키라'는 문 대통령이 지시를 어떻게 생각합니까?

"대통령이 특정 역사주제에 대해 지시하는 것은 원론적으로는 바람직하지 않지요 하지만 우리 고대사가 고구려·백제·신라 등 삼국사三國史 중심으로 연구되다보니 다른 역사들에 대한 연구가 안됐고 특히 가야사가 신라에 가려서 제대로 조명되지 않았다는 대통령의 문제의식에 공감합니다. 그동안 가야사가 우리 역사에서 역사적 실상에 걸맞은 대우를 받지 못해 온 것이 사실이에요."

●어떤 점에서 그렇다는 것인지요.

"고조선 다음 시기의 우리역사를 삼국시대라고 하지만 562년 대가야가 멸망할 때까지 가야도 지속 기간이나 영역에서 백제·신라에 못지않은 위세를 보였습니다. 5세기 말~6세기 초 대가야는 중앙집권이 추진돼 초기 고대국가 단계에 들어섰고요 이런 점에서 가야를 별개의 주요 국가로 인정해서 '사국四國 시대'로 부르는 것이 맞는다고 봅니다. 그런데 가야는 초기부터 신라 일부였다는 신라의 일방적 주장이 통용돼 왔어요. 그 결과 가야는 역사 교육에서도 비중이 너무 적고 왕경王京정비 사업에서도 배제되는 등 홀대받았어요."

● 가야에 대해서는 이롭학자들도 많은 연구를 내놓았지요.

"'일본서기' 등을 토대로 한 일본인 학자들의 '임나일본부설'은 1880년대부터 시작됐어요. 우리가 연구를 못하는 틈을 타서 가야지역이 자기 땅이라고 주장한 거지요. 이제는 일본 학계도 그렇게 주장하지 않지만 구미歐美의 개설서나 백과사전에는 아직도 그런 내용이 상당히 반영돼 있습니다. 일본 학자들과 경쟁하고 세계학계에 우리 주장을 알리기 위해서도 20여 명 정도에 불과한 우리가야사 연구자의 인력과 역량을 대폭 강화해야 합니다."

● 가야사 재조명은 2000~2004년 1290억 원이 투입돼 한 차례 이루어졌지요.

"그때도 대부분의 예산은 복원 사업에 사용됐어요. 논문집 몇 권 나왔을 뿐 제대로 된 연구 기반 조성이나 발굴은 거의 이뤄지지 못했습니다. 이번에는 부디 지역 개발 사업에만 치중해서 나중에 '가야사를 이용했다'는 말이 나오지 않기를 바랍니다."

● 노무현 전 대통령과 문 대통령의 지역 기반인 김해 지역에서 가야사 복원에 대한 관심이 높은데요.

"전라도 동부 지역이 가야 영역에 들어간 것은 고령에 중심을 두었던 대가야가 이끄는 '후기 가야' 시기였습니다. 영호남의 지역 통합을 내세운다면 대가야에 상당한 비중을 두어야 합니다. 그런데 고령은 인구도 적고. 제대로 대변해 주는 정치인도 없어요. 이왕 가야사 재조명을 추진하면 정치 논리에 빠지지 말고 학문적 관점에 충실하길 바랍니다."

조선일보 2017년 6월 8일 a21 문화면
"대통령의 가야사 연구 지시'학문 생태계 어지럽혀"

論爭 : 가야사 복원
③박종기 국민대 명예교수

"대통령이 가야사史를 연구·복원하라는 지시를 내린 것은 '소외학문'으로 볼 수 있는 역사학에 관심을 가졌다는 점에선 긍정적인 면이 있습니다. 하지만 지금 가장 시급한 것이 과연 가야사뿐일까요."고려 연구의 대표적 학자 중 한 사람인 박종기(66) 국민대 명예교수는 지난 6일 저녁인터뷰에서 "가야사 연구 지시가 전임 정부의 국정교과서 파동과 마찬가지로 권력의 학문 개입이라는 하일식 한국고대 사학회장의 우려(본지 6일자 a17면)에 공감한다."며 "정부가 역사학에 대해 지원할 방법은 따로 있다."고 말했다.

⋯⋯.

"권력이 우선순위 결정하는 건 잘못 가야사뿐 아니라 타 분야도 챙겨야

건국 1100년 맞은 고구려사 연구도 무척 소외되고 시급한 분야⋯⋯. 중요하지 않은 시대·지역 없어"

박 교수는 "대통령이 특정 분야 연구를 국정 과제로 지시하면 관료들은 동원 가능한 대부분의 자원資源을 이 분야에 투입 할 수밖에 없다. 대통령이 역사 연구의 우선순위를 정한다는 것 자체가 연구자들을 무시한 비非 전문적 발상"이라고 지적 했다. '500년 고

려사' '고려사 재발견'등 저서를 낸 박 교수는 비판적 한국사 연구
단체인 한국역사연구회장. 한국중세사학회장과 국민대 부총장을
지냈다.

• 대통령의 가야사 관련 지시에 어떤 문제가 있나.

"기초 학문인 역사학을 식물에 비유하자면 대통령의 가야사 복
원·연구지시는 물주는 것을 넘어서는 일이다. 빨리 자라게 하기
위해 뿌리를 들어 올리거나 가지를 틀어버리는 격이다. 국가가 이
렇게 개입해서 좋지 않은 결과를 낳은 경우가 많다. 역사학은 관광
이나 토목공사 등 다른 사업과는 분리시켜야 한다. 신중하지 못한
복원은 오히려 파괴나 왜곡이 될 수 있다는 점을 알아야 한다."

• 지자체에서 원하는 '역사 진흥'방향이 위험하다는 것인가.

"이미 여러 지자체에서 고증이 제대로 되지 않은 복원 사업을
했는데 그건 지시 행정에 지나지 않는다. 김대중 정부 시절에 가야
사 복원 사업에 1290억 원을 투입했지만 과연 그만큼 연구가 진흥
됐는가? 대통령은 이런 내 얘기를 충분히 알아들을 분이라는 걸
알고 있다."

• 한국사 중 가야사가 소외된 분야라는 건 사실 아닌가.

"한국사에서 소외되지 않은 분야가 어디 있나. 각 대학에서 교양
과정으로 축소되면서 전공자 수가 줄어들고 있다. 그중 정말 시급
하면서도 위험한 분야는 고려사다. 500년이나 지속된 고려는 우리
역사상 첫 실질적인 통일왕조이고 고대사와 근세사를 잇는 한국사

의 '허리'에 해당한다. 내년이 고려 건국 1,100주년인데 지역과 민족. 동서를 통합한 고려의 포용력과 개방성을 재조명해야 한다. 고구려와 백제 옛 땅 사람들의 유민遺民의식이 고려에 와서 비로소 사라졌다. 그런데도 전공자가 고작60~70명에 불과하고 유일한 고려사 연구 재단이었던 강화고려역사재단도 올 들어 문을 닫았다."

● 고려사를 지원해도 '국가의 역사 연구개입'은 마찬가지다.

"중요하지 않은 시대나 지역은 없다. 무조건 돈을 쓸 게 아니라 제대로 양성을 해야 하고 금세 눈에 띄는 성과가 아니라 역사 연구의 인프라가 되는 일에 투자해야 한다는 말이다. 신진 연구자를 육성하고 고전 번역을 활성화하는 일은 수십 년이 걸리는 일이지만 토목공사에 비해서 돈이 많이 들지도 않는다. 앞으로 주변국과 생길 수 있는 역사 문제에 대응하는 전문가를 키우는 일도 중요하다. '재임 중에 씨앗을 뿌렸다'는 데 무게를 두지 않고 5년 안에 뭔가 성과를 내려 집착한다면 반드시 부작용이 생긴다."

– 유석재 기자 –

조선일보 2017년 6월 9일 문화면
"중심 연구센터 만들어 체계적으로 가야사史 복원해야"

論爭 : 가야사 복원
(4·끝) 이영식 인제대 교수
"문헌 기록 부족한 가야사 유물·유적 등 고고학 자료
발굴·활용할 연구진 키워야"

"가야사 재조명이 토목 공사로 끝나지 않고 연구·발굴·복원을 체계적으로 하기 위해선 연구센터나 재단 등 중심체가 있어야 한다. 또 어느 한곳에 집중하지 말고 가야 문화권의 전 지역을 균형 있게 다루어야 한다."

가야의 전기 중심지였던 경상남도 김해에서 가야연구와 재조명을 이끌어온 이영식(62)인제대 교수는 문재인 대통령의 '가야사 연구·복원 지시'를 반기면서도 학계의 비판과 우려를 인식한 듯 방향을 제시했다. 이 교수는 일본 와세다대에서 '임나일본부와 가야제국'이란 논문으로 박사 학위를 받았고 1993년부터 인제대에 재직하며 가야문화연구소장. 박물관장을 맡아 가야 관련 학술사업을 주관해 왔다. '이야기로 떠나는 가야사의 여행' '시민을 위한가야사'(공저) 등 대중적인 저술로 가야사를 알리는데 힘써왔다.

• 대통령의 가야사 재조명 언급에 대해 학계에서는 '역사의 특정 시기나 주제에 대해 대통령이 지시하는 것은 적절치 않다'는 비판이 제기되고 있다.

"대통령의 언급은 구체적인 내용의 지시기라보다 가야사 연구와 전파의 미흡한 실상을 선언적으로 지적했다고 생각한다. 가야는 600년이 넘는 역사를 상재했지만 중학교 교과서엔 1장 반. 고교 교과서엔 5줄만 나온다. 삼국사기와 삼국유사 이래로 '삼국시대'란 용어가 고착되는 바람에 가장 큰 피해를 본 것이 가야사였다. 신체호 선생은 '삼국시대'가 아니라 '열국쟁웅列國 爭雄↔다투는 때 시대'로 불러야 한다고 했다."

• 지난 2000~2004년 가야사 복원 사업이 진행돼 1290억이라는 적지 않은 예산이 투입됐다. 하지만 대부분 공사비에 사용됐고 연구·발굴 등 장기적 토대를 놓는데 실패했다는 지적이 많다.

"역사 재조명이 지속적인 효과를 내기 위해선 전문 연구자들이 중심이 되는 중심체가 필요하다. 지난번엔 교육부 산하에 '가야사 복원 정책위원회'란 임시 기구를 두었지만 성과를 국민에게 알리고 교육에 반영하지는 못했다. 이번엔 그런 실패를 반복하지 않기 위해선 전문가들이 방향타를 잡는 상설 조직이 만들어져 가야사 조명의 큰 틀을 세우고 그 안에서 필요한 사업들을 착실하게 진행해야 한다."

• 그동안 가야사 재조명이 김해 중심으로 이뤄졌고 이번에도 그렇게 되는 거 아니냐는 우려가 나온다. 김해가 문 대통령과 노무현 전 대통령의 정치적 기반이라는 점에서 또 하나의 정권 프로젝트로 보는 시각도 있는데.

"벌써 관련 시·군들이 예산 쟁탈전에 뛰어들었다는 이야기가 들린다. 김해금관가야뿐 아니라 고령대가야 함안아라가야을 비롯한 가야문화권의 전 지역을 균형 있게 다뤄야 한다."

• 가야사 재조명에 있어 지금 가장 필요한 것은 무엇인가.

"가야사는 문헌 기록이 절대적으로 부족하다. 일본 서기 등 외국 기록을 비판적으로 활용하는 방법도 진전됐지만 고고학적 발굴과 활용이 매우 중요하다. 그런데 가야 관련 유물은 양도 적고 이해 수준도 미흡하다. 고고학 자료를 보다 많이 확보하고 이를 정리하는 연구 인력을 키우는 노력이 시급하다."

－ 이선민 선임기자 －

인제대학교 이영식 교수의 주장

가락문화제가 끝나는 날 제8회 가야문학 학술회 주제 발표에서 인제대학 이 영식 교수는 가락국의 허왕후는 인도 출신이 아니며 황해도 아니면 평안도 지역 한사군의 이주민이라고 주장하였다. 경남 김해시 주최 중앙일보 후원으로 4월 30일 김해 박물관 내에서 열린 학술회 발표장에서 이 교수는 "금관가야와 대가야의 건국신화 비교"라는 주제발표를 통해 이같이 주장하였다. 이 교수는 "삼국유사 가락국기에서는 허왕후가 인도 아유 타국에서 온 것으로 전 하지만……. 지금까지 김해지역 유물 및 유적에서 인도유물이 발굴된 적이 없고 이를 보안할만한 문헌 자료도 없다."라고 했다. 그래서 허황옥이 김해에 온 적이 없다는 것이다. 나는 "그 후손들이 전란을 피해 피난 온 곳이 김해지역이고 젊은이들 일부는 경북 고령으로 이동하였으며 대가야大加耶 다른 무리는 일본으로 건너가 선주민을 통치하고 김해지역에 두고 온 어머니와 아버지를 못 잊어 김해지역을 임나任那↔어머님이 계신 곳 가야 또는 구야국俱耶國=아버지가 만든 나라이라고 불렀는데 역사왜곡을 잘하는 일본이 임나 일본부출장소 또는 개의 나라 구야국狗野國↔개의 나라이라고 불렀다고 설명하였다. 오래 구舊 가출 구俱 자를 개 구狗 자와 들 야野 자를 써서 일본은 김해 땅을 구야국개의 나라으로 부른 것이다"라는 나의 주장에 이 교수는 반론을 제기하지 않았으며 "꼭 누구의 주장이 옳다고는 말 할 수 없다"고 하였다. 이 교수는 "가락국기에서는 허왕후가 한漢의 호화로운 한사잡물漢肆雜物을 싣고 왔다고 기록돼 있으며 이는 김해 회현리 패총 양동리 대성동 고분군에서 출토된 한나라 양식의 중국식 거울韓式鏡과 세 발 달린 청동 솥. 통용된 화폐貨幣 등을 통해 확인할 수 있다."고 주장했다. 따라서 이 교수는 "허왕후가 갖고 온 문물은 낙랑 등 한사군이 위치한 서북한西北韓 지역인 평안도나 황해도 지역의 선진문물로 보이며 허왕후는 이 지역의 지배계급 출신으로 추정된다."고 말했다. 이 교수는 "가락 국기 편찬 연도인 1076년고려 문종은 불교가 가장 성행했던 시기였 던 점을 감안하면 불교발생지인 인도와 허왕후를 연결해 가락국을 불교의 이상향으로 윤색한 것으로 보인다."고 말하였다.

조선일보 2017년 11월 27일 a23 문화면
"설화가 역사 되는 '가야사 만들기'곤란"

문화재청 가야사 복원 학술회의
"무자격자 마구잡이 발굴은 안 돼"
'가야 포함 四國시대' 주장엔 찬반

"가야사 복원이 백제문화권 정비의 전철을 밟아 무자격자들의 마구잡이식 발굴로 흘러서는 안 된다. 정부가 중심이 돼 학술발굴 로 유도해야 하며 발굴보고서도 제대로 안 내는 민간 기관의 참여 는 막아야 한다."

– 최성락 목포대 교수 –

"가야문화권의 지방자치단체들이 벌써부터 예산 쟁탈전에 뛰어

들었고 '가야사 만들기'가 시작되고 있다. '허황후 인도 공주론(論)'
'가야 불교초전론佛敎初傳論'등 그동안 역사학계에서 인정받지 못
하던 설화들이 역사로 탈바꿈하고 있다."(이영식 인제대 교수)

24일 문화재청과 국립문화제연구소가 주최하는 '가야문화권 조
사연구 현황과제'학술회의가 서울 광화문 국립고궁박물관 강당에
서 열렸다. 문재인 대통령의 주문에 따라 '가야문화권 조사·연구
와 정비'가 국정과제에 포함되면서 열린 이날 학술회의에는 가야
사 관련역사곡학자들이 대거 참여하여 난상토론을 벌였다. 학자들
이 가장 많이 우려한 것은 부실 발굴로 인한 가야유적 파괴였다.
조영제 경상대 교수는 "문헌이 거의 없는 가야사 복원은 고고 자료
에 크게 의존한 수밖에 없는데 지금까지 가야 유적 조사는 대부분
토목·건설 공사에 수반된 긴급 구제 발굴이었고 몇몇 학술 발굴마
저 '보물찾기 식'조사로 제대로 된 발굴성과를 내지 못했다."고 지
적했다. 조교수는"특히 발굴 법인 난립으로 인한 저가 입찰. 부실
발굴은 뜻있는 사람들이 잠을 이루지 못할 정도"라며 "공공 기관
이 발굴을 관리하는 '발굴 공영제'를 적극 도입해야 한다."고 주장
했다. 이성주 경북대 교수는 "파괴를 전제로 한 구제 발굴을 줄이
고 보존을 위한 학술 발굴을 늘려야 한다."며 "가야사 복원·개발과
보존·정비에 각각 어느 정도 비중을 둘 것인가도 고민해야한다."
고 말했다. 남재우 창원대 교수는 "가야 유적 발굴·연구의 장기적
활성화를 위해서는 연구 인력 양성과 전문 역구 기관의 역할 증대
가 필요하다."고 주장했다. 역사학계의 가야사 연구를 대표하는
이영식 교수와 김태식 홍익대 교수는 한국 고대사에서 가야사의
위상을 놓고 이견을 보였다. 김 교수는 "종래 삼국시대로 부르던

것을 현행 고등학교 한국사 교과서에서 '삼국 및 가야의 발전'으로 표현해 일부 진전이 있었는데 이를 '사국四國시대'로 바꿔야 한다.' 고 주장했다. 이에 대해 이 교수는 "사국시대로 하면 부여 등 중요한 나라가 빠지기 때문에 '열국列國시대'가 더 적합한 표현"이라고 주장했다. 최근 관심이 고조되고 있는 호남 동부의 가야 유적에 대해서는 전북 동부의 가야유적에 대해서는 전북 동부의 가야유적 발굴을 주도한 곽장근 군산대 교수와 전남 동부의 가야유적 발굴에 오래 참여한 이동희 인제대 교수가 논쟁을 벌였다. 곽 교수가 남원·장수 등지의 제철·봉수 유적을 독자적인 가야 계 소국小國으로 해석하는데 대해 이 교수는 이 유적들이 대가야·후백제 등과 관련됐을 가능성을 제기했다. "섬진강 중하류 전남 동부 지역에 가야계 정치 체의 존재를 보여주는 고분·고총이 없다."는 곽 교수의 주장에 대해서는 이 교수가 "최근 순천 운평리 등에서 가야계 고분이 확인됐다."고 반론을 했다. 정인태 국립가야문화재연구소 학예연구사는 가야 유적은 이제까지 경남·북. 부산. 전남·북에 2487건이 발굴 조사됐으며 79건이 국가 및 시·도 문화재로 지정됐다고 밝혔다.

– 이선민 선임기자 –

앞서 신문기사와 같이 문재인 정부 출범당시 가야국이란 지원발표로 인하여 엄청난 국고가 소비를 했다. 100대 공약에 가야사가 포함이 된 것이다.

그렇다면 우리나라 남부지방에 가야란 나라가 몇 개인가?

독자들도 알 수가 없을 것이다! 영호남을 비롯하여 충청지역까지 몇 날을 굶주린 하이에나처럼 지원금을 받으려고 달려든 것이다! 경남지역만 해도 6가6개 나라야 있었다니…….

동아일보 2020년 5월 27일 a16면
경상남도, 가야사 복원해 영호남 상생을 이끈다.

국회 본회의서 특별법 통과
가야문화권 조사연구 등 탄력 예상

5년 단위로 정비 기본계획 수립
관광자원화 등 1조원 대 투입 계획

"가야역사문화권정체성 확립과 도민 자긍심 고취. 영호남 상생과 공동 발전의 원동력이 될 것이다"김경수 경남도지사는 최근 국회 본회의에서 '역사문화정비 등에 관한 특별법이' 통과 된 것을 반기며 26일 이렇게 의미를 부여했다. 가야사 복원이 한층 속도를 낼 것이라는 기대를 담은 것이다. 2018년 지방선거에서 '가야문화권 특별법 제정'을 공약했던 김 지사는 경남도청 정문에 특별법 통과를 축하하는 선전탑도 세웠다. 가야문화권 조사 연구와 정비는 문재인 정부 100대 국정과제이기도 하다. 이 특별법은 고대 역사문화권과 문화권별 유산을 연구·조사하고 발굴 복원을 통해 역사적 가치를 세롭게 조명하는데 목적이 있다. 문화유산을 정비하고 국내외 홍보를 펼쳐 지역발전을 이끌자는 취지도 포함됐다. 문화역사권은 가야를 포함해 고구려·백제·신라·마한·탐라 등 6개다. 문헌 기록과 유적·유물 발굴을 통해 확인 된 지역들이다. 가야

유적은 경남·북과 전남·북 부산 등지에 골고루 있다. 전체 2595건 가운데 67%인 1669건이 경남에 있다. 김해를 비롯한 창원 진주 양산 함양 창녕 등지다.

가야(伽倻)

기원 전후부터 562년까지 낙동강 하류 지역에 있던 여러 국가. 김해금관가야. 고령대가야. 함안아라가야. 고성 소가야 등이 있다.

경남의 가야유적 가운데 85건은 발굴이 진행됐다. 나머지 1584건은 아직 발굴하지 않은 비 지정유적이다. 류명현 경남도 문화체육관광국장은 "가야사는 신라사나 백제사에 비해 인력과 예산이 부족해 연구와 발굴이 더뎠다. 앞으로 적극적인 가야사 복원을 통해 고대사의 새로운 지평을 열고 영호남 교류와 협력도 전개할 수 있게 됐다"특별법이 시행 되면 문화재청장은 5년 단위로 역사문화권 연구재단 설립과 전문 인력 양성도 함께 추진할 수 있다.

특별회계 설치도 가능하다. 문화재청은 내달 공포에 맞춰 특별법의 대체적인 운용 방향을 밝힐 것으로 알려졌다. 경남도는 국토연구원에 용역을 의뢰한 '초광역협력 가야문화권 조성 사업'기본계획 수립결과가 다음 달 나오면 이를 토대로 정부 사업에 포함시키기 위한 예비타당성 조사 등을 진행할 계획이다. 또 가야문화를 활용한 관광자원화 사업은 6대 전략. 20개 과제에 1조2,000여억 원 규모로 추진한다. 이경선 경상남도 가야문화유산과 주무관은 "역사문화권 특별법은 기존点 단위이던 문화유산 방식에다 '역사문화권'개념을 도입해 선線과 면面 형태로 입체적 전환을 한 것이다. 역사 가치 조명은 물론이고 체계를 갖춘 정비와 육성이 가능해졌다"경남도의회 복원사업추진 특별위원회위원장 김진기는 특별법 제정을 촉구하는 건의안을 정부와 국회에 내는 등 적극적인 활동을 펼쳤다. 김 위원장은 "가야사연구를 통해 역사적 실체를 밝힌다면 신라·백제·고구려의 '삼국시대가'가 아니라 가야를 필두로 '사국시대'의 서막이 열릴 수도 있을 것"이라고 말했다.

- 강정훈 기자 -

경남도의회 가야사 연구복원사업 추진 특위 위원과 전문위원, 경남도 문화관광체육국 관계자들이 최근 '역사문화권 특별법' 제정을 환영하며 도의회 정문에서 기념사진을 찍었다. 경남도의회 제공

위와 같은 쪼다 같은 어리바리한 자가 도의원이라니! 왜 4국시대인가?

영호남을 비롯하여 충청도 지역 까지 합하면 수십 곳에 가야국이 있다.

가야국은 2,000년 전에 김해 실존을 했는가?

현존하는 우리의 유일한 고사古史인 삼국사기는 사대성이 강한
유학자 김부식金富軾의 지휘아래에 쓰여 졌고, 삼국유사는 독실한
불승인 보각국사 일연一然에 의해 쓰여 졌던 것이 그 단적인 예이다.
애국적인 민족사학자들丹齋↔신채호 등이 이구동성으로 말했듯이 삼
국유사는 불교적으로 윤색贊色↔번역이 되었고……. 삼국사기는 존
화尊化 주유적으로 윤색이 되었다. 이렇듯 우리의 민족사론은 외래
종교에 의해 한없이 천대와 삭탈 내지 박멸 당하는 그런 비극적인
운명이 적어도 외래교세의 유입 이후로 지금까지 약 1,600여 년간
을 계속되었다. 특히 상고사上古史 분야는 위패조차 없는 무주고혼格
無住孤魂이 되어 버리고 만 셈이다! 그런 와중에도 토속신앙 형태로
겨우 남아 있는 잔혼을 도리어 적반하장 격으로 외래신앙들이 밀어
닥치면서 "미신迷信"이라는 딱지를 붙여 천시하게 되었다. 하기야
"한쪽 눈을 가진 세상世上에 가면 두 눈 가진 사람이 장애인"이라는 소리
를 듣기 마련이란 말이 있다. 주인 신앙은 미신이고 밖에서 들어온
나그네 신앙은 정신적으로 주인이 되어버린 것이 오늘날 우리 주변
의 신앙관인 것이다. 불교나 기독교는 알다시피 수입신앙이다. 우
리의 사서들이 위에서 말한 바와 같은 이유로 거의 전부가 소각
당했거나 탈취되었거나 아니면 약간의 잔존물殘存物이 있었던 것
마저 후환미신↔迷信 혹은 사문난적斯文亂敵이 두려워서 아주 깊숙이
은장: 隱長·될 도리밖에 없었던 것이 과거의 역사적 현실이다.
그러나 우리 민족과 더불어 고대로부터 원시경전이 오늘에까지
보전되었으니……. 거기에 담겨진 사상을 추출하고 그 가치를 규명
하는 데에 의미가 있다. 고대 사서로 삼국사기·삼국유사·제왕운

기·등 몇몇 사료뿐이어서 중국의 사서에서 찾을 수밖에 없는 현실이다. 한서漢書·위서魏書·후한서後漢書·진서晉書·송서宋書·남제서南齊書·양서梁書·주서周書·수서隨書·당서唐書와 인류 최고의 경전인 산해경山海經 등에서 찾아보면 우리의 상고대사의 실체를 정확이 알 수가 있다. 사서는 신화이거나 전설이 아닌 반면에 모든 고전은 일단 설화나 신화로 규정되며 문인들의 번역은 그 설화에 덧씌워진 이데올로기적ideology 권위와 우상을 제거하는 것이다. 공자도 예수도 석가도 우리의 고대 건국신화에 나오는 국조國祖인 조상도 예외가 될 수 없다. 신화화 되어버린 역사적 인물들의 실상에 대한 통찰이 그 인물을 깎아 내리기 위한 것은 절대로 아니다. 문인들이 쓴 글자 하나하나는 책임 있는 것이 되어야 하기 때문이다. 특히 역사를 기록하는 사람이나 역사를 번역하여 편찬하는 사람은 후대에 길이 빛날 수 있는 문헌이 될 수 있도록 노력해야 할 것이다. 나는 자랑스러운 한국의 한 시대를 살았던 문인이었다고 당당히 말할 수 있는 좋은 작품을 남겨야 하기 때문이다. 러시아의 혁명 때 볼세비키에 동조했다가 불란서로 망명해서 쓴 니콜라이 베르쟈예프의 현대에 있어서의 인간의 운명이란 책에 "지금까지는 역사가 인간을 심판 했지만! 이제부터는 인간이 역사를 심판해야한다"라는 내용이 있다. 그의 말이 옳다고 본다. 역사란 이름 때문에 개인이 얼마나 짓밟혔나를 보면 안다. 역사. 이러면 "악"소리도 못하고 참아야 했다. 역사에 저항하면 죄인이 되거나 목숨도 잃었다. 이때의 인간은 개인으로서의 인간이었다. 역歷↔지낼 역은 글자그대로 지나가는 것이다. 지나가는 것은 과거의 일이다. 사史는 기록이다. 기록하는 것은 사람인 것이다. 역사는 사실로 있었던 것을 기록하는 것이다. 사람이

기록한다는 것은 주관적이다. 기록하는 사람의 관점에 따라서 사실이 달라지기도 한다. 그러니까 역사는 모순의 개념이다. 그러니 쉽게 말하자면 역사는 없다! 학교교과서에나 있다는 것이다. 어떤 사실의 단편들이 기록으로 남아 있는 것이다. 지금 우리가 역사라고 하는 것은 강자의 역사이다. 정권이 바뀔 때마다 교과서는 바뀐다. 역사는 없고 강자와 힘센 사람의 기록한 사실만 남을 뿐이다. 삼국사기 열전 편列傳編에 보면……. 김유신金庾信은 고려 제 27대 충숙왕 때 보다 681년이나 앞선 년대 사람이다. 김유신은 지금의 중국 옛 서경西京인 서안西安에서 자랐으며……. 그러기에 왕경인야王京人也라고 했다. 김유신의 12대 조상은 수로왕首露王이라고 되어 있다. 기원 후 25년경 귀봉龜峰↔구지봉에 올라 가락駕洛의 구촌九村을 바라보고…….

『삼국사기 김부식과 삼국유사 김일연이 이와 같은 글을 읽고 김해 구지봉에서 구간들이 하늘에서 줄에 매달린 금합이 내려와 그 금합 속에 황금 알이 6개가 있었는데 그 알에서 구척장신인 김수로가 부화되었고 나머지 알도 부화되어 6가야의 왕이 되었다고 엉터리 기록을 하였던 것이다!』

그곳에 이르러 가야加耶란 이름으로 나라를 세웠다. 후에 금관국金官國이라고 고치고 9대 구해왕仇亥王은 구차후仇次休라고 고쳤고 김유신에겐 증조할아버지이다. 여기서 가락의 구촌이 있는 귀봉은 지금의 중국 강서성江西省 구강시九江市에 있는 곳이 옛 금관국이며……. 그 남쪽으로 산이 있는 곳이 바로 지금의 중국 노산盧山이다. 그러니까 가야국은 한국 땅에 없었고 중국에서 성립 되어 멸망했으며 그 후손들이 멸문滅門 면하기 위해 육로를 거쳤거나 중국

산동 반도를 거쳐 배를 타고 우리나라에 유입 된 것으로 역사서에 서는 말하고 있다.

　김유신은 가야국의 먼 후손이다. 삼국사기 권41 열전 제1편을 살펴보기로 한다. 김유신 왕경인야王京人也라고 되어 있다. 김유신은 왕이 살던 서울 사람이란 뜻이다. 그럼 김유신이 살았다는 서울은 어딘지를 찾아보면. 김유신은 신라 28대 진덕왕眞德王 때 사람이다. 진덕왕은 진평왕 어머니의 동생이다. 진덕왕은 봉작을 받은 낙랑군 왕이다. 낙랑군 왕이라면 낙랑군이다. 중국고금지명대사전 1.168페이지에? 옛날 조선朝鮮이 평양平壤이라 했다. 이곳은 고구려가 도읍했던 곳이다. 낙랑군은 한漢 나라와 고구려가 도읍했던 서경西京 즉? 서안西安이다. 서안은 진秦나라 한漢나라 고구려 등이 도읍한 왕의 도읍지이다. 김유신은 김수로왕의 12세손이다. 그럼 김수로왕으로부터 11대로 내려온 후손인지 아니면 12대인지는 확실하지 않으나 김수로왕의 후손이다. 삼국사기와 삼국유사 그리고 김수로왕의 비문에는 황제黃帝 아들 소호금천 씨가 시조로 되어 있다. 김수로왕의 실제 시조는 아들 창의昌意의 소생인 고양 씨의 아들 곤이다. 곤鯀↔鯤은 하우夏禹↔하나라 우임금의 아버지가 된다. 부지하허인야不知何許人耶 라고. 허락한 사람인지도 모른다고 했다. 후한後漢 건무建武 18년 임 인년壬寅 즉? 기원후 43년에 김수로왕이 나라를 세운 것이다. 이때 구봉龜峯에 올라 아홉촌9개의 마을 가락을 바라보면서 그 땅에서 나라를 개국하게 되었는데? 나라 이름은 가야加耶로 했다. 후일 나라 이름을 고쳐 금관국金官國이라 했다는 기록이다. 그 자손들이 끊이지 않고 이어오면서 아홉 명의 왕으로 계승되었다. 9세손인 구해는 혹은 구차휴라고도 했는데 김유신의 증조부다. 신라 사람들은 자기 스스로 황제 아들인 소호금천 씨의 후손이라고들 했다. 그러므로 김 씨의 성을 써왔다. 김유신 비문에 의하면 헌원軒轅 : 黃帝↔칭호의 아들 소호少昊의 자손들이라 했다. 남쪽 가야의 시조인 수로왕도 신라와 같은 성 씨다. 앞서 말한 구지봉이라는 구봉은 중국고금지명대사전 1,274페이지에 절강성浙江省 구현衢縣으로 되어있다. 특히 본문에서 남쪽 가야라 했으니 김수로왕은 절강성 구봉龜峯 산에서 가야국을 개국하기로 결정된 것이다. 김유신의 조상은 신라 新羅의 장군이었다. 신라 땅이 된 신주新州의 도행군총관道行軍摠 管이며 백제의 왕과 군사를 사로잡고 장수 4명도 함께 포로로 잡았던 장군이다. 특히 백제의 군사 1천여 명을 참수시켰던 명장이었다. 김유신의 아버지는 서현舒玄이다. 서현은 가락국 10대 왕인 구해왕의 손자이다. 구해왕의 아들이 무력이고……. 무력의 아들이 김유신의 아버지이다. 가락국은 10세인 즉? 열 번째 왕인 구해왕이 망할 때까지 횟수로 491년이다. 그렇게 따져본다면 김유신은 김수로왕으로부터 13대 손자係 이다. 김유신의 12대 조부가 김수로왕이다. 가락국 10대 왕인 구해왕의 아들 무력은 구해왕이 신라에게 항복한 후 신라의 땅 신주의 군사 총책임자였다. 김유신의 할아버지는 가락국이 망하자 신라의 신주에서 군사의 책임자가 되었던 것이다. 그럼 김유신의 할아버지가 있었다는 신주가 어디인지를 찾아보니……. 신주는 중국고금지명대사전 1,008페이지 기록이다. 남조南朝 때 양나라가 현을 두었던 곳이다. 당나라가 복귀시키고 이름을 고쳐 신흥군이라 했다. 그 후 원나라는 옛 이름대로 신주라 했다. 대륙 광동성 신흥현에서 다스렸다. 양나라 말기에는 호북성 경산현 이었으나 폐지시키고 사천성 삼태현에서 다스렸다. 그 후 수나라가 폐지시킨 후 사천성 삼태현을 두었으나 당나라 말 때 송나라가 다시 폐지시킨 후 직예성지금의→河北省 탁록현에 두었다는 기록이다. 신주가 있었던 것은 남조南朝 때 양나라라 했으니 호북성 경산현이었을 것이다. 그러나 삼국사기 열전 김유신 편을 보면 김유신의 아버지 서현은 만노군萬弩郡 태수太守로 있었다. 이때는 김유신이 태어나기 전이다. 김서현의 아버지는 가야국 마지막 왕이었던 구해왕의 아들인 무력이다. 그때 신주의 군사 총책임자로 있었다면……. 아들 서현은 함께 같은 지역에 있어야만 이치에 맞는다. 무력이 죽은 후 서현이 성장하여 청년 시절을 만노군의 태수로 있었다면 결혼하기 전이므로 큰 벼슬을 하고 있었던 것이다. 무력이 호북성 경산현인 신주에서 군사 총책임자로 있을 때……. 김유신의 아버지 서현은 총각으로 만노 군이었던 진주鎭州에서 태수자리에 있었다는 것이다. 서현이 진주에서 하북성 정정현 태수로 있었다면. 아버지 무력도 역시 호북성이 아닌 하북성에 있었다. 그러므로 김유신의 아버지 서현이 정정현 태수로 봉직을 하고 있을 당시라면 그때는 장가도 가지 않은 총각이었으니 아버지 무력과는 멀리 떨어져 있지 않은 하북성 탁록현일다! 무력이 있었던 신주는 하북성 탁록현일다. 이렇든 저렇든 아무튼 간에 대륙에 있었음이 분명 하다. 뒤에 중국 지명사전에 나와 있는 지역을 보면 알 수 있다. 신주가 대륙 남쪽인 광동성에 있었던 호북성이든 그리고 하북성이든 간에 신라가 두었던 신주는 한반도가 아니다. 다만 삼국사기 열전 김유신 편에서……. 김유신은 가야국 김수로왕의 후손임은 두말할 필요가 없다. 김유신의 아버지 김서현金舒玄은 하북성河北省 정정현正定縣 이었던 진주의 태수였다고 정사正史의 기록이다.

위와 같이 김유신의 할아버지 무력은 신라 땅인 신주에서 군사 총책임자로 있으면서 백제의 대군을 섬멸한 공을 세웠다. 김유신의 아버지 김서현은 소판蘇判↔판서의 서열 벼슬을 했다. 이와 같은 공로로 대양주大梁州의 군사 총책임자로 임명되었다. 여기서 양주梁州를 찾아보면? 김유신의 아버지 서현이 양주의 군사 책임자로 임명되었으니……. 바로 역사의 실체를 밝힐 수 있기 때문이다. **중국고금지명대사전 814페이지에 양주가 있다.** 대륙 전체를 하나라 우임금 때 아홉 주九州로 나누었다. 양주는 아홉 주 중 하나이다. 섬서성과 사천성을 합한 것이다. 응교가 말한 바에 의하면 금金나라가 강성했을 때 서방西方으로도 포함된다고 하였다. 또한 한나라 때는 양산이라 했다. 양산은 사천성 양산현이다. 이때 양주와梁州 옹주雍州를 통합을 했다. 삼국이 촉한 때 양주를 설치했다. 한나라 때는 섬서성 남정현 동쪽 2리다. 진晉나라 때 특히 동진의 왕비였던 대흥 때 양양에 두었으며, 그것은 섬서성 안강현 서북이다. 한나라 건원 초에는 섬서성이라 했다. 섬서성 안강현 역시 서북이다. 그 후 오나라 태원太元 초기에 다시 진鎭나라를 두어 양양襄陽이라 했다. 동진東晉 의희義熙 초에 위나라가 부흥하자 지금의 섬서성 보성현 동남 10리였다. 남조 송나라 초기에 남성南城이라 하고 섬서성 보성현에서 다스렸다. 옛날 진晉 나라인 서진西秦 때는 감숙성 농서현 동쪽 5리였다. 그러나 진나라 말에는 사천성 소화현 동남 50리였다가 성한 때에는 사천성 면양현에서 다스렸다. 그 후 원나라 초에는 흥원부라고 했다는 것이다. 본문에서 양주는 처음부터 감숙성이었다가 후일에 와서 섬서성에 있다가 사천성으로 지명이 옮긴 것이다. 그렇다면 김유신의 아버지 서현이 있을 당시의 양주는 어디일까? 서현은 신라 25대 진지왕眞智王 때 사람이므로 연대를 보면 양나라 후기 때다. 이때의 양주는 서성이었으니 섬서성 보성현 동남 10 리에 해당된다. 당시엔 김유신의 아버지 서현은 섬서성 보성현인 양주의 도독안무란 군사 총책임자였다. 보성현은 안강현 서쪽이며 서안의 서남이다. 이곳은 사천성과 섬서성·그리고 감숙성과 가까운 접경지대다. 양주는 최초의 감숙성이었지만……. 김유신의 아버지 서현은 양주에서 도독안무란 막강한 군사 총책임자였다는 것을 지명을 보면 알 수가 있다. 그래서 김유신은 한반도 한국 땅에 있을 이유가 없는 것이다. 김유신 왕경인야金庾信王京人也라는 말뜻은 김유신은 서울이었던 서안西安 사람임을 쉽게 이해할 수 있을 것이다. 아버지 서현이 양주에서 도독안무란 막강한 군사책임자로 있었다면 김유신은 아버지 고향이자 자기의 고향에 있었을 것이라는 말은 삼척동자라도 알 수 있을 것이다! 김유신과 아버지의 고향이 대륙이라면 신라도 대륙에 있었던 것이 합당한 말이다. 신라가 한반도 한국 땅에 있었다고 한다면 대륙에서 태어난 김유신이 한국 땅에 있다가 신라로 왔을 리가 없다. 김유신은 신라의 대 공신으로 신라 29대 태종무열왕太宗武烈王과 같이 넓은 대륙을 장악했던 것이다. 역사가의 안按에 의하면 김유신의 비문에서 소판蘇判↔판서인 김소연金逍衍과 김유신의 아버지 서현과는 알지 못하는 사이라고 했지만……. 서현의 이름이 야耶 임으로 소연逍衍 이란 이름이 아닌 자字는 호가 아닌지! 두 가지가 확실하지 않다고 하였다. 김유신의 아버지 서현은 노견路見 이었던 갈문왕葛文王의 종손자다. 갈문왕의 아들이었던 숙흘종肅訖宗의 딸인 만명萬明과 서로 오고가면서 보고 마음이 통하여 중매도 없이 둘이서 살짝 눈이 맞았다. 이때 김유신의 아버지인 서현은 만노군 태수였다. 만노군은 진주였으므로 하북성 정정현이다. 정정현은 북경의 서남이다. 이곳은 산서성 접경지대이다. 서현은 그 당시 장수의 직위를 갖추고 있었다. 김유신의 어머니였던 만명 부인의 아버지 숙흘종은 딸이 외간 남자와 눈이 맞은 것을 알고 병을 앓고 있다면서 별체에 가두어 버렸다. 그리고 시종들을 시켜 지키게 했다. 그때 난데없는 뇌성벽력雷聲霹靂이 치면서 만명을 가둔 방문이 열리자 지키는 사람은 놀라서 달아나 버렸다. 이때를 놓칠세라 만명은 뚫어진 구멍을 박차고 달아나기 시작했다. 만명은 서현이 태수로 부임하고 있는 만노군으로 달려가 만났다. 서현과 만난 첫날밤이었다. 서현은 경진일庚辰日 밤 꿈에 두 별이 내려 영롱한 빛이 몸에 감돌았다. 만명의 꿈을 꾼 것도 경진 일이었다.

하늘에서 금으로 된 갑옷을 입은 동자가 구름을 타고 내려와 집안으로 들어오는 꿈이었다. 그 후 만명은 임신한 지 10개월 후 유신庾信을 낳았다. 부인이 말하기를 나 역시 경진날 밤에 꿈을 꾼 길몽으로 아들을 얻었으니 "마땅한 이름으로 생년월일에 맞추어 지어야 하지 않겠느냐?"고 했다. 그러자 서현은 "경庚 자와 유庾 자가 비슷하게 같고! 진辰의 글자는 신信 자와 소리가 가깝고 같으므로 고대로 내려오는 현인처럼 유명한 이름이 될 것이다. 그리고 수명도 좋고 유신은 이름을 떨칠 것이다"라고 했다는 기록이다. 이때가 신라 26대 진평왕眞平王인 건복建福 12년이다. 수隋 문제文帝 개황 15년 을묘년乙卯年이다. 만노군은 그 당시 진주이며 처음 "김유신을 잉태했다"고 하여 태장산胎藏山이라 했다. 이 산은 높은 산이었기에 영을 받아 잉태했다는 뜻에서 태령산胎靈山이라 한다고 주석을 달고 있다. **가야국 김수로왕 탄강이 간접 표절 같은 느낌이다.** 같은 혈족이니까! 삼국사기 권 41열전 제1편 김유신 편을 간략하게 살펴보았다. 김유신은 따지고 보면 신라의 후손이기도 하겠지만⋯⋯. 엄밀히 따지면 가야국의 후손이자 혈손이다. 김유신의 아버지 서현은 가야국 마지막 왕이었던 구해왕의 아들인 무력의 아들이다. 무력은 분명히 가야국의 혈손이며 무력의 아들인 서현 또한 가야국 사람이라고 보아야 한다. 그렇다면 김유신은 가야국의 혈통으로 비록 가야국은 망했지만⋯⋯. 가야국을 빛낸 가야국의 혈통이다. 김유신은 만노군에서 생명의 씨를 받은 대륙 사람이다. 지금의 하북성 정정현正定縣은 알고 보면 김유신의 정신적 고향이다. 어머니 만명이 처녀의 몸으로 탈출하여 혼자 만노군을 찾아가 서현과 해후한 것은 그 시대에 있어 어려운 결단이었다. 동서고금東西古今을 막론하고 사랑은 위대하다는 것을 다시 한 번 느끼게 하는 대목이다. 한편 유신의 어머니가 20개월 만에 유신을 낳았다고 했는데 그것은 정말 믿을 수 없는 일이다. 내가 고대사를 연구하면서 느끼는 것은 요즘 사람들이 상상할 수도 없는 사실이 많이 나타난다는 것이다. 그럴 때마다 나는 짧은 지식에 곤욕을 치를 때가 한두 번이 아니다. 그러나 냉정한 입장에서 학문적으로 살펴보면 충분히 그럴 만한 이유가 있었던 것이다. 가야국이 건국될 때 "알이 여섯 개 있었다."던지⋯⋯. 여자가 "큰 알을 낳았다"거나. 또 노자老子가 80년 만에 어머니 뱃속에서 태어났다는 것은 옛 사람들의 지혜가 번뜩이는 대목들이다. 8개월을 잘못기록이다! 특히 삼국유사의 곰과 호랑이 이야기 등도 마찬가지이다. 또 산해 경에서도 뱀과 꿩 등 동물이 수없이 등장하는 것을 볼 수 있다. 고대인들의 해박하고 지혜로운 지식을 동원하여 해학적으로 역사를 저술한 지혜로움이 번득이는 것을 알 수 있다. 고대사에 나오는 짐승은 진짜 짐승이 아니라 부족국가의 상징이었다. 현대사회에서도 짐승을 많이 인용하고 있는 것을 볼 수 있다. 예를 들면 88올림픽 마스코트인 호돌이는 호랑이이다. 또한 청룡부대와 사자부대 등이다. 김유신의 어머니 만명은 20개월 만에 아이를 낳았다고 했는데 그 말은? 10개월은 기도했거나! 아이를 갖기 위해 소망을 빌었던 달수까지를 계산한 것이 아닌가 생각된다! 태령산胎靈山에서 아이를 잉태했다는 것을 보면 10개월 동안 천지신명에게 빌었다고 볼 수 있을 것이다! 그리고 노자를 80년 만에 낳았다 던 가 또는 뱃속에서 80년 지난 후에 아이를 낳았다는 것은 어디까지나 거짓말인 것이다. 만약 80년 만에 아이가 나왔다고 한다면 노자의 아버지 나이가 80세 때 아들을 낳은 것으로 생각할 수도 있을 것이다! 아내가 결혼 한지 8년 만에 아이를 출산을 했다는 것을 실수로 잘 못 기록일 것이다! 앞서 성경 기록의 잘못처럼! 지금 세상에도 늦은 나이에 출산을 하고 8개월 만에 조산早産을 하기도 한다. 이상과 같이 고대사회는 모든 책 속에 해학적인 기록을 한 것으로 보아서 김유신의 어머니 만명은 김유신을 낳기 위해 특히 아들을 갖기 위해 정성어린 기도로……. 소원을 빌었다는 것을 느낄 수 있다. 한마디로 김유신은 하늘이 내린 위대한 인물임에 틀림없다. 그리고 경진일에 영롱한 빛이 몸에 감도는 꿈을 꾼 서현과 하늘에서 동자가 내려오는 꿈을 꾼 만명 부인은 정말 훌륭한 왕통의 가문이었다. 따라서 김유신은 신라의 장군이었지만 따지고 보면 가야의 왕족으로서 길이길이 가야국을 빛낸 것으로 보아야 한다. 지금의 북한의 김일성 가계가 백두산이라고 하듯!

　삼국사기 권32 잡지 1악樂 편의 가야금 조에서는 가야국 왕이 가실
왕이라고는 기록이다. 이런 것으로 보아 고대 김수로왕의 가야국이
망한 이후에도 가야국이 있었다는 것이다. 그런데 김수로왕이 건국
한 연대는 가야국 가실왕이 건국한 연대에 비해 약 500년이 앞선다.
가실왕보다 500년 앞서 김수로왕은 가야국을 건국한 것으로 되어
있다. 그렇다면 가야국 왕이란 가실왕은 500여년 후 가야국의 제후
왕이라고 보아야 한다. 가야국이 망한 연대는 신라 24대 진흥왕眞興
王 12년인 기원후 549년으로 10대 왕은 구형왕이다. 구해왕이라고
도 한다. 앞에서 이야기를 했듯이 구해왕은 진흥왕 12년. 세 아들을
데리고 항복했다는 기록이 삼국사기 권 4의 신라본기 4편에 있었
다. 그렇다면? 신라 진흥왕 때 가야국 가실왕이 있었고! 따라서
우륵이 국난國亂을 피해 진흥왕이 있던 신라 땅으로 거문고를 휴대
하고 항복해 왔다고 할 수 있다. 위와 같이 가야국이 망할 무렵
가실왕이 있었다면. 가실왕은 귀주성이 있던 곳에 가야의 제후국이
있었던 것이다. 가실왕은 악사에게 명령하여 가야금을 우륵에게
만들라고 했다. 우륵이 가야금을 만들 당시 국난이 일어나 신라로
도망간 것으로 본다면 그 당시의?

　『가야국은 귀주성과 안휘성·운남성·광서성·광동성·호남성·강
서성·복건성·절강성·강소성·호북성·섬서성의 남쪽인 하남성
남부지방 등 광범위한 지역의 영토를 보유한 것이다』

백제의 강역 안에 가야국이 있었으므로 따지고 보면 백제의 통치 하에 있었다. 그렇기 때문에 강역이 넓은 백제의 땅을 가야국이 부분적으로 통치하고 있었던 것이다. 신라 진흥왕 때라면 백제는 27대 위덕왕威德王 때이다. 백제가 멸망하기 83년 전이다. 이때는 백제의 국운이 쇠퇴해 가던 시기이다. 그러나 신라는 진흥왕 때부터 국운을 타고 서서히 일어나려는 시기이다. 당唐나라·고조高祖·이연李淵은 기원후 618년에 사천성四川省→지금의 쓰촨성에서 태어나 산서성 태원에서 군병을 일으켜 남으로 이주를 한 것이다. 낙양에서 도읍한 당나라는 신라 26대 진평왕眞平王과 연합을 하여 하남성에 있던 백제를 침략하려 한다. 이때 신라는 섬서성 서안西安인 서경西京 바로 위쪽인 북쪽 순화 현인 경주慶州에 도읍하고 있었다. 그 당시 당나라는 호시탐탐 기회를 엿보다가 신라 29대 태종무열왕太宗武烈王 때 신라와 연합작전으로 백제를 공략하였다. 이 전쟁으로 인하여 백제는 기원후 660년에 망하는 불운을 맞이하게 된다. 신라가 부흥할 수 있는 기틀을 잡은 시기가 **진흥왕 때인데……**. 백제는 이때부터 국운이 점점 약해져갔다. 이때 가야국도 백제와 운명을 같이해 왔지만. 가야국은 백제의 변방국으로 국내의 반란에 의해 망해 갔다고 볼 수 있다. 신라 진흥왕 때 가야국 왕이었던 가실왕의 국난으로 인해 우륵은 신라로 도망갔다는 기록이다. 신라로 도망가면서 가야국의 국보라 할 수 있는 가야금. 즉? 거문고를 가지고 신라 진흥왕에게 항복했다는 것은 가야국의 국운은 변방에서부터 쇠하고 있었던 것을 의미한다. 백제와 함께 가야국은 백제가 망하기 83년 전에 서둘러 항복했던 것이다. 가야국에서 도망 온 우륵을 신라 진흥왕은 신라에서 편안하게 살 수 있도록 관원들에게 지시를 하였다는 것이다. 진흥왕은 파견사를 보내 우륵을 대나마주지大奈麻注知로 모시기로 한 것이다. 대나마주지란 가야금의 학자이자 악성樂聖·악기의 성인 이므로 거문고에 대한 최고의 칭호로 대우한다는 뜻에서 붙여준 관직명이자 칭호이다. 대나마주지는 가야금에 대해서는 더 이상 아는 자가 없으므로 최고로 아는 자가 지도하고……. 가야금을 만드는 총책임자로서의 관직으로 주어진 호칭이다. 그리고 우륵과 계고階古 그리고 만덕萬德 세 사람이 12곡을 전수할 수 있도록 신라 안에서 살 수 있게 배려했다는 기록이다. 이들세 사람은 진흥왕의 특별 배려로 서로가 서로를 격려하고 먹고 마시며 놀면서 거문고에 열중했다고 한다. 이들은 비록 먹고 마시고 음탕한 짓을 하더라도 진흥왕의 특명에 의해 악성으로서 소명을다할 수 있도록 하였다. 계고와 만덕 두 사람이 말하기를 번잡하고 음탕한 곡은 불가하지만 바르게 만들어 보자고 하여 다섯 곡五曲을 만들었다. 그때 우륵이 처음에는 소문을 듣고 많은 화를 냈다고한다. 그러나 우륵은 다섯 곡을 들어보더니 감탄하여 눈물을 흘렸다는 것이다. "가락은 변하지 않는구나! 그러나 슬프면서도 슬프지않는구나! 가히 바르고 바른 악樂→가락이로다."라며 칭찬했다. 그리하여 왕의 앞에서 연주하기로 했다. 왕은 가락을 듣고 크게 기뻐하였다. 이때 신하들이 말하기를 "과연 가야국을 망하게 할 수 있는가락이로다."라고 했다. 그러나 좀 부족하지 않을 수 없다고 진흥왕은 이렇게 말하였다.

　가야왕이 스스로 자멸을 자초하게 되었지만……. "악기와 가락을 즐기는 것이 죄가 될 수 있겠나! 고대 성인들도 모두 가락을 좋아했고 인연이 있는 사람들과 정절이 있는 사람들도 다 좋아했지만.

이성을 가졌기에 국난은 당하지 아니했다. 단지 음률의 조화로움이 없었을 뿐이다."라고 했다. 그 후 국악으로 악기와 가락은 대 성업을 이루었다. 가야금은 두 음률을 통해 조화를 이루게 된다. 마치 하나의 강물이 합 강해서 두 물머리가 되어 흘러가는 듯. 자연의 조화와 같다는 뜻이다. 연약하고 예쁘고 어린 대나무순 두 개가 자라면서 조화로움을 이루듯이 하는 것을 뜻한다.

『김해 가야국 시조 김수로왕의 각시가 아버지의 꿈속에서 점지한 사랑을 찾으려고 인도에서 돌배를 타고 험난하기로 유명한 뱅갈 만을 거쳐 2만 5천 여 리 동방에 가야국을 찾아 왔다는 것이다.』

그렇다면? 허황옥은 인도인의 체질인가?

허황옥이가 인도인이 아니고? 중국인이라는 것을 증명하기위해서는 한민족 체질을 알아봐야한다. 체질이란 사람의 정신적·신체적 형질形質의 총화를 말하는 것으로……. 지금은 체질과 형질을 같은 말로 사용하고 있다. 사람은 생물학적으로 호모 사피언스 사피언스Homo sapiens sapiens는 단일 속單一屬 단일 종單一種에 속하지만 각기 다른 물리적 환경 속에서 살고 있기 때문에 인종에 따라 그 체질 특성에 어느 정도의 차이가 생기게 되었다. 즉? 계절·일광日光·수질·토양·음식 등 수천 가지 인자의 영향을 받은 것이 누적되어 체격·피부·모발·홍채虹彩 등에 차이가 생김으로써 각종 인종이 구별되는 것이다. 한민족은 몽고종에 속하는 퉁구스족의 하나로서 몽고와 만주를 거쳐 남하하여 한반도에 정착하면서 단일민족을 형성하였다. 물론 우리나라의 지리적 위치나 역사적 배경으로 보아 인근 민족이 한민족의 체질에 적지 않은 영향을 끼쳤을 것이지만!

그럼에도 불구하고 우리 민족에게서 군郡으로서 수많은 체질들이 추출되므로 단일민족이라 할 수 있는 것이다. 우리 민족도 이러한 형질적 특징을 가지고 있음은 물론이다. 그런데? 시베리아의 몽고족은 옛 시베리아족Paleo-Siberians 또는 옛 아시아족Paleo-Asiatics 옛 몽고족Paleo-Mongolians과 새 시베리아족Neo-Siberians 또는 새 몽고족Neo-Mongolians의 두 그룹으로 나뉜다. 이는 옛 시베리아 족이나 새 시베리아 족 모두 몽고족의 형질적 특성을 가지고 있지만……. 뒤에 부족 적 이동에 따라 새 지역의 환경에 따른 형질적·문화적 차이가 생겼기 때문이다. 특히 두 그룹 사이에는 언어의 차이가 두드러지게 나타난다. 오늘날 시베리아에 살고 있는 시베리아 족은 축치족Chukch i 코리약 족Koryaks 길리약족Gilyaks 캄카달족Kamchadals 유카기르족Yukagirs 등이다. 그리고 이들의 한 갈래가 베링 해를 건너 아메리카로 이동하여 아메리카 인디언의 조상이 되었고……. 다른 한 갈래는 베리아에 살고 있는 새 시베리아 족에는 터키족·몽고족·퉁구스Tungus족 사모예드족Samoyeds 위구르족Uiguri-ans 핀족Finns 등이 있다. 이 가운데 터키족·몽고족·퉁구스족의 언어에는 문법구조·음운법칙·공통조어共通祖語·등에서 서로 깊은 관련이 있으므로 이를 알타이어족Altaic Language Family이라 한다. 반면? 사모예드족·위구르족·핀족은 다른 하나의 어족을 이루어 이를 우랄어족Uralic Language Family이라 한다. 한국어는 이 가운데 알타이어족에 속한다. 알타이어족은 본래 예니세이 강江↔yenisei 상류지방과 알타이 산기슭에서 발생하였다. 이 지역은 삼림 및 초원지대로서 주민들은 일찍부터 목축을 주로 하고 농경을 부업으로 하는 생산경제 단계로 들어갔으며……. 또한 알타이 산지에서는 구리와 주석이 많아 청동기문화의 발달에 유리하였으므로 안드로노브Andronovo 문화·카라수크Karasuk 문화·타가르Tagar 문화 등 독특한 시베리아 청동기문화를 발달시켰다. 그런데 이러한 문화는 동유럽으로부터 전파된 것으로 문화의 전파에 따라 유럽 인종과 원주민인 몽고족 사이에 혼혈이 일어났던 것으로 보인다. 북방 아시아 몽고족 계통의 민족에게서 가끔 유럽 종의 형질적 요소가 발견되는 것은 바로 이러한 이유 때문이다. 제4빙하기에 시베리아 지방에서 형질적 특성이 완성된 몽고족은 제4빙하기 후기에 기온이 상승하여 빙하가 녹으면서 남쪽으로 이동하기 시작하였다. 그리하여 먼저 옛 시베리아 족이 시베리아의 동쪽과 남쪽으로 이동하였는데……. 그 시기는 고고학적으로 후기 구석기시대 및 신석기시대에 해당한다. 따라서 이들에 의해서 후기 구석기문화와 신석기문화가 전파되었다. 한반도의 경우에도 후기 구석기시대의 유적이 발견되었지만. 아직 그 인종의 형질적 특성을 확인할 만한 자료는 발견되지 않았다. 그리고 신석기문화는 몽고·만주·한반도를 비롯하여 동쪽으로는 사할린과 북해도를 거쳐 아메리카 대륙까지 전파되었다. 따라서 이들 지역의 신석기문화가 모두 같은 문화 전통을 지니고 있다. 예를 들어 신석기시대 토기의 경우? 반란형半卵形의 토기 표면에 직선이나 점으로 구성된 기하 문幾何文 장식을 한 것이 시베리아·만주·한반도 지역과 북아메리카 및 일본 열도의 북부에 분포되어 있어 그것이 모두 시베리아로부터 전파된 것임을 알 수 있다.

　물론 시베리아의 신석기문화는 이들 여러 지역에서 각기 변화하여 발달하였으므로 다소의 차이가 있지만……. 이들 지역의 신석기문화는 아직 수렵과 어로의 채집경제 단계에 있어서 농경문화가 시작되지 못하였다는 점이 주목된다. 그러나 만주나 한반도의 신석기 유적에서도 역시 인골人骨이 발견된 것이 거의 없기 때문에 고고학에서는 그 주민의 인종적 특성을 알기는 어렵다고 한다. 알타이산지와 바이칼호수의 남쪽지대에 살고 있던 알타이 족이 남쪽으로 이동한 것은 옛 시베리아 족의 이동에 뒤이은 것으로 짐작된다. 이들은 원주지의 초원지대에 이어져 있는 초원지대로 이동하였으며…… 유목遊牧 기마騎馬 민족이었으므로 이동이 용이하였을 것이다.

그리하여 초원이 펼쳐진 한계까지인 즉 서쪽으로는 카스피 해 남쪽으로는 중앙아시아와 몽고를 거쳐 중국 장성長城 지대까지 남동쪽으로는 흑룡 강 유역에서 만주 북부까지 이동하였다. 그 결과 터키족은 중앙아시아와 중국 북쪽엔·몽고족은 지금의 외몽고를 거쳐 중국 장성지대와 만주 북부에, 퉁구스족은 흑룡강 유역에 각각 분포하게 되었다. 그리고 이들 알타이족과 함께 시베리아에 살던 한민족도 이동의 물결을 따라 몽고를 거쳐 중국 장 성지대의 동북부와 만주 서남부에 이르러 정착하였던 것이다. 단? 오늘날 알타이 족이라 하면 터키족·몽고족·퉁구스족을 가리키고 한민족은 포함시키지 않는데? 이는 한민족이 남하하는 과정에서 일찍부터 알타이족에서 갈라져 만주 서남부에 정착하였고……. 여기서 하나의 민족 단위를 형성하였기 때문이다. 알타이족에 의해서 중국 북부에 전파된 시베리아의 청동기문화는 오르도스·내몽고 지방과 만주 서남지방인 즉? 요령遼寧 지방에서 각각 꽃피었는데 전자는 내몽고 족이 발달시킨 것이고 후자는 한민족의 조상들이 발달시킨 것이다. 이 두 청동기문화는 모두 시베리아 청동기의 전통을 이은 것으로 많은 공통점을 가지고 있지만? 다른 한편으로는 상당히 다른 특징을 가지고 있다. 이러한 차이는 요령의 청동기문화에서 특징적으로 나타나는 비파형琵琶形 단검短劍이나 기하문경幾何文鏡 등 고고학적 유물에 의하여 확인되며…… 이로부터 한민족의 조상들이 요령 지방을 중심으로 하나의 문화권을 형성하고 알타이족이 다른 민족과도 구별되는 독특한 청동기문화를 발달시켰음을 알 수가 있다. 중국의 문헌에 따르면 춘추시대에 장성지대 깊숙이 침입한 누번樓煩이나 임호林胡 그리고 만주 북부의 동호東胡 등의 이름이 보이는데 이들이 곧 알타이족 중의 몽고족을 가리키는 것이며…… 장성지대 서북쪽의 흉노匈奴는 터키족 또는 몽고족을 가리킨다. 터키족이나 몽고족에 비하여 중국 동북부의 민족으로서 숙신肅愼·조선朝鮮·한韓·예濊·맥貊·동이東夷 등이 주周 라 초기부터 중국 문헌에 나타나는데…… 이것이 바로 우리 민족을 가리키는 것이다. 이 가운데 숙신肅愼과 조선朝鮮은 중국 고대古代 음으로 같은 것이고 한韓 ↔khan han은? 대한 표기로서 『크다』『높은 이』등의 뜻을 가진 알타이어다. 맥貊의 맥貊 ↔북방 족은 중국인들이 다른 민족을 금수로 보아 붙인 것이고 백百 음을 나타내는데…… 백百의 중국 상고 음上古音 ↔pak으로서 이는 우리의 고대어 「밝」 또는 「박」에 해당하며…… 광명光明 이나 태양을 뜻한다. 한민족에 의하여 발달한 요령 청동기문화는 대체로 대흥안령大興安嶺의 산줄기를 경계로 중원中原 문화와 접하였다. 그런데 요령 지방은 북으로는 삼림과 초원지대를 이루고 남으로는 난하灘河 대릉하大凌河 요하遼河의 하류지역에 농경에 적합한 평야지대가 펼쳐져 있다. 따라서 요령 지방의 조선족은 본래 시베리아에서는 목축을 주로 하고 농경을 부업으로 하였지만 요령 지방에 정착한 뒤로는 그 환경에 적응하여 농경을 주로 하면서 목축을 부업으로 하는 농경문화를 발전시켰다. 그리고 한반도에 이르러서는 그 자연적 환경에 따라 목축은 거의 잊어버리고 오로지 농경을 하는 민족으로 되었다. 이와 같이 앞선 청동기문화와 농경문화를 가진 조선족이 한반도에 들어와 선주민인 옛 시베리아 족을 정복하여 동화시켰음은 고고학적 유물뿐 아니라 신화·언어·등의 연구에 의해서도 증명된다. 이와 같이 한민족은 몽고족에 속하며…… 그 가운데서도 새 시베리아의 알타이 족에 속한다. 그러나 한민족은 알타이족의 이동 과정에서 일찍부터 갈라져 나와 만주의 서남부지역인 요령 지방에 정착하여 농경과 청동기문화를 발달시켰으며…… 그 가운데 한 갈래가 한반도에 이주하였다. 김 씨나 김해 허 씨에게서 유전자를 감식하여 인도 여인에게서 나온 유전자와 대조하여 미토콘드리아DNA가 나온다면 나도 할 말이 없다. 미토콘드리아는 모계母係로 이어지기 때문이다. 2004년 5월 11일 한민족 주류의 기원은 중국 중북부의 농경민족이며…… 중국한족·일본인과 유전적으로 높은 연관성을 지녔다는 연구 결과가 단국대 생물학과 김욱 교수에 의해 발표됐다. 이는 학계에서 주요 학설로 통용되던 북방민족몽골인 단일 기원설을 뒤집는 것이어서 많은 논란이 예상되지만! 일본 학자의 주장과 일치하는 것이어서 주목된다. 「주식회사」풀무원 창립 20주년 창립 기념 학술발표회에서 『미토콘드리아 DNA 변이와 한국인의 기원 및 집단형성』에 대한 연구 결과를 통해 이같이 밝힌 것이다. 연구 대상은 혈연관계가 전혀 없는 남성 97명·여성 88명 등 모두 185명이었으며…… 입천장 세포에서 미토콘드리아를 뽑아 실험을 했다고 한다. 이 연구 결과에 따르면 한민족의 유전자에는 남방과 북방계통의 유전자

9개 정도가 섞여 있으며……. 그중 중국 중북부 농경민족에서 유래된 유전자를 가진 사람이 10명 중 4명으로 유전적으로 주류를 이루고 있다한다. 일본인도 비슷한 분포를 보이고 있으며……. 이들은 빙하기 때인 6만 년 전 탄생했으며, 장수하고 한파에 강한 특이체질을 갖고 있다는 것이다. 김 교수는 한국인과 일본인이 유전적으로 가깝게 나타난 것은 2,300여 년 전 일본열도에 정착한 야요이 민족이 한반도에서 이주했음을 보여주는 유전적 증거로 볼 수 있다고 설명한 것이다. 이런 결과는 2003년 일본 돗도리鳥取 대학의학부 이노우에 다카오 교수 팀이 기원전 5~4세기 고대야요이 시대 일본인의 미토콘드리아가 한국인과 일치한다는 연구 결과와 맥을 같이한다. 는 것을 말해 주고 있다. 김 교수는 "한민족이 북방기원의 단일민족이라는 지금까지의 인식을 재고할 필요가 있다"며 "이번 연구 결과는 개인 식별이나 법의학적 적용에도 응용할 수 있다"고 했다. 그간에 학자들의 연구 자료에는 한반도에 인도유전자는 단 한 건도 발견하지 못했다. 그 이유는 허황옥은 인도인이 아니라? 중국 대륙에서 왔기 때문이다. 학자들의 주장대로 라면……. 한민족 10명 중 4명의 분포를 보이는 중국 중북부 농경민의 이동경로로 한국을 거쳐 일본으로 건너갔다고 보아야 할 것이다. 미토콘드리아란 모어머니↔母系계로만 유전하는 것으로……. 세포 하나에 많게는 1,000여 개씩 들어 있는 인체의 소小기관으로 인체의 발전소 역할을 한다. 세포핵이 세포 하나 당 하나밖에 없는 것과 대조적이다. 미토콘드리아는 DNA가 원형으로 박테리아의 것과 유사한 형태다. 이를 근거로 생물학자들은 사람이 진화할 때 사람의 세포에 박테리아가 들어와 공생하고 있다는 설을 내놓기도 했다. 미토콘드리아를 인류

계통 연구에 주로 이용하는 것은 그 숫자가 많고……. 잘 변하지 않는 등 여러 가지 특징이 있기 때문이다. 『미토콘드리아의 DNA』를 구성하고 있는 염기쌍은 1만 6,000여개로 아주 적다. 이 때문에 미토콘드리아의 게놈지도는 1981년 완성된 반면 세포핵의 게놈지도는 2003년에 99.9%가 완성됐다. 미토콘드리아는 외부 자극에 염기가 다른 것으로 바뀔 가능성이 아주 적으면서 한번 손상되면 수선이 안 된 채로 그 흔적이 남는다. 이런 특징은 유전자의 변화와 역사를 알게 하는데 안성맞춤이다. 앞부분에서도 말했지만 허황옥 공주가 과연 인도 아요디아에서 통역사도 없이 가락국까지 장장 2만 5천여 리에 이르는 험악한……. 먼 길을 돌로 만든 배를 타고 왔으며……. 정말로 2천 년 전 당시 인도에 허 씨 성을 쓰는 왕국이 존재했을까? 하는 의문을 풀어 보자. 근래 일부학자들의 연구 결과 가야나 가라는 고대 인도어인 드라비다어로 물고기를 가리키는 말이라고 한다. 그리고 가락국의 태양과 두 마리 물고기가 마주보고 있는 쌍어 문양이 인도 갠지스 강 중류에 있는 아요디아Ayodhia의 문장과 같다고 한다. 수로왕릉인 납릉納陵 정문에는 두 마리 물고기가 마주보고 있는 쌍어문양이 단청으로 그려져 있고……. 또 능의 중수 기념비에는 풍차모양의 태양 문양이 새겨져 있다. 두 마리 물고기 문양에 얽힌 허황옥 출신 비밀을 풀어 보고자 현지를 답사한 학자는 이러한 문양들이 인도 동북부의 아요디아 시에서 그림 또는 조각으로 건물을 장식하고 있다고 전한다. 허나 세계도처에 강이나 바다를 끼고 형성된 주거지에는 그러한 것들이 수도 헤아릴 수 없을 정도다. 대다수 학자들은 허황옥 후손이 인도에서 가락국으로 바로 온 것이 아니라 중국을 거쳐 김해 지역으로 건너

왔다고 한다. 허황옥 시호 보주태후의 보주普州는 지금의 중국 사천성중국 발음↔쓰찬 성 안악의 지명이라는 것이다. 허황옥의 보주 출신설을 주장하는 대표적인 학자인 한양대 교수로 역임했던 김해 김씨 후손인 김병모金乘模 박사는 『김수로왕비의 신혼길』이라는 저서를 통해 이렇게 주장했다.

『서기 전 3세기부터 인도의 아요디아 출신 사람들이 중국 보주로 이주해 살고 있었던 것으로 여겨진다. 그들은 힌두교 또는 불교에 승합된 메소포타미아에서 물의 신으로 여겨지던 쌍어 신을 지키던 집단이었다. 그러나 그들은 한나라의 세금 수탈 정책에 시달려야 했다. 이에 그들은 신앙 지도자인 허許 브라만들의 중심으로 무력 항쟁을 시도했다. 그러나 두 번에 걸친 무력 항쟁은 막강한 중앙정부군에 밀려 실패했다. 그리하여 강제로 강하江夏로 이주 당하게 되었고 이주민 중의 한 집단이 가락국으로 건너와서 그 중 한 사람인 허황옥이 수로왕과 결혼하였다. 보주 출신 이주자들은 가락국에 살면서 가락국 왕가의 외척 세력으로 등장하게 되었고. 이에 따라 보주 출신들의 쌍어 신앙도 가락국에 뿌리내리게 되었다. 라고 적고 있다.』

김병모 박사도 처음엔 인도에서 도래한 것으로 책을 썼으나 보주 현지를 직접 답사하고 잘못을 인정하고 『김수로왕비의 신혼길』이란 개정판을 집필한 것이다. 필자는 『중국 안악 현 역사 명인 연구회四川省 安岳見 歷史 名人 硏究會』에서 보내온? 허황옥 관련 2시간짜리 비디오 테이프 영상과 세미나 자료집 2편 번역해본바 김병모 교수와 송윤한 씨의 글과 같은 내용이다. 김해지역 대다수 승려들이 다녀 온 곳이기도 하다. 테이프 영상에는 고대古代 허 씨 조상을 모시고 제사를 지내는 석굴 묘 벽면에 쌍어문양이 선명이 음각되어 있었다. 그곳에서 해마다 "한국김수로왕화 보주태후허황옥부처대"라는 기념관과 비석을 만들어놓고 제사를 지내며 세미나를 열고 있다고 한다. 김해시 구산동 허황옥의 묘에 가보면 가락국 수로왕비 보주태후 허 씨 지릉普州太后 許氏 之陵이라고 새긴 능비가 서 있다. 비문에는 분명 보주普州에서 왔다고 되어 있는데 김해시와 일부 문인들도 인도에서 왔다고 주장하는 것은 까막눈이 아닌가한다. 택호는宅 號 ↔여자가 태어나 자라서 시집 오지전의 고향 예나 지금이나 시골에선 친정 고향지명으로 사용한다. 그래서 허황옥의 고향 보주를 붙여 보주 태후다. 현재 김해시에서 가야문화 축제를 해마다 열고 있다. 2020년 10월에 인도 허황옥공주 김해도래 별도의 축제를 2일간 김수로 왕릉 정문 공터에서 열었다. 인도예술인들을 초청하는데 그들의 피부를 김해 김 씨나 김해 허 씨는 자기 조상 할머니가 인도사람이 아니란 것을 알았을 것이다. 국가를 대표하는 예술인이라면 미모의 여인들을 보냈을 텐데! 못난 얼굴에 까만 피부는 흑인에 비교 되었다. 나도 어렸을 때 처음 미군병사를 보고 깜짝 놀라 숨었던 기억이 있다. 당시 사람들도 깜장얼굴에 알아들을 수도 없는 말을 하는 그들을 보고 마귀인줄 알았을 것이다! 언어와 모습과 종교도 다른 이방인을 국모로 삼았다는 기록들은 오늘날 상식으론 인정이 안 되는 것이다. 김해 김 씨는 혼혈아가 아니다. 오늘날 중국인과 티베트인의 얼굴을 보면 우리와 같은 얼굴이다. 물론 아시아인의 얼굴을 보면 모두가 닮은꼴이다. 허황옥 일행과 헤어져 티베트인이 된……. 우리와 멀리 떨어져 있는 티베트의 여행을 해

보면 길을 가다가 마주친 얼굴이 어디서 본 듯한 얼굴이어서 발 거름을 멈추고 뒤돌아보았던 기억이 있을 것이다!

※ 아래 글은 김병모 박사가 집필 출간한 『김수로 왕비의 혼인길』147페이지에서152페 이지에 상재된 글을 토씨↔문자표 하나 틀리지 않게 상재된 글이다.

보주 땅의 허성許聖은 어디서 왔나?

『한국 고대사와 김 씨의 원류를 찾아서』라는 책을 출간하였고 1999년 4월에 『김수로왕 혼인길』책 속에 김병모 박사 역시 처음 출간한 책에 서는?

"허황옥이가 인도 아요디아에서 국제결혼을 하기 위하여 돌배를 타고 부산시 강서구 용원앞바다 망산도에 도착 한 것 같이 논술하 였으나 그 이후 잘못된 것을 알고 제자들에게 고고古考 문文物 고고 학보考古學報 등을 모두 들춰보게 한 결과……. 1950년대 초부터 지금까지 나온 모든 보고서와 논문을 살펴 본 기록들은 허황옥이가 인도에서 온 것이 아니라 중국사천성 성도시 보주寶州 안악현에서 온 것으로 알게 됐다"는 기록이다. 그는 "중국에서 보주라는 땅과 쌍어문양을 찾게 된 것이 무척 기쁘면서도! 바보처럼 자료를 인도 에서만 찾느라고 시간을 낭비한 자신이 원망스러웠다. 하지만 일이 어렵게 해결되었기 때문에 기쁨 또한 컸다"라고 상재되어 있다. 아래 글은 김해 김 씨 후손인 김병모 박사가 집필한 책에서 "허황 옥이 인도에서 도래渡來 한 것이 아니고 중국에서 왔다"

아침을 먹고 나서 심광주 군의 집으로 전화를 했다.

"심군, 오늘 학교에 일찍 좀 나와 주게나, 할 일이 생겼으니까."

"네, 잘 알았습니다. 지금 떠나겠습니다."

심관주 군은 대학원 석사 과정을 수료한 조교로, 학부 2학년 때부터 내 연구실에서 공부해 왔다. 그러니 벌써 5년 동안이나 나와 함께 답사, 고적 발굴, 논문 작성 등에 호흡을 맞추어 온 사이다. 따라서 내가 연구하고 있는 분야라든지, 내가 갖고 있는 책·잡지·사진·복사물 등이 어디 있고, 무슨 지도는 어느 책에 있는지 호나하게 알고 있는 유능한 청년이다. 이런 조교가 없으면 아무리 중요한 연구를 하더라도 연구의 진행이 더디게 마련이다. 세계적으로 좋은 업적을 낸 교수들이나 유명한 연구원들 뒤에, 으레 유능한 보조 연구원들이 있다는 사실은 놀라운 일이 아니다. 나는 좋은 업적을 낸 적도 없고 유명한 교수도 아니지만, 대학원에 진학하려는 학생을 미리 훈련시키자는 것이 나의 방침이어서 매년 한두 명의 학생들을 특별히 가르치고 있다. 우리는 8시 반에 연구실에서 만났다. 나는 심군에게 그날 새벽에 찾아낸 자료를 보여 주었다.

"허황옥이 보주 땅에서 한반도로 올 수밖에 없었던 정치적 사건을 찾아내었네, 이제 자네가 후배들과 함께 사천성과 무창 지방에서 혹시 쌍어문이 발견된 적이 있는지 확인해 보도록 하게."

"중국 고고학 발굴 보고서를 찾아보면 되겠네요."

"음, 〈고고考古〉, 〈문물文物〉, 〈고고학보考古學報〉 등을 모두 들춰 보게, 1950년대 초기 보고서부터 지난달까지 나온 모든 보고서와 논문을 샅샅이 살펴보도록 하게, 내 생각엔 중국에 살았던 허 씨 집단이 사천에서 무창으로 이주했다면 사천과 무창에 분명히 쌍어의 흔적이 있을 것 같네. 꼭 있을 테니까 정신 차리고 찾아보게, 소가 닭 쳐다보듯 하지 말고."

이렇게 단단히 말해 두는 이유는 연구를 하거나 어떤 자료를 찾을 때 확신감이 결여되면 집중력이 떨어져서 자료가 있어도 그냥 지나칠 수가 있기 때문이다. 수로왕비의 비에 씌어져 있는 보주태후라는 칭호를 많은 사람이 읽고도 못 알아본 것이 좋은 보기이다. 사실 나는 중국에서 매달 나오는 〈문물〉, 격월로 나오는 〈고고〉, 일 년에 두 번 출판되는 〈고고학보〉를 20년 이상 구독래 왔기 때문에 어마어마한 분량의 글들이 그 속에 있었다. 그것들을 한 페이지씩 모두 읽으려면 혼자서 일 년을 읽어도 다 못 읽을 만큼 많은 분량인 것이다. 그래서 여럿이 나누어 읽어야 하며, 읽는 사람 모두가 정신을 바짝 차리고 보지 않으면 딱 한 줄의 내용이나 한 장밖에 없을지도 모르는 그림을 놓치기 십상인 것이다. 조교에게 일을 시킨 지 며칠 안 되어 중국 안의 쌍어문 증거들이 속속 발견되었다. 사천 지방에서는 그릇 받침의 그림으로 쌍어문이 그려져 있었고, 사천 남쪽인 운남성雲南省에서 발견된 한나라 때의 벽돌에도 쌍어문이 산뜻하게 조각되어 있었다. 계속해서 무창 지방에서도 쌍어문의 증거가 발견되었다. 구리로 만든 그릇 바닥에는 쌍어가 부귀富貴 등의 길상어吉祥語를 양쪽에서 보좌하고 있는 그림도 있었고, 동전 하나에 달린 두 개의 끈을 물고기 두 마리가 양쪽에서 물고 위로 올라가고 있는 모양의 그림도 있었다. 그 동전은 오수전五銖錢으로 한漢나라 때 쓰여 지던 화폐인 것이 분명하였다. 이 자료들을 분석해 보니 벽돌은 사원寺院 건축에 쓰인 것이었으며, 그릇이나 그릇 받침은 모두 사원에서 쓰던 제기祭器였다. 이리하여 한나라 때 어떤 제사집단이, 자기네 고유의 신앙 생활을 위하여 지은 사원이나 제 사용 그릇에 상징적 존재로 숭배하던 쌍어문을 남겼다는 게 확인된 셈이다. 중국에서 보주라는 땅과 쌍어문을 찾게 된 것이 무척 기쁘면서도 바보처럼 자료를 인도에서만 찾느라고 시간을 낭비한 자신이 원망스러웠다. 하지만 일이 어렵게 해결되었기 때문에 기쁨 또한 컸다. 한漢 나라 때 양자강 유역에는 쌍어문을 사용한 신앙 집단이 살았다. 그들은 한漢나라 정부의 소수 민족 정책에 불만이 있었다. 그래서 충돌이 생겼고, 그 결과 반란에 실패한 토착민들이 그들의 본거지인 사천 지방을 떠나 양자강을 떠나 하류 쪽으로 이주해서 살았다. 그들이 살던 지역마다 그들이 신앙생활을 한 증거가 남아 있는 것이 확인된 셈이다. 역사책에 기록된 내용과 고고학적 증거가 정확하게 맞아떨어진 것이다. 기나긴 역사 속에 감추어져 있던 허황옥의 비밀은 서서히 그 정체를 드러내고 있었다. 그때 마침 나의 스승인 김원룡 교수님이 정년퇴임이 다가와 후학들이 그분의 정년퇴임 논문집을 준비하고 있었는데, 나도 논문 하나 내야 했다. 그 동안 연구를 대강 정리하여 〈허황옥의 출자出自〉라고 제목을 달아 발표하였다. 연구를 진행하는 과정에서는 자료와 증거가 분명하다고 생각되어 글을 써서 발표했는데, 인쇄된 논문을 읽어보니 만족스럽지가 않았다. 사실 논문이든 연구서든 활자화된 자신의 글을 독자의 입장에서 읽는다는 것은, 가슴이 설레면서도, 한편으로는 딸 키워서 시집보내는 부모의 심정처럼 불안한 면도 있다.

〈허황옥의 출자〉를 읽어가면서 나는 기쁨은 커녕 오히려 불만이었다.

그 논문의 자료를 구하고 증명하는 데 들인 노력에 비하여 논문의 구성이 그렇게 소략할 수가 없었다. 뿐만 아니라 논리의 전개도 너무나 비약돼 있었다. 지나치게 자신한 나머지 증거의 해석을 간단하게 처리한 것이 결정적인 약점이었다. 나는 그 책에서 내 논문만 빼내 가지고 모두 불살라 버리고 싶은 생각뿐이었다. 그러나 그럴 수는 없는 일이었다. 일단 인쇄된 글에 대하여는 글쓴이가 책임져야 한다는 고금古今의 상식이다. 허황옥이 아유타국 공주라면 아유타국이 있던 인도의 아요디아에서 태어났어야 마땅하다. 그런데 논문에서는 중국의 보주출신이라고 주장하고 있으면서도 왜 보주국普州國 공주라고 하지 않고 아유타국공주라고 했느냐 하는 점이 명확하게 설명되어 있지 않았다. 이점을 조금 더 연구한 다음에 논문을 발표했어야 하는데 너무 성급하게 활자화해 버렸으니 힘든 연구가 결국 미완성 작품으로 끝난 기분이었다. 후회 막심한 일이었다. 다 된 죽에 콧물 떨어뜨린 심정이었다.

　인쇄 또한 마음에 들지 않았다. 인도와 파키스탄까지 가서 힘들게 찍어 온 사진들을 제대로 알아볼 수가 없었다. 그 연구를 오랫동안 도와 준 조교들에게 한없이 부끄러웠다. '이 후회와 수치를 극복하는 길은 한 가지밖에 없다. 연구를 계속하는 길뿐이다. 그래서 미심쩍은 부분을 보안하고 확고한 자신감이 생길 때 연구의 속편을 내는 방법밖에 없다.'나는 다시 굳게 마음먹고 다음 작업을 시작하였다. 대만에서 나온《변강 민족사邊疆民族史》라는 책을 보니까 후한 때 허성 집단의 반란 사건이 인용되어 있었다. 조금 더 읽어보니 허성이란 인물에 대하여 자세히 소개되어 있었다. 허성許聖의 '허'는 성姓 아니라 세습되는 직업무사巫師를 부르는 명칭이라 하였다.

이 책은 중국인漢人의 시각에서 씌어진 것이다. 따라서 '무사'라는 표현은 한인의 유교적 입장에서 본 이교도異敎徒의 신앙 지도자를 일컫는 말임에 틀림없어 보인다. 즉, 신앙 지도자로서 신분이 세습되는 사람을 '허'라고 불렀다는 뜻이다. 그러므로 '허'라는 말은 사람 이름 앞에 붙는 칭호로서 신부神父·목사·승僧과 같은 종교적 칭호였던 것이다. 그렇다면 '허'는 혹시 힌두교의 부라만처럼 신분이 세습되는 사화와 관련이 있는 칭호가 아닐까? 더군다나 그 책 뒷부분에 직업 무사인 '허'는 그 사회에서 존경받는 계층이라는 설명이 있었다. '보주 땅의 허성은 인도의 브라만 출신일 가능성이 있지 않을까? 그는 인도를 떠나 보주 땅으로 이주해 온 후 태어난 사람일지도 모른다.'가능성은 충분히 있어보였다. 그래서 보주에 와서 뿌리를 내리고 살면서도 인도식으로 신앙생활을 계속하면서 쌍어문을 그린 사원을 짓고 쌍어문이 그려진 그릇으로 의식을 행하였을지도 모른다는 생각을 하게 되었다. 보주가 땅 이름이고, 그 보주가 중국 사천성에 있는 지방이라는 사실을 밝혀내고 나니까 복잡했던 역사의 비밀도 하나하나 풀려나가고 있었다. 그 비밀의 문을 연 열쇠는 '보주'라는 두 글자였다.

『고고학자인 김병모 한양대 명예교수의 글을 읽으신 독자 여러분! 허황옥이가 인도출신이 아님을 알았을 것입니다! 우리나라에 온 것으로 집필을 했지만. 이 책을 읽고 아셨겠지만! 그 후손이 온 것입니다.』

인도의 갠지스 강과 아요디아의 가락공원

금 바다 칼럼

— 이영식 인제대교수 —

상략 : 바라나시를 떠나〈삼국유사〉가 허왕우의 고향으로 서술했다는 아유타. 곧 아요디야의 가락공원을 찾았다. 김해시장 격인 금관주지사는 1076년〈가락국기〉에서 '아유타국'이라고만 했지만 1285년경 일연스님은〈삼국유사〉에서 아유타 앞에 인도의 '서역'을 덧붙였다. 사실 '인도 공주'의 전설은 이때부터 시작되었다. 허왕후 뿐 아니라 2~3대 거등왕과 마품왕의 왕비까지 배출했던 허왕후 집단은 왕족의 수로 집단과 대등한 왕비 족이었다. 가락국 절반을 차지했던 왕비 족이었건만 왕릉의 대성동고분군을 비롯해 3천 년 이상 김해의 가야고분에서 인도 계통의 유물이 출토된 적은 없다. 그래서 48년 허왕후와 함께 온 장유화상이 불교를 전파했다는 일부의 주장과 다르게 교과서는 고구려의 372년과 백제의 384년과는 우리 불교의 초전으로 가르치고 있는 갓이다. 북북 서쪽으로 200킬로미터 정도를 13시간이나 결려 겨우 도착한 아요디야에는 허왕후 고향을 기념한다고 김해 김 씨의 가락종친회가 만든 가락공원과 김해시가 세운 기념비가 칠흑 같은 어둠 속에 잠들어 있었다. 버스 전조등을 비춰가며 안으로 들어서자 김해 김 씨와 허 씨. 그리고 그 사위와 며느리들까지 자기 외할머니를 만났다면서 묘도 사당도 아난데 술과 제수를 차려 절을 올린다. 버스 안에서 마이크를 붙잡고 '인도 공주'로 생각하기 어려운 증거를 제시하면서 정광 설을

폈건만 '도로 아미타불'이었다. '만들어진 역사'와 '만들어지는 역사'의 한 장면을 보여주기 위해 꾸몄던 일정이것만. 나이든 학생들 일부는 핏줄이 땡 긴 댄다. 마침 버스 전조등 안으로 어린동생을 업은 아요디야의 한 소녀가 들어섰다. 허왕후가 시집 올 때 나이쯤 됐을까! 얼굴은 새카맣고 짙은 쌍꺼풀에 턱 선이 아주 가늘다. 허옇게 찢어진 눈에 둥글넓적한 얼굴로 절하는 '후손'들과는 너무나 대조적인 모습이었다. "우짜믄 좋노?!"

위의 글에서 허황옥이 인도사람이 아니다. 라는 말이다

김해시 가야문화제를 할 뗀 인도의 무용수들이 온다. 이영식 교수 글과 같이 그러한 얼굴이었고? 김해시 연지공원에 만든 간디 동상을 세우는 기념식에 참석한 인도인의 얼굴을 필자가 집적 보았는데 가무 잡 작한 얼굴이었다.

지난 5일 연지공원에 세워진 간디 동상앞에서 허성곤 김해시장 등 김해시 관계자와 인도 정부 관계자들이 기념촬영을 하고 있다.

연지공원 간디동상기념식

"수로왕·허왕후, 한나라 무너뜨린 '동의족 일파' 김왕망 족당 가능성"

김해시. 더불어민주당 민홍철(김해 갑)국회의원. 동국대 세계불교연구회는 지난달 30일 서울 국회도서관 대강당에서 '가야사와 가야불교사의 재조명'학술대회를 개최했다. 이날 학술대회에는 불자. 승려 등 400여 명이 참석해 가야사와 가야불교 재조명 움직임에 큰 관심을 보여줬다. 지역 불교계. 가락종친회 등의 인사들도 대거 참가했다. 동국대 이의수 부총장은 "이번학술대회는 가야사. 가야불교 중요성과 의미를 알리는데 의미가 있다. 앞으로도 동국대는 김해시와 함께 왕후사지 발굴 등 다양한 학술교류를 진행할 예정"이라고 밝혔다. 민홍철 의원은 "문재인 대통령이 가야사 복원에 깊은 관심을 가지고 있다. 이번 학술대회는 삼국시대를 넘어 한반도 역사를 넘어 한반도 역사를 완성할 수 있다는 점에서 뜻이 깊다. 소외되고 잊어졌던 가야문화권이 새롭게 조명 받는 계기가 됐으면 한다"고 말했다. 김경수 의원은 "제4의 제국 가야를 복원하는 일은 김해시 혼자 감당할 수 없다. 이번 학술대회는 가야사를 복원하는 시작"이라고 말했다. 그는 "고 노무현 전 대통령은 생전에 봉화마을을 소개하면서 자암. 부은암. 모은암. 등 가야불교에 얽힌 사찰 이야기를 자주 했다. 아직 역사로 인정받지 못한 부분들이 있지만 언젠가는 인정받을 날이 올 것이라고 말했다"고 회고했다. 김 의원은 "가야사와 가야불교사를 복원하는 일은 노 전 대통령의 유지를 받는 가운데 하나다. 고대 한일관계사를 바로잡고. 영·호남 화합을 위해서 제4제국 가야의 역사와 불교사가 역사로 인정받을 때까지 초선을 다하겠다"고 말했다. 조계종 교육원장 현응 스님은 축사에서 "사료 발굴과 선택은 관점과 입장에 따라 달라진다. 가야사와 가야 불교에는 수많은 스토리텔링이 존재한다. 스토리텔링은 과거 가야 와 가야불교의 성취와 꿈을 찾아가는 첫 걸음."이라고 밝혔다. 이날 학술대회 오전에는 동국대 불교학과 고영섭 교수가 '가야 명칭어원 과 가야불교의 시원.' 창원대 사학과 남재우 교수가 '사국시대 가야 의 위상과 가야사의 지위.'를 주제로 발표했다. 오후에는 인제대 역사고고학과 이영식 교수가 '가야사와 고고학 자료의 발굴 현황' 동국대 불교학과 최경아 외래교수가 '남아시아불교와 가야불교의 접점.' 동국대 세불연 정진원 연구 교수가 '가야불교 인물의 발굴과 활동분석.' 동국대 국사학과 김복순 교수가 '가야불교와 신라불교의 특성과 차이.'를 주제로 발표했다. 이날 토론회에서 기존 역가학계 는 지금까지 확인된 증거를 중심으로, 불교학계는 다른 학문의 성과 와 가능성을 중심으로 논지를 전개해 견해 차이를 보였다.

특히 동국대 고영섭 교수는 "김수로왕은 중국 대륙에서 바다를 건너 온 인물이었으며 붓다의 성지인 '부다가야'를 활용해 불국 식 국명인 '가야국' 또는 '대 가락'으로 정했다"면서 파격적인 견해 를 주장했다. 반면 인제대 이영식 교수는 "최근 허왕후와 불교가 인도에서 건너왔다는 주장이 늘어나고 있다. 실제 역사와는 거리가 있다."고 지적했다.

– 하략:

※ 위의 글에서 가야절 가伽 땅이름 야倻 글이다. 절 땅이란 말이다. 필자는 더할 가加 어조사 야↔부모님을 부르는 야耶 필자는 가야加耶 글자로 사용을 한다.

허성곤 시장, 인도 언론과 인터뷰

"김해시와 인도 더 한층 가까워질 수 있도록 노력"

김해시는 지난 24일 인도 내 no.1 뉴스채널인 민영방송아즈탁과 인도와의 문화·관광 및 경제 교류, 유호 증진 방안에 대해 인터뷰를 진행했다고 밝혔다. 이번 인도 언론과의 인터뷰는 문화체육관광부 산하 해외문화홍보원 주관으로 지난 21일부터 6월 3일까지 추진하는 한국 특집 다큐 제작을 위한 해외 언론인 방한일정의 일환으로 우리나라를 방문하는 인도 언론인의 전격적인 인터뷰 요청에 따라 이뤄졌다. 이는 지난 2000년 김해시와 인도 up주 아요디아시의 자매결연에 이어 2001년 허왕후 기념비 건립 기념행사에 매년 인도를 찾아 참석하였고 1015년 인도 모디 총리 방한 시 한~인도 공동프로젝트 추진 합의로 인도 아요디아시 허왕후 기념공원 리모델링 사업을 공동 추진하기로 하는 등 문화교류 협력과 우호 증진에 힘써온 결과 인도 내 한국에 대한 관심이 점차 높아지고 있음을 방증한다. 김해시를 방문한 인도 아즈탁 민영방송은 허왕후를 모신 수로왕비 릉에서 허성곤 김해시장과 약 1시간 동안 허왕후가 인도 아유타국 공주라는 설에 대한 김해시 입장과 인도 아요디아시 허왕후 기념공원 조성 관련, 김해시와 인도의 문화, 경제교류 및 우호 증진, 허왕후 신혼길 축제 등 다양한 주제로 인터뷰를 진행했다.

김해시는 지난 4월 주한 인도 대사관을 방문하여 문화 교류 방안에 대해 폭넓게 의견을 교환한데 이어, 이번 인터뷰를 통해 인도 내에 김해시를 소개함으로써 향후 문화교류를 통한 관광객 유치와 상호 경제 교류 및 우호 증진에 큰 도움이 될 것으로 기대하고 있다. 허성곤 김해시장은 "인도는 2000년 전 해상실크로드를 통해 인도 아유타국에서 배를 타고 온 허왕후의 고향으로서 우리 김해시와는 인연이 깊다. 고대에서부터 혈연으로 맺어진 김해시와 인도가 더 한층 가까워 질 수 있도록 노력해 나갈 것이다."라고 말했다.

- 조민경 기자 -

논문출처: ≪安岳歷史名人≫ 제8기
四川省安岳縣歷史名人硏究會, 2001年 7月 1日

김해 김 씨의 선조모-許黃玉

傅成金

동한 광무제東漢 光武帝 劉秀 建·23년(47년) 중국 四川에서 蠻夷가 반란을 일으켰다. 東漢 조정은 장군 劉尙을 보내 다른 郡의 병력 만 여명을 이끌고 반란을 진압했다. 조정은 반란을 일으킨 7,000명의 사람들을 武漢으로 강제 이주시켰다.[1] 48년 7월 27일 한국의 가락국 김해駕洛國 金海에는 갓 16살이 된 하황옥許黃玉이 붉은 범선을 타고 이곳에 상륙했다. 8월 1일, "첩은 아유타국의 공주이옵니다."라고 자신을 소개한 許黃玉은 駕洛國의 시조인 首露王 金氏에게 시집가서 김수로왕金首露王의 부인이 되었다 삼국유사 가락국기三國遺事·駕洛國記에는 189년 3월 1일 왕비 許黃玉은 향년 157세의 나이로 세상을 떠났다고 되어있는데 그럴까? 시호가 보주태후普州太后인 것이 신기하고 기이하다……. [2] 54년 후인 101년. 즉 東漢 和帝 劉肇 永元 13년. 사천에서 다시 반란이 일어났다. 이번 반란의 수령

....

1) ≪後漢書·南蠻西南夷傳≫에 보임.
2) ≪三國遺事·駕洛國記≫에 보임.

은 許聖이었다. 다음해 許聖이 투항하면서 수 천 명의 사람들이
또 다시 武漢으로 강제 이주를 당했다.[3] 許聖과 許黃玉은 같은
종족일까?

지금 한국의 휴전선 부근에는 "安岳"이라는 곳이 있고 중국 사
천四川의 내강 시內江市에는 안악현安岳縣이 있다. 이들은 무슨 관계
가 있을까? 외국에서 온 비 허황옥은 자신을 "아유타국의 공주"라고
했는데 아유타와 安岳의 독음은 왜 이렇게 유사한 것일까? 중국의
안악安岳은 예로부터 보주普州로 불렸고 "아유타국의 공주" 許黃玉
의 사후 시호가 뜻밖에도 "普州太后"였다. 과연 이 모든 것이 우연
의 일치일까?

1. 문제의 발단

東漢 초기 한반도의 동남쪽 끝자락에는 가락국駕洛國이 있었다.
고가락국古駕洛國 터는 지금의 한국 경상남도 낙동강 입구에 위치
한 金海市 일대에 있다. 이곳은 대한해협을 사이에 두고 일본 규슈
후쿠오카와 마주하고 있다. 古駕洛國의 건국시조인 首露王은 성이
金氏이고 김수로金首露왕의 왕비는 허황옥許黃玉이었다. 그들은 48
년에 혼인했고 왕비 許黃玉의 사후 시호는 "普州太后"였다.

한국 金海에 위치한 보주태후 허황옥 능普州太后 許黃玉陵의 묘비
에는 가락국 수로왕 비 보주태후 허 씨 능駕洛國 首露王 妃 普州太后 許氏
陵이라는 글자가 새겨져 있다. 1580년 金海 지방을 관할하던 관찰
사 허엽觀察使 許曄이 王陵과 王妃陵을 정비했다. 1592년 임진왜란

....

3) ≪後漢書·南蠻西南夷傳≫에 보임.

때 王陵과 王妃陵은 왜적에게 도굴을 당했다. 1646년에는 지방관 찰사 許積이 두 陵을 보수하고 碑를 세웠다. 陵墓의 墓門 위쪽에는 짝을 이루며 서로 마주 보는 "雙魚" 문양이 새겨져있다. 짝을 이루 는 이런 쌍어雙魚 문양은 특별한 의미가 있는데, 許氏 집안이나 종족 을 나타내는 휘장이라고 생각할 수 있다.

普州太后 許黃玉의 출생과정은 신비롭고 복잡하다. 一然의 삼국 유사 가락국기三國遺事·駕洛國記 권2를 보면……. 許黃玉은 자신을 "첩은 아유타국의 공주로 성은 許이고, 이름은 黃玉이옵니다."라고 하였 다.[4] 아유타는 고 인도古印度에 있던 왕국의 도성으로 南北朝 시기 斯法顯의 佛國記에도 보인다. 許黃玉이 자신을 인도 아유타국의 공주라고 했기 때문에 한국과 북한의 사학계에서는 대부분 이를 근거로 許黃玉의 출생지가 인도印度라고 여긴다. 자신을 아유타국 의 공주라고 한 許黃玉은 왜 이렇게 먼 거리를 마다하지 않고 험난 한 육지 혹은 거친 바다를 건너 한반도에 온 것일까? 정말로 불가 사의한 일이다. 더군다나 이 "공주"는 인도의 사료에는 전혀 보이 지 않는다. 이 뿐만 아니라 허황옥은 48년 5월 중순에 본국을 떠나 7월 27일 한국의 김해에 상륙하여 8월 1일 김수로왕金首露王과 혼인 했다. 여기서 인도 범어印度 梵語로 한국인과 어떻게 교류했는지를 묻고 싶다. 언어적인 장애 도허황옥이 인도印度에서 출생했다는 설을 믿기 어렵게 만든다.

---

4) ≪三國遺事·駕洛國記≫에 보임.

2. 한국에서 뿌리를 찾는 사람이 오다

1991년 6월 25일 오후 3시. 안악현安岳縣의 대외업무를 처리하는 기관에서 필자에게 즉시 縣 정부의 초대소招待所로 가라는 통지가 왔다. 한국의 교수 한 분이 갑작스레 안악을 방문하셨는데 "뿌리를 찾으러" 오셨다는 것이었다. 외국인이 중국에 뿌리를 찾으러 오는 것은 결코 낯선 일이 아니다. 언론매체에서도 많은 보도를 한다. 그럼에도 지금 한국인 교수가 뿌리를 찾으러 安岳까지 온 것에 나는 놀라움을 금할 수 없었다. 나는 내 전공과 관련된 것이라고 생각해 큰 기대를 가졌다.

한국에서 오신 교수님은 성이 金氏이고 이름이 김병모金秉模였다. 그분은 고고학考古學 박사로 한양대학교 교수이시자 한양대학교박물관 관장·한국고고학회 평의원·세계박물관협회 아태지구 이사를 지내셨다. 김 선생은 "普州太后"를 근 30년 동안 연구하시며 여러 차례 중국과 인도를 답사를 하셨지만 金氏의 시조모始祖母↔할머니가 되는 普州太后 許黃玉의 출생지에 대해서는 아직 결론에 이르지 못한 상태였다. 김 선생은 협서성 박물관陝西省博物館 개관행사에 초청을 받고 이 행사에 참여하기 위해 중국에 오신 것이었다. 그런데 참 공교롭게도 이 자리에서 김 선생은 四川에서 온 학자 즉? 원래는 사천성 문화청 문물처 처장四川省 文化廳 文物處 處長인 高文을 통해 四川省 安岳縣이 옛날에 普州로 불렸다는 것과 州의 治所가 있는 곳임을 알게 되셨다. 뜻이 있는 곳에 길이 있다고 했던가. 뿌리를 찾는 마음이 간절했던 김 선생은 西安에서 成都를 거쳐 곧바로 安岳으로 왔다. 김 선생의 설명에 따르면 이렇다. 東漢 光武帝 建武 23년(47년) 四川 지역에서 반란이 한 차례 일어났다. 후에 반란을 진압한 조정은 반란군 7,000명을 강하江夏↔지금의 武漢 일대로 강제 이주시켰다. 후에 일부 사람들이 양자강의 동쪽을 따라 내려오다 그만 한반도 남단까지 표류하면서 김해에 상륙했다. 48년 7월 許黃玉이라는 여인이 駕洛國 首露王에게 시집갔다. 首露王은 성이 金氏였고 왕비 許黃玉의 사후死後 시호는 "普州太后"였다. 金首露王은 가락국駕洛國의 시조이자. 金海에서 시작된 金氏의 선조이기도 하다.

김병모金秉模 선생은 安岳에서 안악현지安岳縣志와 안악지명록安岳地名錄을 열람하시고, 다음날인 26일 오전에 민주향 허씨民主鄕許氏 집안의 정원을 방문하셔서 許氏 사람들과 함께 기념사진을 찍으셨다. 그리고 정오 12시에 安岳을 떠나 귀국하셨다. 보주普州는 중국 사천성 안악현四川省 安岳縣에 있다.

『김병모 박사는 개정판에서 고고학 교수답게 솔직한 잘못 기록을 고백을 했다. 그는 쌍어문양에 대하여 많은 지면을 활용했다. 그러나 쌍어 문양은 세계 각처에서 사용하고 있다. 중국사천 성 관내 허 씨 집성촌을 찾은 노력은 인정하나 책 내용은 쌍어 문양만 찾으려 다닌 기행문 이었다!』

그는 필자가 주장한 중국 사천성 성도시 안악현 보주에 다녀온 사람이다. 그 곳에서 내게 보내온 허황옥에 대한 학술 세미나 자료에 그의 행적이 기록되어 있다. 그곳에는 수로왕의 부부의 동상을 세우고 사적지를 만들어 두었다. 필자가 집필하여 2004년 도서출판 청어에서 출간한 "아리랑 시원 지를 찾아서" 뒤표지에 그곳에서 보내온 약도가 실려 있고 2021년에 집필하여 도서출판 인터북스에서 출간한 역사소설「중국」뒤표지에 상재되어 있다.

한때 김해시장에 출마한 송윤한 한중문화협회 김해지회장이 그곳에 김해시 학생사절단을 데리고 갔다 와서 경남 신문에 안악 현성도시 방문 기행문을 실었다. 안악 현에선 김해시에 있는 스님들의 방문을 기록을 담은 2시간짜리 영상 테이프도 내게 보내주어 지금 내가 보관하고 있고……. 허황옥이의 관련 세미나자료 2부를 보내왔다. 2013년 학고방 출판사에서 출판한 『아리랑은』책에 악악 현에서 허황옥이에 대한 4회 세미나 자료를 내가 번역해서 상재를 했다. 그 세미나에 김병모 박사가 참석을 했다는 것이다. 김병모 박사는 교수이고 역사가이다. 자기 잘 못을 인정 안 하면 역사가 되었을 것이다. 국내 사학은 대학 교수의 글과 말을 신용하기 때문이다. 이렇듯 작가가 잘못 기록하면 야사가野史↔소설 정사正史로 굳어지는 수 가있다. 그래서 김해아리랑 원류가 실종 된 것이다. 세계 속의 아리랑이 되고 민족의 가슴에 살아 숨 쉬는 아리랑이 되려면 지금부터 아리랑의 시원 지를 정확하게 찾아 재정립해야 할 것이다! 유네스코에 인류무형유산으로 등재된 아리랑은 경남 김해시의 것이다. 허황옥은 인도와 중국 접경지역인 아유타국당시는 중국에서 전란을 피해 실크로드길인 중국 신장성을 떠나 청 해를 거쳐 사천 성 성도까지 육로로 온 것이다. 그곳에서 일부는 정착하고 민란으로 다시 한반도로 돌배를 타고 온 것이 아니라 돌을 실어 나르는 배장강에 홍수가나서 축대를 쌓기 위해 증발된 배를 타고서 중국 장강을 타고 서해안중국표기동해에 상륙을 하였거나! 중국산동성에서 배를 타고 왔거나! 아니면 육로인 사천·협서나 호북을 경유 하남을 거쳐 산동 반도에서 배로 서해안에 도착 김해에 왔다고 해야 이치에 맞다. 앞서 말하였지만……. 인도에서는 한문을 사용하지 않는다.

보주태후란? 普↔널리 보. 州↔고을 주. 太↔클 태. 后↔왕비 후·택호
宅號↔태어난 고향 일컬은 말이다. 보주태후라는 말은 중국사천성 보
주에서 왔다는 뜻이다. 그런데 김해 김 씨 김해 허 씨 인천 이
씨를 비롯하여 김해문인들 대다수는 인도에서 왔다는 것이다. 어리
바리한 인간들아 인도는 한문을 쓰지 않는다.

2022년 10월 1~2일 김해 수로왕릉 앞 공터에서 제 7회 허왕후
신혼길 축제가 열리고 있었다. **허황옥 김해에 온 인도** 라는 주제로……

1. 허황후
허황후의 본명은 허황옥이며 가락국의 시조인 수로왕의 왕비요.
가락국의 수로왕에게 시집오기 위해 머나먼 항해 길에 오른 인도
아유타국 공주이기도 해요. 허왕후는 수로왕과의 사이에 12자녀가
있었는데 그 중 두 아들에게 허왕후의 성을 따 김해 허 씨의 시조가
되었지요. 그래서 김해 김 씨 김해 허 씨가 있답니다.

2. 수로왕비 결혼 이야기
삼국유사 가락국기에 따르면 허황옥 공주의 부친이 꿈속에서
"가락국 수로왕에게 공주를 보내 짝을 맺으라"는 계시를 받았대요.
수로왕은 국혼을 청하는 신하들에게 하늘이 배필을 보내줄 거라면
서 망산도에 가서 기다리라고 명을 내렸고, 서기 48년 인도 아유타
국 공주 허황옥이 오라버니 장유화상을 비롯한 대규모 사시단과
함께 가락국 시조 수로왕과 결혼을 위해 수만리 뱃길을 달려 망산
도에 상륙했다고 해요.

3. 허왕후 신행길은?

신행길은 혼인 할 때 신랑이 신부 집으로 가거나 신부가 신랑 집으로 가는 길을 말하는데요. 수로왕에게 시집오기위해 먼 타국 인도에서 오랜 항해 끝에 첫 발을 디딘 망산도에서 부터 시작하여 첫날밤을 보낸 흥국사를 거처 낙동강 지역을 지나 고대 가락국의 수도 김해로 이어지는 길을 말해요.

위와 같은 주제로 크나큰 행사를 하고 있었다!

김해 김 씨·김해 허 씨·인천 이 씨를 비롯한 김해시 관련 공무원들 한문 번역도 못하나! 인도가 아니고 중국서 그 후손들이 왔는데도……

……2021년 국립김해박물관 대강당에서 제27회 가야사국제학술회의를 하였다 주제는? 『가야사의 인식변화』에 대하여 라는 내용이다.

인제대학교 가야문화연구소와 그 산하 단체 등·국립김해박물관이 협조한 자리였다. 내가 집필한 가야사에 관한 책 4권을 주었던 인제대학교 이영식 교수가 가야사의 인식변화와 연구방향에 대하여 기조 강연으로 시작되었다.

홍보식 공주대학교·이동희 인제대학교·조신규 함안군청·하승철 가야고분 세계유산등재추진단·박천수 경북대학교·백승옥 국립해양박물관·조성원 부경대학교박물관·오재진 경남연구원 역사문화센터·등이 모인자리였다. 이런 자者 들이 가야사에 대하여 무었을 알겠는가! 참으로 한심한……. 갑자기 왜? 가야사에 대하여 난리인가? 그것은 문재인 정부의 100대국정과제의 하나인 가야사 복원 비돈 때문이다. 2017년 문재인 국정과제로 선정 된 후 2020년

5월 민주당 주도로 국회본회의를 통과 하며 제정된 "가야문화특별법"의 입법 취지와 의미를 설명하고 지원을 아끼지 않겠다는 발표를 하였다. 그러자? 잊혀 진 가야사 영호남 소통의 열쇠로 거듭나다. 란 주제로 2017년 8월 31일 가야사 세미나가 국회의원회관 대회의 실 국토 교통부 문화재청 후원으로 열렸다. 발제문은 가야사 연구와 복원 가야문화권이 나아가야 할 방향 신경철 부산대학교 명예교수의 글로 시작이 되었다는 것이다. 신경철 교수의 이야기는 이 책에 상재되어 있다.

    ……김대중 정부 때 1290억을 가야사 복원을 하기위해 지원 처가 선정을 했는데? 당시 대통령과 총리가 연고가 있는 김해에 집중돼 다른 지역은 소외됐다. 그래서 1290억을 지원해 준 것이다.

    이번 정부에서도 그런 조짐이 보이고 있다. 지자체에서 요구하는 사업비가 3~4조억 규모라는 것이다. 문재인이 가야사란 말을 떼자 각 지자체에서 몇 날을 굶주린 하이나 같이 덤벼들고 있다고 한다.

※ 2021년 6월에 인터북스에서 출판한 「중국」책은 이영식 교수에게 출판 전 원고를 드렸다.

김해시보 2017년 6월 12일 전면에 실린 글
김해시. "가야사 연구 복원 실련 위해 노력"

대통령 가야사 연구 복원 의지 환영
성급하지 않게 철저한 계획 세워 추진
    김해시가 문재인 대통령이 가야사 연구 복원을 국정 과제로 반영할 것을 당부한데 대해 적극적인 환영의 뜻을 나타냈다. 시는 지난 6월 7일 프레스센터에서 기자 간담회를 갖고 대통령의 가야사 연구와 정비 복원에 대한 의지에 화답했다. 간담회에서 김해시장은 "그동안 가야에 대한 중앙정부와 시민의 인식은 존재했는지도 불분명한 '잊혀 진 역사'로 남아 소외되고 제대로 된 조명을 받니 못한 게 사실"이라며 "그래서 이번 대통령의 지시는 김해뿐만 아니라 가야권역 지자체 전부가 환영할 것"이라고 말했다. 이어 "가야사 복원 사업을 단시간 내에 성과를 보기 위해 성급하게 추진하지는 않을 것"이라며 "이제 시작이 뿐이기에 앞으로 10년 20년을 내다보고 철저히 계획을 수립해서 천천히 추진해 나갈 것"이라고 말했다. 또한. 김해시장은 "그동안 국가적 지원과 관심에서 소외됐던 가야는 한국 고대사에서 고구려. 백제 신라와 함께 정치적. 문화적으로 당당히 4국 시대를 이루며 520여 년간 존속했던 국가인 만큼 가야사를 재조명하는데 온 힘을 다할 것"이라고 밝혔다. 아울러 "가야 문화 발상지라 해서 김해시 혼자 가지 않겠다."며 "수로왕의 건국 정신과 대통령의 뜻을 이어받아 부산과 경남의 가야권역지자체는 물론 경북과 전라남북도의 가야지역 지자체와 함께 상생 협력하는 길을 가겠다."고 말했다. 마지막으로 김해시장은 "오는 2042년이면 수로왕 탄강 및 가야건국 2000주년을 맞이한다."라며 "가야건국 2000주년 기념행사를 국민과 함께 치를 수 있도록 다 같이 노력하고. 중앙정부는 물론 각 지자체와 적극 협조해 추진해 나갈 것을 약속드린다."고 말했다. 한편. 김해시는 지난 2002년 가야사 2단계 복원사업 계획을 수립해 진행해 오고 있지만 예산 부족으로 사업 계획을 2006년~2012년. 2012년~2018년까지로 계속 미루다가 최근에는 2018년~2020년까지로 연기한 상태다.

특별기고 가야문화 복원을 기대하며

그야말로 천지개벽이다. 문재인 대통령의 말 한마디 덕에 김해와 가야를 둘러싼 모든 것이 변하고 있다. "가야사 연구와 복원을 국정과제에 반영하라"는 의지는 그동안 한국고대사에서 늘 서자 취급을 받으며 소외당했던 가야문화에 내린 한줄기 소나기였다. 왜 가야일까? 가야사는 한반도 최초의 국제결혼과 남녀평등의 실천. 민주주위와 지방분권의 상징이다. 수로왕의 건국이념은 대통령의 통치철학과 맞닿아 있다. 문 대통령은 "보통은 가야사가 경남을 중심으로 경북에만 미치는 역사라고 생각한다. 광양만. 순천만. 금강 상류 유역에서도 유적이 나오는 아주 넓었던 역사다. 영. 호남의 벽을 허물 수 있는 좋은 사업"이라고 강조했다. 가야시대에는 지금의 김해평야 일대가 바다였다고 한다. 가야는 다른 삼국처럼 농경을 기반으로 성장한 국가가 아니었다는 이야기다. 좁은 농경지와 침략을 받기 쉬운 항구의 불리함을 오히려 장점으로 승화시킨 건 가야인들 지혜였다. 중국뿐만 아니라 인도의 탁월한 제철 기술력을 받아들여 오히려 중국과 일본에 수출하고. 바다를 육지 삼아 교역에 나섰던 가야다. 오늘날 우리나라가 나아가야 할 방향을 제시하기에 부족함이 없을 정도다. 불과 25년 후면 수로왕이 구지봉에 탄강해 가야를 건국한지 2000주년이 된다. 시민 모두가 아니 대통령의 말대로 영·호남이 함께하고 전 국민이 참여해 지혜를 모아 가야사 연구에 동참하기를 바란다. 가야사 복원사업은 김대중 정부 때에야 겨우 시작돼 노무현 정부까지도 못다 이어진 미완의 사업이었다. 이제 다시 450만 수로왕의 후손과 더불어 영·호남이 힘을 합쳐 인도. 일본을 아우르는 가야문화를 연구하고 정비해 복원할 날을 손꼽아 기다리다.

- 김미경 김해시 문화관광 사업소장 -

위와 같이 어리바리한 문재인의 말 한마디에 난리굿을 하고 있다! 그리 하여서? 가야 유적은 경남에 5개시 군 뿐만 아니라 18개시 와 군 지역에 분포 돼 있다고 난리다. 충남과 경남일대를 비롯하여 전남 순천도……. 홍성의 가야문화 복원에 대하여 충청남도가 적극적으로 나설 것을 주문하였다고 한다. 이런 자들이 국가를 다스리고 지자체장이 되어 있으니 혈압이 오른다. 국민의 세금이 허투루 쓰인다는 게! 2000년 전에 있었다는 나라를 찾아서 무엇이 우리 국민에게 도움이 될 것인가! 그렇다면? 우리나라에 가야라는 나라가 몇 곳인가 가늠이 안 되는 것이다. 그 남편 그 아내라고 했던가! 김정숙은 김해 김 씨라고 2,000년 전의 자기 시조 할머니 고향을 찾아간다고 인도까지 갔으니 참으로 어리바리한 혈족이 아닌가! 싶다. 이 글을 읽는 독자님들? 잠시 읽기를 중단하고 인도에서 2만 5,000여 리 그 험난한 뱅갈만 해역을 거처 자기 아버지꿈속에서 점지해준 가야국 수로왕과 결혼을 하려 왔다는 설화를 역사로……. 김해 구지봉에서 하늘에서 줄에 매달려 내려온 금합에서 알이 6개 있었는데 마을 촌장들이 구지가 노래를 「**구하구하**↔龜何龜何 · **수기헌 야**↔首基現也 · **약불현야**↔若不現也 · **번작이끽야**↔燔灼而喫也

※ 거북아 거북아 머리를 내밀어라 내밀지 않으면 구어 먹는다는 말이다.」부르자? 알에

서 사람이 태어나 왕이 되었다는 설화를 역사를 만들어 유네스코 문화유산으로 등재를 한다고 지랄병을 하는 지자체 장들의 형태를 보면……. 이러한 엉터리 이야기는? 1970년대에 아동문학가 이종기 씨가 「1929~1995」 "가락국 탐사"라는 책을 집필하여 허왕후가 실제로 인도에서 온 사람이라고 주장을 했다. 이에 동조한 사람은 『김수로 왕비 허황옥』책과 『허왕후 루트』집필한 고고학자 김병모 한양대 명예교수다. 그는 20세기에 들어와 만들어진 이야기가 마치 『가락국기』기술당시의 원형인 것처럼 말을 하여 수로왕시대의 역사를 만들었다. 그러나 그도 잘못 역사 탐방이라고 술회를 했다. 사실? 허왕후의 역사적 실체화는 조선조 양반가문의……. 정치의 산물인 것이다. 당 시대는 격이 높은 성 씨의 구성원들은 본관을 명예로움에 생각 하에 두고 그 격을 더 높이기 위해 온갖 치졸한 방법을 동원했다. 이러한 현상이 조선 중기 이후 더 본격적으로 심화된 것이다. 바로 허왕후가 역사적 실존인물이 되든 때가 바로 이시기 이었던 것이다. 조선에서 상당히 지체 높은 가문으로 자리 잡은 양천 허 씨가 허왕후를 적극적으로 역사화하기 시작을 한 것이다. 허왕후는 15세기 이후에 실존 인물로 굳어진 것이다. 김해 남능 수로왕 정문에 쌍어문물고기 두 마리가 마주보고 있는 문양은 조선 정조 때 그려서 넣은 것이어서 시대가 맞지 않은 것이다. 쌍어에 대한 이야기는 2001년에 내가 집필 출간한 『쌍어속의 가야사』책을 읽어보면 자세히 나와 있다. 그 책은 국사편찬위원에서 자료로 사용했다고 한다.

※ 구지가의 이름을 따서 구지문학관을 만든다는 신문기사를 보았다. 김해시청문화예술과 박춘미 예술팀장과 문화관광사업소 김성호 소장이 만나자는 연락이 와서 시청에서 만났는데? "구지문학관을 만들어 그곳에 필자의 코너를 만들었으면 한다."는 것이다. 그만둔다고 하였다.

필자는 장편소설 15편(22권) 시집 3권. 수필집 1권. 인문교양집 1권. 시선집 1권. 베스트셀러 11권 스테티셀러 11권 비기닝셀러 5권. 그로잉셀러 3권. 스타셀러 8권. 신문학 100년 대표소설 4권. 특급셀러 9권. 대중가요와 가곡 99곡을 작사를 했다.

2021년 12월에 출간된 죄와 벌 1~2권을 한국소설가협회에 2권을 보내면서 책에 관련된 자료를 모두 보냈다. 협회 회원이 책을 읽고 강작가가 엉터리 이력을 상재한다고 할까봐! 보낸 것이다. 베스트 셀러 등 자료로 등재 되어있는 사진일부는 독자들이 사진을 찍어 보내 온 것도 있다. 자비출판이 아니고 모두 기획출판을 했다.

두 줄짜리 시조인지! 노래가사인지! 문학관을 세우자고 하는 사람은 김해시 시의원인 하성자 여성 문학인이다. 이 시의원이 필자의 문학관을 세우려면 1백~2백억이 들어갈 것이라고 했던 사람이다. 이분은 시집 1권과 독서 에세이독후감! 1권을 집필 출간을 했다. 그 외 김해문인협회 회원들이 수년 전 부터 그런 말이 있었다. 그래야 자기들 책을 전시할 수 있기에……. 현재 김해시에서 살고 있는 문인 중에 필자 다음으로 책을 많이 집필한 문인은 시집 8권을 집필한 여성 문인이다! 나는 김해문인협회와 경남문인협회를 2013년에 탈퇴를 했다. 2015년에 출간하여 베스트셀러가 된 수필집 길 책 후미에 문인의 길에 자세하게 탈퇴이유가 상재되었다. 김해문인협회를 그만 둔 것은 30여년을 김해문인협회 회원송인필인 여성회원이 꼴랑 시집 1권을 출간을 했는데 필자의 책을 읽고 문맥이 맞지 않는다는 등 시비를 걸어서 꼴 보기 싫어 그만 두었는데 경남 남해로 이주를 했고 당시 같이 시비를 거는데 동참했던 문인협회회장이은호은 창녕군으로 이주를 했다. 경남문인협회는 그간에 임기를 끝낸 8명의 회장들에게……. 필자는 책이 출간되면 보냈는데 단 한사람도 책을 받았다는 연락이 없었다. 그런 자들의 밑에서 회원으로 있기엔 불편했다. 길 수필집을 읽은 독자가 "자기는 대형 출판사에서 34년을 편집부에서 일했는데 이렇게 완성도 높은 책은 처음 보았다"고 연락이 왔다. 각설却說하고…….

"왜곡된 가야사 유네스코 등재 막자"

가야사 경남연대 20일 창립
식민사관 역사바로잡기 추진

　왜곡된 가야사를 정립하고자 '가야사 바로잡기 경남연대'(이하
가야사 경남연대)가 오는 20일 창립한다. 가야사경남연대는 지난
7일 김해시 풍류동 전교조 김해지회 사무소에서 발기인대회를 했
다. 이날 발기인대회에서 가야사경남연대는 일본서기에 등장하는
다라. 기문 등 '임나7국'나라를 한반도로 정하고 합천을 다라국.
남원을 기문국으로 유네스코에 등재하는 것은 역사를 팔아먹는
행위라고 규정했다. 가야사경남연대 운영위원장(상임 대표)은 이
순일 아라가야향토토사연구회 부회장(함안) 사무국장(의령)은 조
용성(순천대학교 대학원 석사과정)씨가 맡았다. 운영위원은 이광
희 김해시위원(김해) 김진덕 전 전교조 경남지부 김해지회장(김해)
김영곤 의령행복학습과장(의령)오홍제 전국민주화운동동지회 조
직위원장(김해) 김성진 교육건축 대표(밀양) 김창호 마산가락종친
회 사무국장(창원)등이다. 가야사 경남연대는 창립초회에서 '식민
사관으로 왜곡된 가야사 바로잡기 경남연대 선언문'을 발표할 계
획이다. 선언문에는 가야사 왜곡은 '반민족반국가반역사'행위이
며 식민사관의 출발 지점은 '가야는 임나'라고 밝혔다. 가야사를
올바르게 복원하고자 2005년 영호남 지자체단체장들은 '가야사포
럼'을 만들고 가야사 복원을 추진했다. 문재인 대통령은 2017년
가야사복원을 국정과제로 채택하고 가야사 복원을 시작했으며 '가

야사고분군 유네스코 세계유산 등재'를 진행하고 있다. 하지만 복원한 가야사는 삼국유사와 삼국사기에 기록된 우리의 가야가 아니라 일본 극우 정한론 뿌리인 '가야는 임나'라고 할 수 있을 정도로 가야사를 왜곡했으며 이를 문화재청이 유네스코에 등재하려는 상황이라는 주장이다. 가야사경남연대는 이런 왜곡된 가야사를 경남 도민과 국민에게 알리고 가야사를 바로잡아 유네스코 등재를 해야 한다고 강조했다. 이순일 대표는 왜곡된 가야사와 식민사관으로 점철된 우리 역사를 바로세우고자 경남 각계단체. 개인들과 연대해 나갈 것이라고 밝혔다. 이 대표는 "가야 시조인 김수로왕. 허왕후를 삭제한 가야사가 어떻게 존재할 수 있겠느냐. 깨어있는 시민들이 우리 지역 가야사에 많은 관심을 두고 참여하기를 바란다."고 말했다. 조용성 사무국장은 "유네스코 등재시기가 올 연말 또는 내년 초인데 임박해서 창원·합천·남원 등에서 뒤늦은 토론회를 하고 있고. 토론회 자료가 문서화되지 않아 대중들은 왜곡된 가야사 실체도 알 수가 없다."며 지속적으로 왜곡된 가야사 바로잡기를 하는 게 가야사경남연대 창립 취지라고 밝혔다. 가야사경남연대는 오는 20일 오후 3시 경남도처회의실(예정)에서 창립총회를 한다. 총회참가 접수는 코로나19방역 수칙을 지키고자 인원 제한을 두며 17일 오후 6시까지 마감한다. 문자 접수와 문의는 조용성(010-9839-2353)사무국장에게 하면 된다.

- 이수경 기자 -

위의 기사를 읽고 2021년 6월에 필자가 집필 도서출판 인터북스에서 출간한 장편 역사 소설 「중국」책에 가야사관련 책이라고 연락을 했는데 구입했다며 참석을 해 달라고 했지만 코로나 때문에 못한다고 했다.

「중국」 책 구입처 전화번호 02-356-9903

김해시 구산동에 있는 허황옥 묘지 앞 주차장과 김수로 왕릉 앞 공터에도 현수막엔…….

가락국기, 부정하고, 황국사관 추종하는 역사학자, 타도하자.

〔가야사. 바로세우기. 가락종친회. 비상대책위〕

위와 같은 현수막이 걸려있다.

아래 글은 더불어 민주당

경남도당 수석부위원장 공윤권 나의 생각

정부·시·도 협력으로'가야왕도'김해를

지난주 반가운 소식이 전해졌다. 문재인 대통령이 '가야사'를 국정과제에 포함시키라는 요청을 했다고 했다. 대통령 발언의 요지는 '가야사가 백제, 신라 삼국에 비해 역사적으로 평가를 덜 받은 측면이 이다. 가야는 경남뿐 아니라 경북, 전남, 전북에 걸쳐 광범위하게 형성됐던 제국이라는 점을 고려해야 한다'는 것이다. 대통령의 발언은 가야사 복원은 경상도와 전라도로 갈라진 지역주의의 장벽을 뛰어넘는 계기가 될 수 있다는 사실을 강조한 것으로 보인다. 지난 대선 과정에서 경남선대위 정책본부장을 맡아 각 분야 교수들과 함께 경남지역 정책을 정리하는 역할을 했던 필자의 입장에서는 너무도 반가운 소식이었다. 특히 '가야사 2단계 사업'은 김해가 가야의 고도이며 수로왕릉과 허왕후릉 등 가야의 흔적이 고스란히 남아 있는 지역이라는 점에서 의미가 있다. 이 사업은 가야사를 제대로 복원할 수 있는 역사적 현안이지만 2006년 이후 11년 동안 예산 부족 등으로 진척되지 못한 지역의 해묵은 형안이다. 경남공약을 정리하는 과정에서 가야고분군 유네스코 등재와 가야사 지원 특별법 제정과 함께 가야사 2단계 사업을 포함시켰다. 너무 지역중심적인 사업을 넣은 게 아닌가 하는 고민도 했다. 하지만 그만큼 김해에 필요한 사업이라고 여겨졌기에 공약에 포함시켜다. 대통령이 직접 나선 만큼 2,000년 동안 잃어버린 왕국으로 치부됐던 가야사를 되살릴 호기를 맞이했다. 김해가 역사문화도시로서 위상을 되찾고. 신라의 경주에 버금가는 문화광광도시로 자리 잡는 계기가 될 것이라고 확신한다. 김해시뿐 아니라 경남도. 중앙정부가 유기적으로 협력해 제대로 된 가야사를 복원하는 과정이 중요해졌다. 시민들도 관심을 갖고 나서 명실상부한 가야왕도 김해를 만들기를 기대한다. 미친 또라이도어리바리한 놈 아니고 구지가에 나오듯 구간아홉 촌장↔지금의 마을 이장 들이 있는데 왕이라고 하는 인간이 있으니!

『위의 기사가 나온 뒤로 김해시에는 가야왕도라는 문구가 지천에 깔려있다. 심지어 버스. 택시. 경전철 차내와 역 안전 가림 막에도……』

인도는 한문을 쓰지 않는다. 그래서 인도가 아니다. 여기서 허황옥의 오빠 허보옥이 장유화상 최초로 가야에 불교를 들여왔다고 하는데……. 불교의 유입경로와 김병모 박사가 찾아다녔고 이종기 씨가 주장한 쌍어의 실체 알고 나면 허황옥이가 인도에서 왔느냐? 중천축국中天竺國인 중국대륙에서 왔는가를 알 수 있기 때문이다. 통전通典에 나와 있는 천축국天竺國을 읽어보면 후한시대부터 불교 발상지가 천축 국으로 통용되어 왔다는 기록이 있다. 전한시대에는 신독 국이며 장건이 서역을 개척하러 갔을 때는 대하大夏↔하나라: 김해 김 씨 원 시조 鯀의 아들→禹임금라는 제후국이 있었다는 기록이다. 김해시 수로왕 능 납 능문에 쌍어두 마리 물고기가 마주보고 있는 그림의 실체는 가야국의 성립과 관계가 있는 것처럼! 혼란스러운헷갈리는↔confused 이야기를 김해 정치인을 비롯하여 문인들도 믿고 있다.

김해시 구산동에 있는 허황옥 묘비사진

아래 글은 2021년 3월 15일 김해시보 6면의 글이다.
김해시
국제 자매도시 알아보기라는 기사다.

『김해시 국제자매도시 두 번째 도시로 인도 아요디아시에 대해
서 알아보자. 김해시와 인도와의 인연은 2,000년 전으로 거슬러
올라간다. 삼국유사 가락국기에 따르면 서기 48년 아유타국의 공주
허황옥은 16세의 나이로 아유타국 국왕의 명을 받아 풍랑을 잠재우
는 파사석탑을 실은 배를 타고 망망대해를 건너 김해로 왔다. 이
후 김수로왕과 혼인 후 10남 2녀를 두고 한국 최대 성씨인 김해
김 씨와 허 씨. 인천 이 씨. 시조모가 되었다. 왕후의 오빠인 장유화
상은 인도의 남방 불교를 최초로 전파하고 허황옥이 가져온 장군
차는 한국차문화의 시조로 높이 평가받고 있다. 아유타국의 위치는
현재 인도 우타르라데시주김해시 국제우호협력도시 페자바드시 아요디
아지 역으로 추정된다. 아요디아시는 1999년 4월 28일 마쉬라 왕손
내외가 한국을 방문한 것을 계기로 2,000년 2월 28일 김해시와 자매
결연을 맺었다. 마쉬라 왕조의 후손인 마쉬라 씨는 김해 김 씨의
후손들과 조우하고 김해시와 인연을 맺고 있었다. 김수로왕의 후손
들인 가락중앙종친회김해 김 씨 종친회는 지난 2,000년 한국의 대리석
으로 만든 허황후 유허비遺墟碑를 아요디아로 가져갔다. 인도 정부
는 아요디아의 사류saryu 강변에 유허비를 세우고 가락공원이라 이
름 지었다. 가락 종친회원들은 매년 공연단과 함께 이곳을 방문해
우호를 다지고 있다. 2018년 11월 나렌드라 모디 인도 총리의 초청
으로 김정숙 여사와 허성곤 김해시장이 아요디아를 방문하여 허황

후 기념공원 착공식에 참석했다. 정부의 신남방 정책으로 아요디아가 한국과. 인도 김해와 인도 교류의 중심지로 거듭나고 있다. 아요디아시는 코살라왕국의 초기수도로 인도에서는 힌두교 라마신의 발상지로 힌두교 7대 성지 중 하나이다. 기원전 6~5세기에는 100여개의 사원이 늘어선 불교 중심지이가도 했다. 매년 10월 중순부터 11월 중순까지 인도의3대 페스티발 중 하나인 빛의 축제 디왈리 diwali 축제를 열어 5일 동안 아요디아 전역은 빛의 도시로 변한다. 기회가 된다면 한국과 2,000년의 인연을 간직한 아요디아시를 방문하여 역사. 종교. 빛의 아름다움을 느껴보자.』

외통위 국정감사에서 정진석 국민의 힘 비상대책위원장이 "김정숙 여사 2018년도 인도 방문. 영부인의 세계 일주 꿈 이뤄준 "버킷리스트 외교"라고하자. 조정식 더불어민주당 의원은 "인도 측에서 문 전 대통령 초청이었는데 갈 수 없는 상황이어서 인도 측에서 다시 김 여사 초청장 보내온 것"이라는 mbn뉴스다. "김정숙. 타지마할 관광"이라는 여당의원 말에 야당은 김건희 여사 관련 비리를 역공을 하고 있다. ……위의 신문기사를 보면 김정숙 여사도 김해 김 씨여서. 김해 허 씨 허성곤 시장과 같이 다녀 온 것이다. 그 경비가 4억여 원이라며 "김정숙 여사의 인도 순방은 타지마할 관광이라며 그 경비를 사비로 전액 국고에 환수 조치해야한다"라고 여당의 주장이다. 야당에서는 김건희 여사의 좁쌀만 한 잘못을 찾아내어 시비를 걸고 있다. 이러다간? "대통령부인들이 숫처녀로 결혼을 했냐? 아니면 대통령이 숫총각으로 결혼을 했느냐?"따질 정치인들이다! 뚱보 김정은 일마는 핵폭탄 실험을 하겠다고 수시로 미사일 사격연습을 하고 있는데……. 우리나라 정치인들은 마냥 다툼이나 하고 있으니 국민은 걱정이 태산이다!

「서기 48년이면 1세기인데? 6~5세기에 불교가 들어 왔으며 북방불교 인데 남방불교가 들어 왔다는 것이다. 12세에 고향을 떠났는데? 16세에 떠났다는 것이다. 얼마나 모순이 있는가! 김해시 정치인이나 문인들이 내가 집필한 김해 상고사 책 5권 중 1권만 읽었어도 이러한 엉터리 역사 인식은 없을 텐데!!!」

김수로 왕 허황옥이가 인도에서 돌배를 타고 아버지 꿈에 계시 받은 가야국 수로와 결혼을 하기위해 2만 5천여 리 동방에 가야국에 돌배돌로 만든 배를 타고 왔다는 것은……. 석가는 네팔 룸비니에 태어났는데 인도에서 태어났다고 어리바리한 문재인 각시 김정숙이

인도까지 갔다 온 것이다. 문제는 문재인이 대통령 선거 때? 100대 국정 과정 중 가야국에 대한 복원 사업지원금이 1조원이라든개 또 다른? 문제는 김해시장인 허성곤 시장이 김해 허 씨양천↔허 씨 구지봉과 약? 1킬로의 거리인! 대성동 고분군을 연결하려고 김해교육청과 김해여자중학교 김해서중을 비롯하여 구봉초등학교를 다른 곳으로 이전을 시킨다는 것이다. 경남교육청장과 김해시교육청장 대갈빡이! 그 모양인가! 세상에? 이런 어리바리한 교육자와 정치인은 우리나라 역사상 처음이 아닌가 싶다!

김해시보 2021년 8월 20일
구봉초등학교 2027년 이전 개교한다

현 김해건설공고 잔여 부지로 이전
가야역사문화 환경정비사업 본격화

김해시와 경상남도교육청이 지난 8월 13일 시청 소회의실에서 구봉초등학교 이전 업무협약을 체결했다. 양 기관은 가야역사문화 환경정비사업의 원활한 추진을 위해 사업구역 내 위치한 구봉초교를 이전하고 가야역사문화를 담아 새롭게 조성하는데 힘을 보탠다. 경상남도교육청은 구봉초등학교를 현 김해건설공고 잔여부지에 1만 2,500m2 규모로 2027년까지 개교할 예정으로 이전에 필요한 행정절차와 시설공사를 추진한다. 그동안 현 구봉초교 재산 보상. 신축 예정 구봉초교의 부속시설인 다목적강당 건립 경비와 도제센터리모델링을 지원한다. 그동안 구봉초교 이전을 놓고 학교 비상대

책위원회를 중심으로 한 학부모들과 경상남도교육청. 김해시 3자
간 수차례 민간협의회를 개최한 끝에 마침내 협약 체결의 결실을
맺게 됐다. 이에 따라 김해시는 구지봉과 대성동고분군 사이 위치
한 교육시설들로 인해 단절된 구간을 복원·정비하는 가야역사문화
환경정비사업(2단계)을 본격 추진하여 가야사 벨트를 완성하고 가
야사를 재정립하는 동시에 문화유산을 보존한다. 김해시는 2000년
부터 2005년까지 시행한 가야역사문화 환경정비사업(1단계) 이후
단절 구간 복원을 위해 2018년 9월 구지봉 문화재보호구역에 편입
된 구산동 199번지 일원의 김해교육지청. 김해서중. 김해건설공고.
구봉초교의 이전을 추진해 오고 있다. 2019년 1월 김해교육지원
청. 김해서중 이전협약을 시작으로 그해 10월 김해건설공고 이전
협약을 체결했으며 이번에 마지막 이전 대상 시설인 구봉초교 이전
협약까지 완료해 본격적인 사업추진이 기대된다. 인재육성지원과
관계자는 "가야역사문화 환경정비사업의 조속한 추진을 위해 교육
시설 이전 설립이란 큰 결단을 내려주신 박종훈 경상남도교육감과
구봉초등학교 학부모님들에게 감사드린다."라며"구봉초등학교학
생들과 우리 시민들이 가야왕도에 살고 있다는 자긍심을 가질 수
있도록 가야역사문화 계승발전에 최선을 다하겠다."라고 밝혔다.

"구봉초등학교 없애지 마세요"

김해뉴스 독자기고
노서현 김해구봉초등학교 6학년

저는 김해시 구산동에 자리한 구봉초등학교 6학년 학생입니다.

행복학교 구봉초등학교는 가야사 복원으로 학교 일대를 개발계획에 따라 폐교위기에 노였습니다. 이 이야기를 들은 우리들은 구봉초등학교를 살리기 프로젝트를 시작하게 되었습니다. 구봉초등학교를 없앤다고 가야사가 복원되는 것이 아닙니다. 구봉초등학교를 없애고 유물 발굴을 해야 한다는 것은 올바르지 않습니다. 차라리 미리 개발된 공원과 유적지를 더 잘 관리하여 가야사와 구봉초등학교를 함께 살리는데 마음과 뜻을 모아야할 것입니다. 구봉초등하교는 추억의 장소이자 저희의 고향입니다. 6년이나 함께 놀고 배우던 것이 없어진다면 정말로 상실감이 클 것 같습니다. 적어도 저희학교 학생들. 학부모님들. 선생님들께도 양해도 구하지 않고 강제로 가야사 복원을 얘기하고 학교를 폐교시킨다는 것은 있을 수 없는 일입니다. 또한 학교는 학생들의 추억입니다. 물론 추억은 기억이고 과거입니다. 하지만 추억의 장소라면 어떨까요? 추억의 장소는 사람과 사람의 관계를 이어주기도 하는 중요한 곳입니다. 이런 중요한 곳이 없어진다면 어떨까요? 저는 30년 후에도 저의 아들딸과 함께 다시 와서 저의 어린 시절을 함께 추억하고 이야기해 주고 싶습니다. 학교가 없어지면 마을에 사는 아이들이 없어지고 점점 모두 떠나면 이곳에 올지 안 올지도 모르는 관광객만 남을 뿐입니다. 또한 아이들은 더 거리가 먼 학교로 가야하기 때문에 안전하지 않습니다. 우리 학교가 없어지는 것은 우리 학교만의 문제가 아닙니다. 학교는 아이들의 배움터이고 아이들이 가장 많이 시간을 보내는 보금자리인 학교가 사라지면 아이들도 떠나고 어른들도 떠나 마을이 사라지게 될 것이기 때문입니다. 구봉초등하교 주변에는 해반 천과 박물관과. 구지봉 등 유적지가 있어 가야사를 체험하고 공부하기에 적합한 곳입니다 .이 좋은 하교를 우리들만 누리지 않고 신입생들이 배움을 계속 이어갈 수 있도록 한다면 가야사 공원이 아니라 가야사를 지킬 아이들이 남게 되는 것입니다. 우리들의 희망과 꿈이 계속 이어지길 바랍니다. 대한민국 헌법 제10조는 '모든 국민은 인간으로서 존엄과 가치를 가지며 행복할 권리를 가진다. 국가는 개인이 가지는 불가침의 기본적 인권을 가진다.'입니다. 우리는 행복할 권리가 있습니다. 그렇기에 구보초등하교에 들어오고 싶어 하는 미래의 신입생과 폐교되기를 원하지 않는 학생들의 행복을 위해 폐교하지 말아야 합니다. 또 헌법 제14조 '모든 국민은 거주. 이전의 자유를 가진다.'라는 내용이 있습니다. 우리 학교학생들은 이전할 마음이 전혀 없고 오랫동안 거주해 왔으며 계속해서 학생 수가 늘어나고 있는 상황입니다. 그러므로 고봉초등학교를 폐교하지 말아야 합니다. 최근 우리 학교 앞에 '김해시민헌장 비석이'이 세워졌습니다. 김해시민헌장에는 '우리는 서로 존중하며. 배려하는 마음으로 함께 사는 공동체를 만든다.'는 내용이 적혀 있지만 아이들이 배우고 꿈꾸고 배워가는 공동체인 학교를 가야사 복원으로 사라지게 만든다는 것은 김해시의 약속과 다릅니다. 혹시 졸업하면 흩어질 우리들을 공동체가 아니라고 생각하십니까? 자녀들이 자라서 다른 지역에 떨어져 살더라도 한 가족인 것처럼 구봉초등학교를 졸업하는 학생들과 학부모님들은 모두가 하나가 되는 공동체인 것입니다. 김해시가 우리 학교 공동체를 존중해 주신다면 저희 학교를 폐교하지 말아주시기 간곡히 바랍니다. 우리들은 아직 학생이지만 충분히 무언가를 소중이 여기고 아낍니다. 소중히 여기고 아끼는 것을 잃고 싶지 않습니다. 우리 학교의 역사가 이어질 수 있도록 도와주십시오.

※ 위의 글을 읽고 구봉초등학교를 찾아가서 노서현 학생을 만나 가야사 잘못을 자세히
이야기를 했다. 필자의 아들도 이 학교를 다녔다.
교육청과 학교들을 이전한다는 일로 허성곤 김해시장은 선거에 낙선을 했다. 학교에
관련된 투표할 인원이 몇 명인가?

김해시는 2000년부터 2005년까지 시행한 가야역사문화 환경정
비사업(1단계)이후단절 구간 복원을 위해 2018년 9월 구지봉 문화
재보호구역에 편입된 구산동 199번지 일원의 김해교육지원 청. 김
해서중. 김해건설공고. 구봉초교의 이전을 추진해 오고 있다. 2019
년 1월 김해교육지원 청. 김해서중 이전 협약을 시작으로 그해 10월
김해건설공고 이전 협약을 체결했으며 이번에 마지막 이전 대상
시설인 구봉초교 이전 협약까지 완료해 본격적인 사업 추진이 기대
된다. 인재육성지원과 관계자는 "가야역사문화 환경정비사업의 조
속한 추진을 위해 교육시설 이전 설립이란 큰 결단을 내려주신
박종훈 경남도교육감과 구봉초등학교 학부모님들에게 감사드린
다."라며 "구봉초등학교학생들과 우리 시민들이 가야왕도에 살고
있다는 자긍심을 가질 수 도 있도록 가야역사문화 계승·발전에
최선을 다하겠다."라고 밝혔다. 교육시설을 이전을 하면 그 금액이
천억이 들어갈 것이다!

위와 같은 일은 어리바리한 문재인이 가야 역사에 대한 지원을
선거공약으로 국민의 세금을……. 따지고 보면 매표행위다! 그자의 각
시는 인도를 다녀오고 둘 다 영창감이다! 김정숙이가 인도에 대통
령전용기 휘장을 단체 인도를 다녀 올 때 김해시 허성곤이와 같이
갔다 왔다. 허성곤이가 김해 허 씨다. 2005년까지 가야사 복원이

중단이 되었는데 문재인이 2017년에 선거 때 가야사 본원을 공약을 해서……. 필자가 집필한? 쌍어속의 가야사. 아리랑 시원 지를 찾아서. 임나가야. 아리랑은. 책에는 가야국이 중국에서 태동이 됐다는 이유를 상재를 했다. 또한 2021년 6월에 출간된 ♡중국♡ 역사 소설에 더 자세한 기록을 찾아 상재했다. 앞서 이야기 했지만 4권이 베스트셀러가 되었고 2권은 국사편찬위원에서 자료로 사용했다는 것이다.

교육시설을 이전하고 구지봉을 연결하려는 정치인들의 대갈통이 그 모양인가! 구지봉이라는 곳은? 앞서 이야기를 했지만? 가야국 태동 때 하늘에서 내려온 줄에 금합이 묶이어 내려와 금합 속에 황금알이 6개가 있었는데……. 알속에서 사람이 나와 김해 김수로가 되었고 나머지는 경남지역에 흩어져 왕이 되었는데? 바로 6가야국의 왕이 되었다는 것이다. 구봉 초등학교 학부형과 학생들이 학교 이전반대 농성을 할 때 내가 택시를 타고 학교 옆을 지나가는데? 택시 기사분이 "자기도 김해 김 씨인데 절대로 가야국 태동 이야기를 믿지 않는다."했다. 또한 원고 출력을 하는데? 여자 사장이 출력한 원고를 보더니? "아이고! 김 씨들 그만큼 김해시민 세금을 사용을 했으면 자숙하라"는 말을 했다. 자기 씨족도 거짓말이라고 하데……. 아마 그런 공사를 하려면 국민 세금 몇 천 억을 사용 할 것이다. 자기네 문중 돈을 사용을 하면 나도 집필 중단할 것이다. 독자님들 잠시 읽기를 중단하고 위와 같은 일을 보면 화가!!! 자기 문중 돈도 아니고 국민의 세금으로 하니까 문제다. 아무튼……. 대성동 고분군을 부경대에서 3번이나 발굴을 했는데 가야국이라고 확인할 유물은 없었다고 했다. 당시에 발굴현장을 야간에 경비를 했던 소설가 김현일 선배의 말에 의하면 도자기파편이 조금 나왔을 뿐이라고 했다. 지금 대성동 박물관에 가보면 도자기와 도자기 파편이 엄청나게 많이 나온 것처럼 전시되어 있다. 『잊어진 왕국』을 집필한 이점호 경남신문 편집국장을 창원에 있는 본사를 찾아가 이야기를 나누었는데? "가야국의 유물이라고 단정 할 유물은 단 한개도 나온 적이 없었다." 는 것이다. 내가 집필한 쌍어속의 가야사 책에 당시 대성동 고분군 현장사진이 상재되어 있다. 무덤은 없었으며 할머니와 손녀가 밭농사를 짓고 있는 모습을 촬영하여 상재를 했다. 왕궁 터에 농사를 지을 수 가 없다. 그런데? 2019년 대성동 끝자락을 발굴하여 그곳에서 지배계층 유물이 많이 나왔다는 것이다. 처음 공사를 목격한 나는 또 "거짓 유물이 나온다고 할 것이다!"라며 김해 예총사무실에서 직원들 앞에서 말을 하였다. 그것만 아니다? 가야국 왕궁 터라고 하는 봉황동을 가보니. 그곳에도 산자락 끝을 파 뒤집고 있는데. 옆에 건물입구에 출입금지라는 간판이 있고. 건물 안에서 철물을 다루는 소리가 요란했다. 조금 지나면 그곳에서도 유물이 나왔다고 오도 방정을 떨 것이다! 지금의 기술로 옛날 유물은 얼마든지 만들 수 있다. 다음에 들어가?

『다음 사이트에 일본 희대의 유물조작사건【후지무라 신이치】사건을 찾아보면 일본의 신석기시대와 구석기시대 유물조작사건이 자세히 나와 있다』

51세에 문단에 나온 후 30권을 집필 기획출간을 했다. 앞서 이야기 했지만 김해 고대사 역사소설을 5권을 집필하여 4권이 베스트셀러가 되었고 2권은 국사편찬위원에서 자료로 사용했다는 것이다. 김해 현대사인 『살인 이유』도 집필하였는데 당시의 살인 현장 사진과 껄끄러운 장면을 삭제 시키고 집필을 해서 사진과 삭제된 부분을 상재하여 출간을 하려고 이 글을 집필하였다. 이 책으로 인하여 현 정치인은 우리나라 역사상 가장 나쁜 정치인으로 기록될 것이다! 문재인 대통령 100대 국정과정에 가야사가 포함되어……. 쌍어속의 가야사를 집필 때 이조 500여 년을 27명의 왕이 통치를 했다고 했다. 가야국은 10명의 왕이 491년을 통치했다는 어리석은 정치인이 있으니! 유치원 초등학교에 가면 하나·둘·셋·넷·숫자 개념부터 배우는데. 이조 500여 년을 27명의 왕이 통치를 했는데! 가야국 왕은 하늘에서 줄에 금합이 매달려 내려 와서 금합 속에 6개의 알에서 사람이 태어나 수로왕이 되었으며……. 10명의 왕이 491년을 통치했다! 애수 부활보다 더! 거짓말이다! 지금으로 부터 2.000년 때는 인간의 평균 수명은 39세 정도였다는 것이다. 그런데? 이런 어리바리한대갈통이 정치인들 때문에 국민의 세금이 한 성 씨 집단의 우상화에 쓰인다니! 기가 막힐 노릇이다. 아마 정신 건강正身健康↔mental health에 이상이 있는 지! 문재인 각시 김정숙이는 고대 자기 씨족 할머니 고향을 찾으려고 국민의 세금을 낭비하면서 인도 방문을 했으니 얼마나 어리바라한가! 한민족 어린이는 태어났을 때 엉덩이에 푸른 몽고반점이 100%있다. 일본인들은 95%몽고반점이 있다. 나머지 5%로 일본 야만인先住民을 우리 선조가 건너가 통치하여 오늘의 일본국이 탄생한 역사를 풀어 쓴 글이다. 그 후 손들이 김해로 내려와 살았으며……. 지금의 조상 묘인 수로왕릉을 가묘家廟↔가족? 씨족이 만든 묘로 했다고 했다. 가락국은 1대 수로왕에서 10대 구해 왕이 신라에 항복할 때까지 491년을 통치했으나 1대의 통치기간을 평균 30년으로 늘려 잡아도 이는 연대 상 모순이며 1대 수로왕과 왕비의 묘는 잘 보존돼 있는데……. 후대 왕들의 묘역이 없다

는 사실도 그 근거로 든다. 4~5세기 동아시아 가야를 주제로 한
가야사 국제학술회의가 김해 국립박물관에서…… 부경대 이근우
교수 사회로 시작되었다. 령목종민鈴木政民·일본국악원 대 교수·
송계현 부산 시립박물관 복천 분 관장·제동방齊東方·중국 북경
대 교수·김태식홍익대 교수·주정청치酒井淸治·일본 구택대駒澤大·
유제병 충남대 교수·유용현고려대 교수·부산대 고고학신경철 교수·
토론사회자로 나온 주보돈경북대 교수·이남규한신대 교수·김두철·
동국대 교수·권주현계명대 교수 등 국내외 유명한 사학자들이 모여
가야사 학술회를 하였다. 그들의 토론 자료들은 모두가 한문으로
되어 일반 방청객들은 그들의 엉터리 가야사를 논하는 이야기만
들을 뿐이다. 그들이 준비해온 자료집만…… 2일간 읽고 질문하고
답하는 식이었다. 방청석에서 노신사가 "그까짓 자료야 집에 가서
두고두고 읽으면 되는데! 아까운 시간 보내지 말고 방청석과 대화
를 하자!"사회자는 "토론이 끝나면 30분간 대담시간이 있으니 그
때 발언권을 주겠다!"는 것이다. 토론이 끝나고 방청객과 대담이
이루어졌다. 노신사는 재동방중국 교수에게 "중국에서 왔으니 사료
가 많을 것이다!"라면서 질문을 하였지만…… 내용이 잘 전달되지
않았고 노신사와 동행한 분이 일본 교수에게 "지금 한국과 일본이
역사교육 때문에 시끄러운데 당신은 어떻게 생각 하느냐?"질문에
"지금 일본의 역사교과서 왜곡을 인정하지 않기 때문에 이번 학술
회에 참석하였다"는 것이다. 다행이 나에게 질문기회가 주어 졌다.
필자는 신경철 교수에게 사전에 소개되었기 때문에 "소설가이며
가야사를 다룬 책을 출판 준비 중이라고 인제대학교 이영식 교수와
만남과 허명철 박사도 만났다"는 이야기를 했다. "저는 사단 법인

한국 소설가 협회 회원이다."중국 재동방 교수에게 "산해 경을 읽어 보았는가? 중국은 문화혁명당시 사료와 고고학적유물이 많이 훼손 되었다는데……. 우리보다는 많이 보존되었을 것이다! 1985년에 이화여대 정재서 교수가 역주한 산해경과 한국 상고사학회 이중재회장이 번역한 산해 경을 참고하여 가야사를 집필을 끝내고 출간 준비 중이다. 가야사는 중국에서 성립되었다는 산해경의 기록이다 어떻게 생각하느냐?"그는 "산해경은 동물과 지리 지역을 기록한 역사책이라고 하였다"원론적인 답변을 하였다. 김태식 교수는 맺음이란 말에서 "가야사는 지금까지 한국사에서거의 잊어진 역사였다. 문헌 사료를 기준으로 하여 고대시기에 존재하였던 국가 수를 가지고 시대 구분을 할 때 우리가 알고 있는 삼국시대는 562년부터 660년 까지 98년 간 지나지 않는다. 물론 역사는 후기로 갈수록 속도가 빠르기 때문에 그 98년간 신라의 모든 국가재도가 정비되었다. 그는 앞의 지나간 역사를 무시할 수 있을까? 본인은 오국시대와 사국시대를 넣을 것을 제안 한다."는 것이다 .나는? "1대 수로왕에서부터 10대 구해 왕이 신라에 항복 할 때 까지 491년이라는 것도 엉터리라 하였고 대개 신라는 1,000년 고구려와 백제는 700년 부여와 가야도 600년 이상 존손 하였다"는 기록인데 나는 이 연대의 잘못도 지적을 하였다. 그러나 교수들은 단 한 사람도 답을 못하였다. 이런 세미나를 하면서 그들의 경비가 엄청날 것이다! 국민의 세금으로……. 중국북경대학교 제동방 교수의 자료에서 척발선비인拓跋鮮卑人 들의 신화와 전설에 대한 내용이 상재되어있어 관심이 갔지만 원문 내용이 제대로 안 되어 일반인들이 알기는 어려웠을 것이다! 척발선비인은? 문헌을 찾아본 결과 고대 몽고족에 딸린 유목민 또는 그들이 세운나라. 당나라 이 후에 한족에게 동화된 부족으로 알고 있다. 우리국민은 일본의 역사를 거짓과 오만의 역사란 것을 모두들 잘 알고 있다. 김해 박물관 울타리와 김해문화원 울타리엔 수 십 면에 쌍어 문양이 부착 된 된 철물구조 울타리다. 내 책 쌍어 속의 가야사를 모든 사서에서 찾아 집필을 했다. 이 책이 출간 후로 쌍어에 대한 말은 김해시에서 완전히 사라졌다가 민선 7기인 지금의 시장인 허성곤김해 허 씨 시장이 당선 된 후 가야 왕도라고 김해시 버스·택시·경전철역사 등과 건물 유인물에 도배를 해 버렸다. 2019년에 쌍어 문양인 박물관 펜스 전면 부를 철거하고 옆 면부를 조금 남겨두었다. 왜 그러한지……. 일본도 역사를 왜곡한 것이 이번 한번뿐이 아니다. 근간에 발행된 중학교 교과서에 왜곡 부분을 교정하라고 압력을 우리는 하였지만? 그들은 끝까지 우리를 비롯하여 주변 국가들의 항의도 무시하고 채택하려 하였다. 다행히 몇 개 안 되는 학교에서 채택하였을 뿐이다. 그들은 을사조약을 강제로 하여 1905년부터 끈질기게 내정간섭을 하여 1910년부터 1945년까지 식민 지배하에 수많은 사서들을 불태웠고 일부는 탈취해가……. 일본의 사학자들을 시켜 역사가 자국에 불리한 부분을 소멸시키고 교정하였다. 우리는 변변한 사서한 권이 없는 상태이다. 삼국유사는 정사가 아니다.야사인↔소설 삼국사기 등 몇 안 되는 사서들로 우리의 역사를 고증하기가 더 어려워 그들의 왜곡된 부분을 정확한 고증을 통하여 잘못된 역사임을 확인시켜주는 반박자료 하나 내놓지 못하고 있다. 더구나 삼국사기는 유교적 색채가 짙은 김부식에 의해 쓰여 졌기 때문에 많은 곳에서 잘못된 기록을 볼 수가 있다. 삼국유사는 김 일연이 집필 했다. 가야사를 정사로 착각하는 정치인들이 21세기에 있다니 정신 참으로 한심하다. 여기서 오해의 역사란 것이 언제나 승자의 편에서의 기록여서 일본본기와 일본서기는 조작될 수밖에 없는 것이다! 그들의 조작에 동참한 식민사학자들도 한 몫을 하였다. 어떤 골빈 학자들은 조작설을 주장하는 재야사학자들을 가리켜 "우리나라 **역사서의 신빙성을 훼손하려는 식민 사학자들의 뇌리에 부화뇌동하는 격이 된다.**"고 지껄이고 있다. 참으로 웃기는 놈들이다! 그러한 말을 지껄이는 학자들은 그 동안 무엇을 하고 있는가? 변변한 역사책 하나 집필하지 못한 그들이 사학자라고……. 그들은 역사의 진정성眞正性↔authenticity으로 집필을 하지 않고서 재야 학자들을 비방할 수 있는가? 우리는 지난 세월 동안에 힘없고 외세에 대한 무방비 때문에 외세의 침입을 수많이 받은 국가다. 그래서 십대 사료滅失 보더라도 **본문기록**에 있는 그 많은 사서들이 전란과 종교적 이유 등으로 방화되거나 탈취 당하였다. 국내의 고대와 중세 역사서들은 미미하기 짝이 없다. 역사란 사랑과 먹을 것을 찾아 움직이었던 인간들의 삶을 이야기들을 기록한 것이 역사다. 고고학적 유물은 민족의 이동 사移動史 이다. 고고학 유물은 역사로 정립하기 매우 어려운 것이다. 필자는 상고사 학자로서 사명使命↔on a mission을 띠고 일본이 끝까지 주장하고 있는 임나 본부 설이 허구이고 가짜로 만든 그들의 기록을 반박하기 위하여 임나가야사를 집필하기도 했다.

앞서 이야기한 일부분 일본의 역사연구가와 데라모또 가쯔유끼 명성대학 교수 加藤興二 일본 규택 대 교수·중국 북경 대학교 제동방 교수·국내대학 고고학 교수·사학 교수 등과 학술강연회에서 질문과 세미나 자료 등으로 풀어……. 일본과 중국의 고대사서와 국내 몇 남지 않은 사료들을 인용하고 현장 탐방 등과 지리 지도상에 나타난 지명을 포함하여 건국 이래 최초 임나가야 실체를 밝혔다. 임나가야 실체를 밝히려면 가야국과 백제가 한반도에서 성립되었느냐? 아니 되었느냐? 열쇠를 쥐고 있다. 흔히들 신비의 왕국·환상의 왕국·비밀의 역사왕국·하지만 신비도! 환상도! 비밀왕국도 아니다. 가야국은 한반도에 성립된 적이 없다. 각종 문헌에 나타난 구야국狗·개↔구 耶·아버지↔야 개의 나라라고 의문이 간다는 뜻의 구야국이 아니고 구야국俱耶國 아버지가 갖춘 나라라고 해석할 수 있다. 이는 사료를 멸실시키면서……. 즉? 갖출 구자에다 어조사 야로 쓰지만 아버지야자로 쓸 수도 있다.

『의문을 나타내는 조사이야助詞二耶 아버지 나라 구야국이며 아버지가 세운 나라 옛날 아버지가 세웠던 나라의 뜻으로 풀어 보면 쉽게 답을 찾을 수가 있다. 임나任那는 임은 어머님이라는 뜻이다. 임나 국이나 구야국은 어머님과 아버지 나라라는 뜻이다』

나那는 어찌 나 자이다. 어머님을 어찌 잊을까·어머님의 나라로 해석할 수 있다. 중국 대륙에서 성립된 가야국이 전란으로 망하게 되어 멸문지화를 면하기 위하여 변방으로 피난을 온 가야국 지배계층 부족 집단이 낙동강을 타고 영남지방까지 피난을 온 것이다. 그러한데? 일본이 한동안 임나일본본부를 김해에 세워 조공을 걷었다고 억지를 부렸다. 임나일본부姙那日本府 일본이 관청을 만들어 세금을 걷었다는 것이다. 임나가야 임姙은 어머니란 뜻의 글자이고 나는 어찌 나란 글이다. 임나가야姙那加耶 어머니가 있는 나라란 뜻이다. 가야에 사는 부모가 김해평야에서 생산된 알곡식을 일본에 있는 자손에게 보내준 것을 잘못 해석을 하고 김해 땅에 관청을 세우고 곡식을 거두었다는 것이다. 임나가야 책을 출판을 하여……. 일본 주정청치酒井淸治·일본 구택대驅澤大·교수에게 보낸 후 일본본부라는 말이 완전히 사라졌다. 2019년 9월 28일 일본 관광청을 관할하는 아카바 가즈요시 국토상이 "한국은 일본 문화를 전해준 은인의 나라다" 라고 말했다.

도청도설
부산 국제신문 남차우 수석논설위원 글

임나(任那)

  대가야경북 고령가 신라 장수 이사부에 무릎을 꿇고 망한562년진흥왕 23년 이후 가야의 세력은 역사에서 완전히 자취를 감춘다. 역사는 승자의 기록이라고 말 하듯이 신라가 앞서532년법흥왕 19년)에 금관가야경남 김해를 무너뜨리고 자기 세력권에 넣었다는 등 가야패망사만 있을 뿐 가야연맹체에 대한 기술은 어디에서도 찾아볼 수가 없다. 옛 가야의 실체를 들여다 볼 문헌사료가 불비한 이유다. 1970. 80년대 가야 고분들에서 화려한 금동 및 철기유물들이 쏟아져 나와 가야의 높은 문화수준이 주목되면서 그나마 역사적 공백을 매울 수 있었다. 가야 세력 스스로의 기록이 없다보니 초기 가야 명칭도 이웃나라 기록에 기댈 수밖에 없었다. 고구려 장수왕이 부왕의 업적을 기리기 위해 세운 광개토대왕비에 '400년의 왜의 침입을 물리

쳤다'는 내용에 나오는 임나任那가 최초 기록이다. 임나가 가야라는 데는 뜻을 같이하면서도 우리나라와 일본의 해석에는 다소 차이가 난다. 우리는 삼국사기를 근거로 임나가야任那伽倻의 줄임말로 금관가야로 본다. 일본은 일본서기에 바탕 해 가야의 여러 연맹체를 통틀어 일컫는 표현이라고 풀이하고 있다. 문헌기록이 빈약하다보니 남겨진 기록을 아전인수식으로 해석한 역사적 왜곡이 '임나'를 중심으로 자행됐다. 그 대표적인 게 일본 고대 야마토大和정권이 4세기 후반 가야 지역을 차지하고 있었다는 임나일본부任那日本府설이다. 광개토대왕비문의 초기 탁본을 중심으로 일본이 이런 주장을 펼쳤다. 이의 부당성을 알린 이는 부산 강서구 녹산 출신의 제일 사학자 이진희 선생이다. 1972년 '광개토왕비문의 수수께끼'란 논문에서 선생은 일본이 석회를 발라 글자를 조작했다고 주장했다. 이를 계기로 일본은 물론 동북공정에 열을 올리는 중국까지 가세해 이 비문 연구가 활발해 졌다. 일본 문화 청이 삼국시대 일본으로 흘러들어간 유물들에 최근 임나시대 유물로 표기했다는 소식이다. 사실과 달리 유물 몇 점으로 우월감을 고취시키려는 유치한 발상이다. 잠잠하던 임나일본부설을 기정사실화하려는 사전 움직임으로도 보인다. 2003년 양국 학자들 사이에 이 문제를 두고 논의한 끝에 실체가 없는 것으로 결론 난 사안이다. 하기야 피해자가 엄연히 생존해 있는 종군위안부 문제도 부인하는 일본정부다. 그런 일본이니 1500년 전 역사 왜곡쯤이야 여반장이 아닐까 싶다. 역사에서 배우기커녕 왜곡하는 나라가 좋은 이웃이 될 수 있겠나.

『2001년 8월에 출간한 쌍어속의 가야사 책 전면에? 2001년 5월

22일 오전 11시 경북 고령 대가야 고천 원 동산에서 일본 고고학 교수와 사학교수들이? 일본 왕실에는 입는 화려한 옷을 입은 가족 3명과 5명의 교수들이 일본 천황 제사를 지내는 모습·절을 하는 장면 2장과 김해 금관가야의 후손인 임나가야가 일본을 경영했다는 것을 증명하는 시비·일본노래비·고천원에서 바다를 건너 오늘의 일본을 만들었다고 기록이 된 시비·3개를 찍은 칼라 사진이 상재되어 있다. 당시에 그들이 제사를 지내는 날에 필자를 초대를 하여 김해에서 경북 고령군까지 찾아갔다. 비석은 엄청나게 큰 돌에 시와 일본 천황의 조상의 출발지라는 글이 적혀있다. 임나가야 책을 집필 후 참석을 하지 않았다.』

우리의 근대의 사극 물을 보면 알 수 있듯이 역적이나 패전국이 되면 3대를 멸하여 그 본바탕 씨를 없애는 참혹한 형극을 당하게 된다. 근본根本 뿌리 자체를 없애 버리려 했다. 중국 대륙에서 성립된 왕이나 또는 지배계층 또한 반란을 도모했다가 실패한 역적 가문들이 김해지역으로 피해온 이들은 지칠 대로 지쳤다. 일부 젊은이들은 배를 타고 일본으로 건너갔다. 늙은 부모들은"우리는 죽어도 좋으니 너희들이나 살아라."하여 일부는 경북 고령 산간 지역으로 피하여 갔다. 다행히 이곳까지 추적이 없어 늙은 부모들은 김해의 선주민: 先住民·통치하였고 아버지가 세운나라 구야국: 俱倻國·이라고 칭하고 기록을 남겼다. 이들이 김해지역의 지배계층이 되었건만…… 선조의 묘역이 없어 대륙의 1대왕이었던 김수로왕과 왕비 묘를 가묘假墓↔家廟 하였다. 그 이유는 "쌍어속의 가야사"에서 밝혔듯이 김해지역에 1대 수로왕과 왕비 묘는 잘 보존되었지만 후대 10대 구해 왕이 신라에 항복할 때까지 통치하였으니 18개 묘가 없는 것이다. 김해지역에서 아무리 찾아보아도 1대왕과 왕비의 묘는 잘 보존되어 있지만 후대 왕들의 묘를 찾지 못하고 있는 것이다. 1대왕의 묘를 지금처럼 잘 보존되어 있는 것은 후손들이 가꾸고 지키고 있다는 뜻인데……. 구해 왕을 비롯한 왕들과 왕비의 묘는 전부 없애겠다는 것이고 화장을 해버리지 않았다면 1대왕보다 더 보존이 잘되어 있어야하고 만약 대성동 고분군을 「수로왕의 후대 왕들 즉 지배계층 묘역이라고 주장하는 곳」 경상대학에서 발굴 「4차례 1990년 초에 3차례 2여년에 1차례 발굴당시」 당시 엄청난 유물들이 발굴되었을 것인데! 가야국의 지배계층 묘라고 할 수 있는 유물들이 발굴되지 않았다는 것이다. 그 이유는 김해박물관에 전시된 유물이 빈약하고 지배계층의 유물로 보기 어렵기 때문이다.

유물이 발굴되지 않았다는 것은 발굴 당시 현장 보존이 안 되었기 때문이다. 지배계층 묘수로왕 후손 왕들 묘가 없었기 때문이다. 만약 2대에서 10대 구해 왕들의 묘였다면……. 발굴자들과 김해 김씨·김해 허 씨·인천 이 씨·등 지탄을 받아야 하며. 문화정비 과와·향토사학자·김해 시장 등은 조상에게 큰 죄를 지은 것이다. 가짜 묘역이었기 때문에 아카시아 나무 자생지였고 밭농사를 짓게 방치한 것이다. 이것을 증명할 수 있는 것은 발굴당시 사단법인 한국소설가협회 회원이신 소설가 김현일 선생님이 「회색 강 출판했다」 "7개월 간 경비를 보셨는데 중요한 유물은 발굴되지 않았고 도자기 몇 점이 발견되었다"고 하였다.

2001년 발굴당시 현장에 열 번도 더 가서 보았고 필자 질문에 대학생인 발굴요원이 이렇다할만한 유물이 없다고 하였다. 포크

레인 기사에게도 물어보았지만 도자기 파편 몇 개만 나온다고 하였다. 이러한 필자의 확인 작업은 그때 "쌍어속의 가야사" 집필을 마무리 할 때이었고 혹시나 우리도 일본 고고학계처럼 엉터리 역사를 조작하려다 들켜 개망신을 당한 것처럼 할 수도 있다는 우려 때문이다. 접근은 처음에는 막았지만 "국민의 세금으로 모든 일을 추진하는데 나도 세금을 내는 이 나라 국민이어서 참관할 수 있다"고 하여서 "발굴 작업에 방해가 안 되는 선에서 지켜보아도 된다."고 하여 허락을 받고 현장을 찾아가 보았다. 발굴 현장 앞에 있는 자동차서비스센터 직원들이 나를 의심스러운 눈초리로 보았다. **도굴꾼**이 아닌가 하는 어투로 물어 와서 나의 신분을 밝혀 웃음을 자아내게 하였다! 시도 때도 없이 찾아가 경계선 밖에서 기웃거렸으니 말이다. 앞서 이야기 했지만…… 삼국사기 가락국 기록 등 수로왕이 491년을 통치하였다는데 가야국 성립년도 때는 일찍 혼인하기 때문에 1대 통치기간을 20년을 계산하였다. 늘려 잡아 30년 평균 통치기간을 계산하여도 구해가 신라에 항복할 때까지 10대이며 300년인데 491년 통치가 말해주듯이 김해는 금관가야는 성립되지 않은 것이다. 독자들도 이 부분에서 이해가 가지 않을 것이다! 대가야를 살펴보면 얼마 전에 PSB에서 대가야를 1·2부 방송하였는데 웃기는 일이다. 허기 사? 방송작가들이 역사공부를 특히 사학의 꽃인 고대사를 알고 있을 리 없다. 그들은 고고학·역사 번역 작가들이 쓴 책으로 구성하여 방송 원고를 쓰기 때문이다. 김부식이 쓴 **삼국사기도** 한 페이지 분량이니 어떻게 알 것인가? 고령가야는 둘째 지배계층이 가서 선주민을 통치하였다. 일본으로 못간 그들의 집단집안은 그곳에서 죽으니 묘를 크게 쓸 수밖에 없다. 도굴을 방지하기 위해서다. 김종직 선생 무덤 시살에서 보았듯이······.

『연산군이 생모의 원한을 갚기 위해 김종직 선생의 무덤을 파서 부관참시를 한 일죽은 뒤 큰 죄가 드러났을 때 관을 쪼개고 유골의 목을 배어 극형을 행하던 일』

이들을 추적하여 이곳까지 올까봐 불안을 느낀 자손들이 선조의 묘를 대형 봉분으로 하여 설혹 추격대가 발굴하더라도 많은 인원을 동원해야하고 돈도 많이 들며 시간이 많이 걸리기 때문에 크게 만들 수밖에 없었다. 경주시 신라고분도 광활한 들판에 묘를 만들었다. 막힘이 없이 잘 보이기 때문이다. 대륙의 통치자가 추격대를 보내면 필시 묘를 파고 그 부장품으로 가려낼 수 있기 때문이다. 상고 때는 자기가 쓰는 물건을 같이 매장하였다. 그 풍습은 수 천년이 지난 지금 이 시대에도 이어지고 있다. 지금도 고인이 아끼는 물건을 같이 묻어 준다. 필자는 어머니의 무덤에 어머니가 끼고 있던 반지 등 약간의 물건을 같이 묻어 주었다. 사천에서는 김해 김 씨 독자가 전화로 질문을 하였다. "무엇 때문에 산꼭대기에다 매장을 하느냐고 물었다." "그것은 도굴을 면하려면 대형 묘이기 때문에 잘 보이는 곳에다 매장하였으며 이들이 피난 오면서 지배계층이었기 때문에 고급 유물들이 있는 것을 알고 일반인들이 하는 도굴을 방지하기 위함이다."라고 설명하였더니 "이해가 간다고 하였다."자기도 "경남지역에 여러 곳에서 그러한 묘들이 잡목이 우거진 숲 속에 많이 있는 것을 보았다고 하였다."그는 "지관풍수이라고 하였다."그곳은 필자가 밝히지 않겠다. 그 외? 아라 함안가야 등도 위와 같이 선진문물을 가지고 갑자기 유입된 이민족들이다. 고고학계에서 주장하는 것을 뒷받침하듯이 유물을 관심을 가지고 보면 알 수 있다. 유물을 보면 갑자기 선진문물이 들어왔다. 고고학에 권위 있는 부산대 신경철 교수의 주장과 필자의 견해와 맞아떨어진다. 그러면 일본으로 건너간 젊은 지배계층은 어떻게 되었나? 동경대학교 명예교수인의 강상파부전사江上波夫傳士 기마민족 남하 설이란 학설을 빌려올 필요도 없이 우리의 한민족은 우랄알타이에서 온 몽고 일종이다. 아기가 어머니의 배에서 태어났을 때 엉덩이에 푸른 반점이 있다. 그것은 몽고 반점이다.

【설화 설에서는 삼신 할 매가 험악한 세상에 안 나가려는 아이를 발로 찼다고 한다. 그래서 발로 차인 자리가 멍이 들어 푸른 반점이 있다고 구술전승 설화다. 중국中國·한국韓國·일본日本·3나라는 동조同祖 동근同根이다.】

한민족 어린이는 100% 있고 일본인들은 95%가 있다. 그렇다면 일본大和民族의 몽고인종이 우리의 피와 같으나 5%는 선주민先住民 귀저기를 차고 다니는 다혈 족 야만인이다. 2차 대전 말기 가미카제 神風特攻隊↔도꼬다이 특공대원들이 이들이다. 그들은 김해 땅에까지 왔던 대륙의 가야국의 지배계층의 젊은 자손들이 건너가 야만인을 통치한 것이다. 이러한 역사는 짧은 역사 아메리카 대륙 선 주민 인디언들을 몰아내고 영국의 기독교 갈등으로 떠난 이민들이 세운 나라가 오늘의 미국 역사이다. 일본 전체를 통치하는데 300여 년이 걸렸다고 한다. 그들이 두고 온 어머니와 아버지를 생각하여 지어진 것이다. 김해를 구야국 아버지 있는 곳……. 임나 어머님의 나라 또는 어찌 오랑캐들이 있는 늙은 어머님을 두고 온 나라라 하여 임나라고 불려 졌는데 무식한 사학자들이 번역을 잘못하였기 때문에 임나의 역사 실체가 실종된 것이다. 우리 사회는 패거리 문화가 있다. 정치인도 사회 각 단체도 지식층의 교수들도 마찬가지다. 자기 집단이 모든 것이 옳고 다른 집단은 무시한 것을 독자들도 잘 알 것이다. 교수들이 발표한 논문 또는 연구 자료들을 제자들은 반론을 제기하지 못한다. 필자 같은 재야 사학자들의 주장이 맞을 수 있는 것이다. 앞서 잠깐 이야기를 했지만? 변진구야국弁辰狗倻國이 아니고 구야국倶耶國 넓은 초원에 있었던 아버지께서 세웠던 나라이다. 구야국狗倻國 개의 나라가 아니다. 일본이 우리 김해 지역을 개 같은 민족이라고 빗대어 쓴 것이다. 임姙↔任이란 어머님이란 뜻의 글자인 나那 어찌 나자다. 어찌 어머니를 두고 거정하는 뜻에서 부쳐진 이름이다. 최근 일본의 역사 교과서의 기재가 문제되어 우리 정부로부터 수정하기를 수차례 요구를 받고도 수정을 받아들이지 않고 버티다가 주변국가의 거센 항의에 부딪쳐…….몇 개의 소수의 학교에서 채택한 선에 끝났다. 주로 한국과 관련된 고대 중세 근대의 부분이다. 일본의 현상은 일본을 주체로 한 역사관으로 구성되어 있는데 역사를 정확하게 정립하려면 널리 동아시아 안에서 구하지 않으면 안 된다고 본다. 그렇게 되기 위해서는 우리들은 동아시아의 역사를 학문적으로 더욱 깊게 알아야 된다고 본다. 어느 나라든 자기의 의견과 역사관을 관철시키고자하는 사람이 있기는 마련이지만……. 동아시아 사람들은 고대나 현대나 전부 형제이며 같은 몽고蒙古의 일족一族인 이기에 서로 서로가 손을 잡고 내일의 세계에 비약해야 할진대 일본이라는 나라는 그렇지가 않아서 주변 국가들을 불쾌하게 하고 있다. 나는 한·일 두 나라는 **동조동근**同祖同根↔한 조상 한 뿌리이다. 일본 동경대학교 명예 교수인 **강상파부**江上彼夫 박사의 기마민족 남하 설과 부산대학교 신경철교수의 남하한 부여족 학설을 빌려 올 필요도 없고 앞서 이야기를 했듯이 우리의 한민족은 우랄알타이에서 온 몽고 인종이다. 아기가 어머니 뱃속에서 태어났을 때 엉덩이에 푸른 반점이 있다. 그것을 몽고반점이라고 한다. 한민족의 어린이는 그것이 100% 있고 일본 인들은 몽고반점이 95% 있다고 한다.

【나머지 5%는 선주민 기저귀를 차고 다닌 야만인 눈썹이 짙고 넓은 사람, 섬사람으로 이루어졌다고 함. 2차 대전 당시 가미가제 특공대를 한 악질!】

그렇다면 일본의 대화민족도大和民族 몽고인종이다. 그리고 보면 우리 민족이나 일본 민족은 다 같은 몽고 인종이며 뿌리가 같고 할아버지가 같은 것이다. 이것을 고증 하려면 몽고족의『우리 한 족』탄생과 이동 경로를 살펴보자 태초에는 인간이 자연보다 우월 하고 존귀하다는 인식도 없었다. 그러한 지위를 확보해야겠다는 지각도 없이 오히려 인간은 자연의 일부로 동물을 경외하는 상태에 있었던 것이다. 따라서 곳곳에 산재하여 자연 그대로 소박한 생활 을 영위하였다. 집단적 생활을 앞당기는 동기가 될 수 있는 어떤 관념적 형태도 존재하지 않았던 것이다. 이러한 상태에서 "인간을 자연보다 우위에 두고 널리 유익하게 하려는 시대는 인류가 발전하 는 과정에서 생겨나지 않았나."라는 생각이 든다. 상고 때에는 그림 으로 동물과 인간의 관계를 남겼고……. 문자를 사용한 이후부터는 동물과 인간관계는 아주 가깝게 다루어진 반면 다른 한편으로는 숭배하는 쪽으로 기울어졌다. 우리 생활 주변에도 인간이 좋아해서 기르는 짐승 또는 식용이나 운송수단 혹은 집을 지키는 동물이 있다. 하지만 인간과 동물의 관계에 있어서 지금 시대는 인간이 동물의 우위를 점하고 있다. 이화여대 정재서교수가 집필한 산해경을 보면 이상한 동물그림이 나온다. 서유기 영화를 보면 삼장법사가 불경을 구하려고 가는데 동행을 한 제자들 얼굴이다. 산해경을 읽고 만든 영화⋯⋯. 인류가 한반도에서 살기 시작한 시기를 신석기 시대라고 보았다. 그러나 1964년 금강유역 "충남 공주" 석장리에서 구석기 시대의 유물이 발굴되어 학계에 보고됨으로서 구석기시대부터 우리 조상이 이미 한반도에 살았다는 사실이 판명되었다. 근간에 일본 고고학계에서 선대 조상을 조작하려다 망신당한 사건이 있다. 고고학적 유물은 신빙성이 없다. 앞서 밝혔듯이 우리는 몽고족이다. 우리들의 조상은 중국대륙에서 생성生成 되었다. 상고 때에 동이東夷 족은 회하淮河 이북의 연해주 일대인 즉? 지금의 강소·안휘江蘇↔安徽 일부에서 산동 하북지방 그리고 만주 쪽에 살았다. 특히 산동 방면은 중국 초기 문화의 중심지로 은나라 왕조의 발상지였는데 은나라보다 선주先住했던 것으로 알려졌다. 바로 이들이 우리민족의 조상으로 일찍이 만주와 중국북부를 차지하고 한때 찬란한 문명을 꽃피웠다. 상고 때에 우리민족의 생활을 지배하던 기본적인 내용은 원시 신앙이었다. 태초에 인간의 생활은 동물과 크게 다를 바 없었으나 신석기 시대에 접어 들 무렵에는 신앙적 요소가 그들의 생활에 짙게 깔려 있었다.

『신앙의 대상은 다신적인⋯⋯. 자연신인 만물이 영혼을 가진다는 애니미즘Animism이었고 그 외에도 주술Magic 금Tabo 토테미즘Totemism 등이다』

우리의 건국신화인 단군신화 곰熊 토테미즘 신앙이다. 단군신화檀君神話와 밀접한 관련이 있는 곰 토템에 관해서는 이설異說이 있기는 하지만 그 당시 북방씨족의 토템 동물 중에 곰 숭배가 가장 넓게 행해지고 있었다. 신석기 시대의 시베리아 종족의 곰 숭배 사상으로 미루어 단군 고조선도 예외가 될 수는 없다. 원시 시대의 천신 숭배와 만물 정령관은 선한신과 악한신의 관념을 낳게 했고 마침내 신의新祝 의식을 가지게 하였다. 제정일치祭政一致시대에는 정치적 지도자가 의식儀式의 장으로 행동함으로써 그 권위가 더욱 가중되었다. 제정일치 시대에서는 제사장도단군이 단군 1기다. 이들의 통치기간이 1908년 동안 통치하였다. 【檀제단단자에 君임】합계 연대가 1908년인데 어리바리한 역사학자들은 단군국조 나이라고 잘못 번역한 것이다. 또한 곰과 호랑이한테 마늘과 쑥을 주어 견디어낸 곰하고 결혼하였다고 하였으나 곰이 사람이 될 수 없는 것이다. 곰을 믿는 부족국가 여자와 결혼하여 탄생한 남자아이가 박달나무 단檀자를 쓴 단군이다. 허황옥허보옥 오빠 장유화상이 가져온 최초 불교 전래설로 해마다 한 차례씩 열리는 가야문화제에 열리는 김해 수로제의 하이라이트는 수로왕과 신하들이 남해 바다로부터 배를 타고 나타나는 허황옥 일행을 맞아들이는 장면일 것이다. 이는 하늘에서 내려온 금합 속의 알에서 난 수로왕이 바다 멀리 아득한 나라에서 찾아온 허황옥을 왕비로 맞아들여 함께 나라를 다스린다는 가락국기駕洛國記 김수로신화의 핵심부분이기도 하다. 수로제가 수로신화에 근거하고 있음을 알 수 있다. 그런데 수로제와 수로신화의 이 장면에 등장하는 허황옥과 그 일행은 과연 어디에서 온 것일까? 【삼국유사↔소설】에 인용된 가락국기에는 수로왕의 출현과 개국開國에 관한 설화에 다음과 같은 내용의 허황옥이에 관한 설화가 포함되어 있다.

상략 : 왕궁에서 서남쪽으로 60걸음쯤 되는 산기슭에 장막으로 궁궐처럼 만들어 놓고 기다렸다. 왕후가 산 너머 벌 포 나루 목에서 배를 매고 육지로 올라와 높은 언덕에서 쉬고 난 다음 입고 있던 바지를 벗어 폐백으로 삼아 산신에게 보냈다.

중략 : 이에 왕은 왕후와 함께 침전에 있는데 왕후가 조용히 왕에게 말하기를? 나는 아유타국의 공주로 성은 허요! 이름은 황옥이며 나이는 열여섯입니다. 본국에 있을 때 금년 5월 중에 아버지인 왕께서 왕후와 함께 나를 돌아보면서 하는 말씀이? 우리가 어제 꿈에 똑같이 하늘의 상제를 뵈었는데 상제가 말하기를 "가락국의 으뜸 임금인 수로는 하늘에서 내려 보내서 임금 자리에 앉힌 사람으로 신령스럽고 거룩하기가 그만이건만 새로 나라를 꾸미느라 아직 배필을 정하지 못했으니……. 그대들이 공주를 꼭 보내서 짝을 이루게 하라"는 말을 하고서. 말을 마치자 하늘로 올라갔다. 꿈을 깨고 나서도 상제의 말소리가 귀에 쟁쟁하였다. 이러하니 "네가 속히 부모를 떠나 그리로 가야겠다. 고 하였습니다."내가 바다 저편 아득한 남쪽에서 찾고 다시 방향을. 보고 하였다. 왕이 대답하기를? "나는 천생이 비범하여 공주가 멀리서 오시리라는 것을 먼저 알고 있었습니다. 때문에 아래 신하들이 왕비를 맞아들이라고 청하였지만 듣지 않았습니다. 이제 현숙한 분이 스스로 찾아왔으니 나로서는 다행한 일입니다."라고 하였다. 드디어 동침하여 이틀 밤을 치르

고 하루 낮을 보냈다. 이에 타고 온 배를 돌려보냈는데 뱃사공은
모두 15명이었다. 각각 쌀 열 섬과 피륙 서른 필을 주어 본국으로
돌아가게 하였다. 8월 초하룻날 본 궁으로 돌아왔는데? 왕과 왕후
가 한편에 타고 「왕후를」 따라온 신하 내외도 말고삐를 나란히
하고 왔다. 가지고 온 갖가지 외국물건도 모두 실어 가지고 천천히
왕궁으로 오니 그 때의 시각이 바로 정오였다. 하략 :

앞서 이야기한 허황옥 출자설과는 정반대이다. 이 설화에 대한
해석에서 논란의 초점이 되는 것은 일단 접근방법상의 문제이다.
가야국건국 초기의 역사적 사실 그대로 이해하려는 시각에서 접근
할 것인지 아니면 가야성립과 관련한 어떤 사건이나 기억의 신화적
표현으로 보고 그 원형을 추적할 것인지 이다. 접근방법상의 선택
을 전제로 보다 구체적으로 제기되는 문제는 설화내용의 이해방식
이다. 즉? 신화적 이해에 입각할 경우 허황옥을 단순히 바다 너머로
부터 온 이주 집단의 표상으로 볼 것인지의 여부가 문제라면……
허왕옥 설화를 역사적 사실로 받아들일 경우? 인도불교와 직접
간접적으로 관계되는 구체적 존재로 이해할 것인지의 여부가 논란
거리이다. 지금까지 세간의 관심을 모으며 논란이 거듭되는 허황옥
의 정체를 둘러싼 다양한 해석과 고증은 대체로 설화의 신화 성
보다는 역사성을 전체로 이루어져 왔다. 허황옥의 정체를 둘러싸고
제기된 견해 가운데 대표적인 것으로는 허황옥이 실제 기원전 3세
기경 갠지스 강 중류지대에서 크게 번성하였던 불교왕조 아요디아
에서 왔다는 설說 아요디아에서 중국 사천성 보주 일대로 옮겨와
살던 브라만許氏 집단의 일부가 양자강을 타고 내려와 황해를 거쳐

가락국으로 이주했는데 허황옥은 그 일원이라는 허황옥 집단은 타이 방콕 북부의 고대도시 아유티아와 관계있다는 설…… 허황옥은 일본열도 내 삼한·삼국 분국의 하나가 자리 잡고 있던 일본 큐슈 동북방에서 왔다는 설·김수로왕과 허황옥 모두 발해 연안 동이족 집단의 일원으로 후한 광무제에 의해 신의 新·왕망세력이 멸망하는 신과·후한後漢 교체기에 발해연안에서 해류를 타고 가락국으로 옮겨왔다는 설 등을 들 수 있다. 비교적 널리 알려진 아요디아↔아유타설은 주요한 근거로 메소포타미아의 수메르문화에 기원을 둔 쌍어雙魚文 그림이 아요디아와 김수로 왕릉 정문 등에 모두 표현되고 있다는 점을 들고 있다. 최근에 다시 제기되고 있는 왕망세력 망명 집단 설은 해류 상황과 한계漢系 출토유물 등을 들고 있다. 한편 허황옥과 불교 혹은 가락국 성립 초기의 불교 전래 문화와 관련된 견해도 기원 1세기 초 인도에서 동남아시아를 거쳐 가락국 불교가 전래되어 유포되었다는 설! 허황옥의 불교 전래에도 불구하고 가락국에는 불교가 수용되지 않았다는 설…… 허황옥의 도래와 불교 전래는 전혀 별개의 문제라는 입장을 전제로 불교의 가락 전래는 5세기경 인도방면에서라는 설…… 백제나 남 중국에서라는 설 등 다양하다. 그러나 허황옥은 대한민국에 온 적이 없다. 중천 국 여자이며 중국 사천 성 성도 안악 현 보주에서 왔다. 허황옥 묘가 필자의 집에서 직선거리 300여 미터에 있다. 묘지에 가면 묘비에 가락국수로왕비駕洛國首露王妃 보주태후 허 씨능普州太后許氏陵있다. 김해 김 씨·허 씨↔양천 허 씨·인천 이 씨 모두가 어리바리하나! 한문으로 보주로 되어있다. 보주 안악 현에서 세미나를 한 자료와 비디오테이프를 그곳에 허황옥과 김수로 동상 약도도 나에게 보내

왔다. 그런데 인도에서 돌배를 타고 왔다는 것이다. 김해 김 씨 김병모 박사도 자기 씨족 할머니 태어난 곳을 찾으려고 인도를 수차래 방문을 하였지만……. 찾지를 못하고 결국 중국 사천 안악현 보주에서 찾았다고 책을 집필하여 출간을 했다. 인도에서는 한문을 상용을 하지 않는다. 김 박사가 그 곳에 왔다는 것을 안악현에서? 김 박사 보주 견문기록 31페이지를 보내와서 도서 출판 학고방에 부탁을 하여 변역을 해 두었다. 4차 세미나 문서는 내가 번역을 하여 "아리랑은" 책에 상재를 했다. 여러 설의 내용으로 보아 문제가 알려진 것보다 깊고 복잡함이 드러난다. 과연 어느 설이 보다 역사적 진실에 가까울까. 섣불리 어느 입장이나 방법에 동조하다가는 문제해결을 오히려 어렵게 할 가능성이 있음을 짐작할 수 있다. 이럴 경우 가장 적절한 접근방식은 상반된 이해방식 가운데 어느 하나를 택하거나 그 가부可否를 판단하기보다는 허황옥 설화가 수로신화 안에서 어떠한 위치에 있으며……. 그 의미와 기능은 어떠한지를 살펴보는 것이 아닐까 한다! 위의 글에서 보다시피 허왕후가 인도에서 왔느냐? 태국에서 왔느냐 ? 중국사천성 보주에서 왔느냐? 등 각자의 가야사를 편찬한 사람들마다 자기주장을 굽히지 않고 있다. 불교의 전래설도 대여섯 가지 설이 있듯이 가야사를 쓴 사학자나 고고학적으로 해석하여 쓴 글이나 모두 엇비슷한 내용이다. 김병모 박사처럼 쌍어에 대한 논란도 많은 것 같다! 인도에가 보니 물고기 문양이 있더라! 김수로 왕릉의 정문에 있는 쌍어 문양을 보고 인도에서 허왕후가 배를 직접 타고 온 것으로 맞추다 보니……. 가야사는 역사가 아니고 추리소설이 되어버린 느낌이 든다. 쌍어란 세계도처에서 찾아볼 수 있다. 그런데 쌍어 문양이 인도의 몇 군데에서 보였다고 허황옥이 인도에서 왔다는 것은 멍청한 짓이다. 필자의 상식으로는 아버지→할아버지→증조할아버지→고조할아버지·등의 묘까지는 후손들이 잘 관리하고 있다. 그 이후 조상들의 묘들은 산山제사는 본인으로부터 5~6대 조상들 이내부터 지내기 때문이다. 그런데? 앞서 이야기 했지만……. 김해 김수로왕의 묘는 1대왕 묘다. 그 후대 왕들과 왕후 묘들은 단? 한기도 없다. 가야가 신라에 합병됐어도 후손들은 조상 묘를 관리했을 것이다. 그래서 수로왕과 왕비의 묘가 2,000여 년 동안 보존된 것이 아닌가! 2대왕서부터 10대 구형왕까지의 묘들은 더 잘 보존되어야 한다. 어떻게 된 것일까. 불교 국가이기 때문에 화장하여 산이나 강물에 뿌렸을까? 국내에 가야사를 다룬 책을 20여권을 읽어보았지만 어느 누구도 이 사실을 다루지 않았다. 필자도 수많은 사료를 찾아보았지만……. 찾을 수가 없었다. 수로왕의 김해 구지봉에서의 천강天絳 신화에 맞추다 보니! 엉터리 가야사가 되는 것이다. 쌍어란 큰물고기 곤鯀 자를 써서 곤이다. 현재 나와 있는 가야사는 쌍어의 실체를 모르니 불교에 기준을 두고 해석하기 때문이다. 쌍어는 하나라 우임금 아버지인 곤이 치산치수治山治水에 실패한 곤이 속해 있던 부족의 표식국기이다.

「여기서 잠깐? 경남신문 전 편집국장이었던 이점호 씨가 집필 출간한 잊혀 진 왕국 가야伽倻 내용 중 47페이지의 허왕후의 도래 증거 목차에 나오는 내용을 보자」

허왕후의 아유타국 도래설에 대해서는 이론이 분분하다. 아유타국의 위치에 대해서도 인도印度 갠지스 강변의 아요디아 태국泰國·방콕 북부의 아유티아. 발해연안 중국中國 양자강 북쪽 무창武昌 등 여러 곳이 거론되고 있다. 그러나 서기 20년까지 인도 갠지스강 유역의 내륙지방에 존재했던 아요디아AYODHYA 왕국이라는 설이 우세하다. 그 증거로 아요디아의 왕장王章 태양문양이 김해 수로왕릉 중건기적비重建記蹟碑에도 새겨져 있고 현재 아요디아주州의 문장紋章인 신어상神魚像↔물고기 문양도 김수로왕릉 정문인 납릉정문納陵正門 등에 있는 물고기 문양과 동일한 점 등으로 미루어 아유타국은 아요디아일 것으로 추정되고 있다. 따라서 수로왕릉 중건기적비의 비두碑頭에 조각된 태양무늬는 인도의 태양왕조와 관련이 깊은 것으로 보인다. 현재 아요디아 사원寺院의 꼭대기에 조각되어 있는 태양문양과 똑같은 것으로 현지답사를 통한 학자들에 의해 확인되고 있다. 이 태양무늬는 우리나라에서는 김해 수로왕릉에서만 발견되며……. 아유타국의 불교문화와 흡사해 가야불교 전래설을 뒷받침해주고 있다. 이는 許왕후의 아유타국 출자 설을 말해주는 동시에 아유타국의 전성기에 가락국과 직접 교류가 있었다는 증거라는 주장도 없지 않다. 그렇다면 아유타국의 공주 허황옥은 어떤 경로를 통해 가야에까지 건너 왔을까. 일부 학자들은 공주가 인도에서 바로 한반도로 온 것이 아니라 서기 20년경에 멸망한 아유타국 왕족 일부가 중국 양자강 상류 사천성 안악현四川省→安岳縣 보주普州 지방에 이주해 있다가 서기 48년 양자강유역 무창지방을 거쳐 동쪽으로 나와 황해를 건너 김해에 상륙했다고 주장했다.

– 중략 –

파사석에 닭벼슬의 피를 묻히면 물로 변한다는 **본초강목**에 따른 실험결과 아유타국에서 온 것임을 입증하고 탑을 복원한 김해 금강병원장 허명철초대 가야문화연구원장 박사는 허왕후의 도래 경로는 인도 아유타→탐록→니코발군도→수마트라→중국→광주廣州→가야라고 주장하고 있다. 이는 불법佛法을 구하려 중국에서 인도로 향한 스님들 중에서 기록이 가장 완벽하고 오래된 것으로 5세기서기 339~412년에 인도양을 거쳐 중국까지 항해한 기록을 남긴 법현전法顯傳의 내용을 근거로 한 것이다. 이러한 주장들에 대해 대부분의 사학자들은 아요디아의 기후조건과 아유타국의 멸망연대서기 20년가 허황옥의 연령과 맞지 않고서기 48년 16세 허황옥이 5월에 출발하여 2만5천 리 뱃길을 2개월 만인 7월에 김해에 도착했다는 것을 믿을 수 없다며 건국신화로 간주하고 있다. 아무리 하늘이 계시한 결혼이라 해도 갠지스강을 빠져나와 뱅갈만을 돌아 풍랑이 거칠기로 유명한 동지나해東支那海를 헤쳐 나왔겠느냐는 것이다.

위의 글에서도 증명하였듯이 허황옥은 돌배를 타고 김해에 온 적도 없고 경남 진해 앞바다에 가보면 허황옥이가 타고 온 돌배가 그곳에 있는데? 망산도라는 섬이다. 돌배가 아니고 돌무더기 몇 개가! 있으며 바닷가에 정자를 지었는데 50여 년 전에 만들었다는데? 6억을 들여서……. 지금 장강長江은 650명이 탈 수 있는 배가 21척이 오르내릴 수 있을 정도의 넓은 강폭이다. 허황옥은 보주에서 배를 타고 강을 따라 무한 밑에 있는 구강까지 와서 상해 쪽으로 빠지지 않고 남창으로 해서 임해臨海로 내려온 것으로 보인다고 할 것이지. 아니면 남창에서 복건성인 복주福州까지 와서 바다를 거슬러 임해가 있는 북쪽으로 간 것으로 보인다고 하던지. 임해는 절강성의 중요 항구다. 삼국유사에 보면 김해부金海府는 바로 절강성 임해군臨海郡으로 되어 있다. 허황옥이 16세 때이므로 기원후 48년이다. 기원후 48년은 동한 즉 후한 광무제光武帝↔AD. 25~56년 시대이다. 당시는 앞서 기록한 바와 같이 서역에는 천축국들이 전쟁으로 인하여 아수라장이 되던 시대이다. 다시 말해 고구려는 고국천왕故國川王↔AD 29~54년 때이며 백제는 구수왕仇首王↔AD 39~64년 때이다. 신라는 제3대 왕 유리이사금儒理尼師今↔AD. 23~55년 때라 이때는 한반도에는 나라가 없었으며 한자로 된 땅이름조차 없었다. 고려 2대 혜종惠宗↔AD 979년 이후부터 한반도에 하나둘 씩 행정에 필요한 한자 지명이 옮겨지기 시작했고 그 후 고려 광종光宗↔AD 985년 때부터 점차 한자로 된 땅이름이 서서히 한반도에 정착하기 한 것이다. 고려 6대 성종成宗↔AD 1017년과 8대 현종顯宗↔AD 1046년 때부터 한자로 된 지명이 본격화되었다. 이때 글란군契丹↔AD 907~947년이 한반도에서 한자 지명이 행정상 필요함을 느끼고 지명을 옮기는 것을 볼 수 있다. 「해동역사」지명 −참고− 『동국여지승람』 − 참고 −

허황옥 일행이 가야국으로 오는데 파도가 너무 거세어 다시 아유타국으로 돌아가 파사석탑돌 6개을 싣고 오니 그 돌 무개로 인하여 배가 휩쓸리지 않아 가야국에 무사히 도착을 했다는 것이다.

김해뉴스 2017년 9월 6일

국립해양박물관 배승옥 학예연구실장의 말

『10년 전 파사의 석탑을 과학적으로 분석해 보니 경남일대에 흔한 돌이었다.』라고 했다. 그런데? 풍랑이 심해서 배의 요동을 막기 위해 다시 아유타국으로 돌아가서 돌을 탑으로 만들어 싣고 왔다는 것이다. 이런 어리바리한 김해 김 씨. 허 씨. 인천 이 씨를 비롯하여 김해 문인들이 있으니…….

파사석탑

"인도 공주 론·가야불교 초전 론'
유물·유적 발굴된 적 없는 설화 불과"

'가야사와 가야불교사의 재조명' 학술대회

가야사와 고고학 자료의 발굴 현황 / 인제대 이영식 교수

대통령이 가야사 복원의 필요성을 언급하면서 '가야사 만들기'가 시작되는 듯하다. 지자체는 예산 쟁탈전에 뛰어들었고. 기존 학계에서 인정받지 못하던 설화와 같은 주장이 고개를 들고 있다. 그 주장의 중심에는 허황후의 '인도 공주론'과 '가야북교 초전 론'

이 자리한다. 두 가지 설화를 역사로 주장하려는 입장은 학문적 검토. 논쟁과는 거리가 멀지만 상당한 생명력과 전파력을 갖고 있다. 〈삼국유사〉 '가락국기' 등의(허왕후 인도 출신 관련)기술들을 고대사학계가 단순한 설화로 간주하는 것은 정밀한 관련사료 과정을 거친 결과이기도 하지만. 현재까지 김해에서 수많은 발굴조사가 진행됐어도 인도 계통 유물. 유적으로 볼 수 있는 자료를 발견된 적이 없기 때문이기도 하다. 허왕후는 가락국 성립의 중심축을 담당했던 왕비 족 수장이었다. 허왕는 혼자 온 게 아니었다. '가락국기'는 20여 명의 동행을 기록해 허왕후 집단의 존재를 전하고 있다. 허왕후 뿐만 아니라 조광. 신보의 여식들은 2대 거등왕. 3대 마품왕의 왕비로 선택됐다. 이로써 허왕후 집단의 성격을 왕비 족으로 정의할 수 있다. 가락국의 성립기의 왕권은 수로왕의 왕족과 허왕후의 왕비 족으로 구성됐음을 알 수 있다. 허왕후는 왕비 족으로서 초기 가락국 지배의 절반을 담당했던 집단이었다. 지금까지 김해에서 확인된 왕릉묘역은 양동고분군과 대성동고분군이다. 이곳에서는 인도 계통 유물 출토는 보고된 적이 없다. 가야국 절반은 경영의 절반을 담당했던 허왕후 집단은 지배층의 무덤묘역인 대성동고분군에 묻혔을 게 분명한데 인도 유물은 확인할 수 없었던 것이다. 가야불교와 관련한 모든 기록을 섭렵해보면 〈삼국유사〉가 쓰였던 고려시대 이전까지 소급될 수 있는 것은 없다. 인제대 가야문화연구소는 가락불교 전승이 있는 김해지역 모든 유적을 정밀 조사했지만. 가야시대까지 올라갈 수 있는 자료는 전혀 확보하지 못했다. 다만 '가락국기'에 있는 '질지왕 8년(452년)허왕후를 기리기 위해 왕후사 등을 창시했다'는 기록에 주목하고 5세기 중엽 아라가야의 경남 함안과 경북고령에서 연화문 금동판. 고분의 청정벽화. 연화문수막새가 확인된 것을 볼 때 신라가 불교를 공인하는 법흥왕 14년(527년) 보다 80년 정도 이른 시기에 가야왕실에 불교가 존재했다고 추정한 연구는 의미가 있다.

"……."

고려가 대륙에서 몽고蒙古↔AD 1251~1368년의 전란을 겪을 때 몽고 제7대 왕 헌종憲宗↔AD 1251~1260년인 준은 본시 고려의 왕자王子이였다. 그래서 몽고와의 전쟁에서 고려가 항복할 당시 속국 화 시키지 않았다. 고려 23대 고종高宗↔AD 1250년 때 강제조약이 아닌 상호 존중의 강화조약을 맺었다고 고려사절요는 기록하고 있다. 그 후 27대 충숙왕AD 1350년 때에 한반도에 순수 우리말로 되어 있던 땅이름을 거의 모두 한자식으로 바꾸어 버렸다. 이상의 기록에서 보는 바와 같이 고려 후기에 한자로 된 땅이름을 바꾸었을 뿐 가야국 허황옥 당시는 우리나라에 김해金海·경주慶州·부산釜山 등의 한자 지명은 없었던 것이다. 삼국유사에 기록된 것처럼 김해부金海府는 지금 중국의 절강성 임해군이다. 보주태후는 임시 고향인 사천성 안악현에서 장강을 타고 내려왔음을 잘 증명해 주고 있다. 후한 초기뿐만 아니라 후한 말에도 인도印度에는 천축天竺이란 지명이 없었다. 삼국三國인 위魏나라 오吳나라 촉蜀나라 때도 없었다. 그 후 진晉 나라 남북조南北朝↔AD 420~589년 시대 이후 수나라~당나라 때에서야 불교는 전란 때문에 밀려 인도로 전래되어 갔다는 것을 오백나한五百羅漢의 기록에서 볼 수 있다. 알다시피 인도는 열대지방이기 때문에 석가 같은 성인聖人이 도道를 통할 수 없는 지역이다. 뜨거운 지방에서 득도得道를 하기는 열사병과 일사병 때문에 불가능하기 때문이다. 허황옥이 인도에서 김해까지 돌배를 타고 온 것이나 아니면 그 무거운 돌파사석탑을 싣고 우리나라 남쪽까지 왔다는 말은 터무니없는 거짓말로 가야사를 꾸몄다는 것이 드러난 것이다. 금도 은도 옥도 아닌 하찮은 돌을 인도에서 싣고 왔다는 말을 김해 김 씨. 김해 허 씨는 안 믿을 것이다! 그때는 전문적인 항해술도 모르고 더구나 배도 타 보지 않은 어린 여자의 몸으로 신하인 신보와 조광 두 사람이 그들의 아내인 모정과 모양 두 사람 등 20여 명과 함께 돌배를 타고 왔다는 것은 소설이지 역사가 아니다. 얼마나 큰 배이기에 몇 개월 동안 먹을 물과 식량을 비롯하여 비단과 비단 의상·금·은·옥·장신구·등을 싣고 돌까지 보태서 무엇하려고 머나먼 인도양을 거쳐 동남에 있는 남해 바다로 하여 남태평양을 지나 동해를 항해하고 제주도를 거쳐 경상남도 김해까지 왔다고 한다면 누가 믿겠는가. 앞서 이야기한 조선일보 박종인 기자의 보도를 보더라도……. 사막지대와 고원지대라 자동차·기차·비행기로 다녀도 지친다고 한다. 뜨거운 사막 위를 차로 달려도 숨이 막힐 지경이라 하였다. 그런데 1952년 전 낙타를 타고 온다 해도 만 리 길을 달려온다는 것은 어렵고 힘든 일이다. 하물며 장강을 배를 타고 내려와도 수십여 일을 강 위에서 떠밀려 내려와야 하는 수난의 길을 어린 여자의 몸으로 김해까지 이주해 왔다는 것은 고대사회의 전경이 아니면 도저히 이해하기 어려울 것이다. 이상의 정황으로 보아서 허황옥은 한반도 김해에 온 사실조차 없음을 알 수 있다. 허황옥의 고향이 인도가 아니고 중천축국인 아유타국 아리였으므로 당연히 서장성에서 사천성으로……. 사천성 안악현 보주에서 강을 타고 내려왔음은 당연한 사실이다. 현재의 절강성인 임해군이 삼국유사의 기록대로 김해부이었기 때문이다. "한 국사 그 끝나지 않은 의문"이란 제목의 책을 집필 출간한 이희근 씨는 첫 꼭지에 허황옥의 인도 도래설渡來設을 다루었는데 인도가 아닌 왜국일 가능성도 시모示謀 있게 다루었다!

삼국유사에 실린 가락국 개국 신화

김해 가락국의 개국신화에서 또 하나 주목되는 것은 삼국유사에 실린 수로왕비 허황옥許黃玉과 관련된 기록이다. 황옥은 아유타국 왕녀로서……. 천제天帝의 계시를 받은 부왕父王의 명으로 서기 48 년 바다 길로 김해로 들어와 수로왕과 결혼을 하였다고 한다. 삼국 유사의 금관성파사석탑 조에 의하면 이 때 황옥은 파사석탑을 배에 싣고 왔는데……. 이 석탑은 고려 중반까지도 **김해 호계사**虎溪寺↔지 금의 김해 불교포교당 자리에 있던 절 남아 있었으며 그 석질이 이곳의 것과는 달랐다고 한다. 그 뒤 1873년고종 10년에 김해부사 정현석이 허왕후능 곁에 옮겨 놓았으며 그 잔해가 현재까지 남아 있다. 진해 시 용원에 가면 망산도望山島가 있고 그 앞바다에 허황후가 타고 배를 타고 왔다고 볼 수는 없으며……. 배의 용도에 따라 돌을 싣고 온 배라는 의미에서 유래하였다고 생각된다고 추정해 보면 불교와 접하지 못했던 옛 "금관가야"즉 가락국 인들의 눈에는 허왕후가 배에 싣고 온 파사석탑이 신기한 돌로 비쳐졌고 이 때문에 돌배라 는 명칭이 붙었을 것이다. 풍랑이 거칠어 다시 고국으로 돌아가 배의 무게의 중심을 잡고자 파사석탑 돌을 싫고 온 것이라는데. 피사석탑은 돌의 비중과 석질 색깔이 우리의 것과 다르다는 것이 다. 최근의 연구에 따르면 중국의 남해南海 연안 또는 인도 지방에서 산출되는 약 돌인 파사석婆娑石으로 조성된 탑일 가능성이 높다. 그렇다면 허왕후의 고향인 아유타국은 어디인가. 지금까지의 연구 결과에 따르면 아유타국은 인도의 갠지스강 중류에 있는 "아요디아"읍에 비정할 수 있다. 김해의 수로왕릉의 납릉納陵 정문1792년 창건→1843·1932·1980·1988년에 개축 또는 중수에는 "두 마리의 물고기" "활" "연꽃 봉우리" "남방식의 불탑"이 조합된 장식이 단청으로 그려져 있고. 또 능의 중수重修 기념비에는1928년 건립 "풍차모양의 태양 문양"이 새겨져 있다. 이러한 문양文樣들은 아요디아 읍에서 지금도 대 건축에 흔히 쓰이고 있는 장식 혹은 조각이라 한다. 아요디아는 인도 태양왕조의 고도古都로서 기원전 5세기경에 그 나라의 왕자였던 "라마"는 태양신의 화신化身으로 숭배되어 왔다고 한다. 물론 허왕후가 인도에서 김해까지 직접 바다를 건너왔는지 어떤지는 알 수가 없다. 현재까지 나타난 사실만으로 단정하기는 곤란하며 몇 가지 추정만이 가능할 따름이다. 먼저 허왕후의 출발지가 인도의 아요디아가 아니라 태국이었을 것으로 추정하는 경우인데……. 그 근거를 제시하면 다음과 같다. 아요디아 왕가王都는 왕후가 출발하던 서기 48년보다 20→30년 전인 서기 20년경에 쿠샨왕조의 군대에 의해서 왕도王都를 잃고 어디론가 떠났다는 기록이 최근에 밝혀지고 있다. 또한 위에서 인용한 삼국유사 금관성파사석탑조에 의하면 본국을 출발한 왕녀의 배가 격랑 때문에 항해가 어려워 일단 귀향해서 배의 무게를 고쳐서 재출발했다는 기록이 보인다. 만약 아요디아에서 재출발하려면 갠지스 강을 거슬러 올라가야 하는데 6월의 풍향이 갠지스 강의 흐름과 동일하여 범선이 짧은 기간 내에 거슬러 올라가는 일은 실제로 불가능하다. 그러므로 왕녀의 사실상의 출발지는 오늘날 태국Thai의 매남 강가에 있는 고도 "아유디아"는 인도의 아요디아 왕국이 서기 1세기 이전에 건설한 식민국으로 밝혀져 있다. 다음으로 허왕후의 시호諡號인 보주태후에서 힌트를 얻어 그 곳에 살던 소수민족 파족巴族 출신이라는 견해도 제시되고 있다. 이 견해에 따르면 허황옥은 파족 중에서 중심 세력의 가문인 허 씨許 氏계의 여인으로 서기 47년에 일어난 파족의 한漢 나라 정부에 대한 반란이 실패하자 강제로 추방된 사람들 중의 한 구성원으로 이해하고 있다. 그 결과 허황옥은 인도에서 직접 김해로 도래渡來한 것이 아니라는 입장을 분명히 하였다. 그녀의 선조가 어떤 연유로 오래 전에 원래의 고향인 인도의 아요디아에서 중국 사천성의 가릉성 유역의 보주 지방으로 먼저 이주하였고……. 허황옥은 이 보주에서 양자강을 따라 내려와 오늘날의 상해上海에 이르렀으며 서기 48년경에 상해에서 해류를 타고 가락국에 이르렀다는 것이다. 허왕후가 인도의 아요디아에서 김해로 직접 건너오지 않고 태국의 "아유티야"에서 출발하였는가 아니면 중국의 사천성 보주 지방을 거쳐서 건너왔는가 하는 문제는 현재로서는 단정할 수 없다. 그렇지만 적어도 인도 아요디아 풍의 문화가 어떤 경로인가로 들어와서 수로왕 신화의 일부를 형성하였다는 사실은 부정할 수 없다. 더욱이 가야加耶 또는 가락駕洛 이라는 말은 고대 인도어인 드라비다어이고 그 뜻은 모두 물고기魚라는 것이다. 그리고 고대와 중세의 한국어에는 드라비다어의 어휘가 무척 많이 발견되는데 한국어의 벼稻·씨種·밭田·풀草 등은 드라비다어와 관련이 있다고 한다. 한편 허왕후 도래와 관련하여 빠뜨릴 수 없는 부분은 한국 불교의 남방 전래 문제이다. 남방불교……. 가야불교를 뒷받침할 수 있는 근거는 곳곳에 있다. 김해의 신어산은하사·녹산명월사·장유의 불모산장유사·삼랑진만어사와↔부은암·허왕후가 7명의 아들을 성불시켜 칠불七佛로 만들었다는 전설이 서린 하동의 칠불암 등이 있다. 그러나 이들 유적들은 이야기로만 전해져 올 뿐 어느 것 하나 가야 불교와 직접 연결 지을 수 없는 한계가 있다. 인도 아유타국으로부터 허왕후가 왔다던가 파사석탑이 들어온 사실 그리고 삼국유사 어산불영魚山佛影 조의 이야기천축산 불영사 설화↔의상대사 이야기 나찰녀와 독룡을 항복시키는 부처님의 신통력를 수로왕과 연관시켜 수로왕 대에 불교가 가야에 전래되었다고 확인할 수는 없다. 더욱이 어산불영 조의 만어산 관불삼매경觀佛三昧經에 나오는 아나사산阿那斯山의 번역명이며 독룡 및 나찰녀의 행악行惡과 부처의 설법으로 독해毒害를 그치게 하였다는 사실도 모두 경설에 나오는 이야기와 같다. 국명까지도 가라呵羅라하여 경설의 상황을 옮겨올 만큼 가락駕洛이 불교국이었음을 나타낸 설화로 보아야 한다. 어디까지나 가락국에 불교가 수용되었음을 뒷받침하는 최초의 사찰은 452년에 허왕후의 명복을 빌기 위해 세운 왕후사王后寺이다. - 중략 -

"바닷길 통해 가야 불교 전래"

'해양문화교류 불교전파' 학술대회
파사석탑 실증인 연구필요
　허왕후의 인도 도래와 가야불교의 해상 전래 가능성을 모색하는 동아시아 불교문화학회 2018년 춘계 국제학술대회 '해양문화교류

와 불교전파'가

가야대학교 대강에서 지난 10일 개최됐다.

가야불교진흥원 동아시아불교문화학회. 동명대학 인도문화연구소 주최로 열린 이날 학술대회에는 허황옥 일행이 인도에서 가져왔다는 '파사석탑'해양 실크로드를 통한 불교의 한국 전래 등을 주제로 5시간 동안 진행됐다.

'파사석탑 고찰'의 주제발표를 맡은 이거룡 선문대 교수는 "파사석탑의 돌은 석탑의 재료로 가야국에 들어 온 것이 아니라. 배의 균형을 잡기 위한 평형석으로 사용 됐을 것으로 판단된다."며 "파사석탑은 고대 가락국과 인도 아유타국의 문명교류 가능성을 시사하는 가장 중요한 사료인 만큼 지질학적인 조사와 분석이 필요하다"고 했다.

'동아시아 해양문화 전파경로와 불교의 한국전래'주제발표를 진행한 석길암 동국대 교수는 "적어도 3세기를 전후한 시기 가락국은 동아시아에 널리 알려진 철산지 이자 철문화의 중심지로서 가능하고 있었다. 당대에는 이미 동아시아에 널리 알려진 교역 도시가 김해였다"며 기존 통념과 달리 해양루트를 통한 가야불교의 전래 가능성을 강조했다.

황순일 동국대 교수도 "가야가 설립되기 전부터 말레이반도 중부는 지중해와 동아시를 연결하는 국제적인 무역 허브의 역할을 담당했다. 이 지역에서 인도의 불교와 힌두교를 동남아시아 전역과 중국 남부지역까지 전달하는 역할을 한 만큼 이러한 해양 무역루트를 통해 한반도 등 남부까지 불교가 자연스럽게 전래됐을 것"이라고 밝혔다.

김해시와 인도의 2천 년 인연 더 끈끈해진다

인도 정부 유물 기증 경제 협력 추진
김해시 인도 공원조성 인도문화 알려

김해시가 인도와 활발한 교류로 2천 년 전 수로왕과 허왕후의 혼인으로 맺어진 각별한 인연을 오늘에 되살리고 있다. 역사문화 교류로 다져진 두터운 신뢰관계는 경제교류로 이어지고 있으며 최근 김해시가 개최한 UN세계요가의 날 기념행사에서 주한 인도대사와 김해시장이 나눈 대화를 엿보면 폭넓은 교류가 잇따를 것으로 전망된다. 스리프리야 란가나탄 대사는 이번 만남에서 김해시가 건립을 추진하는 인도박물관에 대한 전시 유물 기증과 인도 아유타국 공주 허왕후를 통한 남방(인도)불교의 국내 전래지인 김해시에 불상 기증 의사를 피력했다. 특히. 경재교류 활성화를 위해 인도 현지기업과의 1대1 매칭을 약속했다. 중략: 유물기증과 관련해 김해시와 인도대사관은 주한 인도문화원회(ICCR)와 함께 힘을 모아나가기로 했다.

……김해시는 이달 초 코로나19상황이 심각한 인도 내 자매도시인 아요디아시에 산소발생기 10대를 보냈다. 김해시는 지난 2000년 허왕후 고향으로 추정되는 아요디아시와 자매결연을 체결했으며 2016년 허왕후 후손인 허 시장 취임 이후 교류의 폭이 더 넓어졌다. 김해시장은 취임 이듬해인 2017년 3월 역대 김해시장 중 처음으로

인도를 방문하고 같은 해 12월 아요디아가 속한 UP주와 국제우호 협력도시협약을 체결하는 등 적극적인 교류 행보를 이어가 2019년 2월 인도 모디 총리로부터 석가모니 보리수 묘목 한 구루를 선물받아 화제가 됐다. 이어 2019년 10월에는 인도 정부로부터 간디 탄생 150주년 기념행사 일환으로 간디 동상을 기증받아 연지공원 내 동상을 세웠다. 이후 간디 일대기를 기록한 벽을 추가하고 허왕후가 봉차(결혼예물)로 갖고 온 장군차를 심어 명소가 됐다. 김해시는 2023년 불암동에 조성될 인도기념공원 내 인도박물관이 완성되면 이곳에 인도 관련 유물을 모아 전시하고 현재 국립수목원에서 생육중인 보리수도 인도공원으로 옮겨 올 계획이다. 또 허왕후가 인도서 배를 타고 올 때 파도를 잠재우기 위해 갖고 왔다는 파사석탑도 왕후릉에서 옮겨오는 것을 검토한다.

……김해시장은 "인도기념공원을 조성해 인도의 문화를 종합적으로 담고 허왕후 오빠가 한국 최초로 불교를 소개했다는 역사를 바탕으로 가야불교를 널리 알리고 싶다"라며 "코로나 19 상황이 진정되면 보다 활발하고 실질적인 교류로 상생의 길을 모색하겠다."라고 밝혔다. 그런데 말짱 황이다. 김해 김 씨. 허 씨. 인천 이 씨가 김해에 많은데 시장 선거에 정치엔 전혀 관련이 없는 의사 출신인 홍태용후보가 당선이 되었다. 이 글을 읽으신 독자들은 이해가 갈 것이다! 허기야 윤석열 대통령도…….

허황옥이가 지은 시詩의 아리랑 태동을 알아보려면 김해지역의 불교계의 남방 불교냐? 북방 불교냐? 알아봐야한다. 김해 지역에 현존하는 사찰 불상의 가사袈裟 복식을 살펴보면 알 수 있을 것이다.

소위말해 가사裟裟란 불교승려들……. 즉 부처와 그 제자들이 착용한 세 가지 옷을 가리키는 것이다. 그 의복과 이름이 언제부터 불리어 졌느냐? 초창기 인도와 중국 접경지역인 돈 황 지방이다. **중천축국**中天竺國 지금의 인도↔印이다. 당시불교가 동쪽으로 전래되고 불경佛經이 중국말로 번역되면서 한문 불적漢文佛籍과 한문기록 등漢文記錄에 의복의 이름이 불러지게 되었다고 한다. 가사라는 말은 산스크리트어. 범어梵語↔Kasaya가 기원으로……. 한문으로 가사예迦沙曳 혹은 가사加沙野로 음역音譯이 되며 불정不正으로 의역意譯이 된다. 이는 부처와 제자들인 승려들이 착용한 가사의 색깔이 청색·적색·백색·등 순수한 색깔이 아닌 여러 가지 색깔을 사용하여 옷을 염색하였기 때문에……. 불정不正→즉↔순수하지 않음으로 의역 된 것이다. 국가적으로나 지역적으로 서로 다른 종류의 염료를 사용하였기에 때문에 의복의 빛깔과 광택 또한 약간의 차이가 있다. 문헌기록에 의하면 천축국지금의 인도은 건 타색乾陀色을 이용하였으며 중국은 목란 꽃 색이며 일본은 다갈색茶褐色을 이용하였다고 한다. 가사란 혹은 그 겉으로 드러난 형상의 특징은 가르치는 것이기도 하다. 왜야하면 가사의 형상이 장방 향이기長方形 때문에 한문으로 기록 할 때는 침구 또는 부구敷具로 번역되기도 한다. 이는 가사의 모습이 이불이나 요와 같은 침구와 유사하다는 것을 지적한 것이다. 가사의 다른 이름은 아주 많은데……. 예를 들어 **출세복**出世服 **이진복**離塵服 · **자비복**慈悲服 · **간색복**間色服 · **이염복**離染服 · **도복**道服 등이 있다. 이상의 여러 이름들은 가사가 종교적인 뜻을 포함하고 있음을 설명하고 있는 것이다. 가사는 세 가지로 대大·중中·소小로 소는 안타회安陀會로 한역韓譯이며 한편으로는 오조五條로 칭해지기도 한다. 중은·울다나 승란다라승僧爛多羅僧 또는 칠조七條로 불려지며…….
대는 승가리僧伽梨 혹은 구조九條로 칭한다. 대·중·소·세 가지
옷은 승려가 서로 다른 의식에 임할 때 착용한 이다. 승려로써 필히
갖추어야 할 물건이었던 가사는 중국에서 기원하였지만……. 다른
국가나 다른 지역으로 전래된 경로를 따라 변형 된 것으로 보인다.
김해지역 불상의 가사는 어느 시기에 전래되었는가를 알아보
면……. 고대인도 불상자료에서 보이는 가사나 승려들이 사용하였
던 가사는 없다. 불상가사유형佛像袈裟類型을 보면 일반 적으로 다
음과 같은 몇 가지 종류로 나 눌 수 있다. **통견식通肩式·우단식右袒式**
·사피낙액식斜被洛腋式·편삼식偏杉式·수령식垂領式·포의박대식褒衣搏
帶式·**구뉴식鉤紐式** 등이다. 통견식·우단식·사피낙액식은? 인도에
서 기원한 것이며 편삼식·수령식·포의박대식·구뉴식은 중국에
서 변형 발전된 형식 가사다. 전형적인 가사 양식으로는 통견식과
우단식이다 통견식이란? 가사를 착용한 방식이 두 어깨를 모두
덮은 모습을 한 형식을 말한다. 국내 통견가사 불상 중에서 가사가
오른쪽 겨드랑이를 휘감은 뒤 다시 왼쪽 어깨를 덮고 있는 것도
있다. 승려들을 보면 걸친 가사가 목 부분을 감고 있지 못하여 속내
의가 밖으로 드러나 가슴 앞쪽에서 승기지僧祇支가 보여 추한 모습
을 본적이 있다. 이러한 옷을 입은 인도의 간디를 보고?

『제국주의자이며 백인 우월주의자 이었던 윈스턴 처질은 인도총독 궁전
계단을 누더기 입고 반쯤 벌거벗은 몸으로 올라가는 간디를 보고 경악스럽고
역겹다고 했다』

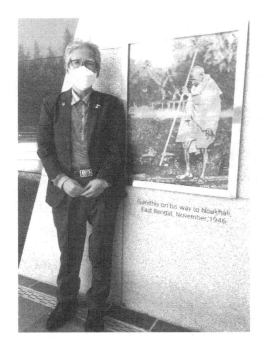

인도에 서있는 불상들이 통견식이다. 이러한 착의 법착의법着衣法을 통견총복식通肩總覆式의 변이형식인데……. 이러한 형태는 동북아시아지역에서 유행한 수령식 가사와 관계가 있는 것이다. 우단 식은 오른쪽 어깨를 드러나게 가사를 착용하는 것을 말하는데. 인도 승려들이 실제 일상적으로 입고 활동할 때의 복장이다. 이러한 모습은 고대 불교 조각에서도 가장 광범위하게 보이는 복장착용 모습을 볼 수 있다. 사피낙액식 가사 착용복식을 보면 가사의 한쪽 끝을 왼쪽 어깨에 대각선으로 걸치며……. 다른 한 끝을 복부를 휘 감은 뒤 오른쪽 겨드랑이 아래를 지나 몸 뒤쪽으로 겹쳐서 보내고 있다. 현존하고 있는 불상가운데 중국 대륙 감숙성 주천시 **문수산 석굴**甘肅省·酒泉市·文殊山·石窟 앞 벽에 서 있는 불상이 이러한 형태다. 한식漢式 가사형식은 위에서 이야기 한 것처럼……. 여러 가사의 변형 된 형식으로 한식 복장을 그대로 이입한 형식으로 보면 된다. 편삼식의 전체적인 특징은 우단식과 비슷하나. 다만 나체로 드러난 오른쪽 어깨를 약간 덮었다는 차이가 있다. 즉? 오른쪽 어깨를 약간 덮은 편삼이 출현한 것이다. 결국 편삼식은 우단식의 변형된 복식으로 본다. 편삼식 가사 출현의 원인과 연대에 대하여 문헌 기록은 모두 일률적으로 북위北魏 시대부터 시작됐다고 기록 되어있다. 승려가 궁전에 출입할 때 오른쪽 어깨를 드러낸다는 것이 우아한 일이 아니기 때문에…… 오른쪽어깨를 약간 덮었던 연유에 편삼 복장이 생겨났다는 것이다. 편삼식 불상이 나타난 시기는 서진西秦 시기인 건홍원建弘元年↔420년 전 후 시기에 속한 것이다. 구뉴식鉤紐式은 가사 위쪽에 구뉴를 첨가한 형식으로 율전律典에 근거하여 첨가시켰다. 원래 승려들의 가사는 어깨를 휘감아 덮고 있는데 혹여 가사가 미끄러져 몸이 드러나는 누추한 형상을 보이게 되는 것을 두려워하였다. 흔히 왼쪽 어깨 부분에 니사단尼師檀, 무구↔巫具으로 옷을 덧붙였는데…… 외도外道↔다른 종교 들의 비난을 받게 되었다. 이에 석가釋는 가사위쪽에 다시 구뉴를 증가시켜 대의大衣를 고정시키게 하였다. 이처럼 대뉴帶紐를 첨가하여 입은 형태는 통견총복식通肩總覆式과 유사하다. 문헌기록에 근거하면 인도 승려 가사에 원래 구뉴가 있었음을 알 수 있다. 인도 승려들은 가사 구뉴를 어깨 뒤쪽으로 넘겨 입었기 때문에 우리나라불교 유물그림에서는 구뉴 그림을 찾아보기 아주 힘들다. 그러나 중국에서는 많이 있다 고한다. 수대隋代↔수나라 때에 우리나라와 지리적으로 근접한 산동반도 타산석굴駝山石窟과 운문산석굴雲門山石窟 용문석굴龍門石窟과 병령사석굴炳靈寺石窟에 구뉴 그림이 많이 보존 되어 있다고 한다. 당나라 이후에는 흔히 불상과 나한상羅漢像 고승상高僧像 유물그림에서 볼 수 있다고 한다. 산동 제남濟南 신통사神通寺 천불애가千佛崖↔당나라 초기 때 만든 불상 많이 있다면…… 이러한 가사가 계속 유행하여 오·송·원·명·청吳·

宋·元·明·淸 다섯 나라까지 구뉴식인 가사가 한국과 일본에 전래되었다는 것이다. 우리나라 와 일본의 불상 복식에 여러 가지 가사가 등장한 시기는 당대당나라 유물에 많이 나타남 때 출현한 것이거나! 고고학자들은 당대 이전 북조北朝 만기晚期에 이미 출현했다고 보는 학자들이 있다. 허황옥 오빠 장유화상허보옥 후손들에 의해 우리나라에 최초로 김해지역불교가 들어 왔다면. 인도와 중국 국경지역인 아유타 국에서 신강성·장성·사천성·성도까지 와서 잠시 머물다가 산동 반도를 거처 해로를 타고 서해안을 거처 김해로 왔던 간에……. 신강에서 감숙성 사천성 성도 밑 안악현 보주 아리 지방에서 머물다가 산동 반도를 거치지 않고 육로 왔던 간에…….

『부산대고고학박사 신경철 교수 부여족 주장과 김해 인제대가야문제연구소장 이영식 역사학 교수 육로유입 주장이다』

당나라 때 편삼식 가사그림이 문헌상에 있다는 것은 허황옥 일행이 돌배를 타고 인도에서 김해로 왔다는 설은 다시는 거론하지 말아야할 것이다. 김해지역에서 인도의 당시 불교유물은 한 점 도 발굴되지 않았다. 우리나라에서 믿는 것이 남방불교인 소승불교小乘佛敎가 아니고 중국 대륙을 거쳐 육로로 내려와 씨앗을 뿌린 대승불교大乘佛敎가 확실하다면……. 그 당시 인도 본토에서는 전통불교지금까지 교리가 안 바뀐인 소승불교이다. 소승불교는? 스리랑카·미얀마·태국·본산지 인도·등이 믿는 남방불교라 하는데……. 그때만 하여도 해상 교통이 발달 하지 못하였기 때문에 소승불교의 본산인 인도에서 아유타국의 허황옥이가 배를 타고 동행한 장유화상 이야기 등은 모두가 역사학자들이 삼국사기나 삼국유사에 있는 가락국기의 기록을 보고 허황옥이 인도의 불교국가 아유타국에서 왔다고 하는 번역물이 판을 치고 있는 모양이다! 편삼식·수령식·포의박대식·구뉴식·등이 중국식 복식이라면……. 통견식通肩式이 인도식이다 통견식이 변형되어 우단식右袒式으로 변형됐다. 그 이유는 인도는 무더운 나라여서 한쪽어깨를 드러낸 것이 아닌가한다. 최고운은 우리의 고유도맥속에 이미 삼교인『유교·불교·도교』요소가 함유含有되어 있다고 했다. 「한」사상이 중국 측으로 유통에의 가능성과는 달리 지역적으로 아주 격리된 인도국과의 사상 교류란 매우 상상하기조차 어렵다고에 했다. 그의 주장이 맞는 다면 고대에 우리 문화권 속에 불교적 요소 내지 그 불교와 유사한 형식들이 있었던 건만은 확실하다고 할 것이다. 그것은 제반의 기록들이 이를 입증해주고 있기 때문이다. 다시 말하면 인도의 불교가 동쪽으로 유입되기 전에……. 이미 동방에서는 불교가 선재先在 했었다는 것을 말하고 있기 때문이다. 또 불교가 인도에서 동으로 전파되기 전에 이미 한漢나라에 범서梵書와 불탑佛塔이 있었다는 것을 말해 주고 있다. 요동성 육왕 탑遼東城 育王塔에 관한 기록에서 포도浦圖와 휴도休屠는 제천금인帝天金과 간련이 지어지면서 한漢 나라에 있었다고 하니……. 또 불학대사전佛學大辭典↔중권1057페이지의 한서각거병전漢書却去炳傳에서 말하는 휴도에서 말하는 제천금인祭天金人이 금불상金佛像이다"라고 말하였고 또 한무제漢武帝의 고사古事에서는 "그 제사에 소와 양을 쓰지 않고 오직 향만 사르고 예배하였다."라고 하였는가 하면? 위략의 서이전魏略西夷傳에서는 "애제哀帝·362~364 원년에 대월 씨大月氏 국으로부터 휴도경休屠經을 전래돼 왔는데 이것이

지금의 불경佛經이다."라는 것이다. 여기서는 역시 휴도休圖와 부도浮屠와의 상통함을 시사하고 있는가 하면 불교가 후한後漢 때 들어온줄 아는데 전한시대前漢時代에 불교가 있었다는 것은 모를 일이다. "그 처음에는 휴도라 하고 그 뒤에 부도라 하니 혹 칭 불도佛圖란 불타佛陀 모두가 같은 말이다."라고 말하여 휴도와 부도와 불도와 불타라는 단어가 동일한 의미를 지닌……. 음동의동音同意同의 같은 용어라는 데에 주의 깊게 살필 필요가 없지 않다고 본다. 그런데 이런 명사가 이미 불교가 인도에서 오기 이전에 있었다는 것이다. 우리 재래의 **상고 재천**上古祭天 의식에서 수두소도↔蘇塗라고 일컫는 말이 서역西域의 부도와 같다고 한 점 등은 불과 「한」의 연관성을 다룰 수가 있어 좋은 현상이다! 다시 말해서 "휴도·소도·부도·포도·불도·불타"이러한 낱말의 연관성이 많은 생각을 하게 하는 것이다! 그런데 **금강산기**金剛山記에는 "금상 52불金像 52佛이 있어 서기 4년漢平四年에 절을 세웠다." **동국여지승람 권47** 참고 또 "불법이 동류한 것은 서기 65년 후에 중국에 불교가 비롯했다"AD.527 양무제 **대통원년**梁武帝大通元年 기록이다. 우리나라의 불교 유입 경로는 대략 중원대륙을 거쳐서 들어온 것으로 아는데……. 중원보다 62년 전이다. 고구려 소수림왕 2년 보다 369년 전에 이 땅에 불교가 있었다는 기록들은 무엇을 의미하는 것일까? 또 "해중유처海中有處인 금강산에는 예로부터 모든 보살이 살고 있었다. 지금도 법기法紀라는 보살이 천이백千二百 권속을 거느리고 항상 법法을 말하고 있다."라고 한 것은 화엄경에 있는 말이다. 이 말은 석가모니불이 화엄경을 말할 당시에 우리의 동쪽바다 금강산에 법기法起라는 보살이 1.200 대중을 거느리고 불법을 말하고 있었다고 한다. "옛 부터 있었다."

는 것이다. 그 이전에 이미 **해동금강산**에 보살 1,200이 있었다는 것이다. 이것 역시 석가 이전에 우리나라에 불교가 있었다는 것이다. 이 말은 석가 불 스스로가 증언한 말이라고 보아야 할 것이다! 위의 사료해석을 볼 때 인도에서 불교가 동쪽으로 전래된 것이 아니라 중국 본토에서 먼저 성립되어 육로로 전래된 것이다. 불교는 인도와 중국 접경지역에서 발생된 것이다. 그래서 허황옥은 중국서 그 후손들이 육로로 왔다.

「아래 글은 경남신문 2007년 8월 3일자 '촉석루'실린 글로 한때 김해시장으로 출마 했던 송윤한 가야문화 사절단장의 글이다」

『가야문화의 흔적이 곳곳에 남아있는 곳. 경남은 가야의 정신이 숨 쉬고 있다. 가야문화의 중심은 다름 아닌 경남 중에 김해라 할 수 있다. 필자는 지난 7월 초 김해시 후원으로 '**김해시 청소년 가야문화홍보사절단**'을 이끌고 중국에 다녀왔다. 3박4일의 일정으로 중국 사천성 성도 시를 방문하였던 것이다. 한국과 중국 청소년 간 문화·체육 방면 교류에 참여한 초등학생 중학생들은 "**중국서부 내륙의 성도 시는 우리보다 못사는 곳이 아니며, 그곳 학생들도 결코 우리보다 교육 수준이 떨어지지 않는다**"라고 한다. 특히 흥미로운 것은 사천성 성도 시에 인접한 안악현 당국자들은. 안악현당시 보주에서 허황옥이 즉? 김수로왕비가 한국의 김해로 갔다고 주장하는 것이다. 일부 국내 역사학자들도 같은 주장을 하고 있다. 2000년 전의 역사적 사실에 대한 진위 여부는 논외로 하고·어쨌든지 김수로 왕비 허황옥은 인도 아니면 중국이 아니 외국에서 왔다는 사실은 분명하다. 가락국의 시조인 김수로왕이 국제결혼을 하였고 그 당시 유물을 통해서도 분명 가야는 국제교류국가였음이 분명하다. 아마 그 당시 가야인들은 자신의 우수한 경쟁력을 바탕으로 중국·인·왜·등과 국제교류를 활발히 추진하였을 것이다. 가야의 우월성이 허황옥을 외국에서 오게 했는지 모른다. 다민족을 포용하는 문화적 다양성이 찬란한 가야문화를 만들었으리라 생각된다.』 -하략-

「여기서 잠시 조선일보가 기획물로 실은 실크로드 천산天山편을 보자. 조선일보 2000년 12월 7일자 31면에 실린 박종인 기자의 글을 옮긴다」

『천산을 가려면 북경에서 열차를 타고 서안·난주·우루무치·천산까지 갈 수 있다고 한다. 주벌에는 앞서 기록처럼 고비 사막과 타클라마칸 사막이 있다. 실크로드에 천산 산맥을 넘으며……. 아침 8시 5분 투르판을 출발한 열차는 13시간을 달려 쿠차로 갔다. 건조하다 못해 소금기를 하얗게 드러낸 사막 "태양은 묘지 위에 붉게 타오르고 라는 노래 "아침이슬"대목이 떠올랐다. 그래 저걸 바로 붉게 타오르는 묘지라 하는 거야. 아무런 인적이 없는 그 막막한 사막에 비석 세운 무덤이 앉아 있는 것이다. 투르판에서 카쉬가르까지 천산산맥과 타글라마캉Tak-lamakan 살아 돌아 올 수 없는 "땅"이라는 뜻이다. 사막과 사막 사이에 놓인 이 길을 천산남로天山南路라 한다. 열차는 서서히 방향을 틀어 산맥을 기어올랐다. 열차는 지그재그로 산기슭을 올랐다. 천산을 오르기 위해 기계 역시 우왕좌왕 하는 것이다. 기계가 이 정도이거늘 옛사람들은 얼마나 힘들었을까! 하여 이름도 살아서 돌아 올 수 없는 땅이었다. 천산과 살아 돌아 올 수 없는 땅 사이에 뚫린 선로도 놀랍거니와 그 선로를 뚫어낸 중국 인민해방군의 노력도 놀라웠다. 열차는 해발 1,450m 성원星原역을 지나 고국광역을 지났다. 해발 1,780m 고갯마루를 끝으로 상승은 끝났다. 개도하開都河라는 강에 맑은 물이 흘렀다. 기차 역시 엔진을 세우고 휴식하였다. 우리는 거짓말처럼 반짝이는 사막과 거짓말처럼 새하얀 만년설 틈을 지나온 것이다』

위의 글에서 우리는 허황옥의 피난길을 상상할 수 있다. 죽음의 땅인 이곳을 어린 여자의 몸으로 지나갔다는 것을 현대에 살고 있는 우리는 이해할 수 있을 것이다. 사막이 더운 지방이라는 것을 우리는 알고 있다. 사람과 식물들이 살기엔 너무나 열악한 곳이지만……. 조선일보 박종인 기자의 답사에서 보듯이 풀 한 포기 없는 천산산맥 눈이 덮여 그 녹은 물이 사막의 작은 강을 만들어 지나가는 사람과 동물에게 생명수를 제공하고 있다는 것을…….

엉터리 가야사를 꾸미고 있는 김해시 정치인들인 이 글을 읽는다면 어떤 방응을 보일지! 문재인 정부의 100대 국정과제에 가야사 복원을 위해 1조원의 국민의 세금이……. 또한 문재인 각시는 자기가 김해 김 씨라고 허황옥이 태어난 고향을 찾는다고 대통령 휘장을 단체 인도로 대통령 전용기를 타고 갔다고 언론에서 보도를……. 김해시엔 가야왕도라는 글이 난무하다. 독자들은 이 책에 상재된 글을 읽고 나면 어떠한 반응을 보일지! 궁금하다.

『부산대고고학박사 신경철 교수 부여족 주장과 김해 인제대가야문제연구소장 이영식 역사학 교수 육로유입 주장이다. 또한 김해 김 씨 김병모 박사도 인도에 수번을 허황옥 출신지를 찾아보았지만……. 결국 중국 사천성 성도 안악현 보주에서 허황옥 루트를 찾았다는 책을 집필하여 출간을 했다. 그곳에서 김병모 박사가 세미나를 한 자료가 나에게 보내왔으며 김해지역 스님들이 찾아간 영상 테이프를 보내 와서 가지고 있다.』

당나라 때 편삼 식 가사그림이 문헌상에 있다는 것은 허황옥 일행이 돌배를 타고 인도에서 김해로 왔다는 설은 다시는 거론하지 말아야할 것이다. 미친놈도 아니고! 돌로만 든 배가 물에 뜬다는 것이다. 그 배를 타고 바닷길 험한 2만 5천여 리 뱅갈만을 지나 김해로 왔다고……. 김해지역에서 인도의 당시 불교유물은 한 점도 발굴되지 않았다. 우리나라에서 믿는 것이 남방불교인 소승불교小乘佛敎가 아니고 중국 대륙을 거쳐 육로로 내려와 씨앗을 뿌린 대승불교大乘佛敎가 확실하다면 그 당시 인도 본토에서는 전통불교지금까지 교리가 안 바뀐인 소승불교이다. 소승불교는? 스리랑카·미얀마·태국·본산지인 인도 등이 믿는 남방불교라 하는데……. 그때만 하여도 해상 교통이 발달 하지 못하였기 때문에 소승불교의 본산인 인도에서 아유타국의 허황옥이 배를 타고 동행한 장유화상 이야기 등은 모두가 역사학자들이 삼국사기나 삼국유사에 있는 가락국기의 기록을 보고 허황옥이 인도의 불교국가 아유타국에서 왔다고 하는 번역물이 판을 치고 있는 모양이다. 편삼식·수령식·포의박대식·구뉴식·등이 중국식 복식이라면……. 통견식通肩式이 인도식이다 통견식이 변형되어 우단식右袒式으로 변형됐다. 그 이유는 인도는 무더운 나라여서 한쪽어깨를 드러낸 것이 아닌가한다. 최고운은 우리의 『고유도맥속』에 이미 삼교인 『유교·불교·도교』요소가 함유含有되어 있다고 했다. 「한」사상이 중국 측으로 유통에의 가능성과는 달리 지역적으로 아주 격리된 인도국과의 사상 교류란 매우 상상하기조차 어렵다고에 했다. 그의 주장이 맞는 다면 고대에 우리 문화권 속에 불교적 요소 내지 그 불교와 유사한 형식들이 있었던 건만은 확실하다고 할 것이다. 그것은 제반의 기록들이 이를 입증해주고 있기 때문이다. 다시 말하면 인도의 불교가 동쪽으로 유입되기 전에 이미 동방에서는 불교가 선재先在 했었다는 것을 말하고 있기 때문이다. 또 불교가 인도에서 동으로 전파되기 전에 이미 한漢나라에 범서梵書와 불탑佛塔이 있었다는 것을 말해 주고 있다. 요동성육왕탑遼東城育王塔에 관한 기록에서 포도浦圖와 휴도休屠는 제천금帝天金인과 간련이 지어지면서 한漢나라에 있었다고 하니……. 또 불학대사전佛學大辭典↔중권1057페이지의 한서각거병전漢書却去炳傳에서 말하는 휴도에서 말하는 제천금인祭天金人이 금불상金佛像이다"라고 말하였고. 또 한무제漢武帝의 고사古事에서는 "그 제사에 소와 양을 쓰지 않고 오직 향만 사르고 예배하였다."라고 하였는가 하면……. 위략의서이전魏略西夷傳에서는 "애제哀帝↔362~364 원년에 대월 씨大月氏국으로부터 휴도경休屠經을 전래돼 왔는데 이것이 지금의 불경佛經이다."라는 것이다. 여기서는 역시 휴도休圖와 부도浮屠와의 상통함을 시사하고 있는가 하면. 불교가 후한後漢 때 들어 온줄 아는데 전한시대前漢時代에 불교가 있었다는 것은 모를 일이다. "그 처음에는 휴도라 하고 그 뒤에 부도라 하니 혹칭 불도佛圖 불타佛陀란 모두가 같은 말이다."라고 말하여 휴도와 부도와 불도와 불타라는 단어가 동일한 의미를 지닌……. 음동의동의音同意同 같은 용어라는

데에 주의 깊게 살필 필요가 없지 않다고 본다. 그런데 이런 명사가 이미 불교가 인도에서 오기 이전에 있었다는 것이다. 우리 재래의 상고 재천上古祭天 의식에서 수두소도↔蘇塗라고 일컫는 말이 서역西域의 부도와 같다고 한 점 등은 불과 「한」의 연관성을 다룰 수가 있어 좋은 현상이다! 다시 말해서 "휴도·소도·부도·포도·불도·불타"이러한 낱말의 연관성이 많은 생각을 하게 하는 것이다! 그런데 금강산기金剛山記에는 "금상 52불金像 52佛이 있어 서기 4년漢平四年에 절을 세웠다." 【동국여지승람 권47 참고】

또 "불법이 동류한 것은 서기 65년 후에 중국에 불교가 비롯했다"AD.527 양무제 대통원년梁武帝 大通元年 기록이다. 우리나라의 불교 유입 경로는 대략 중원대륙을 거쳐서 들어온 것으로 아는데……. 중원보다 62년 전이다. 고구려 소수림왕 2년 보다 369년 전에 이 땅에 불교가 있었다는 기록들은 무엇을 의미하는 것일까? 또 "해중유처海中有處인 금강산에는 예로부터 모든 보살이 살고 있었다. 지금도 법기法紀라는 보살이 천이백千二百 권속을 거느리고 항상 법法을 말하고 있다."라고 한 것은 화엄경에 있는 말이다. 이 말은 석가모니불이 화엄경을 말할 당시에 우리의 동쪽바다 금강산에 법기法起라는 보살이 1,200대중을 거느리고 불법을 말하고 있었다고 한다. "옛 부터 있었다."는 것이다. 그 이전에 이미 해동금강산에 보살 1,200이 있었다는 것이다. 이것 역시 석가 이전에 우리나라에 불교가 있었다는 것이다. 이 말은 석가 불 스스로가 증언한 말이라고 보아야 할 것이다! 위의 사료해석을 볼 때 인도에서 불교가 동쪽으로 전래된 것이 아니라 중국 본토에서 먼저 성립되어 육로로 전래된 것이다. 불교는 인도와 중국 접경지역에서 발생된 것이다. 그래서 허황옥의 후손들은 중국서 육로로 왔다.

　필자는 2004년 집필 출간한 『아리랑 시원 지를 찾아서』의 책속에 허황옥許黃玉이 아유타국 아리지방에서 피난을 가면서 지은 시詩가 아리랑이라고 하였다. 이는 상고사학회 율곤 : 중재 회장이 이미 밝힌 것을 인용 하여 김수로 왕비 허황옥이 피난을 떠난 루트를 찾아 재구성을 하여 출간을 하였다. 이중재회장은 경기아리랑 1절을 허황옥이가 지은 시라고 간략하게 발표 했지만……. 나는 2절과 허황옥의 실체를 중국사천성에서 보내온 자료와 모든 사서를 번역하여 그 실체를 구체적으로 밝혀 출간을 하였다. 그 후 2005년에 출간한 『임나가야任那加耶』에도 상재하여 출간 하였다. 출간 후 "임나가야"와 "아리랑 시원 지를 찾아서"는 「베스트셀러」가 된 책이다. 또한 임나가야는 『국가전자도서관·한국교육학술정보원』에 "쌍어속의 가야사"와 "아리랑 시원 지를 찾아서"는 『국가 지식포털』에 데이터베이스로 구축되어 있다. "아리랑 시원 지를 찾아서"는 집필중 정보가 새어나가 주간지와 신문에 특종 보도 되었고 마산 MBC 라디오에서 하루 30분씩 3일에 걸쳐 방송을 하였다. 이 글을 다 읽으면……. 아阿↔언덕 아 리里↔마을 리 랑娘↔아가씨 낭↔랑 어원을 추적하여 집필한 뜻을 어느 누구라도 이해하리라 생각된다. 아리랑은 아유타국이 전란으로 인하여 패망 직전에……. 허황옥 공주와 오빠인 장유화상許寶玉↔長遊和尙과 수많은 백성을 데리고 멸문지화를 피하기 위해 4,000여 리 먼~길인 중국 사천성四川省↔지금의 쓰촨성 성도시成都市 안악현安岳縣으로 보주普州로 피난을 오면서 다시는

못 볼 고국산천과 부모형제를 그리워하며 지은 시詩가 우리말로
아리랑노래가사가 됐다는 이 글을 읽으면 이해가 갈 것이다.

　2011년 6월 중국 최고의 국가행정기관인 국무원에서 발표한 제3
차 국가무형문화유산에 우리나라 제 2의 국가國歌 격인 「아리랑」이
포함 되었다. 또한 중국은 이미 조선족의 전통풍습과 농악무 등을
자국의 국가무형문화재로 지정한 상태에서 최근에는 아리랑을 비
롯하여 가야금과 결혼 60주년을 기념하는 회혼례와 씨름 등을 추가
했다. 지금도 중국의 유명관광지인 장가계를 가보면? 그곳 소수민
족 합창단이 아리랑을 불려주고 있다. 중국이 아리랑을 소수민족
문화유산으로 등재했다하여 우리나라 사학계가 술 취한 똥개의
꼬리에 불붙은 것처럼! 난리법석을 떨며 열불을 냈고……. 언론에
선 크게 다뤘다. 다행이도? 2012년 12월 5일한국 시간 6일 새벽 프랑스
파리에서 열린 국제연합UN 전문기구인 유네스코UNESCO의 제7차
무형유산위원회는 "인류무형유산"에 아리랑을 등재하기로 확정했
다. 우리국민 대다수가 경기민요 본조라고 알고 있는 아리랑을
2012년 12월 29일 KBS 국악대상 시상식에서 이춘희 씨가 부른 아리
랑노래를 유네스코에서 확정된 후 그 현장에서 불러 많은 박수갈채
를 받았다. 아리랑은 우리나라의 많은 지역에서 여러 세대를 거쳐
다양한 가락과 변형된 가사로 전승됐다는 점이 높은 점수를 받아
등재된 것이라고 한다. 이 글을 읽으면서 불편한 진실이 있을 것이
다! 열불 낼 일이 아니다? 같이 살았던 마누라도 이혼하면 내 마누
라가 아니다. 첫 사랑인 남녀가 남남으로 갈라져 결혼 했는데 첫사
랑을 했던 여자 남편을 찾아가서……. "내가 첫 배관공사 했으니 내

마누라다"첫 배관 공사를 해준 남자의 마누라를 찾아가서……. "내 거시기에 첫 배관공사 했으니 내 남편이다"못하듯이 조상대대로 살아오던 집을 팔면 내 집이 아니다. 법적으로 등기부 등재된 사람의 것이다. 이혼한 마누라를 내 아내라고 할 수 있는가? 돈도 내 호주머니 안에 있을 때 내 돈이지 써버리면 남의 돈이 된다. 내가하는 말은 법적 효력을 말하는 것이다. 아리랑은 인류 무형유산에 등재된 것은 세계가 인정하였으므로 우리민족의 것이다. 기록이 없으면 결국 역사가 없는 민족이 되는 것이다. 구술사口述史의 역사도 재대로 잘 못 정리하여 기록을 하면안도는 것이다. 저자는 역사책을 집필 땐 사명을 띠고on a mission 자료를 찾아서 집필을 해야지 소설적으로 집필을 하면 엉터리란 말을 듣는다! 중국의 고구려사도 동북 공정이라 하여 사학계는 연일 분통을 터트리고 있지만! 따지고 보면 중국의 억지 주장 뒤엔 불편한 진실이 너무나 많이 있다……. 기존 사학계대학교수는 반성과 더불어 더 연구를 하여야한다. 그들은 시대의 거울이다! 2004년 내가 아리랑 시원 지始原 地를 찾아서 책을 집필 중 정보가 새어나가 신문과 주간지에 3번이나 특종보도 되고 MBC라디오 방송에서 3일간 걸쳐 방송을 할 때 학계에서 관심을 기우렸으면 하는 아쉬움이 있다. 위의 글을 줄여 말하면 유물은 민족의 이동 사移動 史라는 것이다. 가야사는 유물의 역사란 말이 있듯 세계 속의 아리랑이 되고 민족의 가슴에 살아 숨 쉬는 아리랑이 되려면 지금부터 아리랑의 시원 지를 정확하게 찾아 재정립해야 할 것이다! 유네스코에 인류무형유산으로 등재된 아리랑은 경남 김해시의 것이다.

아리랑阿里娘·탄생誕生

서기 47년 인도와 중국의 접경 지역에선 수많은 크고 작은 소수민족 국가들이 세를 불리기에 한창인 시기였다. 그 중 아유타국阿踰佗國 허 씨許氏↔왕조도 그러한 시류에 휩싸이게 된 것이다. 당시는 국경도 애매모호하여 딱히 "내 나라."라고 경계선을 주장한 국가는 없었다. 당시는 수 없는 국가 간에 또는 소수의 집단 간에 분쟁이 일어나 짧은 기간에 멸망과 더불어 신생국이 태어났다! 그러한 시대적 배경에 『중천축국아유타국』도 이웃의 강력한 힘에 의해 멸망의 길에 들어서게 된 것이다. 고금을 통해서 부모는 자손들의 번성을 원했다. 국왕은 아들인 허보옥과 딸인 허황옥을 불러 놓고……

"더 이상 나가가 지탱하기가 어려우니 보옥이 너는 동생을 데리고 야밤을 통해 멀리 떠나가 잘살길 바란다."

마지막 유언을 남긴다. 상고 시대는 전쟁에서 패하면 삼족三族멸滅연자죄↔자손까지 없애는 벌하였다. 후손을 위해서 국왕은 자식에게 피난길을 재촉하였다. 허보옥은 아버지의 허약한 몸으로 같이 피난을 떠날 수 없다는 것을 알고……. 변卞 장군將軍과 군졸을 비롯한 시종과 수 백 명의 백성을 이끌고 아유타국을 뒤로하고 앞날을 알 수 없는 피난길을 나선 것이다! 땅위의 뭇 생명이 몸 불리기를 중단하는 계절인 늦가을이라 사막의 피난길은 밤이면 온 몸에 한기가 들어 밤이면 불을 지피지 않으면 견디기 어려웠다. 계곡으로 숨어들어 밤을 보내거나……. 또는 적을 피하는 수단으로 때로는 밤에 잦은 이동으로 모두가 심신이 쇄 약해져 갔다. 사막을 하루

종일 걷거나 수 천 미터 높은 산을 이동을 하면서 떨어져 나가는 사람이 점점 늘어났다. 식량이 바닥이 나면 민가를 찾아가 구걸을 하면서 연명했다. 주변국은 당시엔 불교국가들이었다.

다섯 천축국天竺國→동천축국: 東天竺國인 서천축국西天竺國 남천축국南天竺國 북천축국北天竺國 중천축국中天竺國 5국 시대였기 때문에 어느 국가나 어느 마을에 가더라도 시주를 받을 수 있었고 공양도 할 수 있어서 그나마 다행이었다. 1개월여가 지난 어느 날 밤 허황옥이가 끙끙 앓은 것이다. 밤새 아픔에 눈을 뜬 허황옥이는 자신의 발을 보고 깜짝 놀랐다. 발목이 시퍼렇게 멍이든 상태로 퉁퉁 부어오른 것이다. 한 발자국도 내 디딤이 불편 하였다. 아마 밤사이 사막의 뱀이나 전갈에 물렸는지도 모른다! 그곳에서 잠시 머무르기로 하였다. 급히 피난길에 오르느라 구급약을 가져 올 리 없다. 오빠 허보옥은 어린동생의 아픔에 딱히 어떻게 처방을 할 수가 없었다. 허허벌판사막과 고산지대여서 민가도 없었다. 일행을 피난을 책임 진 변 장군이 사방을 둘러보니 멀리 산이 보였다. 병졸 몇 명을 데리고 산속으로 들어가 나무 잎을 따와서 돌로 짓이겨 상처부위에 크게 붙이고 천으로 동여맸다. 하루 낮과 밤이 지나자……. 통증도 이내 사라졌고 상처도 점점 나아 졌다. 이에 감동한 변장군은 남아 있는 나무 잎으로 추위에 떨고 있는 황옥에게 차를 끓여 먹였다. 그러한 광경을 목격한 사람들이 산으로 우르르 몰려가 그 나무 잎을 따서 지니고 열매를 주워 지니게 되었다. 군락을 이루고 있는 나무 밑에는 초겨울 입구라 열매가 많았다. 이 나무가 먼~훗날 세계 명차 대상을 받은 김해시의 장군차將軍茶가 된 것이다! 그날 자그마한 암자로 피난처를 옮긴 허황옥은 오빠에게 지필묵紙筆墨

을 구해 달라하여 아리랑 시詩를 지었다.

1절

　아리랑↔阿里娘 · 아리랑↔阿里娘 · 아라리요↔阿羅遼遼 · 아리랑
↔阿里娘 · 아리랑↔高皆路 · 염어간다↔念御看跢 · 나아할↔奈我割
· 발리고↔發離苦 · 가시난임↔可視難任 · 십리도목가서↔十里到鶩
可徐 · 발병난다↔勃病爛多

　「阿언덕 아」「里마을 리」「娘아가시→낭자도 되고↔아가씨 랑도 됨」「羅새
그물 라」「遼멀 요」「阿언덕 아」「里마을 리」「娘아가시 랑」「高높을 고」
「皆다 개」「路길 로」「念생각할 염」「御어거할 어」「看볼 간」「跢어린아이
걸음 다」「奈어찌 나」「我나 아」「割나눌 할」「發떠나다 발」「離떼놓을 리」
「苦괴롭다 고」「可옳을 가」「視볼 시」「難어려울 난」「任맡길 임」「到이를
도」「鶩집오리 목」「徐천천할 서」「勃갑자기 발」「病병 병」「爛다치어헐다
난」「多많을 다」

2절

　아리랑↔阿里娘 · 아리랑↔阿里娘 · 아라리요↔阿羅里遼 · 아리랑
↔阿里娘 · 고개로↔高皆路 · 염어간다↔念御看跢 · 청천↔晴天 · 하
눌에↔蝦扙曀 · 잔별도↔轏別途 · 만고↔萬侉 · 이내↔離耐 · 가심애
↔嫁心愛 · 수심도↔愁小咷 · 만다↔㤺爹

　「晴갤 청」「天하늘 천」「蝦클 하」「扙촘촘히 박히다 눌」「曀구름낄 에」
「轏수레 잔」「別나눌 별」「途길 도」「萬일만 만」「侉생각할 고」「離떼놓을

320 고대사 화려한 아리랑

이」「耐견딜 내」「嫁시집갈 가」「心마음 심」「愛사랑 애」「愁시름 수」「心마음 심」「咷울 도」「懤잊을 만」「爹아비 다」

자신의 처지와 다시 못 볼 부모와 고국산천을 그리며 지은 것이다. 시詩의 글자를 파자破字↔분리 해보면……. 言말 씀 언과 寺절 사란 글자다. 이를 합하면……. 言 +寺 = 詩 글자가 된다. 절에서 하는 말이다. 절에서는 상소리를 하지 않는다. 그러니까 시는 세상의 거친 언어를 융화 시키고 응축시켜 아름다운 말을 만든 것이다! 허황옥은 절에서 아름다운 글을 써서 노래를 만들어 부르게 했던 것이다. 그들의 일행은 아리랑 노래를 읊으며 피난길을 재촉하였다. 일행을 안전을 책임진 변장군도 형제들의 병듦과 지침으로 무리에서 떨어져 갔다. 변장군은 가족과 친척이 병들고 지침으로 인하여 지금의 중국 하남성河南省 인근 장가계 지역에 남아 그곳의 소수민족이 되었고……. 그 후손들이 조상祖上↔ancestor들이 즐겨 부른 아리랑을 부르며 헤어진 민족을 생각하면 살고 있다.

또한 다른 일행은 곳곳의 도적 때들의 출몰과 산짐승의 습격에 도망을 치느라 흩어져 길을 잃고 티베트로 이동 했으며 일부는 불교국가인 태국 국경과 마주한 라오스로 가서 그곳에 정착하여 소수 민족이 되었으며……중국과 네팔이 이웃이면서 불교국가인 티베트에 정착하여 따망족이 된 일부 피난민은 해발 표고 3,000~5,000미터 이상 분지 안의 아리라는 투리슐리 고개를 넘나드는 대상大商↔차마고도 마방. KBS특집방송 최불암 해설이 되어 아리랑 노래를 부르며 다닌다.

아리랑이란? 아리가 고향인 젊은 여자란 뜻이다. 아리랑이라고
두 번 반복한 것은 고국인 아리 고향을 떠나는 아가씨의 애틋함을
강조하는 뜻에서 지어진 것으로 보인다. 아라리요. 하는 것은 멀어
져가는 고향땅인 아리를 보면서 떠나는 아가씨가 독백하는 시구詩
構→구슬픈 가락의 뜻으로 지어진 것이다. 그리고 반복하여 "아리랑"
이라고 덧붙인 것은 애타게 아리 낭자를 사모하는 뜻에서 강조된
내용이며……. 고개로는 가파른 언덕진 고원의 여러 갈래길이라는
뜻이다. 염어가다念御看多는 아버지를 애틋하게 생각하면서 후일에
다시 모실 것을 기원한다는 뜻이다. 나아할奈我割 이란 내신세가
어찌 이 지경이 되도록 불행해졌는가?라는 뜻이다. 발리고發離苦
라는 말은 공주로서 부모형제. 고국산천을 두고 고생길로 떠난다는
말이며……. 가시난임可視難任이란 말은 언제 임생각할→恁은 사랑하
는 모든 사람을 다시 보고 만날 수 있을까라는 뜻이다. 십리도 못가
서十里到鶩可徐라는 말은 십리 길도 도달 못하고 라는 뜻이다. 이
말은 아장아장 걷는 집오리가 멀리 갈 수 없는 것처럼……. 나이
어린 공주가 힘든 길을 갈 수 없다는 뜻이다. 발병난다勃病爛多는
험준한 고산지대를 도망쳐가느라고 아파서 병이 들었다. 라는 애절
한 가사다. 왕의 딸이 더구나 어린 몸으로 멀리 피난길을 떠나는
모습이 구구절절이 함축되어 있는 노래 가사다.

2절은 맑은 하늘 큰 원안에 촘촘히 박힌 별들 무리 중에 밝은
빛을 내고 사라지는 별똥별을 보니 부모형제와 이별을 하고 수레를
타고 고향산천을 떠나는 자신의 처지와 같아 많은 생각이 난다는
뜻이고……. 아버지 명령에 어쩔 수 없어 이별의 아픔을 견디고

사랑하는 이를 찾아 시집가는 길에 기뻐하지 않고 우는 것은 너무나 힘든 고생길이여서 포기하고 싶어도 수로왕에게 시집가라고 달라던 아버지 말씀이 많이 생각나 걱정은 되지만 참고 간다는 뜻이다. 위와 같이 고국산천 부모형제 그리운 고향 사랑이별 애환 등, 삶의 보편적 가치가 함축되어 있다! 우리들의 애환이 서린 노래로 불러지고 있으나 정작 아리랑노래 가사의 역사적인 애환의 의미는 모르고 그동안 불러 왔다. 현재 우리나라에는 아리阿里라는 지명이 없고 아라阿羅 땅이름도 없다. 분명한 사실은 허황옥의 고향이 아유타국 아리며……. 아유타국 공주인 허황옥이 아리가 고향이다. 어린 나이에 부모를 두고 고국산천을 떠나면서 슬픔을 노래한 가사다. 아리랑 이라고 하는 것은 젊디젊은 어린 여자가 고향인 아리 지방을 떠난다는 슬프고 슬픈 사연이 담긴 한문글자 특유의 깊은 사상이 내포되어 있는 것이다.

전국에서 불리어지고 있는 아리랑 노랫말 뜻을 보면 보편적 삶이 내재된 민중의 소리다! 사진과 그림은 느낌으로 끝나지만……. 노래는 사연 속으로 들어가기도 하고 자신이 주인공이 되기도 한다. 음악은 우리가 원하든 원하지 안하든 우리의 삶의 배경에서 흐르는 것이다. 슬플 때나 기쁠 때 꼭 필요한 것이 노래다. 한국전쟁6.25 때 내일을 알 수 없는 병사들에게 아리랑은 고향을 생각게 하는 것이었다. 미국 가수들에 의해 불리어지기도 했다. 전쟁 중 마리린 먼로영화배우가 의문공연을 와서 아리랑을 듣고 아리랑이 가수들에 의해 작곡을 하여 이어져 오고 있는 것이다. 미 육군 군악대가 아리랑을 연주하고 부르고 있다. 우리나라 어린이가 미군에 불러준 아리랑 노래를 잊지 못하고 불러 이어지고 있는 것이다. 아리랑은 한국인의 영혼靈魂……이고 누구는 한恨이라고 한다는 것이다. 타향에서 민족의 설움을 달래는 노래라는 것이다. 그렇다면 아리랑이 어찌하여 중앙아시아 까지 갔을까? 어찌하여 국경을 넘었을까? 연해주 고려인의 노래가 독일까지 갔을까? 고향을 버리고 온 고려인들의 뿌리임을 표현한 노래다. 기쁠 때 희망의 노래……. 그리움의 노래! 사할린 카자흐스탄 "고려인들의 아픈 역사"고려아리랑은 아픈 역사를 딛고 일어선 역사다. "아리랑은 작별을 표현하는 노래"이다. 앞집에 처녀는 시집을 가는데 뒷집 총각은 목매려 간다. 이별의 작별이 함축된 노래다. 그러니까? 아리랑은 눈물과 함께 그들과 있는 것이다. 우리국민의 감성이 가장 많이 표현한 노래다. 2020년 12월 26일. kbs 송년음악회 국악한마당 음악회 때도 아리랑을 불렀다. 허황옥이 지은 시詩가 노래가사로 작곡이 되어 제 2의 애국가 격인 민족의 노래다. 진도아리랑 2절도 허황옥이가 지은 아리랑 2절과 정확히 같다.

『허황옥은 김해에 오지 않았다? 다섯 천축국인 중천축국·중국 사천성 성도 안악현 보주普州에서 생을 마감을 하고……. 그 후손들이 육로를 통해 김해로 온 것이다. 아리랑 가사를 보면 알 수 있다. 강원도 아리랑이나 성주 아리랑 가사에 아리 알리 쓰리 쓰리란 가사가 있다. 쓰리는 완1·투2·쓰리3·고향이 세 곳이란 뜻이다. 아리랑이 3곳을 걸쳤다는 뜻이다. 1중천축국·2중국사천성·3대한민국 가야↔김해 이다』

『2000여 년 전 설화이지만……. 가야국 태동 때 구간들이 수로왕을 맞아들이는 마당에서 구지가를 지어 노래를 부른 것은? 문학적으로 시와 대중가요가 생겨난 것이기에 김해는 당시에 문화 예술이 제일 왕성하게 처음으로 발전한 곳이다. 허나 문학관 하나 없으며 김해시를 대표 할 대중 가요제도 없다. 노래는 슬플 때나 기쁠 때든 또한 우리가 원하든 원하지 안 해도 우리들의 삶의 배경에 흐르는 것이다. 사진과 그림은 느낌으로 끝나지만 음악은 사연 속으로 들어가기도 하고 자신이 주인공이 되기도 한다. 나는 그간에 대중가요인 김해연가를 작사를 하여 금영노래방기기에 등재되었고 김해 아리랑을 작사하였다.

김해아리랑 가야 쓰리랑

1절

　　김해아리랑 가야쓰리랑 김해아리랑 가야 쓰리랑 야!

　　아유타국 안악 현 아리 땅 허황옥 공주는

　　아버지의 꿈속에서 계시 받은 임을 찾으려고 에헤 에헤

　　수만리 험난한 뱃길로 동방에 가야국 찾아왔네.

　　에헤 에헤 에헤 얼씨구 절씨구

　　구간들과 백성들의 축원 속에 봉황대 궁궐에서

　　가야국 수로왕과 백년가약 맺으셨네 얼씨구

　　(후렴) 아라리 아가시 아리랑 행복한 아리랑

　　아라리 아가시 아리랑 즐거운 아리랑

(삼절에서 반복) 아리아리 아리랑 김해아리랑
쓰리쓰리 쓰리랑 가야 쓰리랑
2절은? kbs관현악단장이고 가야팝스 오케스트라 단장이신 이성
호 전임 예총회장이 현대에 맞게 작사를 부탁하여 20여분 만에
작사를 하여 보냈다.

2절
김해아리랑 가야쓰리랑 김해아리랑 가야쓰리랑 야!
문화유산 가득한 김해를 천하의 제일로
행복하게 살아가는 삶의 터전으로 함께 일궈보세 에헤 에헤
오대양 육대주 수많은 사람이 김해를 찾아오네.
에헤에헤 에헤 얼씨구 절씨구
김해시는 아름다운 너와나의 살아갈 지상낙원
낙동강 물길같이 포근하게 감싸 안네 얼씨구

3절
김해아리랑 가야쓰리랑 김해아리랑 가야쓰리랑 야!
아유타국 안학현 아리땅 부모님 그리워
고향 쪽을 바라보며 눈물 가득고인 효녀 허왕후는 에헤에헤
언제쯤 부모님 만나려 그리웠던 고향땅 찾아갈까
에헤 에헤 에헤 얼씨구 절씨구
꿈속에 그려보는 수만리길 고향 집 아득하여
봉황대 궁궐뒤뜰 칠성단에 소원비네 얼씨구

『위의 가사는 대중가요는 해병대 군악대출신이고 가야팝스오케스트라 단장을 했으며. kbs 관현악단장을 지낸. 이성호 전임 김해예총회장이 작곡하여 가수 천태문이 불렀고 가곡은 백승태 교수가 작곡하여 김해시립합창단과 청소년합창단이 문화의 전당 마루홀에서 공연을 하였으며 2019년엔 4개의 합창단이 공연을 했다. 2020년 제4회 아름다운 김해로 전국성악공연대회서 소프라노 이아영이 금상을 받았고. 제5회엔 대학 일반부 소프라노 장지민이 특별상을 받았다. 가야금병창은 국가무형문화제 제23호 보유자 강정숙 교수가 작곡을 하여 김해시립가야금 연주단이 창단 20주년 기념연주회를 서울국립국악원 우면당에서 공연을 하였다. 나는 작사가로 필히 초대되어 관람을 했다. 전국 대다수 지역에 아리랑이 있다. 그러나 김해아리랑은 **대중가요·가곡·가야금병창** 3가지 곡으로 작곡이 된 아리랑은 전국에서 김해아리랑 뿐이다. 곧 민요로도 작곡이 될 것이다』

아리랑리란 어원語原의 뜻

나는 그간에 아리랑에 관한 책 **아리랑 시원 지를 찾아서**2004년 출간 집필 때 국내학자들 20여명에게 아리랑이란 어원語原을 물어보았고 노래가사를 지은 작사가 비롯하여 작곡자와 가수에게 "아리랑" 이란 단어가 무슨 뜻이냐고 물었지만 단 한사람도 답을 못했다. 무슨 뜻인지도 모르고 있다니 한심하지 않을 수 없다. 2013년 1월 6일 KBS 희망음악회 특집 방송을 아리랑의 **인류무형유산등재** 기념을 뜻하는 방송을 하였다. 이춘희 경기명창을 비롯하여 바리톤 김동규·김덕수 사물놀이 패·가수 조영남 등이 출연하여 갖은 폼을 내며 열창을 하였다. 그들에게 아리랑이란 글자 뜻을 물어본다면 알고 있을까? 문자는 소통疏通↔뜻이 서로 통하여 오해가 없음이다. 그 뜻을 모르고 부른다면……. 가수가 아니다!

허황옥許黃玉 출생지

앞서 여러 가지의 이야기를 상재를 했지만? 허황옥은 아유타국阿踰陀國 공주후손이 어떻게 하여 김해까지 왔을까? 아유타국의 정확한 위치를 조사해 보면 허황옥의 행로를 짐작할 수 있을 것이다. 그리고 역사적 실체를 알아낼 수 있을 것이다. 동한東漢 광무제光武帝 AD. 25~56년 때 중천축국中天竺國 주위에는 작은 제후국들이 신강성과 감숙성·청해성·서장성을 중심으로 난립해 있었다. 중화서국中華書局에서 발행한 『왕오천축국전往五天竺國傳』보면 아유타국은 대승불교의 전통적인 국가였다고 기록되어 있다. 그러나 일부에서는 소승불교를 택한 때도 있었지만……. 대승불교를 택하기 위해 소승불교를 버렸다고 기록되어 있다. 아유타국은 중천축국 제후국우방국으로 소승불교에서 대승불교로 개종한 것을 보아 전통적인 불교국가였음을 볼 수 있다. 특히 아유타국은 수십 년 동안 많은 시행착오를 겪으면서 국가의 기강을 대승불교의 기틀 아래 성장해 갔던 것으로 기록하고 있다. 대당서역기大唐西域記 제 5권에 아유타국이 기록되어 있는 것으로 보아 그 당시 아유타국은 서장성 아리阿里 지방이 있다. 아리라면 인도印度와 중국과 경계선인 북부지방이다. 정확하게 말하자면 중천축국의 제후국으로서는 제일 남쪽에 위치한 곳이다. 이곳은 『희마랍아산맥喜馬拉雅山脈↔희말라야산맥』의 바로 북부지방으로 신강 성 남쪽에 하하夏夏와 혁길革吉 개칙·강탁·노곡·정고·이산·강약· 등 작은 지방이 즐비한 곳이기도 하다. 곤륜산崑崙山 줄기 남쪽과 희말리아 산맥의 중간 지점으로 대단히 높고 건조한 고원지대에 자리하고 있지만 강이 많고 호수가 많아 사람이 살기에는 낙원지대라고 보아야 한다. 그러나 후한後漢 때는 나라 간에 변란이 심해 천축국 간에도 알력이 끊일 사이가 없었던 관계로 백성들은 어디론가 이주하지 않으면 안 되었던 것이다. 특히 중천축국은 전통적인 대승불교의 본산지로……. 감숙성과 신강성 남부 서장성 일대에 걸친 광범위한 지역에 위치한 불교의 집산지였다. 당시는 같은 천축 국이면서도 바라문교와 불교 간의 분쟁이 끊일 사이 없이 일어나는 시대였다. 우리나라도 근간에 불교 세력들 간의 다툼으로 인하여 경찰이 출동되어 분쟁을 해결하려 했으나 그 당시의 불교는 국가를 지탱해 주며 백성들의 구심점이었다. 아유타국은 인도 항하북부지역까지 강역에 미치고 있지만……. 아유타국 본산지는 서장성 서북부인도와 접경지역이다. 아라阿羅 또는 아리阿里 지역이다. 아유타국에서 태어난 허황옥 공주의 고향은 바로 아리 지방이다. 이곳에서 후한의 강력한 힘에 밀려 전란과 반란 등으로 인해 백성들과 함께 동쪽동이족↔東夷族으로 이주해 온 것으로 보인다. 중천축국이 동남쪽인 서장성으로부터 인도 항하 유역까지 뻗어 있을 때 감숙성 서쪽으로는 소월국小月氏이 강성해지면서 서역으로 바라문교를 휩쓸고 대월국大月氏으로 강성해 갔다. 후한 때 흉노匈奴를 멸망시키면서 인도의 항하 유역까지 침략하였다. 한편 서역 쪽으로는 아프가니스탄河富汗 동부까지 점령하는 등 크나큰 전란이 일어났던 시대이다. 그로 인하여 천축국은 세력의 약화로 서쪽은 서이족西夷族 또는 동쪽은 동이족東夷族 밀려나면서 쇠퇴해 갔다. 이러한 시대적 전환점에서 아유타국은 스스로 몰락의 위기를 맞게 되는 비운에 놓이게 되었던 것으로 볼 수 있다. 이때부터 아유타국의 공주였던 허황옥은 살길을 찾아 동으로 고행의 피난길을 택한 것이다. 김수로 왕비 허황옥은 기원후 32년생이나 이때는 신라 3대왕 유리이사금 9년이다. 동한東漢과 후한後漢으로는 광무제 8년이다. 허황옥이 12살 때 아유타국을 떠난 것으로 되어 있다. 아유타국 공주로서 고향을 떠날 때……. 눈물겨운 사연의 노래 詩가 만들어진 때가 이때인 것이다. 허황옥 고향은 아리 지방이다. 아리 지방은 중국 대륙 내륙지방인 서장성 서북부다. 이곳은 보통 6,000m 이상의 고원지대이며. 서북으로 높은 산이 두 곳 있다. 서쪽에 있는 산은 6,596m **앙용강일**昻龍崗日이고 북쪽에 있는 산은 **사다강일**查多崗日**로서** 6,148m 의 고봉이다. 서북으로 높은 산이 둘러져 있는 중앙은 보통 2,000-3,000m의 고원지대지만 곳곳에 샛강 사이로 큰 호수와 연못을 비롯하여 분지가 있어 사람들이 정착하여 살기 좋은 곳이다. 인도국경을 따라 신강성 남쪽으로 서장성을 경계로 하여 길게 곤륜산 맥이 감숙성의 맥을 잇고 남으로는 히말라야산맥의 고산준령들이 여러 갈래로 뻗어 있어 아리는 마치 지상의 낙원처럼 살기 좋은 곳으로 되어 있지만……. 벼농사를 지을 수 없는 천박한 모래땅과 돌과 바위투성이여서 옥수수 정도의 농작물경작이 가능한 지역이다. 그나마 모래땅이 있어 감자 같은 작물을 재배할 수 있는 곳도 있으나 그리 많지 않아 풍족한 식생활을 해결하기는 다소 어려운 지역이다. 그러나 소금·철·광석·옥·금· 같은 광석이 많아 고대사회 때는 물물 교환으로 풍족한 것은 아니지만……. 어려운 편은 아니었다. 간혹 토질이 좋은 곳에서는 뽕나무를 심어 누에치기를 하여 비단을 생산하였다. 소금과 철·광석·옥·금과 비단 등으로 신강성과 인도 등 서역과 무역이 활발하였던 지역이다.
아리阿里 지역은 신라新羅. 실라↔실의 뜻은 비단이라는 뜻으로. 실은 비단실
을 말함. 실크로드가 지나는 길의 영역으로 신라는 감숙성 지금의 난주이
며 옛날에는 금성金城으로 이곳에서 신라는 진秦나라 후예로서 비
단길실크로드? 실크는 누에고추에서 뽑은 실로 짠 천의 이름을 처음 개설한
나라이다. 비단길을 연 후부터 서역 지방 일대는 비단 생산으로
유명했던 곳이다. 이러한 고향을 등지고 전란으로 멸족滅族을 피하
기 위하여……. 어린 나이로 고국산천을 떠나올 때의 부모형제 이
웃친구들과 헤어지면서 지은 시가 지금 우리가 부르는 아리랑 가사
로 변형 된 노래가사다. 아유타국에서 피난을 와서 사천성 성도에
잠시 정착하였다. 실크로드란Silk Road↔비단의 길 뜻이다. 길이 얼마나
아름다우면 비단의 길이라고 했겠는가? 그러나 그와는 정 반대이
다. 실크로드란 비단을 싣고 동쪽과 서쪽인 즉 아시아와 중앙아시
아에서 유럽을 연결한 교역을 했던 곳이라 해서 붙인 이름이지
길이 비단 같아서 붙인 이름은 아니다. 오히려 20세기 오늘날 이
지구상에서 가장 문명이나 문화의 혜택을 받지 않은 험난한 고원
사막지대가 바로 실크로드라 부르는 곳이다. 이른바 실크로드는
중국의 장안長安↔지금의 시안에서 부터 란주蘭州↔란저우·장액·주천·
가욕관·돈황敦煌으로 이어지는 하서회랑 길과……. 그곳에서 투르판
Turfa-n 쿠차Kucha↔龜玆 카슈가르Kashgar 파미르Pamir에 이르는 길이다.
그리고 돈황에서 니야Niya↔尼壤·첼첸Cherchin·호탄和田· 타슈쿠르칸
파미르 등에 이르는 두 갈래 큰길을 말하는데……. 이 길들은 어느
쪽을 택하든지 험난한 산을 넘어야만 가능하다. 하서회랑 서쪽을
동양에서는 서역西域이라 한다. 하서회랑은 길이 5천여 리의 고비

사막과 기련 산맥 사이의 오아시스 도시를 연결하는 고원지대이지
만 하미Hami나 돈황에서 이른바 천산 남쪽의 길이나 천산 북쪽의
길들은 그 어느 쪽을 택하더라도 다클라마칸Taklamakan 대 사막을
횡단해야 하고 북쪽에는 천산 산맥·남쪽에는 곤륜산맥을 넘어야 현
재 중국의 국경에 다다를 수가 있다. 이곳에서 다시 파미르고원과
카라코름 산맥 그리고 히말라야를 넘어야 인도 등 나라에 갈 수가
있다. 그런데 이들 산맥들은 대개가 6천~8천여 미터의 세계의 고봉
들이고……. 산맥 길이도 보통 4천~5천여 리 이상이 되는 긴 산맥이
며 타림분지의 다클라마칸 사막은 길이가 5천여 리가 되는 거대한
사막이다. 따라서 동쪽과 서쪽의 문화가 오간 이 길은 사실 "길이
아닌 길"이며 "뚫리지 않은 길"아니 뚫을 수 없는 길인 것이다. 이곳을
옛 사람들은 기원 전후부터 몇 년 몇 달을 걸려서 낙타에 의지하며
사막을 횡단하였던 것이다, 이 길은 20세기 오늘날도 산맥의 좁은
협곡을 이용해서 도로가 겨우 한 가닥 뚫려 있고……. 사막 위에는
오아시스 도시 사이를 연결하는 오직 하나의 도로가 있을 뿐이다.
역사가들은 흔히 실크로드를 스텝루트the steppe root 또는 오아시스루트
ohou.se 등으로 부른다. 스텝루트는 북방 유라시아의 초원지대를 :
천산 산맥 북쪽·북위 50도 가 까 이를 가로지르는 길로. 산맥을
넘어 유목민들이 많이 사는 아랄Aral 바다로 해서 흑에 연안에 이르
는 길이다. 또 하나 오아시스 루트는 중앙아시아 다클라마칸 사막
의 오아시스 나라들 을 가로지르는 북위 40도~30도 사이의 사막의
길이다. 이 길은 다클라마칸 사막 4천여 리를 지나 파미르고원을
넘어야 한다. 흔히 스텝루트에 속하는 교역 길을 천산 산맥의 북쪽
초원의 길이라 하기도 하는데…… 일반적으로는 투르판에서 코르

라·쿠차·카슈가르 등 천산산맥의 남쪽 길을 가리켜 천산북로天山
北路→또는→西域北道라 하고 옥문관이나 돈황에서 첼첸·니야·호탄
·타슈쿠르칸·등 다클라마칸 사막 남쪽 길을 천산남로天山南路↔西
域南道라 한다. 이것은 천산 산맥을 중심으로 일컫는 말로서 천산
남쪽 길은 사실 곤륜산맥의 북쪽길이라 하는 편이 낫다. 그런데
이들 천산 북로나 천산남로는 다 같이 산맥에서 물이 땅 속으로
숨어들어서 나오는 오아시스 도시를 연결하는 길들로써. 오아시스
가 때로는 2~3백여 킬로만에 나타나기도 하고……. 모래바람이나
흑 풍이 하늘을 덮는 일이 많아 거의 생명을 걸고 건너지 않으면
안 되는 땅이다. 이러한 실크로드는 아시아와 중앙아시아에서 유럽
을 잇는 사이의 무역 왕래의 길만이 아니라 자연히 민속이나 신앙
을 비롯한 풍속 등 문화의 전파를 촉진하였다. 특히 기원 3~4세기
이후 급격히 불교의 교역이 확산되어 많은 고승들이 인도에서 중국
에 왕래하게 되었다. 이들은 곧 파미르고원과 히말라야산맥을 거쳐
다클라마칸 사막의 길을 지나 천산줄기를 넘어 고비사막의 하서회
랑 길로 들어서서 장안에 종교적 전도를 하게 되었으니……. 고승
들이 인도에 오가게 되는 주된 도로가 바로 이 실크로드였던 것이
다. 여기에 실크로드와 경전을 탐구하는 고승들의 길은 하나가 된
다. 곧 불타의 법을 탐구하는 수도자들의 그 고행의 길이 바로 사막
의 길이요. 험준한 산 준령의 길이기에 실크로드는 단순히 상인들
이나 대상들의 비단이나 옥·주단·보화·등 금은만 실어 나르는
무역의 길인 경제의 길만이 아니라 종교 전도의 길이며 수도의
길이 되기도 한다. 따라서 실크로드 비단의 길은 비단도 오갔지
만……. 불타의 진리나 경전이 오간 지리의 길이기도 하다. 그리고

대상들이나 상인들만의 길이 아니라 진리를 탐구하는 수행자들의 길이요. 말씀이나 도道를 구하고……. 전하기 위하여 왕래한 "탐구의 길"이요. "구도의 길"이었다. 이들은 비단을 실은 대상들이 사막이나 고산에서 갖은 고생을 한 것처럼 똑같은 고난을 겪었다. 아니 도리어 상인들은 낙타를 탔지만 수도자들의 대부분은 걸어서 사막을 횡단하였었다. 실크로드는 그 이름 비단의 길과는 달리 얼마나 험하고 위험한 길인가! 장안에서 난주·무위·가욕관·돈황으로 이어지는 "서회랑"길도 5천여 리가 넘는 고비 사막 길이며. 오아시스 도시를 연결하는 좁은 길이다. 난주나 장액·무 위·주천·돈황· 등은 평균 2천~4천 미터의 고지대이며……. 진나라 시황제가 만리장성을 이곳에까지 쌓아 서쪽의 흉노를 막은 곳이다. 그리고 다클라마칸 사막을 둘러싼 타림분지는 태초 인류 역사 이래 진입이 불가능한 대 사막지대로서 "다클라마칸 사막"이란 말은 위글 어로 "죽음의 사막"이란 뜻이다. 사막의 넓이만도 60만 평방 킬로나 되며 현재 신강성 위 글 자치구 는 중국 전 영토의 1/6 이고……. 일본의 4.4배이며 우리나라 약 6배에 가까운 넓고 큰 면적이다. 이것이 황무지 사막이다. 비는 년 평균 15mm~20mm가 넘지 않으며. 주위에는 북쪽에 길이가 동서로 5~6천여 리며 폭이 4백여 리의 천산 산맥이 있고 남쪽에는 동서로 천하에 험한 산 7천여 리의 곤륜산맥이 있으며. 서쪽에는 피미르 고원을 비롯한 카라코롬 산맥 등 세계의 지붕이 도사리고 있다. 그리고 이들 산맥들은 대개가 6천~8천여 미터의 고산준령으로 서로 이어져 있어서 다클라마칸 사막은 이들 산맥이 하늘을 가리고 섰기에 비가 올 수가 없는 불모지가 되어 버린 것이다. 타림분지인 즉? 다클라마칸 사막은 동서의 직선 거리가 약 천

이백 킬로이고 남북이 약 육백여 킬로 총 면적은 53만여 평방 킬로나 되어 세계에서 두 번째 큰 사막이며 중국에서 가장 넓은 사막이다. 이밖에도 신강 위글 자치구 안에는 쥰갈 분지가 있으며……. 굴반둔굴 사막은 하서회랑의 기련의 보고다. 알타이·아르돈·쿠르크다크·산맥 등이 가로세로 길을 막고 있으며. 하서회랑 서쪽에는 청해 사막과 자이담 분지가 있다. 그래서 티베트 고원이 하늘을 가린다. 따라서 이들 실크로드는 그 어느 길을 택하더라도 거의 삶과 죽음을 걸고 나서지 않으면. 용이하게 살아 갈 수가 없는 험난한 길이다. 오늘날은 사막의 도시 여기저기에 비행기가 날아다니고 또한 오아시스 도시는 한 줄기 도로가 뚫려 있기 때문에 일 이주일 정도면 차로 돌 수가 있다. 이들 다클라마칸 사막의 천산남로나 서역남로 등 도시들은 순전히 비가 안고 물이 없기 때문에 천산이나 고륜·파미르·카라코름·산맥 등 7천m 이상에 있는 빙설이 여름에 녹아 사막 속으로 흘러 들어가 혹 여기저기에 솟아나는 곳이 있기 때문에……. 그곳에 오아시스 도시로서 유지하는 것이다. 땅속에 물줄기가 바뀌면 언제나 이들 오아시스 도시는 폐허가 되고. 물이 나오는 다른 곳으로 옮겨가야만 하는 운명 속에 있다. 이러한 험난한 길을 전쟁으로 인하여 고국산천과 정든 고향 버리고 살길을 찾아 동으로 이동한 피난 길 12세 어린 공주의 고행은 끝없이 이어졌을 것이다. 위의 글에서 우리는 허황옥의 피난길을 상상할 수 있다.

죽음의 땅인 이곳을 어린 여자의 몸으로 지나갔다는 것을 현대에 살고 있는 우리는 이해할 수 있을 것이다. 사막이 더운 지방이라는 것을 우리는 알고 있다. 사람과 식물들이 살기엔 너무나 열악한 곳이 풀 한포기 없는 천산 산맥 눈이 덮여 그 녹은 물이 사막의 작은 강을 만들어 지나가는 사람과 동물에게 생명수를 제공하고 있다. 비단길 중개 무역은 소그드라는 민족 몫이었다. 이들은 희소성을 유지하기 위해 철저하게 비단길동서 민족에게 양쪽의 존재를 숨기고 무역을 독점했다. 이들이 소비자를 유혹하는 감언이 워낙 좋아 당나라 책에는 "아들이 태어나면 입에 꿀을 발라 준다"라고 했을 정도였다. 소그드인들은 장사 비밀을 철저하게 지켰기에 로마 땅 어디에서도 비단과 유리잔의 출처를 제대로 알지 못했다고 한다. 페르시아에서 유리 귀고리가 유행하면 6개월 뒤 신라 귀족 여성이 그 귀고리를 귀에 걸었을 정도로 발 빠른 상인들이었다. 천산은 우리나라 건국신화의 단군과도 연결된다. 고대 환인 씨桓仁氏↔BC. 8936년가 군중 3,000여 명을 거느리고……. 곤륜산에서 감숙성 돈황燉煌까지 걸어서 약 1만여 리 길을 갔다는 사서의 기록이 있다. 옛 곤륜 산맥에 있는 우전于田은 평지처럼 되어 있는 끝없는 고원지대 사막 길이라고 한다. 허황옥이 일행들과 함께 서장성 고원지대를 낙타를 타고 갔는지 걸어갔는지는 모르나 몇 년이 걸려 사천성 성도에 인근에 있는 보주인 안 현까지 갔을 것으로 보인다! 서장성에서 강을 타고 사천성까지는 갈 수 없다. 서장성에서 흘러내리는 모든 강줄기는 사천성을 지나지 않는다. 서장성에서 흘러내리는 강줄기는 모두 태국과 미얀마 국경지대를 거쳐 해남도가 있는 남해로 가기 때문이다. 허황옥은 12세 남짓하여 아유타국阿踰陀國 아리阿里의 고향을 떠났을 것으로 보인다. 육지로 걸어왔거나 낙타를 타고 왔어도 1~2년은 걸려야 보주 까지 올 수 있기 때문이다. 오는 도중에 쉬기도 하고 지치면 한동안 머물렀다 가야하기 때문에 오랜 시간이 걸렸을 것으로 보인다! 중천축국中天竺國 남쪽인 서장성 아리 지방에 아유타국이 있었으므로 고향인 아리에서 출발하여 보주인 사천성 안악현까지 왔을 것이다.

가야 김수로왕–허왕후 인연 이으려
김정숙여사·허성곤 김해시장 인도 간다

'허왕후 기념 공원'기공식 참석
40억 들여 한·인도 공동조성

허성곤 김해시장이 한·인도 허왕후 기념공원 공동조성사업 기공식 참석을 위해 인도를 방문한다. 허 시장 등 김해시 대표단 6명은 오는 4일부터 4박 6일간 일정으로 국제우호협력도시인 인도 우타르프라데시(up)주를 방문한다. 이번 방문은 올해 김해시의 국제자매도시 및 우호협력도시 방문이 마지막 일정이다. 문재인 대통령 부인 김정숙 여사도 나렌드라 모디 인도 총리의 공식 초청을 받아 오는 4일부터 3박 4일 일정으로 인도를 방문한다. 김 여사는 5일 나렌드라 총리와의 면담. 6일 허왕후 기념공원 기공식 참석 등의 일정을 소화할 예정이다. 시 대표단은 지난해 12월 국제협력 우호도시 협약을 체결한 인도 up주의 초청을 받아 인도 up주와 가락국 초대 왕인 김수로왕 부인이자 김해 허 씨 시조 허왕후의 출신지로 추정되는 up주 내 아요디아시를 방문한다. 인도 방문 기간 김해시 대표단은 허왕후 기념비 건립 17주년 기념행사와 허왕후 기념공원 기공식에 참석한다. 김해시와 인도 아요디아시는 지난

2000년 자매결연을 체결했으며. 이듬해 up주 정부로부터 아요디아 시 사류강변 인접 약 2000여m²의 부지를 제공받아 허왕후 기념비와 공원을 조성했다. 한·인도 허왕후 기념공원 공동조성 사업은 지난 2015년 5월 인도 모디 총리 방한 시 한·인도 정상 간 허왕후 기념공원 리모델링 사업을 양극이 공동추진하기로 한 공동성명에 따른 것이다. 한국 측이 설계 자문과 감리를 담당하며 인도 측이 부지를 제공하고 설계와 공사를 담당한다. 사업 총예산은 40억이며 이달 5일 기공식을 시작으로 공사를 착수해 내년 12월 완공 예정이다. 시 대표단은 6~10일 인도 지역에서 개최되는 디왈리(diwali) 축제 개막식에도 참석한다. 디왈리는 집집마다. 수많은 등불을 밝히고 힌두교 신들을 맞이해 감사의 기도를 올리는 힌두교의 전통축제로 힌두교 3대 축제 중 하나이다. 인도인 70%의 종교가 힌두교인 만큼 디왈리 축제 참석은 인도의 전통 문화를 체험하고 이해하는 좋은 기회가 될 전망이다. 특히 시는 인도 방문기간 김해시의 다양한 관광자원 홍보를 위해 현지 여행사를 초청해 관광홍보설명회와 만찬을 진행할 계획이다. 시는 허왕후 기념공원 기공식장에 관광체험관을 설치해 관광자원홍보. 특산차인 장군 차 시음 등 프로그램을 운영한다.

- 김명현 기자 -

※ 위의 기사를 보더라도 김정숙은 인도총리의 초청이 아니라 시조 고향을 찾아 간 것이다.

김해시. 인도와의 교류 확대로 세계도시 도약한다.

인도. 석가모니 보리수 국가 아닌 도시 김해에 처음 기증
중국 대체 시장 충분한 가치. 경제·경제 문화 교류 강력 추진

　문헌상 우리나라 최초 이주 여성인 허황옥은 수로왕과 혼인 후 10남 2녀를 두었고. 한국 최대 성씨인 김해 김 씨와 김해 허씨. 인천 이 씨의 시조모가 시조. 모가 되었다. 역사학자들은 7세기 당나라 불교 승려 현장의 인도 여행기인 '대당서 역기'등의 기록을 토대로 아유타국의 위치가 현재 인도 우타르프라데시(up)주의 아요디아 시로 추정 한다.

인연. 활발한 교류로 되살아나

　이처럼 혈연으로 맺어진 인연은 2.000년이 지나 다시 교류 관계로 되살아나고 있다. 김해시는 1999년 아요디아 미쉬라 왕손 내외가 한국을 방문한 것을 계기로 지난 2.000년 아요디아시와 국제자매도시 결연을 맺었다. 이듬해에는 허왕후 기념하는 기념비와 공원을 아요디아시에 건립하고 이후 매년 가락중앙종친회는 인도 현지에서 열리는 기념식에 참석해 오고 있다. 또한. 2016년 9월 한국↔인도 간 협력사업인 허왕후 기념공원 새 단장 사업의 설계공모 심사를 위해 방문한 up주 차관 부부를 김해로 초청해 up주와의 교류 의사를 전달하며 인도와의 본격적인 교류 협력의 첫 발을 내디뎠다. 김해시는 중국의 대체시장으로 급부상한 인도와의 교류 협력을 위해 오랜 시간 공을 들였다. 김해시 대표단은 2017년 3월부터 같은 해 12월. 2018년 11월까지 2년간 3차례나 인도를 찾아 인도

와의 교류협력에 대한 열정을 나타냈다.

  그 결과 인구 2억 명으로 인도서 가장 큰 주이자 역대 14명의 인도총리 중 9명을 배출할 만큼 인도 정치의 중심지로 자리 잡은 우타르프라데시(up)와 국제협력도시 협약을 맺었고. up주의 공식 초청을 받아 김정숙 여사가 참석한 한-인도 허왕후 기념공원 공동 조성사업 기공식과 허왕후 기념비 건립 17주년 기념행사. 힌두교 최대 축제인 다왈리축제 개막식 등에 참석하며 김해-인도간의 끈 끈한 우정을 다졌다. 당시 인도 방문에서 김해시장은 비크람 도래 스와미 전 주한인도대사를 만나 2014년 인도 정부가 한국 정부에 전달했던 석가모니 보리수를 허왕후 후손들이 사는 김해에도 선물 해 달라고 요청했고. 이어 지난해 12월 주한 인도대사관을 방문해 신임 스리프리야 란가나탄 인도대사를 면담하면서 다시 한 번 보리 수 기증을 건의했고 이를 흔쾌히 수용한 인도대사가 인도 정부에 제안해 전격적으로 기증이 성사됐다. 김해시장은 "인도는 중국에 이어 두 번째 많은 13억 명의 인구와 세계 6위 gdp. 연평균 7%의 경제성장률은 기록하고 있는 무한 잠재력의 나라로 관광. 농업. it등 다분야에서 교류하고 양 도시에서 열리는 대표축제 상호 방문 같은 사업을 구체화해서 추진하겠다."라며 "허왕후가 맺어준 인연 의 끈으로 중국 대체시장으로 떠오른 인도와 교류 협력을 확대하면 서 김해시가 세계도시로 도약할 수 있도록 온 힘을 다하겠다."고 밝혔다.

- 2019년 3월 11일 김해시보 8면기사 -

"허왕후 인도 도래 설은 허구.......
특정 문중. 불교사원의 '역사 만들기'"

이광수 부산외대 교수 책서 주장
과거부터 여러 논문 통해 부정
비판 근거 부족 논란 소지 있어

　"허왕후가 인도에서 왔다는 사실을 만들려진 역사에 불과하다. 1076년 가락국기가 처음 쓰인 후 1000년 동안 변형되고 살이 붙어 오늘날의 '신화'가 완성됐다. 그 과정은 이해관계가 있는 종친. 지역불교계. 관청. 일부 학자들에 의해 재구성됐다."부산외국어대 인도학부 이광수 교수가 최근 펴 낸 〈인도에서 온 허왕후. 그 만들어진 신화〉(푸른역사 출판사)에서 허왕후 인도도래설이 허구라고 주장했다. 이 교수는 '허왕후 신화'가 통일신라시대에 수로왕 신화의 일부로 뼈대가 세워진 후 여러 이야기가 붙었고 〈삼국유사〉가 편찬되는 고려 문종 대에 신화의 구조를 갖췄다고 설명한다. 그는 허왕후는 조선시대에 들어와 실제 역사 속 인물로 자리 잡았다고 주장한다. 당시의 가문의 정체성을 강조하려는 특정 문중과 신도를 확보하려던 불교 사원의 이래관계가 맞아 떨어졌다는 것이다. 저자는 '신화 만들기'가 여기서 끝난 게 아니라 1970년대 이후 일부 학자와 언론이 근거를 재생산하고 일부 정치인들이 이를 활용하면서 허왕후 신화는 많은 사람들이 실제 역사로 인식하는 상황까지 왔다고 설명한다. 이 교수는 허왕후 이야기가 1970년대 이전에는 크게 주목하지 않은 〈삼국유사〉에 등장한 신화에 불과했다고 본다. 아동문학가 이종기가 〈가락국 탐사〉(1977년 출간)에서 인도 아요디아 도래설을 제시하고, 이어 김병모 교수가 인도 허왕후 가문이 전란으로 중국 내륙의 보주로 이동했다가 가야로 건너왔다는 이동루트를 주장하면서 다시 주목받게 됐다는 것이다. 이 교수의 비판은 허왕후 설화뿐 아니라 이와 맥이 닿아 있는 불교 남방전래설. 경남부산지역 사찰에서 전해오는 연기 설화. 파사의 석탑 등을 가리지 않고 이어진다. 우선 저자는 허왕후에 대한 최초 기록인 〈삼국유사〉가락국기의 신뢰성 자체에 문제를 제기하는 방식으로 허왕후 인도 도래설을 뿌리째 부정한다. 저자는 〈삼국유사〉가락국기의 모태로 추정되는 〈개황록〉에 대해서도 이야기 한다. 그는 통일신라시기 김유신 가문이 자신들의 몰락을 역사에 대한 과장과 윤색으로 보상받으려한 심리에서 〈개항록〉을 작성했기 때문에 신뢰할 수 없다고 본다. 허왕후와의 국제결혼이 수로왕 신화를 강조하는 장치로 유용했기 때문에 만들어 졌다는 것이다.

그는 허왕후가 왔다는 '아유타'도 현재 인도의 아요디아가 아니라 불교적 세계관을 반영해 만들어진 지명이라고 본다. 가락국기에 '아유타'딱 한번 등장할 뿐 아니라 관련기술도 전혀 없기 때문에 〈삼국유사〉의 저자 일연 승려의 불교적 세계관을 반영했다는 것이다. 저자는 인도에서 신고 왔다는 '파사석탑'허왕후 오빠 '장유화상'모두 실체를 확인할 수 없는 '역사 만들기'의 일부분에 불과하다고 평가한다. 특히 장유화상 관련기록은 조선 후기부터 등장하기 때문에 사찰의 연기 설화 창조와 특정 문중의 조상 현창사업이 만나 '역사 만들기'로 발전 했다는 시각이다. 하지만 이렇게 200쪽이 넘는 지면을 할애해 허왕후 신화를 신랄하게 비판한 저자도 그 근거에 있어선 완벽하지 않은 부분이 있어 논란의 소지를 남기고 있다. 일례로 그는 허왕후가 실존 인물이 낮은 근거로 가락국기의 허왕후 도래시기를 들고 있다. 가락국기에서는 도래시기를 서기 48년으로 보기 때문에 타당치 않다고 지적한다. 당시 가야는 국가형태가 아니었으며 3세기 후반에 가야국가로 발전 했다는 것이다. 그런데 이 부분에 대해서는 반론이 있다. 역사학계에서는 가야가 국가형태로 발전한 시기가 3~4세기인지 1세기 전후라는 입장도 설득력을 얻고 있다. 이와 함께 신라의 불교 공인 이전인 452년 가야에 왕후사가 있었다는 〈삼국유사〉의 기록을 부정하는 부분도 논란이 되는 부분이다.

전통역사학자 가운데도 왕후사 창건 기록은 인정하는 분위기다. 이런 가운데. 책 전체를 통해 '허왕후 역사 만들기'를 조목조목 비판한 이 교수도 선조들에 전승돼 온 문화적 자산이라는 점에서 '허왕후 신화'의 역사적인 의미는 인정하고 있다. 다만 그것이 사실로 통용되는 현상이 문제라는 것이다. 저자는 이와 함께 허왕후 이야기가 전승돼 오늘날 문화콘텐츠로 활용되는 부분에 대해서도 이의를 제기하거나 폄하하는 입장은 아니다. "2002년 부산아시아게임에서는 허왕후 도래 이야기가 하려한 행사로 올려지게 된다. 설화를 문화행사의 일환으로 활용하는 것에 반대하고 싶은 생각은 추호도 없다. 설화 또한 고유가치가 있는 문화자산이고 문화 행사가 반드시 역사의 사실로만 이루어지는 것이 아니기 때문이다."

－심재훈 기자－

2021년 국립김해박물관 대강당에서 제27회 가야사국제학술회의를 하였다. 주제는? 가야사인식변화에 대하여 라는 내용이다. 인제대학교 가야문제연구소와 그 산하 단체 등 국립김해박물관이 협조한 자리였다. 내가 집필한 가야사에 관한 책 4권을 주었던 인제대학교 이영식 교수가 가야사의 인식변화와 연구방향에 대하여 기조강연으로 시작되었다.

홍보식 공주대학교·이동희 인제대학교·조신규 함안군청·하승철 가야고분 세계유산등재추진단·박천후 경북대학교·백승옥 국립해양박물관·조성원 부경대학교박물관·오재진 경남연구원 역사문화센터 등이 모인자리였다.

이런 자들들이 가야사에 대하여 무었을 알겠는가? 참으로 한심한 자들이다! 갑자기 왜? 가야사에 대하여 그 난리인가? 그것은 문재인 국정과제로 선정 된 후 2020년 5월 가야사 복원비돈 때문이다. 2017년 5월 패거리가 많은 민주당 주도로 국회본회의를 통과하며 제정된 "가야문화특별법"의 입법 취지와 의미를 설명하고 지원을 아끼지 않겠다는 발표를 하였다. 그러자 "잊혀진 가야사 영호남 소통의 열쇠로 거듭나다"란 주제로 2017년 8월 31일 가야사 세미나가 국회의원회관 대회의 실 국토 교통부 문화재청 후원으로 열렸다. 발제 문 가야사 연구와 가야문화권이 나가야 할 방향 신경철 부산대학교 명예교수의 글로 시작이 되었다는 것이다. 신경철 교수의 이야기는 이 책에 상재되어 있다. 김대중 정부 때 1.290억을 가야가 복원을 하기 위해 지원처가 선정을 했는데? 당시 대통령과 국무총리가 연고가 있는 김해 김 씨 여서 김해에 집중 돼 다른 지역은 소외됐다. 김대중 씨가 대통령 후보가 된 후 김해에 와서 자기도 김해 김 씨라고 하자 달걀을 수십 개를 던지며 김해 김 씨 아니라며 욕을 하는 것을 필자가 직접 목격을 했다. 영호남 지역감정에서 나오는 행동이었다. 특히 김해 지역이 더 하다. 대통으로 당선 된 후 김해에 와서 가락국 시조대왕 승선 전 춘향대제에……. 제복을 김해 허 씨 허영호 씨와 김해 김 씨 김병수 참봉이 입혀주었다. 그 사진이 이 책에 상재했다. 그래서 1,290억을 지원을 해준 것이다. 문재인 정부에서도……. 지자체에서 요구하는 사업비가 3~4조 규모라고 했다. 문재인이 가야사란 말을 떼자 각 지자체에서 몇 날을 굶주린 하이에나 같이 덤벼들었다고 한다. 가야 유적은 경남의 5개시 군 뿐만 아니라 18개시와 군 지역에도 분포 돼 있다고 난리를 쳤고. 충남과 경남일대를 비롯하여 전남·전북. 순천도……. 홍성의 가야 문화복원에 대하여 충청남도가 적극적으로 나설 것을 주문을 했다. 이런 자들이 나라를 운영한다는 게 혈압이 오른다! 2000년 전에 있었다는 나라를 찾아서 무엇이 우리 국민에게 도움이 될 것인가! 그렇다면 우리나라에 분포되어 있는 가야라는 나라가 몇 개인가? 가늠이 안 되는 것이다. 그 남편 그 아내라고 했던가! 김정숙은 자기도 김해 김 씨라고 시조 할머니 고향을 찾아간다고 인도까지 갔으니……. 그 경비가 4억이라는 뉴스다. 독자님들? 잠시 읽기를 중단하고 인도에서 2만 5천여 리 험난한 뱅갈 만을 거쳐 자기 아버지가 꿈속에서 신이 점지해준 동방에 가야국 김수로왕과 결혼을 하기위해 통역사도 없이 김해까지 왔다는 설화를 역사로……. 김해 구지봉이란 산에 하늘에서 줄에 매달려 내려온 금합 속에 알이 6개가 있는데 마을 촌장들이 구지가를 지어서 노래를 부르자 그 알에서 9척 장신의 사람이 태어나 가락국의 김수로왕이 되고 나머지는 5가야 왕이 되었다는 것이다. 이런 설화를 역사로 만들어 유네스코 문화유산으로 등재를 한다고 지랄병을 하는 지자체장들의 형태를 보면……. 이러한 엉터리 이야기는 1970년 아동문학가 이종기929~1995년씨가 "가락국탐사"라는 책을 집필하여 허 황후가 실제로 인도에서 온 사람이라고 주장을 했다. 이에 동조한 사람은 "김수로 왕비 허황옥"책과 "허 황후루트"를 집필한 고고학자 한양대 명예교수다. 그는 20세기에 들어와 만들어진 이야기가 마치? 가락국기 기술 당시의 원형인 것처럼 말을 하여 수로왕 시대의 역사를 만들었다. 그러나 그도 잘못 역사탐방이라고 술회를 했다. 사실 허황후의 역사적 실체화는 조선조 양반가문의 정치의 산물인 것이다. 당대는 격이 높은 성씨의 구성원들은 본관을 명예로움에 생각에 두고 그 격을 더 높이기 위해 온갖 치졸한 방법을 동원했다. 이러한 현상이 조선 중기 이후 더 본격적으로 심화된 것이다. 바로 허황후가 역사적 실존 인물이 되 든 때가 바로 이 시기였던 것이다. 조선에서 상당히 지체 높은 가문으로 자리 잡은 양천 허 씨가 허 황후를 적극적으로 역사화하기 시작을 한 것이다. 허 황후는 15세기 이후에 실존 인물로 어진 것이다. 김해 남능 수로왕 정문에 쌍어 문양물고기가 서로 마주 보고 있는 그림은 조선 정조 때 그려서 넣은 것이어서 시대가 맞지 않은 것이다. 쌍어에 대한 이야기는 2001년 집필하여 출간한 **쌍어속의 가야사** 책에 자세히 상재되어 있다. 그 책은 국사편찬위원에서 자료로 상용했다는 것이다. **국내 사학자들과** 김해 일부문인들을 비롯하여 김해지역향토사학자들은 허황옥이 인도에서 왔다고 한다. 이를 믿은 김해시 정치인을 비롯하여 앞서 이야기를 했지만……. 문재인대통령부인 김정숙 여사가 대통령전용기를 타고 김해 허 씨 조상 허황옥이 태어났다고 인도에 갔다. 인도총리요청으로 가는 것처럼 발표했지만……. 인도대사관은 한국측이 김 여사를 대표단 대표로 보낸다고 알려 와서 초청장을 보냈다고 밝혔다. 어쨌거나 초청과정도 그렇지만 일정도 별났다! 대통령전용 2호기에 대통령 휘장을 단채 인도에 가서 첫날은 밤에 도착해. 둘째 날 총리 등을 면담했고. 셋째 날 허황후 공원착공식 및 인도의 최대축제인! 디왈리에 갔다. 넷째 날 타자마할 관광을 한 후 귀국을 했다. 경비가 문화체육 광관부에 4억 원이 넘는 돈을······. 그 돈은 국민의 세금이 아닌가! 이런 어리바리한 여자가의 옷이 210벌 채무가 11억 의혹 난무하다. 반부패 수사대 배당 했다는 뉴스다. 민주당에서 지랄병!『검수완박』이란? 검찰 수사권 완전 박탈! 수사는 경찰 또는? 향 후 범죄수사 청을 만들면 기소와 공소유지만 검찰이 담당! 하는 부서를 같은······. 내가 집필하여 2021년 6월 30일 인터북스에서 출간한? 역사장편소설【중국】책에 허황옥이는 인도에서 온 것이 아니라 이 책에 상재된 중국에서 그 후손들이 김해고 왔다고 했다. 이 책을 읽은 문인 원로와 김해시 퇴직 공무원들은 "대단하십니다. 한국고대사는 물론 세계사에 대한 해박한 식견과 넘치는 상상력! 그리고 끊임없는 열정에 찬사를 드린다."는 글이다. 그 책에도 어리바리한 김정숙이라고 상재되어 있다.

출간 후 "법적 다툼이 있을 때 함께 동참을 할 수 있느냐?"는 연락이 왔다.

인도 방문 때 김해시 허성곤 시장도 함께 갔다는 것이다. 허황옥이 김해 김 씨·김해 허 씨·인천 이 씨·같은 혈족이어서······. 그래서 김해시 연지공원 400여 평에 인도 간디동상을 세웠다. 28억여 원이 들어갔으며 인도박물관을 세우고 공원을 만든다는 신문기사를 보았다. 중국 역사책은 김해시 당시 허성곤 김해시장에게 보냈고 카톡 문자로 "절대로 인도박물관을 세우지 말라"문자를 보냈다. 중국 역사책에 내가 간디 동상 앞에서 찍은 사진이 상재되어있다. 불교는 인도가 아니라 중국에서 먼저……. 위와 같은 주장은 내가 역사서를 집필한 과정에서 밝혀진 고인이 된 율곤 이중재 회장이 그동안 고구려·신라·백제·가야사 등에서 밝혀낸 것과 내가 밝혀낸 것을 종합해 볼 때 고 최인호 씨가 저술한 제4의 제국『전 3권』역사 소설과 임동주 씨가 쓴 대하 역사소설『전11권』은 소설이지 역사가 아니다. 경남 김해시 민선 1기 송 은복 시장 때다. 2001년 8월에 서울 용산구에 있는『생각하는 백성』출판사에서 출간한 – 역사의 재발견 – 소제목에? 【쌍어속의 가야사】『쌍어의 비밀을 풀면 가야사의 실체를 알 수 있다』이 책이 출간되기 전 김해시 문화 관광과 장광범계장과 같이 시장 실에서 "원고를 김해시에서 사겠다며 얼마면 팔 수 있겠느냐?"해서 "1억 6천만 원을 달라" 했더니 "1억에 팔라" 면서 송 시장이 장광범계장에게 "빨리 계약을 하라"고 지시를 내렸다. 당시 나는 출간 책이 방송과 신문에 특종을 하였으며……. 첫 작품 『애기하사 꼬마하사 병영일기 1~2권』책에 상재 된 휴전선 고엽제 때문에 중앙일보에서 1999년 11월 18일 18시에 책표지와 내가 근무했던 휴전선과 내 사진을 신문기사가 A. 4면보다 더 큰 기사가 홀딩 되자? 지금 살고 있는 49평 아파트에 방송국 2곳을 비롯하여 각 신문사 기자들이 모여들어 앉을 자리가 없어 화장실에서 사진을 인화하여 전송하는 기자 있었다. 또한 월간중앙 2명의 기자가 집으로 와서 2000년 1월호에 8페이지 분량의 기사를 특집으로 다루던 때 후로 지역에 유명세를 타고 있을 때였다. 내일이 설이면 송은복 시장이 직접 전화를 걸어와 "강 작가 무었을 도와줄까?"인사를 했는데? 일이 꼬이려고 했는지! 우리 각시 친구 남편이 자서전을 부탁이 왔다. 신문사논설의원에게 부탁을 했는데 너무나 조잡하여 출판기념을 하려고 청첩장을 돌렸는데 취소를 하고……. 급하게 나를 찾아와 18일 간의 여유를 주면서 통사정을 하여 300여 페이지를 완성 시켜주었는데? 김해시 시장으로 출마하려고 자서전을 준비한 것을 모르고 해준 것이다. 하루는 시장이 보자고 하여 장 계장하고 시장 집무실에서 만나자? 시장이 얼굴이 빨게 지면서 "강 작가가 **나를 많이 도와준다면서?**"그 후로 책 구입은 물 건너가고 말았으며……. 각시 친구 남편은 시장 출마해서 송 시장에게 패하고 말았다. 당시 나는 컴퓨터를 할 줄 몰라 장애인 사무실 근무하는 여자 직원에게 100만 원의 수고비를 주고 부탁을 하였는데? 지역 경찰서 형사과에서 각 단체 민원을 살피려 다니는 형사가 원고 잡업을 하는 것을 보고 "누구의 원고냐?"고 물어 내가 부탁을 하였다고 했는데……. 송 시장에게 말을 해 버린 것이다. 책 제목이 『새벽을 여는 길』인데 나에게는 1억이 날라 가버린 것이다. 그것만이 아니다. 나를 약을 올린다고! 최인호 소설가에게 2억의 돈을 주고 『제 4의 제국』제목인 소설을 집필케 하여 부산일보에 연재를 시켰다. 들리는 소문에 의하면 1권을 부탁을 했는데 3권을 집필하여 김해문화원을 통해 2억을 더 주었다는 소문이 돌았고 부산일보에 연재도 했으며……. 나를 잘 알고 있는 시 의원이 예총 사무실로 찾아와 "강작가면 집필 할 수 있는데……."원고를 모집을 해야 하는데 수의 계약을 해서 범법을 저질렀고 MBC 방송국에 아침드라마를 하게하여 수십억을 제공하고 촬영장을 만들어주었는데 너무 조잡하다고 김해 김 씨 측에서 방송 불가 법적 대응을 하겠다는……. 소설의 제목인 『제 4의 제국』의 제목으로 못하고 『김수로』로 방송 제목을 하였는데? 김수로 소설을 집필한 작가는 내가 집필한 쌍어속의 가야사를 참고자료로 사용 했으며 『부경 대학교·문화융합연구소』에서 김수로왕 부인 허왕후 신혼길 관광 상품화 방안 연구용역 보고서도 참고문헌을 쌍어속의 가야사를 사용했다는 것이다. 책과 용역 보고서가 내게 보내왔다. 이러한 사건이 없었으면? 당시에 나의 문학관을 지었을 것이다. 그간에 진급된 장광범 과장이 빨리 일처리를 못하여 미안 했던지! 2009년에 출간된 "눈물보다 서럽게 젖은 그리운 얼굴하나"장편 소설이 출간되자? 자기부인 김덕순 여사가 진영 한빛도서관장으로 있는데 100권을 나에게 부탁을 하여 구입하여 주었는데……. 김해시 도서관과 학교도서관에 보냈다. 이 소설은 『늙어가는 고향』중편 소설인데? 서울 kbs라디오에서 설날 고향이 그립고 부모님이 보고 싶은 책으로 선정되어 구정귀향길 날에 수원대학교 철학과 이주향교수가 진행하는 『책 마을 산책』프로에서 방송을 하게 되어 내가 서울 방송국으로 올라가서 30분간 방송을 했었다. 이주향교수는 노무현 대통령 국민과 대화 때 사회를 보았다. 원래 장편소설을 집필을 계획 했으나? 자서전 때문에 중편으로 출간을 했다. 고맙게도 생각하는 백성 출판사 사장님은 책 광고를 중앙지 서울신문과 부산일보에 5단가로 37~세로 18센티미터 크기로 칼라 광고와 서점용 포스터를 제작을 해주었다. 이 책은 출판사 사장님의 원고 청탁으로 집필을 했었다. 7년이 지난 후 『장편 눈물보다 서럽게 젖은 그리운 얼굴하나』제목으로 집필하여 출간을 했다. 이러한 사연이 있는 후 김해시장들을 멀리하게 되었다. 김해시 문화상도 3번이나 받을 수 있었지만 포기를 하였다. 문제는 민선시장 송은복을 비롯한 3명의 시장이 돈 뇌물 때문에 전과자가 되었다. 상을 포기를 잘했지 받았으면? 모두 찢어 버렸을 것이다. 왜? 전과자의 이름이 들어간 상을 받는다면? 시대의 증인이며…… 이 땅의 최후의 양심에 보루자이기 때문이다. 그 후로 자서전 부탁이 여러 곳에서 들어왔지만 포기를 했다. 이 책은 베스트셀러이며 국사 편찬위원에서 자료로 사용을 했다는 것이다. 그러한데? 지금 김해시장이 김해 허 씨인데 수로왕 부인이 인도에서 왔다면서 인도의 간디 동상을 28억! 들여서 김해시에 있는 2만 8천 여 평의 연지공원 최고의 휴양지 400여 평에 세웠다. 간디는 인도의 독립을 위해 고생을 했지만? 후에…….

『자기 증손녀를 비롯하여 일가친척 숫처녀들과 전 나체로 한 방에서 잠을 잤다는 것이다. 김일성이도 목욕탕에서 숫처녀들과 같이 목욕을 했다. 이러한 일이 서양의 회춘……』

고대부터 "역사는 승리자에 의해 쓰여 진다history is written by the victors는 유명한 말famous quote이 있듯 지금도 통치자 이념에 맞게 쓰려는 "똥개"같은 사학자들이 있는 것이다. 경상북도 울진군 천축산 불영사는 대한불교 조계종 제11교구 본사인 불국사 말사末寺다. 의상은 불영사에서 9년을 살았으며 뒤에 원효대사도 이곳에 와서 의상과 함께 수행하였다 한다. 의상의 성 씨는 김 씨다. 삼국유사三國遺事三國遺事 이름의 한자 표기는 의상義湘으로 되어 있지만 의상義相 의상義想으로 기록된 문헌도 있다. 625년진평왕 47에 경주에서 태어난 그는 644년선덕여왕 13년 황복皇福에서 출가하여 승려가 되었다. 650년 원효元曉와 함께 인도中國에서 새로 들여온 신유식新唯識

을 배우기 위해 당唐 나라로 유학을 떠났으나……. 요동遼東에서 첩자諜者로 몰려 사로잡히면서 실패하고 돌아왔다. 그러나 661년에 당나라 사신을 따라 뱃길로 유학을 떠나 양주揚州에 머물다가 이듬해부터 종남산終南山에 있는 지상사至相寺에서 중국 화엄종華嚴宗의 2대 할아버지인祖師 지엄에게서 화엄종宗사를 배웠다. 의상은 671년에 신라로 돌아 왔는데……. 삼국유사에는 당나라 군대가 신라를 공격하려한다는 정보를 알고 이를 알리기 위해 서둘러 돌아왔다고 기록되어있다. 원효는 문무왕 1년에 의상과 함께 당나라 유학을 가던 길에 당항 성 근처 한 무덤에서 잠들었다가 잠결에 목이 말라 달게 마신물이 아침에 깨어나 보니 해골바가지에 담긴 더러운 물이 었음을 알고 토하다가…….

"마음이 나야 모든 사물과 법이 나는 것이요. 마음이 죽으면 곧 해골이나 다름없도다. 부처님 말씀이 삼계三戒가 오직 마음뿐이다. 한 것은 어찌 잊었더냐?"

일체유심조의 진리를 깨달아 유학을 포기하였다. 그는 대처승으帶妻僧로 과부인 태종무열왕의 둘째딸인 요석공주와 결혼하여 설총을 낳았다. 유교에서 불교로 개종한 그는 승려·사상가·음악가·작가·원효와 유학을 가다가 원효는 해골 물을 먹고 깨우침으로 중도포기하자……. 인도에서 불교가 유입으로 알고 혼자 유학길을 떠난 의상대사가 천축 국을 다녀와서 "인도에는 부처도 불자도 없더라"는 말을……. 남무아마타불 남무관세음보살이란 불경을 기록해둔 것이다. 그러니까 불교는 인도에서 처음 발생한 것이 아니라 처음

중국과 인도의 접경구역 돈황燉-불빛 돈煌-빛날 황 지역인 오천축국五
天竺國에서다. MBCTV 서프라이즈 II에서 방영했던 돈황 지역의 유네
스코 세계유산으로 등재된 수 백 여개의 모래사막석굴 속에 2,000
여개의 불상이 말해주듯 불교의 남무아미타불南無阿彌陀佛의 정확한
해석……. 얼마 전에 스님僧의 표본으로 살고서 세상을 떠난 이성철
스님李性澈은 선불교 전통을 대표하는 수행승이며 수필가다. 그가
생전에 자주한 말을 기록한 어록에는 "산은 산이고 물은 물이로다"란
말로 세간에 화제가 되었다. 이 말은……. 지금으로부터 약 700여
년 전 중국에서 쓰여 진 금강경 오가 해金剛經五家解에 수록된 글이
다. 이 책은 금강경을 다섯 고승이 해설한 문집인데……. 그 중
한사람인 야보冶~父아비 부 라는 승려의 시구詩句인? 산시산수시수불
재하처山是山水是水佛在何處라는 글이다. "산은 산이고 물은 물인데
부처는 어디 계신단 말인가?"시의 앞부분을 성철 스님僧이 이용한
것이다. 불자들이 무슨 뜻이냐고 물어 보았지만……Make a secret of
one s aim 자기의 목적을 비밀秘密로 한 채A TO SECRET-Secret 답을 하지
않고 그 스님이 죽자? 각 언론 매체에서 특집으로 다루었고. 글
가방이 큰 사람들이 해석을 그럴싸하게 내놓았다. 일반인도 해답을
찾으려고 머리를 굴렸을 것이다! 답은 간단하다. "산은 산이고 물은
물이다" 라는 어리바리한 자가 말하는 것처럼! 이 평범한 말은 세상
승려들에게 거짓말을……『不아니 불 欺속일 기 自스스로 자 心마음 심』하
지 말라는 것이다. 삼제수가 들었으니 시주를 많이 하고 기도를
하란다거나 중국서 대량 복사한 부적을 장당 100원에 밀수입하여
장당 500만원에 팔면서 지갑에 넣고 다니거나 집 출입 문 주방에
붙이면 운수대통 한다는 거짓 꼬임과 공양을 많이 하면 죄가 면제

되어 사후死後 윤회輪廻 ↔다른 사물이 아닌 인간 때 좋은 몸으로 태어난다는 등등 거짓말로 신도를 모아 탐욕을 부리지 말라는 것이다. 승려 생활을 하면서 격어 보니 모두가 거짓 말 인걸 알아버린 것이다. 평범한 진리인데도……. 그 난리법석을 떨었으니! 참으로 웃기는 일이 아닌가! 산은 산이니까 산이라고 말하고 물은 물이니까 물이라고 말하라는 아주 쉽고 아무나할 수 있는 보편적인 우리나라 말인데도……. 다른 승려들보다. 그 승려는 불경의 내용을 철저하게 잘 지켜 수행을 하였기에 승가僧家 ↔佛家의 어른으로 인지된 것이다. 사람들에겐 눈은 마음의 창이라 했다. 수많은 답들을 만들어 냈는데! 한마디로 보는 대로 말을 하라는 것이다. 승려들이 불경을 외울 때 나남 무관세음보살이나·나남 무아미타불을 수없이 되풀이한다. 나무아미타불 뒤에는 반드시 관세음보살이 반드시 뒤따른다. 나무아미타불와 이 두 단어를 합하면 "극락세계를 담당하는 아미타 부처께 귀의의지합니다."라는 뜻이며……. "죽은 뒤 극락세계에 태어나게 해 준다"는 말로 신도들에게 거짓말을 하고 있다. 관세음보살은 자비의 상징이며·천개의 눈과 천개의 손을 갖고 있으면서 수많은 중생佛者들의 원하는바와 어려운 점은 무엇이든지 들어주고 무엇이든지 구제해 주겠단 보살이라고 거짓포교를 하고 있다. 남무南無 남南→녑↔남 자를 나자로 읽음에는……. 인도어 산스크리트어로 표기된 Namo-amitabha 또는 Namo-Amitayus를 한문으로 번역한 것이 나무아미타불이라고 한다. 다른 한편으론 나무아미타불의 나무南無는 산스크리트어 나마스의 Namas-Namo 음역이라고 한다. 모두가? 거짓말이다. 남南자를 왜 썼을까? 한문 나자가 무려 53여 글자가 있는데 쓰지 않고 남南자를 쓴 이유를 말하라 하면 위의 말만 뒤풀이한다. 어리바리한 승려들아!

　"남무아미타불"은 南남녘, 남·無없을 ↔무, 阿언덕 ↔아, 彌두루 ↔미, 陀비탈질 ↔타, 佛부처-불? 남쪽 언덕위에서 바라보니 부처가 없더란 뜻이며…….

　"남무관세음보살"은 南남녘 ↔남, 無없을 ↔무, 觀볼 ↔관, 世세상 ↔세, 音소리 ↔음, 菩보살 ↔보, 薩보살 ↔살? ……남쪽으로 가서 세상을 보니 불자처사↔보살 ↔신도 들도 없고 불경외우는 소리도 안 들리더란 말이다.

　밥이나 먹고 할일이 없어 염불이나 외우는 승려들이 이러한 간단한 한문자를 역주 못하고 쓸데없는 말로 짓거리고 있다니 참으로 한심한 승려들이다. 얼마나 공부를 하지 않아 본문을 해석을 못할까!

　위의 글을 부연 설명하자면……. 의상대사가 구도를 하기 위하여 서역 여행 중 불교 발생지를 찾으려 인도남부南部를 가서 비탈진 언덕에서 두루 살펴보았지만……. 앞서 이야기한 것처럼 "남쪽으로는 부처가 없더라" 남무아미타불 남쪽으로 가서 두루 살펴보니 "보살들의 불경외우는 소리도 없더라" 남무관세음보살의 법문의 기록처럼 당시엔 인도에는 불교가 유입되지 않았다는 말이다. 한문 불경의 뜻풀이에서 보듯 우리나라 불교가 들어온 곳은 인도의 남방불교가 아니고 중국서 들어온 북방불교다. 유백유儒柳伯가 집필한 "천축산불영사기"에 의하면 의상義湘↔僧→승려 대사가 불교발상지인 중국과 인도 접경구역인 돈 황 지방인 천축국天竺國을 다녀와서 경주로부터 동해안을 따라 단하 동丹霞洞에 들어가서 해운봉海運峰에 올라 북쪽을 바라보니 서역의 천축 산을 옮겨온 듯 기세가 있어 천축 산이라고 이름 지었다는 말이다. 우리나라 경상북도 울진군 서면 하원리 지역에 있는 불영사는 651년 진덕女王 5년에 창건되었다. 독자들 중에 고전 중국소설 서유기西遊記를 읽어 본분들이 많을 것이다! 서유기의 내용은 삼장법사三藏法師→현장↔玄奘 600~664년가 손오공孫悟空을 비롯한 세 명의 제자를 데리고 대당大唐 황제의 칙명을 받고 불전을 구하려 인도로 가는 것으로 일부의 번역됐으나. 서천취경西天取經이란 본문을 바르게 역주해 보면…… 서천축국西天竺國에서 불경을 가져 온 것이다. 삼장법사의 인도의 기행은 잘못 번역한 것이다! 선덕 여왕 시대인 600년대에 일어난 일들이기에 의상대사의 천축 산 불영기와 삼장법사의 서천취경의 년대가 맞아 떨어진다. 다르게 생각하면 소설 서유기를 누군가 표절했나! 손오공 영화를 보면 삼장법사는 손오공이 어려운 일을 해결하면…… 아미타불을 하고 선 두 손을 합장을 한다. 이유는? 『당시엔 남쪽엔 불교가 전파되지 않음이다』구태여 남무관세음보살을 되 뇌울 필요가 없었던 것이다. 신라의 승려들이 인도에 신유식新唯識을 배우러 갔다가 인도에는 불교가 없더라는 말을 기록한 글이다. 허황옥 일행에서 떨어져나가서 티베트에 정착하여 불교인이 된……. 그들의 후손들도 불상 앞에서 오체 투 체五體投體, 손과 발 그리고 이마를 땅에 닿는 행위 고행을 하면서 아미타불이라는 염불을 한다. 그러니까? 오늘날까지 불교계에서는 남무아미타불에 대한 개념자체를 모르고 있다! 불교계에서 얼마나 공부를 하지 아니했으면…… 남무아미타불인데 뜻도 모르고 있겠는가! 조계종 종단에서조차 그저 남무아미타불 인데 나무아미타불 이라고 염불하고 남무관세음보살인데 연신 나무관세음보살이라고 마이크를 통해 염불이 흘러나오고 있었다. 남자를 빼고서 나무아미타불이라고 염불을 하는 것이다. 남무아미타불이라는 뜻을 불교계에서는 부처에 귀의한다고 했다. 부처에 귀의한다는 말은 부처에게 돌아간다는 뜻이다. 즉? 부처가 되기 위해 노력하여 부처에게 다가갈 수 있음을 뜻한다. 하지만? 잘못된 해설이다! 고대 언어는 한자를 사용한 한민족의 언어이기 때문에 한자 하나하나가 사상적으로 나타나 있다고 보아야 한다. 한자는 네 가지의 발음으로 되어있다. 다시 말해 하늘천자도 네 가지 발음을 하는 것을 말한다. 현재 중국이나 일본은 사성발음四聲發을 사용하고 있다. 그러기에 방언方言이다. 사투리가 되어 한자의 뜻이 여러 갈래로 달라지는 것이다. 그러기에 중국의 말은 사투리를 사용하다보니 한자를 끌어다 썼기 때문에 한자의 표준말이 빗나가고 말았다. 그러나 글자를 쓸 대는 한자의 표준을 기준 하여 쓰기 때문에 한국 학자들 중 한자를 아는 사람은 누구나 읽고 볼 수 있다. 만약 중국말 그대로 글을 썼다면 한국 학자들은 한 줄도 이해하지 못할 것이다! 그러나 중국말을 하는 학자들도 글을 쓸 때는 표준말을 쓰기 때문에……. 한국 학자들이 이해할 수 있는 것이다. 한국에서 시골 사투리를 쓰는 사람들도 글은 표준말로 쓰는 것과 같은 이치다. 순 제주도 사투리와 함경도 사투를 글로 썼다면 알아볼 수 없는 것과 같아. 다시 말해 지방마다 사투리를 사용하지만 글을 쓸 때는 반드시 표준어로 쓰는 것이다. 특히 중국인과 일본인들은 네 가지 음을 사용하기 때문에 사투리가 되어……. 사투리의 발음대로 한자를 끌어다 쓰는 관계로 중국말과 우리말, 일본말이 다르게 느껴지는 것이다. 그러나 중국이나 일본에서는 문장을 구사할 때 반드시 한자의 표준 기법을 쓰기 때문에 동양 3국의 언어는 따지고 보면 한자의 표준어를 사용하고 있는 셈이다. 세종대왕 때 네 가지 발음이었던 한자를 단 하나의 음으로 사용하기 위해 **훈민정음**訓民正音을 만든 것이지. 한글을 사용하기 위해 만든 것은 아니다. 그렇다고 한글이 나쁘다거나 잘못 되었다고 할 수 없다. 다만 훈민정음이란 뜻을 새겨보면 백성들에게 바른 음을 가르치기 위함이라고 되어있다. 언문인 한글을 보급하기 위함이 아니라? 네 가지 발음을 가진 한자의 음의 뜻은 뜻대로 새기되······. 음만은 단음單音인 즉? 한자의 소리음을 하나로 통일하기 위한 작업이었음을 알아야 한다. 한국은 단음으로 한자를 쓰기 때문에 완전히 표준화되어 누구나 한자를 쉽게 이해 할 수 있다. 또한 국어사전과 우리가 사용하는 한자의 어순語順은 소리 나는 대로 쓰기 때문에·한자는 소리글이자 뜻글이다. 한글도 한자음에 따라 쓰기 때문에 역시 소리글이자 뜻글임을 알 수 있다. 예를 들면? 학교·정치·문학·국어사전·등 모두 소리 나는 대로 사용하고 있다. 그리고 소리 나는 대로 쓰는 기법이 표준어로 되어있다. 그러나 중국과 일본은 소리 나는 대로 글자를 맞추어 적기 때문에 사투리 그대로 적다가 보니······. 무슨 말인지 잘 알 수가 없어 글을 쓰는데? 가장 큰 장애물障碍物↔obstacle이 되는 경우가 많다. 특히 중국어는 더욱 그러하다. 지금 중국에서 나오는 모든 책들은 우리말 어순대로 적기 때문에 나도 쉽고 빨리 이해한다. 만약 중국말 하는 대로 한자를 기록했다면 나는 무슨 말인지 무슨 뜻인지 하나도 알 쉬 없을 것이다. 그러나 중국에서 발간되는 모든 책들은 표준어인 즉 한국어 어순으로 되어있어 한문을 많이 배웠다면 누구나 쉽게 알 수 있다. 한문의 어순은 표준어이기 때문이다. 즉? 한자는 한민족의 글이자 사상으로 되어있음을 증명하는 것이라고 볼 수 있다. 이상과 같이 한문은 사상적인 뜻을 내포하고 있기 때문에 남무아미타불이 부처에 귀의한다는 말은 잘못된 것이다. 앞서 말을 하였듯…… 남무아미타불과 남무관세음보살이란 말은 우리나라 스님들만이 사용하는 염불이다. 불교국인 티베트에선 "아미타불"만 사용하고 있다. 우리나라엔 4세기 후반에 들어왔는데 불교가 전래 된 것으로 인하여 한반도 고대세계에 정치·경제·문화에 혁명적인 사건이 시작되었다. 애니미즘이라는 원시신앙에서 음양과 무속의 신화시대를 거쳐 우리나라에도 바야흐로 종교의 시대가 점차도래하게 된 것이다. 7세기 후반에서야 삼국통일로 인해 불국토가 지상에 실현 되었다. 사회는 활기에 넘쳐흘렀고 사람들은 희망으로 들떠 있었다. 후로 고려를 건국한 주도세력은 향촌의 토대를 둔 호족豪族이었고 그들의 사상적 토대는 선종禪宗이었다. 신라 말 중앙 권력의 힘이 무력화되자 강력한 세력으로서 등장한 호족들은 반 신라적이었으며 그들의 주관심사는 자기가 통치하는 지방의 정치적·경제적 통제력을 굳건히 하는데 이용되기도 했다. 불교 경전의 연구에 온 힘을 다하는 교종敎宗과는 달리 선종은 참선參禪을 강조한다. 누구나 깨우침을 통해 부처가 될 수 있다는 선종은 호족과 새로운 사회를 갈망하는 일반민중이 신분제로 신분상승을 할 수 없는 신라 말의 지식인들에게도 커다란 호응을 받았다. 한편 선종과 함께 호족들에게 새로운 국가건립의 당위성을 제공한 것은 미륵사상彌勒思想이었다. 미륵은 부처님의 왕림한 이후 후세를 통치할 부처로서 미륵은 어지러운 현실을 구원해

줄 상징으로 민중에게 각인 된 것이다. 불교를 믿고 깨우치면 누구
나 부처가 되고! 부처의 후세인 미륵불이란 부처는 지금 같은 어려
운 세상에 나타나 구원救援 해 주어야하거늘 나타나지 않은 걸 보니
불교도 모두 뻥이 아닌가! 부다佛陀↔Buddha의 가르침은 최초의 대
중 종교였다. 불교는 지금으로부터 약 2.500여 년 전 기원전 약
563년부터 483년 사이에 인도 북동부 지역과 중국 중 천국에 머물
면서 성행을 하였다. 석가는 네팔 룸비니에서 고행을 시작을 하면
서 "부다"라는 이름으로 알려져 있는데 범어의 "깨달음을 얻은 자"라
는 명칭이다. 당시 인도의 종교계는 필연적인 윤회輪廻 사상을 가르
치는 브라만 계급에 의해 독점되고 있었으나 싯다르타는 그들의
가르침을 받아 드리지 않고 나이란 자나 강변의 우루벨라 지방으로
들어가 6년을 머물다 마침내 보리수 나무아래서 해탈을 하고 깨친
자득도자↔得道者라는 의미가 있는 부다佛陀↔Buddha가 열반에 들어
가 된 것이다.

　　……위의 글에서도 말 했듯이 인도가 아니고 인도와 중국 접경지
인 오 천축이불교의 발상지임을 말해주고 있다. 아시아와 중앙아시
아에서 유럽으로 통하는 교차지점인 실크로드비단길 위치해 있는
서역은 전한前漢이 망한 뒤 후한後漢 때 동東·남南·북北·서西·중中
등 다섯 천축 국으로 나뉘어졌다. 이름 하여 5천축 국이었다. 중국
대륙의 운남성과 접한 사천성이고 남으로는 서장성과 인도북부지
방으로 북으로는 신강성과 천산天山 북쪽지방이며……. 서쪽으로는
신강성 서쪽 유럽의 일부지방이의 한 가운데 있는 신강성과 청해성
그리고 인도에서 보면 북쪽인 중국 서장 성 서북부 쪽에 있는 중

천축中天竺國은 다섯 천 축국 중에 특히 불교가 강성했던 나라다. 중천축국 나라는 고대 환인 씨古代 桓仁氏↔BC. 8936년 시대 때부터 불교가 뿌리 내린 곳이다. 그래서 불교의 성지聖地이였던 것이다. 그 중에서 불교의 처음 발상지라고 할 수 있는 곳은 천산 근처 지방이다. 서장성과 서부인도 북경지대와 곤륜산 맥으로 이어진 총령 지대이다. 중천축의 강역은 정확히 말해서 곤륜산 남쪽과 서장성 서북이며 지금의 감숙성 돈황까지 걸쳐 있다. 같은 천축국이지만. 서쪽에 있는 천축국은 파라문교婆羅門教의 성지였다. 특히 파라문교가 성행하던 유럽 일부와 신강 성 서부에는 광범위하게 미신적인 밀교密가 성행하던 지역이다. 위의 글을 보듯……. 김해 가야국 김수로왕 허황옥 왕비가 인도에서 온 것이 아니라 중국대륙 중천축국에서 사천성 성도 밑 안악현 아리 지방에서 왔다. 아유타국에서 피난을 와서 사천성四川省, 지금의 쓰찬성 안악현安岳峴 보주普州에 잠시 정착하였는데 그곳에서 농민들의 반란으로 인하여 허황옥 후손들은 다시 안악현 떠나 김해까지 오게 된 것이다. 그 후손들에 의해 김해지역 도자기가 처음 만들어 지기 시작을 하였다. 허황옥이가 피난길에서 독사나 전갈에 물려! 피난을 길에 동행을 하여 가 던 중 치료를 했던 찻잎으로 독을 치료 후 그 씨앗을 가지고 왔다는 이야기를 앞서 상재를 했다. 허황옥은 중국 사천성 안악현 보주에서 생을 마감을 했고 그 후손들이 김해로 온 것이다. 그 씨앗을 심어 세계 명차인 김해 장군 차다. 변 장군이라는 장군이란 계급으로 이름을 붙여서. 그 차로 인하여 김해서 찻잔이 만들어지기 시작을 했다.

"바닷길 통해 가야 불교 전래"

'해양문화교류 불교전파'

파사석탑. 실증적인 연구 필요

허왕후의 인도 도래와 가야불교의 해상 전래 가능성을 모색하는 동아시아불교문학회 '해양문화교류와 불교전파'가 가야대학교 대강당에서 지나 10일 개최됐다. 가야불교진흥원. 동아시아불교문학회. 동명대학 인도문화연구소 주최로 열린 학술대회에는 허왕후 일행이 인도에서 가져왔다는 '파사석탑'실크로드를 통한 불교의 한국 전래 등을 주제로 5시간 동안 진행됐다. '파사석탑 고찰'의 주제발표를 맡은 이거룡 선문대 교수는 "파사석탑의 석탑의 재료로 가야국에 들어 온 것이 아니라. 배의 균형을 잡기 위한 평형석으로 사용됐을 것으로 판단된다."며 "파사석탑은 고대 가락국과 인모아유타국의 문명교류 가능성을 시사하는 가장 중요한 사료인 만큼 지질학적인 조사와 분석이 필요하다"고 설명했다. '동아시아 해양문화 전파경로와 불교의 한국전래'주제발표를 진행한 석길암 동국대 교수는 "적어도 3세기를 전후한 시기 가락국은 동아시아에 널리 알려진 철 산지이자. 철문화 중심지로서 가능하고 있었다. 당대에 이미 동아시아에 널리 알려진 교역 도시가 김해였다"며 기존 통념과 달리 해양루트를 통한 가야불교의 전래 가능성을 강조했다.

황순일 동국대 교수도 "가야설립 되기 전부터 말레이반도 중부는 지중해와 동아시아를 연결하는 국제적인 무역 허브의 역할을 담당했다. 이 지역에서 인도의 불교와 힌두교를 동남아시아 전역과 중국 남부지역까지 전달하는 역할을 한 만큼 이러한 해양 무역루트

를 통해 한반도 동남부까지 불교가 자연스럽게 전래됐을 것"이라
고 밝혔다.

- 심재훈 기자 -

『불교佛敎의 처음 태동은 인도가 아니고 중국대륙 곤륜산 총령지대 천산
天山 대다. 이전원伊甸園은 구약성서에 나오는제 2장 8절 에덴의 동산을 말한
다. 그곳은 중국대륙 곤륜산崑崙山 일대다』

인도印度 대륙은 수억 년 전에 남극 쪽 바다에 있었던 대륙이다.
1987년 KBS에서 지구의 신비에 대해 방송한 일이 있다. 지구의
생성과정生成過程에서 남극南極 바다 쪽에 있었던 인도는 중국 대륙
과 맞닿으면서 융기된 것이 지금의 에베레스트 산이다. 그때 함께
솟아난 곳은 중국대륙과 곤륜산맥崑崙山脈 그리고 천산天山 이라고
볼 수 있다. 인류의 기원설을 보면 구약성서의 조자기상조인照自
己之像造人 편에 다음과 같이 적고 있다. 신神의 설에 따르면 나에게
햇살이 비추어 사람이 만들어졌고 바다에서는 고기가 공중에서는
새가 땅 위에서는 각가지의 동물이 생겨났으며 따라서 곤충들이
생겨났다고 되어 있다. 사람이 만들어질 때 형상에 따라 남자와
여자가 되어 그 후 많은 무리가 태어났다고 했다.

- 위의 글은 구약 창세기 제1장 26절 참고 -

중국사전사 하편에는 곤륜산崑崙山의 터가 있는 탑리목분지塔里木
盆地 이전원에서 인류가 창조되었다고 했다. 그리고 이전원의 4곳
의 강에서는 유사流沙 즉? 모래가 흐르는 가운데 옥돌이 많이 생산

되며 또한 이곳에는 진귀한 구슬과 아름다운 옥과 유리가 되는 재료가 많다고 적고 있다. 그리고 곤륜산을 배경으로 하여 금광이 있고…… 인류 최초로 이전원에서 상제上帝가 살았다고 기록하고 있다. 또한 부도지符都誌에는 지상 최고의 큰 성城인 마고성麻姑城이 있었다는 기록이 있다.

이상에서 본다면 인류 최초의 발상지이자 인류의 기원임을 짐작하게 한다. 구약성서의 이전원 편에서 사람이 생겨났다는 기록을 뒷받침하는 것이 부도지다. 그럼 부도지의 원문을 싣고 살펴보기로 한다.

麻㼌城. 地上最高大城. 奉守天符. 繼承先天. 城中四

方. 有四位天人. 提管調音. 長日黃穹氏. 次日白巢氏.

三日靑穹氏 四日黑巢氏 兩穹氏母日穹姬 兩巢氏之

母日巢姬氏 二姬皆麻姑之女也. 麻姑生於朕世. 無喜

怒之情 先天爲南 後天爲女. 無配而生二姬. 二姬亦受

其精 無配而生二天人二天女. 合四天人四天女也.

본문을 풀어보기로 한다. 마고성은 지상에서 최고 높은 성이다. 천부인天符印을 받들어 지키고 선천先天↔앞선 하늘을 계승해 왔다. 여기서 앞선 하늘이란 전에 있던 천황을 이어왔다는 뜻이다. 성城

은 사방 가운데 있으며 이곳에는 4명의 하늘 사람이 있었다. 이 네 사람으로 인해 태어난 큰아들은 황궁 씨라黃穹氏는 임금이며 둘째가 백소 씨白巢氏 셋째가 청궁 씨靑穹氏 넷째가 흑소 씨黑巢氏이다. 황궁 씨와 청궁 씨靑穹氏의 어머니는 궁희穹姬고 백소 씨白巢氏와 흑소 씨의 어머니는 소희巢姬이다. 이 두 여자는 모두 마고성麻姑城의 여자다. 마고麻姑는 황제에게서 태어났으나…… 기쁨과 노여움의 정情이 없었다. 앞 천황에게서 태어난 사람은 두 남자이고 뒤의 천황에게서 태어난 사람은 두 여자다. 하지만? 이 두 여자는 배필이 없었다. 그러나 두 여자는 정精 즉 정자精子인 씨를 받아 배필 없이 두 아들인 임금과 두 황녀皇女↔임금의 부인를 낳았다고 되어 있다. 여기서 두 여자는 배필이 없었는데 정精↔정액을 받았다는 것은 두 천황天皇인 형제와 근친상간近親相姦의 결혼을 뜻한다. 본문은 구약성서와 일치하고 있는 대목이다. 그리고 마리아가 성령聖靈을 받아 예수를 낳았다는 것도 같은 맥락이라고 볼 수 있다. 이상과 같이 상고대에서上古代는 좋은 씨앗인 자식을 얻기 위해 근친상간 결혼을 했던 사실이 삼국유사三國遺事 고조선古朝鮮 편에서도 볼 수 있다.

유 일 능 일 호　동 혈 이 거　상 기 우 신 웅　원 화 위 인　시 신

有一能一虎 同穴而居. 常祈于神雄. 願化爲人. 時神

유 령 애 일 주　산 이 매 왈　이 배 식 지　불 견 일 광 백 일　편

遺靈 艾一主. 蒜二枚曰. 爾輩食之. 不見日光百日. 便

득 인 형 형　웅 호 득 이 식 지 기 삼 칠 일　웅 득 여 신　호 불 능

得人亨形. 熊虎得而食之忌三七日. 熊得女身. 虎不能

기　이 불 득 신　웅 여 자 무 여 위 혼　고 매 어 단 수 하　주 원

忌. 而不得身. 熊女者無與爲婚. 古每於壇樹下. 呪願

有孕. 雄乃假而婚之. 孕生子. 號曰壇君王儉.

　본문을 해설해 보기로 한다. 한 마리의 곰과 한 마리의 호랑이가 같은 굴에서 살았다. 이때 한 마리의 곰은 황제黃帝 부족의 여자이며 한 마리의 호랑이는 남자를 뜻한다. 즉 황체의 부족 이름은 곰을 상징했고 신농씨의 부족은 염제신농씨炎帝神農氏는 강씨姜氏며 인신우수人身牛首↔인간의 몸에 머리가 소다. 이름은 호랑이를 상징했다. 다시 말해 황제 부족의 여자와 신농씨의 부족 총각이 같은 굴이지만……. 따로 따로 들어가 살았다는 뜻이다. 굴속에서 살면서 항상 신웅神雄↔제일가는 도통자의 신에게 기도했다. 사람이 되어 달라고 빌었다. 짐승인 곰과 호랑이가 사람이 되어 달라고 빈 것이 아니라? 어리석은 사람이 선통禪通을 하여 지혜로운 사람이 되게 해달라고 빌었다. 이때 신령스러운 쑥 한 심지와 마늘 20매를 서로 나누어 먹으면서 1백일 동안 햇빛을 보지 않고 밤낮으로 참된 깨달음을 얻는 사람이 되어 달라고 빌었다. 황제 부족의 처녀인 웅녀雄女↔곰을 믿는 부족와 신농씨 부족의 총각인 호남虎男↔호랑이를 믿는 부족은 서로 쑥과 마늘을 나누어 먹었지만 21일은 다른 음식을 먹지 아니했다. 1백 일이 되자 황제 부족의 처녀는 깨달음을 얻은 여자의 몸이 되었지만……. 호랑이 부족의 총각은 깨달음을 얻지 못해 선통을 한 사람이 되지 못했다. 웅녀는 상대가 없어 결혼을 할 수 없었다. 하는 수 없이 단군檀君↔박달나무단자를 쓰는 단군이 하늘에 제사 지내는 나무 아래에서 아이를 갖게 해달라고 주문을 외우며 빌었다. 그리하여 어쩔 수 없이 임시로 가짜 결혼을 하여 아들을 낳았는데……. 그의 호칭呼稱이 단군왕검檀君王儉이라 했다고 적고 있다. 본문에서 웅녀가 임시로 혼인을 했다는 것은? 선통을 하지 못한 남자와 근친 상간을 뜻하고 있다. 장차 남자가 군신君臣의 자손이므로 깨달음을 얻을 수 있을 것으로 믿고 부득이 근친상간의 결혼을 했음을 의미 한다. 이상과 같이 본다면 **부도지**符都誌**와 구약성서**······. 그리고 삼국 유사의 기록이 일치하고 있음을 볼 수 있다. 또한 **중국사전사화**中國 史前史話 역시 같은 기록을 하고 있는 것을 보면 인류의 발상 당시에 는 근친상간의 맥락에서 자손이 번창 했다는 것을 엿볼 수가 있다.

「성경에서 말하는 것처럼 에덴의 동산에 아담과 이브 외는 사람을 만들지 않았기 때문에 그들 자손끼리 짝지었다」

특히 사서史書에서는 연대가 확실하지 않지만 인류 최초의 발상 지는 이전원이었음을 확실히 하고 있다는 점이다. 따라서 하늘의 빛에 의해 사람이 만들어졌다는 것은 기炁 즉? 물과 빛과 소리에 의해 인류가 최초로 이전원에서 발생되었음을 잘 나타내고 있다. 그러기에 이전원을 인류의 낙원樂園이라 했고 **에덴동산**이라고 불이 었던 것으로 볼 수 있다.

돈황敦煌은 불교佛敎의 발상지發祥地 돈황燉↔불빛 돈은 황빛날 황↔煌 은 위도 95도와 경도 40도가 십자로 교차된 지점이다 이곳은 인류 가 최초로 밝힌 곳이라 해서 돈황이라 이름 지어진 곳이다.
돈황은 감숙성甘肅省 서북부에 위치하고 있으며 청해성靑海省의 북부이자 신강성新疆省의 동쪽에 위치해 있다. 돈황에서 동남으로 약 4km지점에는 한민족漢民族의 조상이었던 환인천황桓因天皇↔BC.

8937년이 신시神市를 정하기 위해 올랐던 삼위산三危山이 있다. 또한 삼위산 남쪽으로 약 4km에는 불상이 새겨져 있는 막고굴莫高窟이 있다.

돈황은 황토黃土와 그리고 모래를 비롯하여…… 용암이 흘러내려 활처럼 구부러진 곳으로 해발 평균 1천 미터가 넘는 고원지대高原地帶이다.

돈황의 돈燉의 글자는 불성할 돈 자이다. 그리고 황煌의 글자는 불빛 휘황할 황자다. 인류 최초로 불빛을 일군 곳이라는 뜻에서 돈황이라 이름 지어졌다. 천지가 혼돈한 시대일 때 환인천황은 풍백風伯·운사雲師·우사雨師의 삼정승을 거느리고 삼위산태백三危山太伯에 올라 전 세계를 다스리기 위해 내려다보았다고 했다. 그리고 돈황에 신시神市 즉? 신의 도시인 인류 최초의 신도시를 정하기 위해…… 천부삼인天符三印을 갖고 3천명의 무리와 함께 도읍을 정한. 인류 역사상 최초의 신도시인 정통국正統國을 세웠다는 기록이다. 이와 같은 사서史書·삼국유사 三國遺事↔야사인=소설는 제왕운기帝王韻紀·규원사화揆園史話·환단고기桓檀古記 그리고……. 신시개천경神市開天經·신교총활神敎叢活·신단실기神壇實記에 상재되어 있다. 반고환인盤古桓仁氏씨는 돈황에 신시神市인 새로운 신神의 도시를 건설하게 된다. 신시의 도시가 정통국正統國으로서 인류의 시조始祖이자 역사의 시초로서 국가를 상원갑자년上元甲子年 음력 10월 3일에 처음으로 출발하게 된다. 그 후 5년 뒤인 무진년戊辰年에 정식으로 국가의 틀을 갖추고 돈황에서 인류의 기원起源을 이룩하게 되는 것이다. 그리하여 환인천황은 아홉 번의 깨달음으로 불교의 성지聖地를 닦는 작업에 들어가게 된다.

이때 백성들을 가르치기 위해 360가지의 인간의 모든 생활상에 대한 기구 등을 창안했다. 다시 말해 밥하는 법·농사짓는 법·집을 짓는 법·뽕나무를 심는 법·삼을 심는 법을 가르치고·옷을 만들 베를 짜기 위해 베틀과 물레를 만드는 법·밭을 일구기 위해 쇠스랑과 쟁기를 만드는 법·모시를 심고 누에를 치는 법 등을 가르쳤다

특히 불을 발견하고 밤에 등잔불 같은 것을 만들어 켜는 법 등 인간이 편리하게 살 수 있도록 하였다는 기록이 있다. 반왕盤王 즉? 반고환인은 이외에도 인간이 잘 살 수 있게 하기 위해서 이화세계理化世界를 사상적으로 정립했으며……. 인간이 인간답게 더불어 잘 살아가기 위해 홍익인간弘益人間의 정신을 구현시킨 위대한 대성인大聖人이다. 이와 같은 기록은 중국 고전인 산해경山海經↔윤곤. 이중재 번역과 이화여대 정재서교수 번역. 필자도 이중재 고문님과 번역에 동참 속에 있는 해내북경海內北經의 주석에서 반왕서盤王書에 나타나있고……. 삼국유사와 구약성서에도 잘 나타나 있다. 반고환인은 돈황을 무대로 신시神市의 새로운 도시를 만들어 전 세계의 우매한 사람들을 깨우치고 따라서 인간답게 살게 하기 위해 도통道通하는 것을 업業으로 삼는 사회제도를 만들겠다는 원대한 꿈을 실현시키고자 했다. 그러기 위해서는 몸소 자신의 득도得道가 필요했던 것이다.

그리하여 대자연 사상이었던 천天·인人·지地·문에 따른……. 삼원일체三源一體를 주창하였고 따라서 음양오행陰陽五行의 대자연사상大自然思想을 통해 아홉 번이라는 인류 최초로 도통을 몸소 실천했던 것이다. 역대신선통감歷代神仙通鑑과 유학수지幼學須知를 비롯하여 제왕운기帝王韻紀와 사요취선史要聚選에 나타나 있는 것처럼……. 혼돈한 시대에 광명을 비추는 반고환인의 출현으로 인류의 바른 삶을 구가한 곳이 바로 돈황이었다. 해동역사海東繹史의 저자이신

한치윤韓致奫은 반고 환인씨 때 법화경과 모든 경전經典이 바위와 동굴에 글자로 새겨져 있었다고 적고 있다. 만약 한 사람의 현인賢人이라도 있었으면 모든 경전을 적어 기록을 남겨 두었더라면 없어지지 않았을 것이라는 안타까운 심정을 토로한 글귀가? 세기世紀二이 단군조선檀君朝鮮 편에 실려 있다. 그럼 본문을 적고 해설해 보기로 한다.

按東史所言. 壇君事皆荒誕不經 壇君首出. 必其人有

神聖之德. 古者神聖之固. 有異於衆人者. 豈有若是無

理乎. 其所稱桓因帝釋等. 語出於法華經. 羅麗之代尊

尙異敎. 其幣至此. 東方屢經兵 國史秘藏蕩然無存. 緇

流所記得保巖穴之間. 以傳後世. 作事者悶其無事可

記時. 或編入正史. 世愈久而言愈實. 以至流傳中國.

遂使一隅仁賢之邦. 歸於語怪之科. 可勝歎哉.

안동사에 의하면 단군은 한 결 같이 경전經典을 탄생시키지 못했다. 오직 단군의 제일 어른 격인 신인神人의 성덕에서 이룩된 것이다.
　그분은 옛날 신성神聖이라고 하는 반고라는 것이다. 盤固 많은 무리 중에 인물이 뛰어났다. 그분은 절대로 이치에 어긋나는 말과

행동을 아니 했다. 이름 하여 반고환인을 제석帝釋이라 한다. 법화
경法華經을 말로서 나타냈다. 그 후 신라 고구려의 대를 이어 내려
오면서 존경받는 특이한 가르침을 받아 왔으나 차차 없어지고 말았
다. 동방에는 많은 경전과 병기…… 그리고 병법에 관한 기록이
많았다. 비장된 국사 등은 보존 되지 못하고 소실되었다. 바위나
굴속에 새겨둔 기록들은 보존되지 못하고 바탕이 검어지듯 소실되
었다. 그러므로 후세에 전해지지 못했다. 애써 굴속이나 바위에
기록을 새긴 사람들은 헛일이 되어 고민이 많았다. 혹? 정사正史가
다른 곳으로 편입되어 세상에 오래 남겨졌으면 하는 바람이었다.
하지만 중국으로 전해져 흘러갔다. 세상 한구석에라도 어질고 착한
현인이 있었더라면 다시 정사를 말이라도 전할 수 있었을 것인데
안타깝게도 보존되지 못한 것이 한탄스럽다고 적혀 있다. 이상의
문장에서 보는 바와 같이 기원전 8937년 반고환인 씨에 의해 법화
경이 입으로 설파된 것을 보면…… 돈황이 최초의 불교 발상지였
음을 알 수 있다. 이곳이 상고대 때는 인도와 중국의 접경 지역이다.
당시는 수많은 나라들이 나타났다. 큰 세력에 밀려 사라지곤 할
때다. 국경도 오모 매해 하여 국가 개념이 없을 때이기도 하였으니,
인도라 할 수도 있고 중국이라 할 수도 있었다. 만년 백산雪山↔눈이
녹지를 않은 산이라서인 천산을 끼고 다섯 천축국五天竺國이 존재 했는
데…… 동·서·남·북·중천축국·중 중천축국中天竺國이 불교가 가
장 강성 했다. 중천축국 안에 연방국인 소국 아유타국이 이었는데
대국들의 전란으로 인하여 그곳에 지배 계층인 허가許家↔허 씨 성
집안 계에서 전란을 피해 수년을 걸쳐 신장성을 거처 사천성 성도에
도착하여 잠시 머무르던 중 민란으로 인하여 그 후손 무리들은

중국 장강에서 돌을 실어 나르는 배를 타고 중국 남해안에 도착하여 해안을 따라 중국 산동 반도에 이르려 그곳에서 배를 타고 우리나라 서해안에 도착 육로로 이동하여 경남 김해에 도착하여 일부는 오면서 경북 고령 산골에 남고대가야국 낙동강을 타고 내려온 지배 계층의 우두머리가 김해 後 가야국後 加耶國을 세운 뒤…… 선주민 先主民↔토박이 주민을 통치하고 젊은이 들은 배를 타고 바다를 건너가 일본을 통치하게 된다. 그들이 김해를 임나가야任那加耶↔어머니와 아버지가 계신 곳의 뜻의 문자라고 부른 것이다. 당시의 무리들이 선진 문물을 가지고 유입 했다. 앞서 이야기했지만……. 다름이 아닌 허황옥의 오빠가 불교인인데 장유화상허보옥 그들의 후손이다. 그때부터 불교가 전교 되었고 아울러 찻잔이 만들어지고 차가 재배되기 시작 한 것이다. 앞서 허황옥이 피난길 사고에……. 수많은 세월이 흐르면서 **중국은 유교를 중시하고 불교를 배척했기**에 불교는 인도에 급히 유입된 것이다. 라고 하는데? 인도가 불교의 태동지胎動地로 보고 있는 것은 잘못 알고 있는 것이다. 우리나라에 불교는 중국 대륙에서 전래된 북방불교다. 신라에 항복으로 불교는 신라로 번져 들어갔다. 석가는 네팔 룸비니에서 출생을 했다. 인도가 아니다.

조선일보 2017년 6월 26일 오피니언. 면
조용헌 살롱〔1097〕
가야 불교의 성지

가야는 백제보다 더 패자이다 보니 오늘날 남은 기록이 거의 없다. 가야 불교 구전 가운데 가장 압권은 지리산 칠불사七佛寺의

7왕자 이야기다. 물론 '김해 김 씨 대동보'라는 문중 족보에도 7완자 기록은 기록돼 있다. 어떻게 7왕자가 모두 도를 통하여 부처가 되었을까. 칠불사 터는 지리산 한복판에 있다. 김수로왕은 허황후 허황옥와의 사이에 10남 2녀를 두었다고 전해진다. 장남은 왕위를 계승하였고. 둘째와 셋째 아들은 어머니 성許을 이어받아 김해 허 씨의 시조가 되었다. 나머지 일곱 아들이 모두 외삼촌인 보옥선사 寶玉禪師를 따라서 머리를 깎고 출가하였다. 고고학자인 김병모 교수가 30년 넘게 허황후의 고향 땅이 어디인가를 추적하고 쓴 '허황옥루트↔인도에서 가야까지'(2010년)를 보면 흥미로운 내용이 나온다. 허황옥 일족은 원래 인도아요다아에서 살다가 쿠산왕조의 침입을 받아 중국 사천성 보주普州오 이주했고. 보주에서 살다가 탄압을 받고 그 일파가 배를 타고 가야로 들어오게 되었다는 이야기다.

보주에서 살던 허 씨 성의 '許' 는 '무사↔巫師'를 뜻하는 의미였다고 김병모 교수는 밝혔다. 허 씨들이 원래 제사장 또는 브라만 계급이었다는 말이다. 그 허황옥이 출가한 아들 일곱 명을 보기위하여 지리산 깊은 계곡을 따라서 칠불사에까지 왔고 왕후가 머물던 자리가 오늘날 '대비촌'이라는 지명으로 전해진다. 일곱 명 왕자 모두 부처가 되었다는 소식을 들은 두 왕자는 분발심을 내게 된다. '동생들은 부처가 되었다는데 우리는 뭐했나. 우리도 도를 닦자'두 명의 왕자가 어느 정도 나이가 들어 지리산으로 들어 왔는데. 이들이 도를 닦는 터가 오늘날 '허북대許北臺'로 전해진다. 칠불사 도응道應 주지 스님에 의하면 허북대 위치는 칠불사 북쪽으로 10리 쯤 되는 산봉우리다. 지리산 반야봉의 맥이 토끼봉으로 왔고 도끼봉의 주목이 칠불사로 왔다면. 토끼봉의 주맥 하나가 내려가서 허북대를 만들 었다고 한다. 칠불사는 다실茶室이 명당이다. 해발 700미터 높이라 서 바람이 친다. '엄장이 녹는'시원한 다실에서 차 한잔하였다.

– 건국대 석좌교수·문화콘텐츠학 –

● 역사학계에서 큰 관심을 보이지 않은 가야. 그 중에서도 허왕후 이야기에
　천착하게 된 계기는?

　처음 내가 김해 김 씨 라는 점 외에 특별한 인연이 있었던 아니다. 하지만 중학교 역사 선생님이 인도 아유타국 공주 '허왕후'에 대한 이야기를 들려주었다. 1961년 대학에 입학한 후 김해에 내려가 수 로왕릉을 처음 가보았다. 능묘를 관리하는 참봉이 김수로와 허왕후 국제결혼 이야기를 상세하게 해주었다. 이후 당시 국문번역이 안 된〈삼국유사〉에서 가야 내용을 찾아보면서 '신화인가'. '사실인가' 실체를 밝혀야겠다는 생각을 하게 됐다. 나는 태어날 때부터 얼굴 이 검은 편이다. 아마도 인도 할머니 유전자가 남아있어서일 것이 다. 4만 년 전 아시아에서 아메리카 대륙으로 건너간 아메리칸 인디 언은 자구한 세월에도 유전인자가 그대로 얼굴에 남아있다. 아유타 국과 인연은 50년 전부터 시작된 셈이다. 이렇게 인도를 10번 다녀 왔다.

● 10번을 인도 현지를 답사하면서 기억에 남는 것은?

　1970년대 인도 국제펜클럽대회에 참석한 이종기 씨가 기차를 타고 아요디아를 제일 먼저 방문했고 내가 두 번째로 찾았다. 1985 년 kbs 피디와 함께 인도. 스리랑카 현지를 가서 6부작 특별 프로그

램 '간다라'가 제작됐다. 2부로 아요디아 편에 나왔는데 인도 공주가 가야의 왕비가 됐다는 사실은 당시 시청자들에게 쇼킹한 충격을 주었다. 시청자들은 과연 인도에서 왔을까. 만은 이들이 충분히 가질 테마인데 이를 뒷받침할 연구가 여전히 부족한 것이 아쉽다. 인도에 한 번 갔다 오면 한 달씩 아팠다. 요즘엔 아스팔트 도로도 생기고 현지 사정이 많이 개선 됐지만. 1980~90년대에는 흙먼지와 위생문제 때문에 많이 힘들었다. 최근 방문은 2016년 11월 고려사이버 대 영상 제작을 위해 다녀 온 것이다.

• 현재 인도 아요디아에는 불교흔적이 거의 없다.

당연하다. 오늘날 아요디아 주민의 90% 이상이 힌두교를 믿고 있다. 과거 타 종교에 배타적인 이슬람 세력도 아요디아 지역을 침범한 사례가 있기 때문에 불교 흔적이 남아있긴 힘들다. 아지만 아쇼카대왕이 통일 국가를 형성하면서 슨가 왕조가 기원 전 200년 경부터 아요디아를 다스렸다. 당시 통치 이념은 불교였다. 북쪽 아프카니스탄 지역의 그레꼬 빅토리아 왕국 세력이 히말리야 산맥을 넘어와서 슨가 왕조가 초토화되면서 아요디아 통치세력도 붕괴됐다. 허왕후 일족이 고향을 떠나 이민을 갔다면 북교와 함께 이동했을 가능성이 높다.

• 역사란 학문 자체가 활자에 의존한다. 허왕후에 대한 구체적인 기록이 부족한 현실에서 인도 도래 가능성을 낮게 보고 있는데.

비판적인 이들은 허왕후 이야기와 가야불교를 후대 사람들이 소설로 삽입해 역사를 왜곡했다는 식이다. 하지만 가야사 전공자가 인도에 가서 아요디아를 본격적으로 연구한 이는 드물다. 역사학. 고고학에서 전문적인 훈련을 받은 사람들이 이 문제에 천착하지 않는다. 사학자 중에서 중국 보주를 가본 사람이 얼마나 있나? 허왕후 흔적을 찾기 위해 인도지역을 제대로 답사한 사람이 있는가?

● 하지만 허왕후 도래와 가야불교에 대한 기록뿐만 아니라 유물도 부족한 측면이 있다.

  허왕후의 인도 도래나 가야불교에 허구성에 대한 비판의 핵심은 증거가 있냐는 것이다. 가야사가 허구라는 증거를 제시하지 않은 채. 본인 주관에 맞지 않는다고 네거티브 한 시각으로만 접근하고 있다. 기록에만 의존하는 시각에서 벗어나야 한다. 중국 보주에 쌍어문양이 얼마나 많은지 보면 그들도 충격을 받을 것이다. 보주 인근에 허왕후의 후예라고 불 수 있는 허 씨가 15만 명에 이른다. 하지만 그들은 자싱의 역사를 제대로 모른다. 중국은 과거에도 현재도 소수민족의 역사를 가르치지 않는다. 원·청 등 소수민족 때문에 왕조가 교체돼 이민족에게 통치 받은 기억이 있기 때문이다.
– 하략 –

※ 위의 글은 김해뉴스 심재훈 기자가 김병모 박사를 서울로 찾아가 인터뷰한 기사 일부다

※ 앞서 밝혔지만 김병모 박사도 자신의 책의 내용과는 다르게 인터뷰를 했다. 필자가 2021년 6월에 도서출판 인터북스에서 출간한 장편 역사 소설 『중국』책에 가야국은 한국에서 태동되지를 않았다. 그러니 허황옥 가야국에 온 적이 없다. 책을 당시 허성곤 김해시장에게 주었는데 끽소리도 못했다.

허황옥의 오빠인 장유화상허보옥이 후손들이 불교를 가져와 가야 국에 전교 시킬 때 가야국의 종교가 무엇이었느냐에 관심을 가져봐 야 한다. 당시 가야국은 토속 신앙인 무속이 지배였을 것이다. 샤머 니즘shamanism 즉 짐승 숭배였을 것이다. 고대역사기록이나 건국신 화들을 보아서 알 수 있듯이 모든 토속신앙土俗信仰을 아우른 제정일 치 시대였다고 역사책에 기록됨에서 알 수가 있다. 그 이유는 동양 에서는 지상의 동물을 보고 점을 본 것으로 기록돼 있고 서양은 하늘을 보고 점을 보았기 때문이다. 우리나라 사학자 대다수는 허 황옥이 육로로 왔다고 주장하고 있고 필자도 쌍어속의 가야사에 기록했듯이 중국 산동 반도에서 배를 타고 서해안에 상륙하여 김해 로 온 것이다. 불교와 차 문화 찻잔은 불가결이 아닌가! 국내서 발굴된 도자기를 보면 인도산 은 하나도 없고 중국서 만들어진 것들이다. 김해서 생산되는 장군 차茶 역시 장유화상후손들이 씨를 가져와 퍼트린 것으로 기록 되어있다.

동아일보 2015년 8월 15일 a21 문화면
"한민족 북방기원서 –자생 설 모두 역사적 진실과 거리"
북방고고학 전문가 강인욱 경희대 교수

"북방 초원 민족이 떼 지어 한반도로 이동한 뒤 지배층이 교체됐 다는 한민족 북방 기원설이나 한반도 고대문명이 유라시아 초원 문명과 상관없이 자생적으로 발생했다는 주장 모두 역사적 진실과 거리가 있습니다."강인욱 경희대 교수(고고학)는 최근 발간한 '유라시아 역사 기행'에서 '북방기원설 혹은 기마민족설'이나 '한반도 자생 설'을 모두 비판했다. 강 교수는 국내 고고학계에서 드물게 러시아에서 박사학위를 받은 북방 고고학 전문가다. '북방기원설' 등은 신라 돌무지 덧 무덤(적석목곽분)이 수 천 킬로미터 떨어진 남부 시베리아 알타이 지역의 '파지리크 고분'과 흡사한 점. 신라 금관총에서 1921년 출토된 화려한 금관이 아프가니스탄 지역의 '탈리아 테페'금관과 유사한 점 등을 근거로 때 교과서에 실리기도 했다. 그는 "한민족 부방기원설은 한국인이 예부터 외래문화에 절대 의존했다는 일제 식민사학의 '타율성론'을 뒷받침하기 위해 만들어졌다며"며 "제2차 세계대전 직후 일본 학자가 내놓은 기마민족설 역시 만주를 경영하던 제국주의 시절의 향수를 불러일으키려는 의도가 숨어있다"고 말했다.

기마민족설은 日식민지사학 관점
'흉노족→신라 지배층'근거 희박
한반도 자생설도 극단적 주장
북방 영향 자생적 발전론이 합리적

  특히 그는 흉노족이 내려와 신라 지배층을 형성했다는 일부 학설은 역사적 근거가 희박하다고 강조했다. 그러나 북방기원설 등이 일본 식민사학에서 비롯됐다는 이유로 '한반도 자생 설'을 주장하는 것 역시 극단에 치우쳤다는 게 강 교수의 주장이다. 그는 "북방 초원문화의 영향을 부정하는 것은 더러워진 목욕물은 버리겠다고 욕조안의 아이까지 내버리는 꼴"이라고 비판했다. 신라 적석목관분에서 계림로 보검을 비롯해 금동 신발. 봉수형 유리병 등 수많은 초원 계 유물이 계속 발굴되고 있는 사실을 자생설로는 도저히 설명할 수 없다는 것이다. 그는 "한반도 고대문명이 자생적이면서도 중국과 북방 유목민족의 영향을 받았다고 보는 게 합리적"이라며 "특히 신라인 들은 중국의 영향을 크게 받은 고구려나 백제와 달리 초원문화를 적극 흡수해 자신들만의 황금문화를 만들 냈다"고 설명했다. 광복 70주년을 맞았지만 일본 고고하계의 영향에서 벗어나지 못하는 이유는 무얼까. 강 교수는 국내 유라시아 고고학 연구가 일본 측 연구 성과에 편향돼 있다고 지적한다. "과거 중앙아시아는 옛 소련의 영토여서 접근이 어렵고 사료도 구하기 힘들었습니다. 냉전이 끝났으니 이젠 일본뿐만 아니라 러시아나 중국 측 사료도 폭넓게 다뤄야 균형적인 시각을 가질 수 있습니다."

- 김상운 기자 -

……단군 시조의 혼인관은 교화주教化主인 환웅은 자진해서 지상으로 내려오고 웅녀는 자의로 고행을 겪는 등 우리 민족이 기본적으로 자유를 지극히 소중히 여길 뿐만 아니라 하늘나라天上와 지상 그리고 신과 인간 및 자연을 거의 동등하게 사랑하는 등 평등不等을 지극히 존중하는 나라임을 상징하고 있는 것이다. 또한 조화주의 환웅의 자유 의지를 존중하여 지상에 내려 보내면서도 나라를 세울 곳을 살펴주었으며……. 하늘나라 표식이자 군주라는 증표인 천부인天符印을 주고 나라를 같이 다스릴 풍백·우사·운사와 삼천의 무리정부의 요인들를 같이 내려 보내는 등 인간에 대한 지극한 사랑을 보여주고 있다. 그리고 환웅 또한 곰과 범의 시련기간. 곰 한 마리가 같은 굴에 살았는데 늘 신웅神雄↔檀雄에게 비기를 "원컨대

김해 고대사 **379**

사람이 되게 해 주소서"간청을 하였다. 때마침 신이 신령한 쑥 한 다발과 마늘 20개를 주면서 말하기를 "너희들이 이것을 먹고 백 날 햇빛을 보지 않는다면 곧 사람이 될 것이다"하였다. 곰과 범이 받아먹고 금기를 하기를 21일 만에 곰은 여자의 몸이 되었으나 범은 능히 금기를 지키지 못했으므로 사람 몸이 되지 못하였다. 여자가 된 곰熊女은 그와 혼인할 상대가 없으므로 항상 단수檀樹↔박 달나무 아래서 아이 임신하기를 빌고 또 빌었다. 환웅이 감복하여 잠깐 신이 인간으로 변하여 그녀와 결혼을 하여 아들을 낳으니 이름을 단군왕검檀君王儉이라고 불렀다. 100일에서 3~7일3주로 감 하여 주고 순종하지 않은 범에게 어떠한 형벌도 내리지 않았고 신이면서도 인간으로 변하여 웅녀와 결혼을 하여 치화주인治化主 단군왕검을 출산하는 등 인간과의 조화調和와 평화平和를 중요시하 는 존재임을 보여주는 면이 다르다. 김수로왕 신화 또한 국조 신화 들을 비롯하여 고대사회와 종교적 무속신앙 등에서 나타난 기록들 에서 성역 관념과 관련하여 우리가 관심 갖지 않을 수 없는 것은 신들의 공간에 관한 내용이다. 어떤 기록에서도 신들의 거처는 일 정치 않거나 불분명하다. 천신이나 시조신의 거처가 하늘이나 아니 면 굴. 명산. 또는 땅속 같은 일정한 장소에만 한정되어 있는 것 같지도 않고. 다만 산이나 하천이 반드시 산신山神이나 하신河神 용신龍神의 거처였는지도 분명치 않다. 다만 신들은 인간이 제사를 지내면서 청할 때에 지정된 장소로……. 강림降臨을 했거나 때로는 신이 자신의 필요에 의해서. 그도 아니면 인간을 돕기 위해서 어느 특정 장소에 내입來臨했던 것으로 생각이 든다. 우리의 건국 신화인 단군 신화는 신이 인간을 통치하려고 하늘에서 내려오면서 인간을 다스릴 것도 하늘에서 가져온 것에 비해 김수로왕 신화는 하늘에서 파견된 신이다. 미리 인간에게 신이 내려가니 받들어서 왕으로 삼고 다스림을 받으라는 하늘의 계시를 받들어 인간이 모여 신맞이를 했다는 것이다. 이렇듯 신화는 특히 건국신화는 특별한 형식이 짜여 있는 내용임을 알아야 한다. 김수로왕은 서기 42년에 가락국을 세웠고 199년에 158세의 나이도 세상을 떠나 수로왕 능에 묻혔다. 이 지구상에 인간이 수 천 동안 살아오면서 실제로 158세 나이까지 살고 죽은 적은 없다. 인류학자들에 의하면 2000년 전의 인간의 수명은 39세 정도라는 것이다. 성경기록에 의하면 인간의 수명이 900살까지 살았다는 기록이다. 그렇다면 종교인들은 김수로왕이 수명은 가능하다고 할 것이다!

구약성경 창세기 제5장을 읽어보면 하나님이 남자와 여자를 창조해 사람이라 일컫기 시작을 하였을 때 그 수명壽命은 900년 안팎으로 잡았다고 기록되어 있다. 아담이 930년을 살았고 현 카인에게 살해된 아벨 대신 태어난 셋은 912년 그 후 자손들이 모두 900년을 살았으며 특히 아담의 7대 손인 므드셀리는 969년이나 살았다고 기록되어 있다. 또한 노아는 950년을 살았다는데 하나님과 제일 가까운 교황도 추기경도 목사도 신부도 100세를 넘지 못하고 죽었다. 21세기 과학문명은 게놈 프로젝트를 완성을 하여 인간의 수명을 늘려보겠다고 돌대가리인 황우석黃牛石↔황소대가리이 게놈을 완성 했다고 공갈을 치다가 사라져버렸듯. 인간이 100세를 넘기가 어려운 것이다. 허기야 종교의 우두머리의 성공은 거짓말을 최고로 잘해야 신도들이 많을 것이다. 그래야 입으로 먹고 사는 직업이기에 돈이…….

각설却說하고······.

우리의 시조 단군왕검은 중국 요나라 임금이 왕위에 오른 지 50년만인 경인 년에 평양성에 도읍을 정하고 비로소 조선朝鮮이라고 불리게 하였고. 다시 도읍을 백악산白岳山 아사달阿斯達로 옮겼는데 그곳을 궁홀산 또는 금 미달이라고 한다. 1천 600백 년 동안 여기서 나라를 다스렸다고 기록되었고 중국 주나라 무왕이 왕위에 오른 기묘년에 기자箕子를 조선에 봉하니 단군은 이에 장당경藏唐京으로 옮겨갔다가 후에 다시 돌아와서 아사달에 숨어서 산신山神이 되었는데 나이가 1908세였다고 기록되었으니 아마도 편찬 작가들이 실수를 했거나! 그냥 신화이니 우리 국조國祖 다운 면에서 신들의 나이와 비교를 해서 그 우위에 둔 것이 아닌가! 중국의 연호가 나오는데 우리 국조 단군의 연호는 후대에 기록이 된 것이 아닌가! 생각이다. 여기서 단군檀君과 단군壇君을 이해를 해야 한다.

상고 때에 우리민족의 생활을 지배하던 기본적인 내용은 원시신앙이었다. 태초에 인간의 생활은 동물과 크게 다를 바 없었으나 신석기 시대에 접어 들 무렵에는 신앙적 요소가 그들의 생활에 짙게 깔려 있었다.

신앙의 대상은 다신적인······.

자연신인 만물이 영혼을 가진다는 애니미즘Animism 이었고 그 외에도 주술Magic 금Tabo 토테미즘Totemism 등이다.

우리의 건국신화인 단군신화 곰熊 토테미즘 신앙이다. 단군신화檀君神話와 밀접한 관련이 있는 곰 토템에 관해서는 이설異說이 있기는 하지만 그 당시 북방씨족의 토템 동물 중에 곰 숭배가 가장 넓게 행해지고 있었다. 신석기 시대의 시베리아 종족의 곰 숭배

사상으로 미루어 단군 고조선도 예와가 될 수는 없다. 원시 시대의 천신 숭배와 만물 정령관은 선한신과 악한신의 관념을 낳게 했고 마침내 신의新祝 의식을 가지게 하였다. 제정일치祭政一致 시대에는 정치적 지도자가 의식儀式의 장으로 행동함으로써 그 권위가 더욱 가중되었다. 제정일치 시대에서는 제사장도단군이 壇君 단군 1기다. 이들의 통치기간이 1908년 동안 통치하였다. 【壇제단 단자에 임금 君임】합계 연대가 1908년인데 어리바리한 역사학자들은 단군국조 나이라고 잘못 번역한 것이다. 또한 곰과 호랑이한테 마늘과 쑥을 주어 견디어낸 곰하고 결혼하였다고 하였으나 곰이 사람이 될 수 없는 것이다. 곰을 믿는 부족국가 여자와 결혼하여 탄생한 남자아이가 박달나무 단檀 자를 쓴 단군이다. 우리나라를 건국한 단군檀君은 단군2기를 말하는 것이다. 상고 때는 제단 앞에서 제사를 지내는 제사장祭司長↔현 시대의 성직자도 군주였다. 하늘에다. 또는 산과 바다에 풍요를 빌 때도 군주가 제사장이었다. 1908세를 살았다는 단군 壇君 제단 단壇자를 글자를 사용한 단군1기다. 단군 통치기간을 단군의 나이로 번역자들이 잘못 번역을 하여 버림으로서 혼동이 온 것이다. 1908년 동안 수많은 단군 둘이 통치를 한 연대를 합산한 것이다. 박달나무 단檀을 사용한 단군檀君이 우리나라를 건국한 단군이다. 또한 "곰과 호랑이에게 쑥과 마늘을 먹게 하여. 그 시험에 견딘 곰이 단군을 출생했다"는 말 역시 잘못으로 번역 된 것이다. 상고上古 때는 샤머니즘shamanism, 병든 사람을 치료를 하고 저 세상과 의사소통을 하는 능력을 지녔다고 믿어지는 샤먼을 중심으로 하는 원시 종교 즉? 짐승 숭배가 팽배했다. 곰을 숭배하는 부족국가 처녀와 호랑이를 숭배하는 부족의 처녀와 선을 보아서 곰을 숭배하는 부족 처녀와 결혼하여 단군을 출산한 것이다. 곰이 사람으로 진화가 될 수는 없는 것이다. 번역가들의 실수가 우리들에게 역사의 실체를 혼동하게 만든 것이다. 역사란 인류가 어느 곳에서 생성하여 사랑과 먹을 것을 찾아 이동하며 소멸되어 가는 과정을 정확하게 기록을 하는 것이 역사임을 알아야 한다. 여기서 김해지역의 고고학 자료가 말하는 가야사의 시작에 대하여 좀 더 이야기를 해보면…….

"구지가龜旨歌를 누가 불렀나이다."

그것은 가락의 아홉 촌장들이 불렀다. 그렇다면 구지가는 부족사회인 구간들의 사회의 제의에서 불러지던 노래로 각색되어 있다. 그러나 우리가 알고 있는 구지가에서는 "머리를 내어라"고 했다. 그래서 나타난 우두머리머리수에↔首 나타 날로가↔露가 수로왕의 이름이 되었던 것이다. 따라서 현재 전해지고 있는 구지가는 구간사회의 노래가 아니고 가락국의 성립과 수로왕의 등장을 신성하게 꾸미는 노래다! 구간사회청동기 문화의 구지가가 가락국철기 문화의 구지가로 각색되었거나! 훗날 윤색贊色 된 것이라고 본다! 이러한 사실은 구지가와 비슷한 고대의 노래에 비교를 해 보면 보다도 더 명확하게 드러난다. 구지가는 고대인들이 어떤 기원을 할 때 펼쳤던 주술呪術↔magic의 노래였다. 주술의 형태에는 여러 가지가 있지만…….
구지가는 위협주술 또는 협박주술의 현식이다. "머리를 내어라 말을 듣지 않으면 구워서 먹겠다."이거야 말로 공갈 협박이나 위협이 아니고 무엇인가! 이때 위협을 당하는 대상은 거북龜↔거북 구이다. 이와 같은 위협주술의 패턴이 세계적인 것이긴 하지만…… 우리 고대사회 예를 들어 부여와 고구려애서는 산신山神에게 어떤 기원을 하고자 할 때, 사슴을 잡아 나무에 거꾸로 매달고는 창으로 꾹꾹

찔러 고문 해가며 주술을 외웠다고 한다. 백제에서는 천신天神에게 기원을 하기 위해 매를 잡아 좁은 우리 안에 가두고 물과 먹이도 주지 않으면서 주술노래를 불렀다는 기록이다. 산신에게 기원할 때는 산짐승인 사슴을 위협하고 천신에게 빌 때는 하늘의 새인 매를 잡아 괴롭히지 않으면 안됐다. 기독교인이 하느님께 기원할 때 "우리 주 예수 그리스도의 이름으로 기도합니다."라 하는 것처럼. 인간이 직접 기도를 하며 구하는 것이 아니라. 신과 인간을 연결해 주는 매신저messenger 사자使者를 통하는 것이 보통이다. 따라서 우리 고구려인과 백제인 들은 사슴과 매를 산신과 천신의 매신저로 파악하고. 그들을 위협하거나 괴롭히면 각각의 시들이 자신의 메신저를 불쌍히 여겨 "이런 괘씸한 놈들"이라고 하면서도 인간의 소원을 들어준다고 생각했던 것이다. 구지가는 구워 먹겠다고 위협을 당하는 동물은 거북이다. 그런데 거북이를 위협한 결과로 이루어진 소원은 하늘에서 수로왕이 내려 온 것이다. 라는 말은 무언가 사리에 맞지 않은 부분이 있다. 위협을 당하는 거북이는 바다동물인데……. 소원을 들어주는 것은 하늘의 천신으로 되어 있다. 여기서 우리는 현재의 구지가가 번역가에 의해 훗날 각색되었음을 다시 한 번 확인할 수 있는 것은 위협주술의 패턴대로라면 거북을 위협하면서 기원하는 대상은 천신天神이 아니라 해신海神이 되어야 마땅할 것이다. 결국 이 이야기는 이렇게 정리할 수 있다. 수로왕이 등장하기 이전의 구간사회인들은 구지봉의 고인돌을 우러러보며 봄과 가을에 풍어제豊漁祭 난장굿판을 벌였다. 이때 거북이를 위협하면서 해신에게 많은 생선과 해산물을 내라고 비는 풍요제의豊饒祭儀에서 불렸던 것이 원래의 구지가였던 것이다. 그런데 수로왕이 선진의 철기문화를 가지고 김해지역에 등장하여 가락국을 세우고 보니……. 자신의 출신을 신성화할 도구가 필요하게 되었던 것이다. 건국 신화의 창작이 마침 김해의 선주민先主民이었던 구간사회인들의 신성시하는 장소구지봉↔龜旨峰와 노래가구지가↔龜旨歌 있었다. "됐다! 이 노래에 이 장소에 나의 출현이야기를 담아 보자"그래서 원래 구지가의 해산물海産物은 우두머리로 둔갑하였고……. 거북이를 위협을 했는데 하늘에서 소원을 들어주는 무척이나 우스꽝스런 역사가 되었던 것이다. 그렇다고 가야시대라 해서 거북이가 하늘을 날았을 리 없다. 또 수로왕이 이러한 사실을 몰랐을 리도 없었을 것이다. 그럼에도 불구하고 수로왕이 하늘에서 내려온다는 요소를 버릴 수는 없었던 것은 건국시조가 하늘에서 내려왔다는 천강산화天降神話인 단군신화나 일본의 건국신화와 같이 ……. 다른 지역에서 들어와 그 지역에 뿌리를 내렸던 사람들의 이야기이다. 수로왕 집단이 선진의 철기문명을 가질 수 있었던 것은 기원전 108년에 한漢나라에서 멸망당한 위만조선衛滿朝鮮의 후예였기 때문이다. 자신의 신성화를 위해 구지가의 각색은 필요 하였겠지만! 원래의 출신은 포기할 수 없었던 것이다. 세계 각 국의 건국 신화들을 살펴보면 우리 인간들이 절대로 범접할 수 없는 곳이다. 대상물과 또는 교감이 될 수 없는 것을 선정하여 윤색된 것들이다! 고대나 현대에 사는 우리들 역시 생生과 사死는 인간의 수명이 신에 의해 좌우 된다고 믿어 버리는 사람이 많이 있다. 옛날에는 신이 인간의 정신적인 지주가 되었던 것이다. 그러다 보니 신은 인간의 수명보다 몇 배나 길었을 것이라고 인정해 버린 것이다. 물론 자기가 믿는 신은 다른 신보다 더 우월해야 했기 때문에 그 기록은 허구에 가득 찬 기록으로 점점 왜곡되었던 것이다. 건국 신화나 기존 종교를 떠나 이제는 **무속신앙**巫俗信仰을 몇 가지를 알아보면……. 무속은 민간계층에서 무당을 중심으로 하여 전승되는 풍속을 일컫는 말이다. 우리나라에는 수도 헤아릴 수 없을 만큼 많은 무속신앙이 지방마다 있다. **토속신앙도**土俗信仰 같은 범주에 든다. 우리 선조들은 선사시대부터 이미 무속신앙을 믿었으며 신과 인간을 연결해주는 중계자 즉? 무당을 통해 신의 계시를 받기도 하고 소원을 빌기도 했다. 또한 솟대·장승·서낭당·등을 개인과 집안. 마을이 평화롭기를 기원하고 나라에서도 하늘에 제사를 지내는 제천의식을 행하며 나라의 발전을 기원했다. 우리의 무속신앙은 중국에서 불교·유교·도교·등 삼교가 들어오기 전까지 우리민족의 종교로서 여러 가지 역할을 담당했으며……. 다른 외래外來↔수입종교 종교가 들려온 뒤에도 민간계층에서는 오랫동안 무속신앙을 믿었고 지금도 우리 생활주변 곳곳에 무속신앙이 남아 있다. 특히 후진국일수록 무속신앙의 믿음의 종류가 기존 종교보다도 훨씬 많다. 그러니까? 신화시대에 있어서는 정치와 종교 그리고 종교와 교육이 혼용되어 있어서 정치가 곧 종교요. 종교가 곧 정치고 교육이었으며 수명과 삶의 질은 신이 모두를 관장하였던 것처럼 기록되었다. 인간의 삶과 교육은 처음부터 분리가 되어 있는 것이 아니었다. 가치로 운 삶을 위해서 교육은 존재의 의의가 있었던 것이다. 그것은 정치와 종교에 있어서도 동일한 것이다. 따라서 신화에 나타난 한국인의 삶의 이념은 곧 종교와 교육의 이념이라면……. 무속신앙은 작은 집단 개인의 삶이 신과 어우러져 큰 집단과 무리를 이루면서 국가의 한 측이 되려고 했으나 마을과 연결해 주는 중계자 역할을 못하고 말았다. 너무나 미약한 소수 집단이었기 때문이다. 나름대로 무속 인들이 자기의 능력으로 신을 각 개인에게 연결하는 중계자 역할만 하고 있을 뿐이다. 김수로왕 신화는 하늘의 신이 지상의 신과 연결되었다는 점이 특이하다. 무속신앙은 김수로왕을 지상의 신으로 모시고 있는 것이다. 그러니까? 하늘의 신과 지상의 신이 서로 간에 상통相通하고 있다는 것이다. 별신굿의 신맞이는 지상의 무당에 의하여 행해지는 무속신안이기 때문이다. 우리 민족에게 지대한 영향을 끼쳤던 부적은 악귀를 쫓는 힘이 있는 것으로 믿는 이상야릇한 모양을 그리거나 또는 알아 볼 수 없는 글씨를 쓴 종이를 문지방이나 장롱·쌀뒤주 등의 생활용구와 심지어는 지갑 속에도 접어서 가지고 다녔다. 귀신을 쫓는 부적을 안방 문지방에 붙여 조상신도 못 들어오게 하는 어리바리한 짓을 한다. 조상이 안방에 차려진 제사음식을 잘 먹어야! 조상이 후손을 돌볼 수 있을 텐데……. 무서운 부적 때문에 방에도 들어가지 못하는 이러한 모습을 접하면 웃음이 절로 날 지경이다. 붙인 사람이나 붙이라고 주는 사람이나 똑같다! 부적은 붉은 빛이 나는 물질에 수은화합물로 한지에 쓰기도 하여 영사를 전피추어탕에 넣어 먹는 보조향 열매 씨로 짠 기름에다 섞어 글을 쓴다. 서낭당은 서낭신을 모시기 위해 돌무덤이나 작은 집을 지어 놓고 이곳을 지나가는 사람들은 돌무더기 나뭇가지 등에 오색 천을 놓고 간다. 옷고름·댕기·치마끈·심지어 고쟁이 속옷을 벗어 걸기도 하고 버선과 신발 등을 던져 놓고 가기도 한다. 이러한 모습은 지금도 많은 농촌에 남아 있다. 솟대를 세운 이유는 장대 사이로 신이 내려오는 통로이며 장대 끝의 새기러기는 풍년을 내려주는 신의 심부름꾼을 의미한다. 장승은 마을에 잡귀가 들어오는 것을 물리치는 수호신 역할뿐만 아니라 마을과 거리를 나타내는 이정표里程標 역할도 한다. 이렇듯이 우리 주변에는 무속신앙과 토속신앙을 많이 볼 수가 있다. 김수로왕신화는 우리 생활 저변에 깔려 있는 토속적 무속신앙의 집결체로 모태 격인 민족 신앙이다. 이것은 한국인들이 최초로 민끼리 어울려 신놀이를 벌인 것이 신맞이 굿의 일부이다. 무당도 없이 누구나 무당이 되어 집단으로 신에 고하고 신의 명령에 따라 굿판을 벌인 것이다! 이렇듯 가야국 건국신화는 고대 건국신화에서 볼 수 있듯이 하늘과 땅 신령과 인간 다스림과 순종 성스러움과 부정 등의 갈라지는 양분론 적 대립 이었다. 우리나라 상고대 신화 모두가 신비주의적 사고방식이 작용하고 있는 것은 신은 즉? 보이지 않은 광명이세光明理世라는 함축된 용어 또한 다른 세상으로 인간이 볼 수 없는 곳이다.

가야사는 실제로 고문헌에 잠깐 비친 것뿐 자료가 없다. 그래서 다루기다 힘들고……. 그 동안 몇 권의 사기가 기록된 것이 있지만 우리 청소년들이 근접하기엔 어렵고 필자 역시 이해하기 힘든 부분이었으나 나름대로 건국신화와 김수로왕 신화를 무속신앙 등 기존 종교와 비교를 해서 우리 청소들이 쉽게 이해할 수 있도록 꾸며보았다. 가야의 한자표기는 가야伽倻·加耶·伽耶 중 어느 것이 맞을까? 아라가야의 본산이라고 자처하는 경남 함안군은 유물전시관에……. 각종 사로에 의거해 아라가야阿羅伽倻로 표기해왔으나 김해 금관가야金官伽倻 경북 고령대가야大伽倻 등 가야권의 지자체들은 가야加耶로 표기하고 있다. 그래서 가야의 한자 표기는 가야권의 지자체와 학계의 오랜 골칫거리였다. 시대별. 사료별로 표기가 달라 지금까지도 加耶·伽耶·伽倻·세 가지로 혼용되고 있기 때문이다. 창녕군의 경우 군 지에는 비화가야非火伽倻로 되어 있으나 이곳의 몇몇 향토사 연구모임은 「삼국유사」식 표기인 가야伽倻를 고수하고 있다는 것이다. 경북 고령의 경우 대가야를 말할 때는 대가야大加耶로 쓰기로 했지만……. 개국전설이 깃든 가야산伽倻山과 악성 우륵이 만든 가야금伽倻琴은 전래 표기를 인정하고 있다. 그런가하면? 고령의 가야대학교는 가야加耶라고 표기를 하고 있다.『가야 대학교는 현재 김해시로 이전을 하였음』학계 연구인들은 "통일기의 표기로 보이는 가야加耶 고려시대 이후 불교와 유교의 영향을 받아 사람인변加↔伽이 추가되는 형태로 변형했다"며 "가장 오래된 정사正史 기록인 삼국사기 표기에 가야加耶로 통일하는 것이 바람직하다"고 했다. 필자의 생각은 삼국유사를 집필한 일연 승려가 불교인이기에 삼국사기 가야加耶를 가야伽倻↔절 땅이라고 고친 것이 아닌가! 각 지역 마다 여러 가지의 한자 표기를 사용을 했으나 지금은 加耶로 통일이 된 것이다. 위와 같이 신화와 설화를 믹서가 된 가야사를 진짜 있는 것처럼 어리바리 정치인들 때문에 어마어마한 국민의 세금이 허투루…….

【가락국기駕洛國記는 김수로왕이 가락국을 세웠던 시기를 서기 42년으로 기록하고 있다. 그러나 가락국 이전에도 김해 인들은 아홉 명의 촌장이 다스리는 부족사회를 이루어 살고 있었다.

3월이면 해반 천에서 몸과 마음을 깨끗이 하고 구지봉에 모여 구지가를 부르면서 풍요를 기원하는 축제를 벌였으며 힘을 모아 부족 간에 전쟁을 치러내기도 했다. 청동기 문화인이었던 가락 구촌인들이 만든 무덤이 고인돌인데. 당시 김해 9개 지역에 균등하게 퍼져 있다. 청동기 문화에서 철기문화로 넘어가는 시기로 **삼국시대**라 부르는 이 시기가 곧 가야시대다.

3세기경 가락국은 철 생산과 해상무역을 바탕으로 눈부시게 성장하였으나 삼국 항쟁기에 들어 국력이 점차 쇠퇴하기 시작 했다. 532년 구해왕은 군사적 대결을 피해 **신라 법흥왕**에게 투항함으로써 **가락국은 신라에 합병**되어 그 영토는 **금관군**이 되었다. 신라에 편입된 금관군은 756년에 『**경덕왕 15년**』김해소경으로 개칭하여 김해라는 이름이 처음으로 생기게 되었다.

고려시대 김해는 남해안 최대의 항구로서 해운의 요충지로 지역적 위상이 비교적 높았다. 고려 후기부터 왜구의 침입을 막는 방어기지로 중요시 되었고 이는 조선시대까지 이어져 김해는 왜구방어의 선봉이 되었다.

971년 『**광종 22년**』김해부로 개칭되었다가 지방제도가 완비되는 995년에 『**성종 14년**』전국 10도를 정하면서 **김해도호부로** 승격되었다. 1311년에 『**충선왕 3년**』김해부로 개칭되어 부사가 다스리게 된다.

가락국 때부터 시작된 기야 불교의 전통은 신라를 거쳐 고려시대에 화려한 꽃을 피웠는데 현재 김해 시내의 석탑과 마애불에 그 특징이 남아있다.

조선시대 태조는 전국에 거점도시를 지정하고 각 지역에 계수관界首官을 파견하여 다스렸다. 경상도는 6곳이 지정되었는데 그 중 하나가 김해였다. 1413년 『**태종 12년**』에는 정식으로 김해도호부로 승격되었다. 조선 전기에는 경상도는 좌·우도로 나뉘어 통치되었는데 김해는 경상우도에서 진주 다음으로 큰 도회지였으며 1459년에 『새조 5년 동남해안의 군사적 중요성이 대두되면서 군『軍』중심 지인 진이 『鎭』설치되어 점차 행정·군사적으로 주변 지역을 아우르는 도시로 발달하였다.

1895년 『고종 37년』지방관제 개혁으로 진주 관제부에 속하는 김해 군으로 개칭되었다. 근대 일제강점기 김해군의 행정은 주로 쌀 수탈 정책에 집중되어 그 결과 낙동강 주변의 저습지가 평야로 변해 김해군은 조선의 곡창지대가 되었다. 1918년 면 구역 변경으로 김 해군은 좌·우부 면을 통합하여 김해 면으로 개칭하였고 1928년에는 하계 면이 진영 면으로 바뀌었다.

1931년에는 김해 면이 김해 읍으로 승격하였고 1942년 진영 면이 진영읍으로 승격하여 2읍 11면이 되었다. 현대 광복과 함께 김해평 야는 김해 발달의 기반이 되었다. 1970년대에는 선도적으로 새마을 운동에 매진하면서 농어민 소득 증대와 대도시 근교의 근대화를 이루었다. 일제강점기에 세운 군청을 해방 후에도 사용하다가 1978 년 청사를 신축·이전하고 1981년 김해읍이 김해시로 승격되어 독립 하게 되었다. 1995년에는 김해시와 김해군이 통합되어 도·농 복합 형태의 새로운 통합 김해시로 발족하였다. 김해시는 1980년대 말부 터 공단 조성을 적극 추진하면서 공업도시로 변모해 왔다. 2013년 에는 급격하게 성장한 장유면을 장유1·2·3·동으로 전환하여 3개동 으로 전 구역을 개편하였다. 현재 김해시는 역사·문화 그리고 교육 도시로서 시민 모두가 행복한 도시를 만들기 위해 최선의 노력을 하고 있다.

※ 위의 글은 김해시에서 만든 말이다.

"······."

현재 우리정치는 보수 진영인 우파에선 정제되지 않은 대다수 국민들의 요구가 그대로 반영되는 것은 문제라고 하고 있다. 민주화를 공산당처럼 인민민주주의 혁명으로 오인한 좌파세력이······ 이 사회를 이념갈등으로 몰아넣고 있다고 볼멘소리를 하고 있다! 우리의 현실이 참으로 암울하다! 외국인들은 우리나라에서 일하고 싶어 상시 근로자常時勤勞者↔permanent employee와 임시 근로자로賃施t↔emporary employee일을 하고 싶어! 불법채류를 하기위해 몰려들고. 북한 수많은 주민들도 들어오고 있는데······. 나라를 위해 힘써야할 우리 정치인은 무당도 아니고? 필리버스터무제한 토론→filibuster↔無制限 討論 대회를 열어 갈 길이 급한 국정을 붙잡을 때도 있다! 필자도 몇 년 전에 비례 당선권 안에 주겠다고 입당을 하라 했으나 포기를 했다. 우리각시가 60이 넘어 초선의원을 하여 무슨 일을 하겠냐? 강력하게 반대를 하여······ 공천에서 탈락 됐다고 눈물을 찔끔 거리는 것을 보니. 정치인들이란! 그동안 좌파세력이 대한민국의 건국이념을 근본적으로 부정하는 등 정체성이 크게 훼손됐고! 포퓰리즘populism↔대중 영합주의에 발흥했다는 비판을 하고 있다. 지금이 어느 시대인데 그런 치졸한 말이 나오는지 모르겠다. 국민을 허세비로 알아도 분수가 있지······. 현 정부는 종교 문제를 비롯하여 좌파니 우파니 이념논쟁한창이다. 시대가 어느 때인데 그런 시시콜콜한 이야기가 국회서 여·야 간 시비 거리로 삼고 있다. 종교나 국가나 정치집단이나 심지어 노숙인 집단도 우두머리 자리를 놓고 싸우고 있는 것이다. 사회 어느 곳에서도 자기의 이익이 우선이고! 자기가 우선권을 가져야 한다는 것이다. 이세상의 모든 생물生物은 언젠가 소멸消滅된다. 지금 우리나라는 정신이 없다. 북한의 철부지 김정은 때문에 세계경찰이라는 미국도 어찌 하지 못하고 있다! 잊을만하면 미사일을 발사한다. 앞서 출간한 책 서문에 말했듯 **북파공작원시절** 필자의 어리석은 판단도 국민을 괴롭히고 있다! 북파 되어 개성을 지나 평산에 이르러 철수하라는 국방부에서내린 난수표비밀 암호 못 들은 채 하고 작전을 했다면? 김정은이는 이 세상에 태어나지 않았을 텐데……. 악질혈통 김일성가족이 아니랄까봐 젊은 놈이 사람 죽이는 무기개발에 수조원의 돈을 투자해서 미사일을 만들어 발사하는 현장에서 입이 찢어지게! 웃고 있는 것이다. 악종도 이런 악종이! 사람을 죽이는 무기인데 웃다니……. 또한 정부고위급인사들에게 테러를 하겠다고 어름 장을 놓고 있다. 그래서 정부는 테러방지법을 통과 시켜달라는데 민주당은 **국민의 목숨**을 외면한 채 자기들 좆 꼴린 데로! **검수완박** 법을 강제로 통과를 시키고 힘없는 여당 국민의 힘은 필리버스터↔의사방해연설↔filibuster하면서 정쟁政爭을 해서……. **불체포특권법**不逮捕特權法을 통과 시키려고 별아 별 회의를 하다가 결국엔 다수당인 민주당이 통과를 시켰다. 이 법은 국회의원이 현행범인 경우를 제외하고는 회기 중 국회의 동의 없이 체포 또는 **구속**拘俗하지 못한다는 것이다. 회기 전에 체포 **구금**拘禁될 때에는 현행범이 아닌 국회의 요구가 있으면 회기 중 석방되는 특권을 말한다. 민주당에서 **검수완박** 법을 통과 시키는 것은? 민주당 의원가운데 20여명이 수사를 받을 것이고……. 문재인도! 특히 어리바리한 문재인 각시 김정숙이는 자기조상 할머니를 찾으려고 대통령 전용기 2호를 타고 대통령휘장을 걸고서 인도에 4박 5일 동안 다녀왔는데 그 경비가 4억 원이라는 것이다. 지금 이재명 각시

음식을 주문을 하면서 공적 카드법인카드로 2천 여 만원 사용을 했다고 국고손실이라고 난리법석을 떨고 있다. 그렇다면 김정숙이의 인도방문은 영창감이이다! 문재인도 각시의 인도방문을 허락! 했으니 그도 영창감이다! 필자의 생각으론! 김정숙이 옷이 200여벌이라는 뉴스다. 전임 통치자 노무현·이명박·박근혜·검찰 수사에……

- 헌법 제44조 -

김정은 일마는 2022년 들어 수 십 번 미사일을 발사를 하고 있다. 우리나라 정치인들아! 지랄들 하지 말고 **안면생체인식**顏面生體認識 미사일을 만들어 김정은과 군 최고 지휘자들의 사진을 미사일 머리에 장착하여 발사하면 살아있는 생면 체를 끝까지 찾아 죽이는 미사일을 개발한다면 다시는 서울 불바다소리는 하지 않을 것이다! 무인자동차를 만들고 내비게이션 자동차 내비gps global positioning system 지피에스gps 드론에 이르기 까지 달나라에도 가는 세상에 세계최고의 전자기술을 가진 대한민국에선 가능한 일이다! 전쟁이 벌어지면? 국가와 국민을 지키기 위해 대통령이 쓰는 마지막 카드는 전쟁이다. 그러니까? 전쟁을 벌 린 나라 통치자를 제일 먼저 죽이면 된다. 지금 우크라이나에 전쟁을 시작한 푸틴을 제거해 버리면 되는 것이다. 1970년대 월남전이 끝나면 우리나라가 전쟁이 벌어 질 거라는 미국의 판단에 군수물자를 생산하는 기업체는 대전 이남으로 가라는 박정희정부의 명령에 당시 필자가 근무한 방위산업체는 폭탄 껍질과 수루탄통을 만드는 지관 공장紙管↔종이 파이프은 대구북구 만평로터리 부근으로 왔다. 결국은 필자가 작전……

북파공작원 때문에 김일성도 전쟁을 포기를 했다는 비밀이 몇 년 전에 뉴스에 보도가 되었다. 필자의 임무로 1969년에 북파공작원임무는 끝났다. 김정은이가 지랄병을 하니! 2017년 12월 4일 오후 8시 뉴스를 보는데 미국에서 세상에서 최고로 성능이 좋은 비행기 4개종이 우리나라에 온다는 말과…… 비행기 4개종 사진이 화면에 나타나는 것을 보는 순간 집이 무너지는 느낌과 토악질이 나올 것 같으며 어지러움이 나서 병원응급실에 실려 갔는데 CT 촬영과 혈압을 검사를 한 결과 혈압이 177이라는 결과가 나와 응급처치 주사를 맞고 1주일분의 약을 가지고 퇴원을 하였다. 그것만이 아니다? 12월 22일 저녁뉴스를 보는데 김정은 참수 부대 1,000명을 창설하여 훈련에 들어간다는 뉴스를 보고 혈압이 올라 병원에 실려가 mri이를 찍고 입원을 하였다. 담당의사 선생님이 "5분만 늦어서도 심근 경색으로 죽었을 것이다"라고 했다. 김정은이가 바보인가? 그러한 비밀 이야기를 언론에 다루는 정권이 한심하다! 철두철미하게 방어 준비를 할 것이다! 아무도 모르게 비밀로 하여 순간적으로 제거를 해야 한다. 그때 집중 치료실에서 3일간 있었다. 성기에 호수를 꼽아서 사각 비닐 봉지를 무릎에 달고 소변을 받게 하였다. 그곳에 들어가면 팬티를 벗기고 귀저 귀를 채운다. 그리고 하루에 2번씩 바꾸어 주는데? 그것도 여성 간호조무사들이…… 첫날은 그렇게 했지만 이튿 날 귀저 귀를 벗어버렸다. 그곳에 있는 환자들은 목구멍을 뚫거나 아니면 배를 뚫어서 호수를 연결하여 미숫가루나 우유를…… 나는 멀쩡한데 그때 많이 느꼈다. 죽으면 아무소용도 없는데 그간에 저를 알고 있는 문인들과 김해시 문인이며 시의원이 나에 대하여 책을 집필하고 싶다고 하였다. 북파공작원 시

절 휴전선에 뿌린 고엽제에 노출되어 허혈성 심장질환으로 심장에
혈관 확장용 스프링 3개와 풍선 1개를 시술하고 신경안정제 아티반
로라제팜 2개와 수면제 4개를 먹고 잠들며. 그 외 아침저녁으로 21개
알약을 먹는다. 약을 처방 받으려 약국에 가면 "걸어 다니는 종합병원
이다."라는 늙은 약사의 말이다. 공수래공수거空輸來空輸去 인걸 그
래서 죽어서 관에 들어갈 때 입는 수의는 주머니가 없다. 이 한
세상 태어나 머묾만큼 머물었으니 훌훌 털어버리고 가면 좋으련
만……. 그게 어찌 인간의 마음이겠는가! 마음속에 포기하지 못한
마음을 가지고 있는 것이 아닌가. 누구나 터무니없는 꿈일 것이다.
환골탈퇴換骨奪胎 누군들 한번은 뼛속까지 바뀌길 원하기도 하지만
세상사 원한 만큼 되지 않은 걸 살아오면서 깨달았다. 위험스런
병을 가지고 있어 살고 싶다는 욕망에서 멀어진 마음이지만 인간이
라서 욕망에서 초탈해질 수는 없었다. 떠남이 있으면 머묾이 있고
상처의 뒷면엔 치유가 있었으며…… 그게 나의 삶이었다. 인간에겐
삶은 무엇을 손에 쥐고 있는가가 아니다. 혼자 있을 땐 자기 마음의
흐름을 떠올리고 집단 안에 있을 때는 말과 행동을 살피며 살았는
데. 이 세상에 생물은 언젠가 꼭 죽는다는 사실은 새로운 사실이
아니라는 것을 알기에 살아간다는 게 살아가는 이유를 하나씩 줄여
간다는 게 얼마나 쓸쓸한 이유인가를 이제야 알게 되었다. 늘 그
자리에 있을 줄 알았던 것들이 없어진 이별의 마당엔……. 하루해
는 길었다고 생각을 했는데 계절의 변화에서 인가! 세월의 빠름을
말해주듯 주변의 색깔들을 보니 농부의 풍요로운 마음이 펼쳐져있
어 가을이 된 농부의 급해짐 마음보다 더 급해진 마음이 되었다.

「서양의 한 철학자는 동방에 토끼처럼 생긴 작은 나라가 있었는데 이곳에 사는 사람들은 이웃이 슬퍼하면 같이 슬픔을 나누고 즐거운 일이 있으면 같이 즐거워하며 서로 돕고 살면서 남의나라가 침범하여도 남의 나라를 침범하지 않았으며 흰 쌀밥에 구수한 막걸리를 좋아하고 흰옷을 즐겨 입는다 하여 배달의 민족인 대한민국을 동방에 예의지국이라고 하였다」

위와 같이 먼distant 조상祖上↔ancestor으로 부터 전수받은 배달의 민족 단군의 자손이 둘로 갈라져 휴전선에선 철조망을 경계로 남과 북의 젊은이들이 너와 나는 적이 되어 서로 간에 총부리를 겨누고 있다는 현실이 너무나도 슬프고 안타깝다!

"……."

인류의 역사에는 인간 생활의 질을 크게 향상시키거나 혹은 시대의 흐름을 결정적決定的으로 바꿔 놓은 발명품들이 있다. 예를 들어 증기기관과 내연기관은 인류에게 산업화의 길을 열어 준 획기적劃期的인 발명품들이다. 요즘의 디지털 세상이 펼쳐진 것은 1940년대 후반부터 등장한 반도체 소자들 덕분이다. 이처럼 고대에서 현대에 이르기까지 역사에 기록된 수많은 발명품 중 가장 중요한 것 하나를 꼽으라면 그것은 무엇일까? 발명품에도 명예의 전당이 있다면 제일 높은 자리에는 아마도 책冊이 올라 칭송을 받고 있어야 할 것이다. 책이야말로 선인들의……. 지식知識과 지혜知慧를 축적蓄積을 하고 그것을 전수傳受하는 수단手段으로 오늘의 문명文明을 이룩하게 한 가장 큰 공로자이기 때문이다. 인류의 위대한 사상과 중요한 지식은 책이라는 발명품 속에 기록되고 보존되어 왔다. 전 세계적 베스트셀러인 **성경과 경전**을 비롯하여 **코란** 등 세계 각국의 헌법들은 대개 책으로 반포되었고 공자의 유교 사상과 뉴턴의 이론도 책으로 전해져 왔다. 찰스 디킨스의 흥미진진한 소설과 모차르트의 아름다운 음악도 책이 있어 즐길 수 있었다. 선남선녀에게 청아한 즐거움을 주고 사회적으로 정신문화의 중추적인 역할을 해 온 책의 소중함을 알아야한다. 선진 국가들의 초超 부가가치는 문학에서 발생할 것이라고 예견하고 있다. 양질의 고품격 문화를 생산하고 향유할 줄 아는 능력이 곧 국가경쟁력으로 직결直結 될 것이기 때문이다. 대한민국 사회에서 문인은 문화 예술의 책임감을責任感↔sense of responsibility 항시 생각을 하면서 모든 작가는 완성도 높은 작품을 집필을 해서 문화와 예술은 삶의 질質 뿐 아니라 국가 경쟁력과 직결된 문제라는 인식을 공유共有 할 때다. 국민들의 삶을 풍요롭게 하고……. 창의력을創意力 기르기 위해선 문화와 예술을 제쳐놓고는 상상할 수 없다. 그래서 세계는 21세기를 문화의 세기로 규정하고 있다. 나라의 번영을 기약하는 근원적인 힘은 그 민족의 **문화적·예술적·창의력**에 달려 있는 것이다. 문화적 바탕이 튼튼해야만 정신적인 일체감을 이룰 수 있을 뿐만 아니라 물질적인 발전도 가능하기 때문이다. 진정 문화의 세기를 맞으려면 문학文學↔冊을 살려서 준비를 해야 한다. 문학이 모든 문화예술文化藝術의 핵심이기 때문이다. 문학이 없이는 아무리 문화 예술을 발전시키려고 해도 발전되지 않는 법이다. 그것은 문학은 새로운 문화를 창조하고 역사를 앞서 이기 때문이다. **사진과 그림**은 느낌으로 끝나지만 노래와 책은 자신이 사연 속으로 들어가기도 하고 자신이 주인공이 되기도 한다. 예술에서는 문학이 우리 인류人類↔mankind에겐 그만큼 중요 하다는 얘기다. 그래서인가? 국내 유명인들의 언론에 보도된 모습 의 사진뒷면의 배경을 보면 책이 가득 꽂혀 있는 책장이다. 책을 많이 읽어서 나는 지식이 풍부하다는 광고 효과를 노리고 사용한 것이다! 문화예술이 미래에 밥을 먹여 줄 정신적 토양이라는 슬로 컬처로slow culture의 인식 전환轉換이 시급하다. 문화를 통해 세계인 들과 교류하고 협력하여 문화선진 대국의 위상을 확보해 디스카운 트 코리아Discount Korea에서 프리미엄 코리아Premium Korea로 거듭나야한 다. 김해시장을 문화의 전당에서 만났다. 사모님과 함께 민심을 살피려! 나온 것 같았다. 내가 작사한 "김해아리랑"이야기 중 3월 31일자 김해시보에 상재된 꽃을 든 남자보다 책과 신문을 든 남자 가 더……. "매력적이다"인문교양 집 책 이야기가 나와 보여줬더니? 5만원을 주면서 책을 달라는 것이다. 돈을 받지 않겠다는데도? 서 로가 2~3번을! 실제 책값은 2만원인데 만 원짜리 잔돈이 없어 결국 5만원이란 책값을 받았다. 이 책을 읽은 부산대학교 양산병원 소아 정신과 의사인 유은라 교수님이 읽고 "전 국민이 읽어야 할 책이 다."라고 하시며 2018년 4월에 도서출판 학고방에서 출판을 한 「슬 픔을 눈 밑에 그릴 뿐」시선 집을 구입을 해 와서 사인signs을 받아갔다. 출간된 시집 3권을 합하여 만든 책이다. 1권은 「잃어버린 첫사랑」에 실린 쓸쓸한 고향 길이란 시는 대구교도소 재소자가 읽고 3번을 반복 하여 읽으면서 여러 번 눈물을 흘렸다고 편지가 왔다. 이 시는 21페 이지 장시로 미국 샌프란시스코 교민 방송에서 낭독 방송을 했으며 KBS에서 수원대학교 철학과 이주향 교수와 명절날 고향이 그립고 부모님이 생각나게 하는 소설로 필자가 서울로 올라가 방송을 했던 ♡늙어가는 고향♡에 상재되었던 시다. 국군의 방송 문화가 산책에서 1시간 방송을 했고 마산 MBC에서 3일간 방송 때도 다른 시다. 방송용 녹음테이프를 부산 비젼스에서 만드는데 여성성우가 시를 낭독하면서……. 시 문맥이 너무 슬퍼서 우는 바람에 이튿 날 했는데 약간 울먹임이! 있고 후반부 회상에서는 동아대학교 문창과 교수가 했다. 낭독 시간이 여성성우가 22분이고 남자성우가 5분이다. 그 시를 읽고 유은라 교수님이 "어머니와 소원했던 일을 되돌아보았다."고 했다. 현재 필자가 그 음원을 가지고 있다. 필자에게 카톡을 연결하면 음원을 보내겠다. 카톡 연결을 부담스럽게 생각을 하지 말라. 필자는 국가유공자여서 나쁜 짓을 하면. 죽으면 대전 현충원에 안장불가이다. 필자는 백 팩에 명함 집을 부착하여 명함을 넣고 다닌다. 나쁜 짓을 하면 미투나 고발을 하라고…….

2번 째 시집은 살면서 생각하면서 아름다운 수고로움을 하는 기다림은……. 「지독한 그리움이다」 온기를 다해 가는 커피향이 그렇게 말하고 있다. 오늘도 어제만큼 그대를 사랑하기에←weil lch dlch liebe←독일어

이 시집을 읽고 서울 금천교도소에서 10년 10개월을 수형 생활을 하고 있는 재소자가 서울신문에 광고에 난 것을 보고 구입하여 읽었는데……. 이 시집은 2011년 2월에 도서출판 선영사에서 출판을 했는데? 서울신문에 가로 20센티 세로 17센티로 칼라와 흑백으로 월간 6회서 9회를 광고를 했다. 이 시집은 출간 3개월 만에 국립

중앙도서관에 보존서고에 들어갔으며 필자가 살고 있는 김해도서관 보존서고에 들어갔다. 이 시집은 시집으로선 7년 전후로 베스트셀러가 없었는데 베스트셀러가 되었다. 이 시집을 구입해서 읽고? 기다림·그리움·외로움·단어에 눈시울이 졌었다고 편지를 보내왔다. 이 책 후미에 그들의 편지를 상재를 했다. 광고는 2014년 6월 24일자 신문 끝으로 신문을 보내왔다. 3년 4개월을 광고를 하였고 수억의 광고비를 사용한 것이다. 그러니까 이 재소자가 "2011년에 출간한 책을 2014년에 신문광고를 보고 구입을 해서 읽었다"며 "다음부터 광고를 할 때는 예전에 출간한 책을 새로 출판을 했다는 광고를 하라"면서 편지를 보내와서. 꽃을 든 남자보다 책과 신문을 든 남자가 더⋯⋯. 매력적이다. 책에 그들의 편지 사연과 필자의 답장을 상재를 했더니? 매력적이다 책을 읽은 독자들이 "시집 3권을 모아 출판을 하라"고 하여 출판을 했다.

3번 째 시집세상에서 제일 아름다운 이름⋯⋯. 어머니! 보고픈 얼굴하나 시집도 베스트셀러가 되었다. 이 시집을 읽은 독자는? 당시 시집 7권을 출간한 도서 출판 경남 대표 오하룡 시인이 읽어본 소감을 손 편지로 보내왔다. 세분의 편지를 책 후미에 복사를 하여 상재를 했다. 시집 3권 다 기획출판을 했다. 나는 출간한 책이 모두가 전작소설이며 장편을 많이 집필 했다. 연재소설은 독자의 반응을 봐 가면서 수정하거나 보안을 하여 출판을 하느냐 마느냐 결정을 하여야 하는데⋯⋯. 전작 소설은 출판사로서는 큰 부담을 가질 수밖에 없다. 잘못 출판 하였다간 출판사가 손해를 볼 수 있기 때문이다. 문학은 인간의 삶에 필요에 의해서 만들어진 발명품인 것이다. 출판사 대표들의 한결같은 주문은 잘 팔릴 수 있는 글을 집필해달라는 주문을 한다. 그러니까 많이 팔린다는 것은 어떤 면으로든 좋은 일이며 그것이 작가의 역량을 얘기하는 것이며 작품의 완성도가 높다는 것이다. 그러니까? 정성과 노력은 늘 답을 해 주는 것이다. 물론 판매 부수와 작품의 평가가 별개일 수는 있다. **상업성과 통속성**은 경계해야 되겠지만! 그 어느 누가 뭐래도 작가는 **대중성**을 존중을 해야 될 것이다. 어떻든 잘 안 팔린다는 것이 어떤 명분으로든 장점이 될 수는 없으며……. 작품성이라든지 예술성 때문에 대중성을 확보할 수 없다는 논리는 세울 수가 없다는 것이다. 혹시 순수작가와 대중작가라는 구분이 허용된다면 순수작가는 대중작가의 독자 사회학을 탐구해야 하며 자신의 작품이 팔리지 않는 것이 순수성이나 작품성 때문이라는 어리석은 착각은 떨쳐버려야 한다. 필자가 처음 등단할 때는 원고를 보내면 출판사 사장이 다른 출판사에 원고가 계약이 될까봐 비행기를 타고 김해까지 내려와 공항 커피숍에서 계약서를 작성하고 계약에 따라 출판사에서 저자에게 선 인세를 주곤 하였는데……. 지금은 기획 출판이 점점 어려워지고 있다! 그러니? 자비 출판이 대다수다! 2021년 12월 13일에 출간된 죄와 벌 1~2권 책은 2020년에 출간을 하려고 교정 작업을 끝내고 소설가 협회에 관련 있는 출판사 3곳에 출판을 하려고 했으나……. 예상 unlikely 밖의 이유로 기획 출판은 안 되고 자비출판을 하라는 것이다. 나는 시집 3권도 기획출판을 했다. 내 자존신이 상해서 또다시 3곳의 출판사에 원고를 보냈는데? 기획출판은 못한다는 것이다. 이 책은 22년 전에 두 번째 작품으로 신문학 100년 대표소설 **저승공**
화국 tv특파원 1~2권인데? 현재 그 책이 겨우 2권이 남아 있다. 2020년에 출간한 콜라텍에서 두 꼭지를 사용을 했는데? 콜라텍을 읽은 독자들이 재판을 하라는 연락을 받고 11포인트를 12포인트로 하여 70페이지를 늘려⋯⋯. 많은 사투리를 교정을 하여 출판을 하려는데 기획출간을 못하겠다는 출판사들의 연락을 받고 기다리다가 인터북스에서 기획출판이 되었다. 그때를 생각을 하면 절필絕筆을 하고 싶은 마음이다. 나는 출판사와 기획출판을 할 때 저자보존용으로 출판사마다 다르지만 10권에서 30권을 받는다. 필자가 속에 있는 단체 3곳에 2권씩 주고나면⋯⋯. 김해시청에 콜라텍 책을 드리고 왔는데 허성곤 시장님이 "연세도 많으신 분이 해마다 책을 출간을 한다면서 무엇을 도와 드릴까요?"하고 전화가 왔었다. "코로나 19 때문에 다음에 제가 연락을 드리겠습니다."하고 전화를 끊었다. 집필을 안 하자니 할일이 없고. 가요를 작사하면 되는데 코로나 때문에 가수들도⋯⋯. 본업인 소설, 시, 수필 등을 집필을 해야 하는데 출판을 하기가 점점 더 어려워지고 있다. 다른 한편으론 전자책이 많이 나오고 있다. 또한? 등단 작가들도 많이 나오고 있다. 사단법인 한국소설가협회 월간지를 보면 월간 30명 이상 출간을 하고 있다. 대다수가 자비출판이다. 출판사 이름을 보면 바로 알 수가 있다. 물론 완성도가 높은 원고는 기획출판이 이루어지고 있다. 2020년에 출판한 책 콜라텍을 구입하여 읽은 여성독자가 팬티가 젖었다고 연락이 와서는? "아이들이 볼까봐 도서관에 기증을 했다"는 것이다.

15년 전 "**묻지 마 관광**"단편소설을 월간 한국소설에 상재하고 싶어 보냈는데 음란하다고 상재를 못하겠다는 연락을⋯⋯. **묻지 마 관광** 소설집은 도서관 대출 한동안 1위였다고 했다. 요즘 초등학교 고학년이면 음란물은 필자보다 더 알고 있다. 필자는 지금도 컴퓨터가 3.5 플로피 디스켓을 사용을 하고 있다. 노트북이 있지만 사용하지 않고 이메일도 없어 원고를 보낼 때는 인쇄소에서 원고를 3부를 출력하여 출판사 3곳에 보내서 출판을 하겠다는 연락이 오면 원고 출력한 곳에 부탁을 한다.

컴퓨터를 끄면서

......이 한 세상 태어나 머묾만큼 머물었으니 훌훌 털어버리고 가면 좋으련만 그게 어찌 인간의 마음이겠습니까! 마음속에 포기하지 못한 마음을 가지고 있는 것이 아닌 가 싶습니다. 누구나 터무니없는 꿈이라 생각하겠지요? 그 누군들 한번은 뼛속까지 바뀌길 원하지만 세상사란 원하는 만큼 되지를 않는다는 걸 살아오면서 깨달았습니다. 이제 나이 들어 더 건강하게 행복하게 오래살고 싶은 마음은 굴뚝같지만 세상에서 제일 잔인한 병인 심장병을 가지고 있어 오래살고 싶다는 욕망에서 멀어진 마음이지만 인간이라서 욕망에서 초탈해질 수는 없었습니다. 떠남이 있으면 머묾이 있고 상처의 뒷면엔 치유가 있었으며……. 그게 나의 삶이었습니다. 인간에겐 삶이란 무엇을 손에 쥐고 있는가가 아닙니다. 혼자 있을 땐 자기 마음의 흐름을 떠올리고 집단 안에 있을 때는 말과 행동을 살피며 살았습니다. 이 세상의 생물은 언젠가 꼭 죽는다는 사실은 새로운 사실이 아니라는 것을 알기에 살아간다는 게 살아가는 이유를 하나씩 줄여간다는 게 얼마나 쓸쓸한 이유인가를 이제야 알았습니다. 늘 그 자리에 있을 줄 알았던 부모형제 일가친척 수많은 지인들이 없어진 이별마당의 하루해는 길었다고 생각했는데 계절의

변화에서 인가! 세월의 빠름과 계절의 변화를 말해주듯 주변의 색깔이 초록으로 변해가고 있습니다. 인간에겐 이별이 있으면 그 뒤엔 그리움이 있는 것입니다. 산과 들이 쉬어가는 계절입니다. 현재 김해 중앙병원에서 6명의 의사에게 진료를 받고 하루 36알의 약을 먹고 있으며 매 주 한 번씩 비타민영양제 주사를 맞고 있습니다. 담당 의사선생님들이 나의 이력과 성격을 알고 있어 좋은 조언을 갈 때마다 해줍니다. 신경안정제 두 알과 수면제 네 알을 매일 먹기 때문입니다. 부산대학교 양산시병원 소아정신과 의사이신 유은라 교수님이 2017년에 출판된 꽃을 든 남자보다 책과 신문을 든 남자가 더 「매력적이다」책을 읽고 "전 국민이 보아야 될 책이다" 하였으며 2018년에 출판된 「슬픔을 눈 밑에 그릴 뿐」시선 집을 직접 구입하여 읽어 보시고 "어머님과 소원했던 마음을 되돌아보게 되었다" 고 하면서 싸인sign을 받아 갔습니다. 나는 부모님을 존경하고 의사 선생님과 간호사 선생님들을 존경합니다. 누가 이때까지 살아 있게 하였습니까? 그들입니다. 독자님! 아프면 하느님이 마리아가 예수 가 내려와서 살려주지를 않습니다. 나는 매주 수요일에 뇌 건강에 좋은! 링겔주사를 맞습니다. 주사실 간호선생님들에게 커피를 꼭 대접을 합니다. 필자가 지금까지 살아있는 것은? 의사선생님과 간 호사선생님들 때문입니다. 참! 슬픈 일이 2022년 나이지리아 빈곤 의 나라에서 교회서 나누어주는 무상 급식을 받으려고 간 교인들이 너무나도 많이 몰려 31명이 압사를 당했다는 뉴스입니다. 그 속에 임산부도 희생되었습니다. 종교인에게 묻겠습니다. 그 말 많았던 대구 신천지교회를 악천지 교회로 만든! 전광훈 목사에게 하느님 에게 코로나를 없애달라고 해보세요. 그도 아니면 프란치스코 교황에게 부탁을 해보세요. 웃기지 말라고요?

산과 들도 쉬어가는 계절인 김해시 북부동『화정 글 샘 도서관』에서

/ 지은이 소개 /

강평원麥醉 1948년생

사단법인 한국소설가 협회 회원
현재 소설가협회 중앙위원
　　　사단법인 한국문인협회 회원
　　　사단법인 한국가요작가협회 회원
　　　사단법인 한국문학예술저작권협회 회원
　　　재야사학자上古史학자
　　　공상 군경 국가유공자

장편소설 23권
소설집 2권
시집 3권
수필집 1권
교양집 1권
시선집 1권

장편소설
『애기하사 꼬마하사 병영일기-전 2권』 1999년, 선경→신문학 10년 대표소설
『저승공화국TV특파원-전2권』 2000년, 민미디어→신문학 100년 대표소설
『쌍어속의 가야사』 2000년, 생각하는 백성 : 베스트셀러
『짬밥별곡-전3권』 2001년, 생각하는 백성
『늙어가는 고향』 2001년, 생각하는 백성 : 설날특집방송
『북파공작원-전2권』 2002년, 선영사 : 베스트셀러
『지리산 킬링필드』 2003년, 선영사 : 베스트셀러
『아리랑 시원지를 찾아서』 2004년, 청어
『아리랑 시원지를 찾아서』 2005년
한국문학 전자책 : 베스트셀러
『임나가야』 2005년, 뿌리 : 베스트셀러

『만가-輓歌』 2007년, 뿌리
『눈물보다 서럽게 젖은 그리운 얼굴하나』 2009년, 청어
『아리랑』 2013년, 학고방 : 베스트셀러
『살인 이유』 2015년, 학고방 : 베스트셀러

소설집
『신들의 재판』 2005년, 뿌리
『묻지마 관광』 2012년, 선영사 : 특급셀러

시집
『잃어버린 첫사랑』 2006년, 선영사
『지독한 그리움이다』 2011, 선영사 : 베스트셀러
『보고픈 얼굴하나』 2014년, 학고방 : 베스트셀러

수필집
『길』 2015년, 학고방 : 베스트셀러

교양집
『매력적이다』 2017년, 학고방 : 베스트셀러

시선집
『슬픔을 눈 밑에 그릴뿐』 2018년, 학고방

출간된 책 중
베스트셀러 : 11권
스테디셀러 : 11권
비기닝셀러 : 5권
그로잉셀러 : 3권
특급셀러 : 9권
신문학 100년 대표소설 : 4권

대중가요와 가곡
101곡 작사 발표→CD제작
여자가수 7명 남자가수 3명

한국 교육 학술정보원에 저장된 책
『눈물보다 서럽게 젖은 그리운 얼굴 하나』
『늙어가는 고향』
시집 『보고픈 얼굴하나』
『임나가야』
『병영일기 전 2권』
『살인 이유』
시집 『지독한 그리움이다』
『북파 공작원 전 2권』
소설집 『신들의 재판』
『아리랑은』
『만가』
『아리랑 시원지를 찾아서』
『짬밥 별곡 전 3권』
시집 『잃어버린 첫사랑』
『묻지 마 관광』
『지리산 킬링필드』

국가지식포털에 저장된 책
역사소설 『아리랑 시원지를 찾아서』
『쌍어속의 가야사』 국사편찬위원에서 자료로 사용

한국과학 기술원에 저장된 책
신문학 100년 대표소설인
『애기하사 꼬마하사 병영일기 전 2권』
『저승공화국 TV특파원 전 2권』
시집 : 『지독한 그리움이다』

문화체육관광부에서 엄선하여 선정된 책
우수전자 책 우량전자책 특수기획 책으로 만들어둠·
출간 된 책 26권 중 19권이 데이터베이스 되었음

책 관련 방송 출연과 언론 특종보도 목록
『KBS 아침마당 30분 출연』
『서울 MBC초대석 30분 출연』
『국군의 방송 문화가 산책 1시간출연』
『교통방송 30분 출연』
『기독방송 30분 출연』
『마산 MBC 사람과 사람 3일간 출연』
『KBS 이주향 책 마을산책 30분 설날특집 방송출연』
『KBS 1TV 정전 60주년 특집 다큐멘터리 4부작 DMZ
『1부 금지된 땅·휴전선 고엽제 살포 증언』
『2부 끝나지 않은 전쟁·북파공작원 팀장 증언』
『마산 MBC행운의 금요일 출연』
『SBS TV 병영일기 소개』
『현대인물 수록』
『월간중앙 2000년도 1월호 8페이지 분량 특집』
『주간뉴스매거진 6페이지 분량 특집』
『경남 도민일보특종보도』
『중앙일보특종보도 1999년 11월 19일』
『전남 순천시 cbstv 여수 순천 민중항거사건 2시간 녹화』
『전라북도 전주시 cbstv 전북 남원 국민보도연맹사건 2시간녹화』
국방부 홍보원에서 기획 제작한 마지막 냉전 산물인

3부작 휴전선은 말한다.는 연락도 없이 8명의 녹화
팀이 내려와 시청민원 대기실에서지금은 커피숍에서 녹화를 했다. 이 프로는 군인이면
다 보았을 것이다!
155마일 휴전선 탄생과 변천 과정인 비무장지대의 사계절이다.
1부에 155마일 진실 프로에 남파공작원 김신조와 출연했다.
sbs에서 방송을 하여 시청자들의 호평을 받았다고 한다.

수입사인 일본jvd에서는 휴전선이라는 용어에 익숙지 않은 일본인을 위해 38도 선이라는 제목으로 변경을 해서 비디오테이프와 dvd로 만들어 2003년 7월에 일본 야마타에서 열린 국제 다큐멘터리 영화에 출품이 되었다.』
『연합뉴스 인물정보란에 사진과 이력등재』

저자는 법인체 대표이사장직과 중소기업 등 2개의 사업체를 운영 중 이었으나 승용차 급발진 큰 사고로 인하여 병원에 입원 중에 책을 집필하여 언론에 특종과 특집을 비롯하여 방송출연 등으로 전망 있는 기업을 정리하고 51세 늦은 나이에 문단에 나와 22년이란 기간에 대한민국에 현존하는 소설가 중 베스트셀러를 가장 많이 집필한 작가임.

김해
양민학살사건

2023. 5. 10. 1판 1쇄 인쇄
2023. 5. 17. 1판 1쇄 발행

지은이 강평원
발행인 김미화 **발행처** 인터북스
주소 경기도 고양시 덕양구 통일로 140 삼송테크노밸리 A동 B224
전화 02.356.9903 **팩스** 02.6959.8234 **이메일** interbooks@naver.com
홈페이지 hakgobang.co.kr **출판등록** 제2008-000040호
ISBN 979-11-981749-2-5 03800 **정가** 25,000원

■ 파본은 교환해 드립니다.